„*Das Böse existiert auch in uns, vielleicht in einem verschatteten Anteil unserer Psyche oder in der Tiefe des Unbewussten, vielleicht in einer Gestalt, die wir selbst gar nicht kennen und, wenn es das Schicksal gut mit uns meint, nie in vollem Umfang kennenlernen.*"

Reinhard Haller, Das ganz normale Böse

Während des Richtfestes für ein internationales Tourismusprojekt in Bayerisch Eisenstein wird der leitende Bauunternehmer aus dem Hinterhalt erschossen. Kommissar Bender und sein Team stehen vor einem Rätsel. Als weitere Persönlichkeiten des öffentlichen Lebens sterben, versinkt der Bayerische Wald in einem Sumpf aus Hass, Eifersucht und politischen Ränkespielen. Und: Auch Raphael sendet aus der Ferne diabolische Grüße.

Alexander Frimberger (Jahrgang 1964), langjähriger Redakteur, Reisebuchautor und freier Journalist betreibt in seiner Wahlheimat Schönberg (Landkreis Freyung-Grafenau) ein Pressebüro.
Lothar Wandtner (Jahrgang 1965), ebenfalls Redakteur, Autor und Kleinverleger lebt im beschaulichen Riedlhütte (Landkreis Freyung-Grafenau) am Rand des Nationalparks Bayerischer Wald.

Beide Autoren sind große Fans von Krimis aber vor allem von der wildromantischen Schönheit des Bayerischen Waldes. Was lag da näher, als ihre Thriller gerade hier anzusiedeln. Das Autorenduo bringt nach dem großen Erfolg mit ihrem ersten Bayerwald-Thriller - Raphael - nun den zweiten Fall des Ermittlerteams um Kommissar Bender heraus. Handlungsort ist diesmal der Landkreis Regen.

GABRIEL

Benders zweiter Fall
Ein Bayerwald-Thriller

von
Alexander Frimberger
& Lothar Wandtner

Personen und Handlung sind frei erfunden.
Ähnlichkeiten mit lebenden oder toten Personen
sind rein zufällig und nicht beabsichtigt.
Die (meisten) Orte des Geschehens dagegen
existieren auch in der Realität.

EDITION GOLBET
Riedlhütter Schleif 14, 94566 Riedlhütte
Telefon: 08553/1044
info@edition-golbet.de

Oktober 2012
Layout und Titelgestaltung: Alexander Frimberger, Lothar Wandtner
Titelfoto: Klaus Döhler, Zwiesel
Gedruckt in Deutschland / Printed in Germany
ISBN: 978-3-9811254-9-8

www.edition-golbet.de

Für
Susi, Waltraud
Amelie, Hannah
Magdalena, Jonas

PROLOG

Als Sebastian Prödl auf dem Boden aufschlug, war er schon tot. Der Felsvorsprung, auf den er bei seinem tiefen Fall zwischenzeitlich knallte, hatte ihm das Genick gebrochen. Damit war auch der langgezogene Schrei, der die Luft des Morgens zerschnitten hatte, verstummt. Was jetzt noch folgte, war überflüssige Zugabe: Vier Rippen brachen, beide Arme, der Oberschenkel des rechten Beines wurde von einem verkrüppelten dicken Ast durchbohrt, der sinnlos in die Höhe ragte. Die Schädeldecke platzte auf. Der Körper kam ansonsten merkwürdig verdreht zu liegen. Vielleicht sah er am ehesten aus wie eine Puppe, die achtlos in eine Spielzeugkiste geworfen worden war. So, wie Sebastian Prödl, eigentlich Dr. Sebastian Prödl, dalag, so unansehnlich, geradezu unappetitlich - wenn man es nicht aus dem Blickwinkel von Würmern, Käfern, Füchsen und Krähen sah – würde einer der Beamten von der Spurensicherung nach deren Eintreffen scherzen: „Der sieht aber auch nicht mehr gut aus!" Bis es soweit war, würde Dr. Sebastian Prödl allerdings so kalt sein, wie die Steine der unwirtlichen Felsformation, zu deren Füßen er lag.

Für den Moment blickte aber nur ein Augenpaar auf den leeren Platz, den er vor wenigen Minuten noch zur Gänze ausgefüllt hatte. Es war so einfach gewesen, ihn über die Brüstung zu stoßen. Angst griff mit dünnen, knochigen Fingern nach ihm und schnürte ihm den Hals zu. Würde er entdeckt werden? Er lauschte in den Morgen. Da und dort meckerte ein Vogel und es raschelte in den Baumwipfeln unter ihm. Ansonsten war es totenstill. Der Nebel schlich lautlos über den Waldboden, der 30 Meter unter ihm lag, und verwehrte ihm den Blick auf sein Opfer. Er sah nach oben. Es würde ein schöner, wolkenloser Tag werden. Wie faulige Stumpen eines ansonsten zahnlosen Mundes ragten die kümmerlichen Reste der Burgruine Weißenstein über ihm in das Stahlblau des Himmels. Noch immer war nichts zu hören. Keine Schritte, keine Rufe aufgeregter Wanderer, die schon jetzt unterwegs sein könnten und auf Dr. Sebastian Prödl oder besser gesagt auf das, was von ihm übrig war, blicken würden. Die Angst ließ ihn los. Er musste sich beeilen von hier wegzukommen. Dann konnte er Glück haben und niemand würde ihn entdecken. Ironie des Schicksals, dass ihn sein Opfer ausgerechnet an diesen Ort gelotst hatte. Niemand wusste, dass er hier war und niemand würde ihn im Moment vermissen. Seine Frau schlief. Und selbst wenn sie wach werden würde, es war nicht ungewöhnlich für ihn, sich zu nachtschlafender Zeit aus dem Haus zu schleichen. „Nachts kann ich besser arbeiten, da stört kein Telefon, kein Mitarbeiter, kein Tageslicht, hatte er seine Frau am Anfang ihrer Ehe beruhigt, als Eifersucht noch ein Thema war. Und das war nicht einmal gelogen, auch wenn er sorgsam vermieden hatte zu ergänzen: „Und nachts kann mich auch niemand überraschen."

Schließlich saß er wieder in seinem Auto und spürte, wie mit der steigenden Temperatur im Wageninneren auch das Leben in seine Glieder zurückkehrte. Im Großen und Ganzen fühlte er sich wohl. Wenn er ehrlich war, sogar sauwohl. Er verspürte Kaffeedurst und den Hunger auf ein, nein besser zwei Wurstsemmeln. In der Nähe gab es eine Bäckerei, in der man schon zu früher Morgenstunde belegte Brötchen machte. Mit Salat, Tomate und Mayonnaise garniert. Dr. Sebastian Prödl hatte er bereits vergessen.

Der fiel ihm erst wieder ein, als er zufrieden kauend hinter seinem Schreibtisch saß. Da kam ihm ein Film in den Sinn, den er vor vielen Jahren gesehen hatte: Ein Killer sammelt die letzten Worte seiner Opfer. „Keine Sorge, das Geländer hält", hätten Prödls „famous last words" lauten können. Bei dem Gedanken daran musste er lauthals lachen. Stattdessen hatte der feine Herr Doktor gesagt: „Ich mache Sie fertig." Tja, daraus wurde ja wohl nichts. Wieder musste er lachen. Im nächsten Moment schalt er sich selbst dafür, weil er die der Situation angemessene Ernsthaftigkeit vermissen ließ. Doch er brachte einfach das Grinsen nicht aus dem Gesicht.

Sein ganzes Berufsleben lang hatte er genötigt, betrogen und bestochen, um dorthin zu gelangen, wo er jetzt war. Das alles verbrauchte viel Energie, kostete Zeit und Nerven. Nicht, dass er Skrupel gehabt hätte, im Gegenteil. Zur Problemlösung war jedes Mittel recht. Und jetzt, mit einem Mal, war alles so einfach. Ein Schubser im richtigen Moment – und: Problem gelöst. So einfach, so genial.

Er saß da, einfach so, blickte aus dem Fenster und wartete. Er wartete darauf, dass sich das schlechte Gewissen einstellen würde. Doch es kam nicht. Nur eine kleine Wolke Angst waberte noch durch seinen Kopf. Angst davor, entdeckt zu werden. Doch je länger er überlegte, umso mehr wurde ihm klar, er hatte absolutes Anfängerglück gehabt. Niemand wusste von dem frühmorgendlichen Treffen. Er hatte aufgrund der Kälte sogar Handschuhe getragen. Keine Fingerabdrücke, keine Spuren der Gewaltanwendung, schließlich hatte es keinen Kampf gegeben. Es konnte genauso gut Selbstmord gewesen sein. Ja, Selbstmord, warum sonst sollte sich jemand früh morgens auf der modrigen Burgruine herumtreiben. Doch nur, wenn er seines Lebens überdrüssig war.

Er malte sich aus, wie die Polizei im Rahmen ihrer Ermittlungen schnell ins Leere laufen würde. Und auf ihn würden sie schon gar nicht kommen, was hatte er mit Dr. Sebastian Prödl zu tun: nichts. Kein Mensch würde jemals ihn verdächtigen. Und dann, nach ein zwei Wochen, würde die Akte geschlossen. Selbstmord.

Zufrieden wischte er die letzten Krümel von seinem Hemd, sah in den Spiegel, der hinter ihm an der Wand hing, und kontrollierte, ob er Flecken im Gesicht hatte. Dann sah er sich lange und tief selbst in die Augen und sagte halblaut: „Mord ist ein legitimes und probates Mittel zur Problemlösung.“ Wie zur eigenen Bestätigung nickte und lächelte er sich selbst zu. Noch einmal überprüfte er seine Gefühlswelt, doch ein schlechtes Gewissen wollte sich nicht einstellen. Im Gegenteil, er stellte fest, dass es ihm ganz und gar egal war, ob durch seine Hand ein Mensch starb. So einfach, so sachlich, so klar. Wenn er ehrlich war, erregte es ihn sogar ein wenig. Nur eins noch, sagte er zu seinem Spiegelbild: „Das nächste Mal musst du vorsichtiger sein und genau planen, auf das Anfängerglück darfst du dich nicht immer verlassen.“

1

Kurz bevor Severin Kraft an diesem frühsommerlich warmen Tag starb, war er so glücklich wie selten. Er hielt ein Glas Sekt in der Hand, wollte es gerade erheben. Er lächelte in die Kameras der Pressefotografen und sonnte sich in einem Sieg, den er still genoss – und der seinem ärgsten Konkurrenten, den er mit seinem Angebot ausbooten konnte, bestimmt das Wasser in die Augen trieb. Es war Richtfest für ein außergewöhnliches Museum, das in Bayerisch Eisenstein eröffnet wurde. Direkt an der bayerisch-tschechischen Grenze war ein länderübergreifendes Projekt gestartet worden, das Vorzeigecharakter für ganz Europa hatte. Ein Museum der europäischen Kultur, eines, das die engen Verbindungen zwischen Böhmen und Deutschland in der Kunst, in der Literatur lebendig machen sollte. Ein Millionenprojekt. Kraft-Bau hatte den Auftrag an Land gezogen. Es war nur der Auftakt – in den nächsten Jahren sollte hier ein riesiges Freizeitareal entstehen. Mit Hotel, Golfplatz, einem kleinen Vergnügungspark und einer Einkaufsstraße zu beiden Seiten der Grenze. Pulsierendes Leben an einer Stelle, an der einst der Eiserne Vorhang das Ende der westlichen Welt markiert hatte. An einer Stelle, an der momentan noch Tristesse herrschte, weil es so schien, als sei der Grenzort von der so genannten „Aufsteigerregion Niederbayern“ abgeschnitten worden.

Es war ein Tag, an dem gefeiert werden musste. Er würde seine Frau anrufen und ihr sagen, dass er später nach Hause kommen würde, dringende Termine. Mit ihr würde er nicht anstoßen wollen, soviel war sicher. Sie verwirklichte sich mit einem kleinen, eigenen Kosmetikstudio, das aufgrund ihrer Nachlässigkeit mehr als schlecht lief – die meiste Zeit verbrachte sie nämlich damit, sehr viel Geld auf möglichst esoterische Weise unters Volk zu bringen. Gerade wurde sein Wohnzimmer nach allen Regeln des Feng Shui umgearbeitet, Fenster zugemauert und an anderer Stelle die Wände für neue durchbrochen. Seitdem konnte er sich abends nicht mehr auf die bequeme Couch fläzen, sondern musste in einem karg gefütterten Sessel Platz nehmen, dessen Lehnenwinkel seine Energien zum Fließen bringen sollte. Er fand ihn lediglich unbequem. Also lieber Helena anrufen, die Sekretärin. Eine kleine Feier, nur sie zwei. Prosecco, ein nobles Abendessen und danach würde man sehen, was sich noch entwickelte. Es entwickelte sich immer was, denn Helena machte ihre Paarungsbereitschaft nicht von Mondphasen, dem Horoskop oder den Yoga-Übungen des Abends abhängig. Dass sie zudem um einiges hübscher war als seine Frau, setzte seiner momentanen Stimmung noch ein Quäntchen Glück obendrauf.

In diesem Moment platzten allerdings alle seine Phantasien, ohne dass er selber noch viel davon mitbekam. Eine Gewehrkugel traf die Aorta direkt am Herzen, durchschlug auch die obere Hohlvene, ehe sie knapp unterhalb des Schulterblattes im Gewebe stecken blieb. Kraft spürte kaum etwas, als die Kugel in ihn eindrang, nur einen schweren Schlag, der ihm die Sinne raubte. Er sank nieder, fiel auf seine rechte Hand, in der eine große Scherbe des zerborstenen Sektglases stecken blieb und stürzte danach von der improvisierten Bühne mitten in die Gruppe der Gäste. Es war ein lautloses Sterben, wenn man einmal von dem dumpfen Geräusch absah, das der kraftlose Körper machte, als er auf dem Boden aufschlug. Ein Foto des Sterbenden, mit einem hilfesuchenden Gesichtsausdruck, in dem kein Funken Schmerz zu erkennen war, wurde später zum Pressefoto des Jahres in Bayern gewählt. 5000 Euro für einen Pressefotografen, der sich zuvor noch den Kopf zerbrochen hatte, wie er einem Richtfest ein spannendes Foto abringen könnte.

⊙

Landrat Konstantin Graumüller fing sich als Erster wieder: Er stürzte auf Kraft zu, der auf dem Bauch zu liegen kam. Graumüller packte den leblosen Körper an der Schulter, drehte ihn auf den Rücken, einer schrie: „Er ist erschossen worden“ – und fast im gleichen Moment brach auf der Baustelle die Hölle los.

Begleitet von einem gellenden Kreischen stob die zunächst noch neugierig zusammengerottete Menge auseinander. Einige liefen einfach weg, stolperten, stürzten und rannten kopflos, ohne erkennbares Ziel, kreuz und quer über die Baustelle. Eine junge Frau wurde ohnmächtig. Sie fiel rücklings um wie ein Brett, ohne dass es jemand bemerkt hätte. Sie blieb unbeachtet liegen. Ein paar Leute setzten sich kreidebleich auf den schmutzigen Boden, hielten sich die Hände vor das Gesicht und zeigten ansonsten keine Regung. Ein Mann stolperte beim Weglaufen, überdrehte in einer Mulde im Boden das Fußgelenk, dabei riss ein Außenband. Er hockte da, schrie einfach nur. Teils vor Schmerz, teils vom Schock. Einige rückten noch enger an Severin Kraft heran und gafften ungläubig auf das Loch im weißen Hemd, das von einem großen, hellroten Blutfleck umgeben war. Die verbliebenen Augenzeugen gestikulierten jetzt wild, plapperten vor sich hin, ohne den Blick vom Opfer zu wenden.

Und die Presse- und Fernsehleute, die zum Richtfest gekommen waren, filmten und fotografierten eifrig mit – vor allem richteten sie ihre Objektive auf den sterbenden Unternehmer, dessen Blick aussah, als würde er den Landrat anflehen, ihn doch aus diesem bösen Traum aufzuwecken. Es sah aus, als wollte er etwas sagen. Dann erlosch der letzte Rest Leben.

Immer noch war es Landrat Graumüller, der zumindest äußerlich einen ruhigen Eindruck vermittelte. Auch wenn es in ihm rumorte, als er über Kraft kniete und nach dem ausbleibenden Puls tastete. Graumüller war 62 Jahre alt, aber so etwas hatte er noch nicht erlebt. Jemand starb in seinen Armen, ein Mensch war vor seinen Augen erschossen worden. Wer war's? Der Gedanke fuhr ihm in den Kopf und er kramte in der Erinnerung an die Sekunden vor dem Vorfall: War da irgendein

Geräusch, eine Bewegung, die ungewöhnlich gewesen sein könnte? Es fiel ihm nichts ein. Er konnte sich auch nicht erinnern, ob er einen Schuss gehört hatte.

Schlagartig wurde ihm klar, dass hier irgendwo ein Mörder sein musste, mitten unter den Leuten. Angst flammte in ihm auf, gleichzeitig musste er aber jetzt seine Gedanken ordnen. Ich bin der Landrat, dachte er, ich muss das Heft in der Hand halten.

Er drückte Kraft die Augen zu, stand auf: „Er ist tot." Er sagte es so sachlich und kühl, wie es ihm im Moment möglich war, er wollte keine neuerliche Panikreaktion bei den Herumstehenden auslösen. So stellte er sich breitbeinig vor den Toten, breitete die Arme aus und schob die anderen von der Leiche weg.

„Jemand muss die Polizei rufen und wir brauchen sofort Sanitäter, Feuerwehr und Hilfskräfte. Keiner verlässt das Areal, ich will, dass alle da bleiben, bis euch die Polizei heimschickt."

Als habe er eine Art Auslöser gedrückt, wurden jetzt die Handys gezückt und es begann ein wildes Getippe. Der Landrat blieb einfach nur stehen, betrachtete es in diesem Moment lediglich als seine Aufgabe, die Leute von dem Toten fernzuhalten, bis die Polizei hier war und die Dinge regelte.

Inzwischen hatten sich in einiger Entfernung zum Tatort mehrere kleine Grüppchen gebildet, in denen sich die Augenzeugen allmählich wieder versammelten. Der Fußverletzte konnte inzwischen, gestützt von zwei Männern, zu einer Sitzbank humpeln, auf der er das Bein hochlegte. Die Ohnmächtige war längst wieder zu sich gekommen und schleppte sich zu einer der Gruppen. Und aus dem Ort, an dem das wirre Geschrei und der Trubel auf der Baustelle natürlich nicht vorbeigegangen waren, drängten unzählige Gaffer in Richtung Tatort.

Zwei Minuten nach dem tödlichen Schuss, etwa 250 Meter Luftlinie entfernt, fuhr ein dunkler Wagen vom Parkplatz des Eisensteiner Bahnhofs. Ein aufmerksamer Beobachter hätte erkennen können, dass das zufriedene Lächeln hinter dem Steuer nicht mit dem stechend-kalten Blick in Einklang zu bringen war. Nur, wie sich herausstellen sollte, es war niemand da, der eben dies beobachtet hätte.

⊙

Kriminalhauptkommissar Ralf Bender saß mit seinen Kollegen am Besprechungstisch in der Polizeidirektion in Passau. Es gab Schwarzwälder Kirschtorte, Kaffee und es war ein launiges Gespräch im Gange, als er von dem neuen Einsatz hörte.

„Eisenstein? Aber da sind wir doch gar nicht zuständig“, entrüstete er sich in sein Handy, denn eigentlich wollte er den Abschied des Kollegen Bertram Sendlinger nicht einfach so auflösen. Dieser wechselte zur Wirtschaftskriminalität, sollte dort die Leitung übernehmen. Damit wurde Benders Team auf drei Leute reduziert: Kriminalhauptkommissarin Manuela Hentschel, Kriminaloberkommissar Franz Schaller und er.

„Die sollen alles so lassen, wie es ist, ich will die Leiche sehen.“

Mit einem Schulterzucken löste Bender die Runde auf. „Manu, Franz, wir fahren nach Bayerisch Eisenstein. Ein toter Bauunternehmer, wenn ich das richtig verstanden habe. Die Spurensicherung ist schon dort. Bertram, tut mir leid, vielleicht ein andermal.“

Kaum im Auto, telefonierte Bender mit dem Kriminaldauerdienst, der als erster zum Tatort gerufen worden war. So wusste der Kommissar, was auf ihn zukommen würde: Presse zuhauf, und das sowohl aus Deutschland, wie auch aus Tschechien. Sogar ein paar Fernsehsender waren da.

„Wie haben die so schnell Wind davon bekommen?“, fragte Bender. „Ach so. Richtfest, großer Bahnhof. Schön, soviel

Glück haben die gar nicht verdient, dass die mal direkt als Ehrengäste zu einem Mord eingeladen werden. Wer ist der Tote? Aha, Bauunternehmer, soso. Und der Schütze? Mhhh... Wir sind in einer Stunde da."

Schnell informierte er Manu und Franz über die Lage vor Ort, ehe er es bei der Fahrt damit bewenden ließ, aus dem Seitenfenster zu blicken und dem Frühsommer beim Sprießen zuzusehen. Schaller am Rücksitz hatte indes längst den Laptop aufgeklappt, um Severin Kraft zu googeln.

„Boah, so eine reiche Leiche hatte ich noch nie", schüttelte er den Kopf. „Bauunternehmen, 250 Leute beschäftigt, Millionenumsätze, dutzende von Häusern in Deutschland, in Portugal, auf Kreta, sogar in Kanada und alles gehört ihm allein. Verheiratet, zwei Kinder, aber schon erwachsen. Mann, Mann, Mann, ich habe das Falsche gelernt."

„Weiß dieser Google auch, wer der Mörder sein könnte?", fragte Bender.

„Naja, ich weiß nicht. Ich habe da einen Zeitungsartikel gefunden. Es sieht so aus, als würden Kraft und sein Zwieseler Konkurrent Schäffler-Bau, also Hans-Georg Schäffler, sich einen erbitterten Kampf liefern – und es heißt, sie seien Erzfeinde", sagte Schaller. „Ratet mal, wer den Artikel geschrieben hat..."

Bender reagierte gar nicht, Manu blickte zumindest in den Rückspiegel, leicht genervt, nach Ratespielen war ihr nicht zumute.

„Benno Seifeld. Der hat scheinbar Grafenau den Rücken gekehrt, ist jetzt in Regen, wenn ich das richtig sehe." Zumindest diese Information war für Bender keine Neuigkeit, er wusste, dass Benno Seifeld die Redaktion gewechselt hatte.

„Jetzt klapp das Ding zu." Bender wandte sich zu Schaller um und drohte ihm scherzhaft mit der Faust. „Im Ernst, lass gut sein, ich will mir vor Ort erst mal selbst ein Bild machen. Danach kannst du mir erzählen, was du deinem Wunderkasten alles entlockt hast."

Schaller steckte den Laptop resigniert weg, er würde seinen Chef in diesem Leben nicht mehr zum Computerfreak umerziehen können. Bender blickte wieder aus dem Fenster, beobachtete eine Rinderherde, die in aller Gemütsruhe am Waldrand graste.

Eine trügerische Idylle, wie Bender fand. Je weiter sie sich dem Bayerischen Wald, Grafenau und dem Nationalpark näherten, umso trüber wurden seine Gedanken. Es war nicht ganz zwei Jahre her, als er hier seine größte Niederlage hatte einstecken müssen.

Auch der Name Benno Seifeld hatte ein weiteres Gespräch unmöglich gemacht, weil alle drei Beamten unweigerlich an ihren größten Fall zurückdenken mussten. Seifeld, Journalist in Grafenau. Ihn hatten sie damals sogar als Verdächtigen verhaftet. Ein sympathischer Kerl eigentlich, aber jetzt riss sein Name alte Wunden auf. Raphael – der Serienmörder, den sie nicht fassen konnten. Der Serienmörder, der immer in ihrer Nähe war, während sie vergeblich nach ihm suchten. Und als sie ihn eigentlich nur noch festnehmen mussten, da konnte er sie noch einmal überlisten und entwischen. Ein gelöster Fall ohne Abschluss. Ein Mörder, der immer noch frei herumlief und Bender hatte ihn nicht erkannt. Noch immer konnte er sich selbst nicht verzeihen, dass ihn sein Spürsinn viel zu lange im Stich gelassen hatte. Nicht den Hauch eines Verdachtes hegte er damals gegen ihn – gegen Raphael.

Wenn er es ihr nicht angesehen hätte, spätestens als Manu die B85 in Richtung Grafenau verließ, statt geradeaus weiterzufahren, wusste Bender, es erging ihr ähnlich. Erst als sie Grafenau weit hinter sich gelassen hatten, hellte sich die Stimmung im Wagen etwas auf.

„Sagt mal, auf dem Heimweg könnten wir doch noch...“

„Ja, ich weiß“, fiel Manu ein. „Zur Racheldiensthütte fahren.“

Bender war erstaunt, wie gut ihn seine Kollegin inzwischen kannte. Die letzten 30 Kilometer bis zum Tatort schwiegen sie, hingen mit ihren Gedanken irgendwo zwischen Raphael und der Erwartung des neuen Falles fest.

⊙

Als sie aus dem Auto stiegen, fühlten sich Bender und Manu noch tiefer in ihren alten Grafenauer Fall gezogen. Überall Schaulustige, kaum ein Durchkommen, zahllose Fotoapparate, dutzende von Sanitätern, die sich in ihren Fahrzeugen um Menschen kümmerten und nicht zuletzt ein großes Polizeiaufgebot, das zwar den Tatort weiträumig abgesperrt hatte, aber die Zufahrtswege nicht freihalten konnte. Die drei Kripobeamten mussten sich durch einen Pulk von Gaffern drängen, ehe sie endlich das Absperrband erreichten.

Bender sah Adrian Krämers, den Leiter des Kriminaldauerdienstes. Auf ihn steuerte er zu, seine beiden Kollegen im Schlepp.

„Adrian, Hallo. Was hast du denn für uns?"

Gemeinsam gingen sie zur Leiche, die mit einer dunklen Plastikplane abgedeckt war.

„Glatter Treffer, wie es aussieht. Der Mann war sofort tot, fiel vom Podest wie ein nasser Kartoffelsack", deutete Krämers in Richtung Mordopfer. „Die Leute haben erst gedacht, er hätte einen Herzinfarkt oder Ähnliches. Ist einfach runtergekippt und aus war's. Erst als sie ihn umgedreht haben, haben sie das Loch am Hemd gesehen. Dann brach hier die Hölle los, sagen die Zeugen. Reihenweise Nervenzusammenbrüche, ein paar liefen panisch davon. Ich habe keine Ahnung, ob noch alle da sind. Wahrscheinlich eher nicht."

„Hat keiner einen Schuss gehört?"

„Soweit ich bis jetzt informiert bin, haben von 20 Befragten acht einen Schuss gehört, sieben wissen es nicht und fünf sind überzeugt, da war nichts. Einer will sogar einen dunkelhaarigen Kerl gesehen haben, der mit einer Pistole in der Hand davongelaufen sein soll. Alle sagen, dass es nach dem Vorfall wild zuging und die Leute kreuz und quer liefen. Also: die Kollegen arbeiten dran."

„Ich fass es nicht", Bender schüttelte nur den Kopf. „Darf es denn nicht sein, dass man einmal vernünftige Zeugenaussagen bekommt? Franz, Manu – redet ihr nochmal mit den Leuten, vielleicht kriegt ihr was Konkreteres heraus." Bender schickte seine zwei Beamten zu den kleinen Menschengruppen, die innerhalb der Polizeiabsperrung standen. „Befragt jeden, und wenn er tausendmal behauptet, er habe schon alles den Kollegen gesagt, bohrt weiter."

Bender hätte es wahrscheinlich niemals zugegeben, aber ihm gefiel diese Situation. Es war spektakulär, es war geheimnisvoll. Es war eine Herausforderung. Sein Jagdinstinkt war schon in dem Moment geweckt, als er die Menschenmenge in Bayerisch Eisenstein sah. Für einen Moment überlegte er, ob Raphael zurückgekehrt sei und eine neue Mordserie startete. Er ertappte sich bei dem Gedanken, Raphaels Rückkehr sogar zu erhoffen, denn noch einmal würde er ihn nicht entkommen lassen. Allerdings dämpfte er seine Erwartungen selbst schnell wieder ein. Raphael war keiner, der Menschen erschoss.

Und so zog er die Plane ein Stück zurück und der Alltag eines Kriminalhauptkommissars in der Mordkommission hatte ihn wieder. Er hatte diesen Mann schon einmal gesehen, konnte sich aber beim besten Willen nicht erinnern wo. Severin Kraft, Bauunternehmer.

„Ist der irgendwie bekannt?", fragte er Krämers.

„Einer der zwei großen Bauunternehmer im Landkreis Regen. Einflussreich, politisch aktiv. Ja, hier kennt den jeder und...", Krämers zögerte, „...gemocht haben ihn nicht viele, was ich bisher gehört habe. Zumindest die nicht, die direkt mit ihm zu tun hatten."

„Was glaubst du: Von wo hat der Täter geschossen? War er unter den Gästen, direkt hier vor dieser Bühne?" Bender blickte noch einmal weit um sich, seine Augen blieben immer wieder am mächtigen Grenzbahnhof hängen – halb bayerisch, halb tschechisch. „Oder wurde von weiter weg geschossen?"

„Wir wissen es nicht, alles ist möglich."

„Sind noch alle da? Ich meine, könnte der Täter abgehauen sein?"

„Du, als wir hier ankamen, herrschte das totale Chaos. Ob noch alle da sind? Ich weiß es nicht, zumindest hat der Landrat dafür gesorgt", Krämers deutete auf eine Gruppe mit Anzugträgern, die etwa 30 Meter entfernt standen, „dass niemand abgehauen ist. Allerdings, so wie er sagt, war das auch erst ein paar Minuten nach dem Vorfall. Also wenn der Täter entwischen wollte, dann hatte er genügend Zeit. Und ich wüsste nicht, warum er die nicht genutzt haben soll."

„Vielleicht genießt er ja die Show hier, wer weiß. Wurde noch jemand verletzt?"

„Vom Schützen? Nein. Nur in der allgemeinen Panik gab es ein paar Prellungen, Stauchungen und Kreislaufprobleme. Sonst nichts."

„Ist schon ein Pathologe da? Was sagt der?"

„Die Kugel ist noch drin, keine Austrittswunde. Der Arzt ist schon wieder weg. Er will den Toten heute noch auf seinem Tisch haben. Brauchst du mich noch, wir würden dann auch gerne fahren."

„Ja, passt. Wir kommen zurecht. Wer ist denn hier Inspektionsleiter?"

„Heinz Maderer. Der ist irgendwo da draußen und versucht, die Wege frei zu bekommen. Guter Mann. Also dann, Ralf...Bis dann. Schön, dich wieder mal gesehen zu haben."

„Schön ist was anderes", sagte Bender mit einem Blick auf die Leiche.

Er beugte sich über das Mordopfer, schob das Hemd zur Seite und blickte auf die Einschussstelle. Ein kreisrundes Loch und ein großer Blutfleck, etwa zehn Zentimeter Durchmesser. Ein perfekter Schuss, dachte er, deckte die Leiche wieder zu, kletterte auf die kleine Bühne und sah sich um.

Das Eisensteiner Tal verband die beiden Länder, ein friedliches, grünes Band zwischen Wäldern und Bergen. Ein weit gezogenes Tal, durch das sich ein kleiner Fluss schlängelte, der Regen. Links oben der mächtige Bahnhof, der an die glorreiche österreichische Monarchie erinnerte und der Grenzort Bayerisch Eisenstein, schon vor hundert Jahren ein touristisches Kleinod am Übergang von Bayern zu Böhmen. Rechts der Arber, der höchste Berg des Bayerischen Waldes, der mächtig über dem Tal thronte. Hierher kam er früher, als die Kinder noch klein waren, öfter zum Skifahren. Anders als den meisten Passauern, die nach Österreich fuhren, gefiel es ihm hier besser. Allerdings lag das weniger an den Pisten des Arbers, als am Berggasthof, in dem es die besten Aus'zognen weit und breit gab. Irgendwann hatten sie sogar Grünen Tee auf der Karte, oft genug hatte er danach gefragt. Es war bestimmt mehr als zehn Jahre her, als er das letzte Mal hier gewesen war. Auch, weil er eine Zeitlang verlernt hatte, den Bayerischen Wald zu mögen.

Sein Blick fiel wieder zurück auf die abgedeckte Leiche. Wie konnte man sich darauf einen Reim machen? Großer, offizieller Termin mit Presse, Fotografen und allem Pipapo. Der Mörder wollte also die Öffentlichkeit, ging es Bender durch den Kopf. Er wollte, dass die Leute zusehen, wie er den Mann hinrichtet. Ja, hinrichtet. Es passierte sonst nichts, kein Amokschütze. Da kam einer, setzte einen gezielten Schuss mitten ins Herz seines Opfers. Stürzte sein Opfer herunter vom Podest. Aus, fertig. Wer macht so etwas?

Der Tatort jedenfalls war geradezu ideal für einen Mörder, fand Bender. Eine weite Fläche, in der man in alle Richtungen abhauen konnte. Sogar zu Fuß über die Grenze nach Tschechien konnte man fliehen, es wären nur ein paar Minuten schneller Fußmarsch gewesen. Außerdem war die Baustelle abgelegen genug, so dass man sich hier unbemerkt bewegen konnte, ohne vom Dorf aus beobachtet werden zu können. Einblick auf die Stelle hatte man nur von einer Siedlung, die sich von Bender aus rechts gesehen den Hügel hinauf schlängelte

– aber sie war weit genug entfernt, um unerkannt zu bleiben, selbst wenn man beobachtet würde. Und auf der anderen Seite der mächtige Grenzbahnhof, von dem aus man die gesamte Baustelle überblicken konnte – aber auch dieser war über 200 Meter entfernt, schätzte Bender.

Er hätte gerne noch nachgedacht, doch er hatte seine Pflichten zu erfüllen: der Landrat, ein paar Abgeordnete, Minister aus München und Prag. Bender winkte Manu zu, bedeutete sie in Richtung der Prominenz und kletterte missmutig von seinem Podest herab, stapfte auf die Politikergruppe zu. Nicht gerade die Art von Zeugen, mit denen er gerne sprach. Er bemühte sich, ein freundliches Gesicht aufzusetzen und streckte schon einmal die rechte Hand nach vorne. „Herr Landrat? Grüß Gott, die Herren, Herr Minister...“

⊙

Bender und Manuela Hentschel waren von der Zeugenaussage des Landrats mehr als beeindruckt – detailgenau beschrieb er die letzten Minuten im Leben des Mordopfers Kraft.

„Bleibt für mich die Frage, ob Sie etwas über den Schützen sagen können. Haben Sie etwas mitbekommen, den Schuss gehört?“, fragte Manu.

„Nein, ich denke die ganze Zeit darüber nach, aber ich kann mich an nichts erinnern.“

„Hat das Opfer noch etwas gesagt?“, hakte Bender nach.

„Nein, er war halb bewusstlos. Er ist einfach in meinen Armen gestorben“, Graumüller drehte sich weg, war kurzzeitig überwältigt von seinen Gefühlen.

Die restlichen Ehrengäste konnten nicht viel beitragen, sie waren allesamt nur stille Beobachter. Der bayerische Wirtschaftsminister schaute ständig auf die Uhr und gab Bender zu verstehen, dass er weg müsse, zum nächsten Termin. Die beiden Bürgermeister aus den Grenzorten Bayerisch und Böhmisch Eisenstein sprachen recht eifrig miteinander, wollten von den Kriminalbeamten vor allem wissen, wie lange es möglicherweise zu Verzögerungen im Baubetrieb kommen würde und drängten die Polizisten, die Arbeiten nicht unnötig zu behindern.

„Das ist ein Tatort“, sagte Bender. „Sie müssen es schon uns überlassen, wie lange wir für unsere Ermittlungen brauchen. Ich denke, ein paar Tage lang wird hier nicht gearbeitet.“

Manu sprach in der Zwischenzeit weiter mit dem Landrat, der sich gefangen hatte und bereitwillig Auskunft gab.

„Haben Sie den Herrn Kraft gekannt, was war das für ein Mensch?“

„Oh ja, ich hatte oft mit ihm zu tun. Er selbst war ein schwieriger Verhandlungspartner, hart in der Sache. Aber seine Firma arbeitet gut, was das angeht hatten wir nie Probleme“, sagte der Landrat.

„Kennen Sie ihn näher?“

„So wie man sich halt kennt. Es gab schon einige Baustellen, die der Landkreis mit Kraft gemeinsam gemacht hat. Wie man sich halt so kennt, außerdem sind wir Vereinskameraden“, wiederholte er gedankenverloren.

„Hatte er Feinde?“

„Ach, so würde ich das nicht sagen. Natürlich, der Schäffler, sein größter Konkurrent. Den beiden wird schon Feindschaft unterstellt. Ich weiß nicht, die haben sich natürlich bekämpft, aber das war Geschäft, nicht mehr, denke ich.“

„Ja, davon haben wir schon gehört. Und sonst?“

„Was man hört gibt es Probleme mit seinem Sohn. Da haben es er und seine Frau nicht leicht. Ich weiß nichts Genaues, aber man munkelt von Alkohol, Drogen und solchen Sachen. Gerüchte halt.“

„Sie wissen ja einiges, Herr Landrat“, sagte Manu anerkennend.

„Tja, als Landrat. Sie ahnen ja nicht, was mir alles erzählt wird den ganzen langen Tag über. Ach, und den Sohn vom Kraft, den hatten wir sogar einmal zu einem Praktikum im

Landratsamt. Kraft hat unseren Amtsleiter um den Gefallen gebeten, das war so vor ein bis eineinhalb Jahren vielleicht. Zu mir war der Junge immer korrekt. Aber die Beamten haben schon geschimpft über ihn: faul, frech und da werden halt auch Gerüchte laut. Das Praktikum wurde vorzeitig beendet, wenn ich mich richtig erinnere. Der Junge ist wohl in eine Schlägerei geraten, da hat die Polizei ermittelt gegen ihn und da haben wir uns mit seinem Vater darauf geeinigt, das Praktikum zu unterbrechen. Der Junge ist aber dann nicht mehr gekommen, obwohl bei den Ermittlungen nichts gegen ihn rausgekommen ist."

„Was macht er jetzt?"

„Das weiß ich nicht, tut mir leid. Ich hab den Thorsten, nein, Thorben heißt er wohl, seit damals nicht mehr gesehen."

„Herr Landrat, vielen Dank. Wenn wir noch was wissen müssen, dürfen wir uns doch an Sie wenden?" Manu verneigte sich sogar ein wenig vor Graumüller, als sie sich verabschiedete. Sie war von seiner natürlichen Autorität sichtlich beeindruckt.

Bender war froh, dass Manu die Gesprächsführung weitgehend übernommen hatte. Der Landrat war zwar kooperativ, aber der Kommissar fühlte sich in der Umgebung von Politikern beinahe ebenso unwohl, wie unter Journalisten. Deshalb schüttelte er ihm nur kurz zum Abschied die Hand und murmelte lediglich ein knappes „Dankeschön".

⊙

„Etwas wirklich Vernünftiges ist von den Leuten nicht zu erfahren", berichtete Manu anschließend Bender von ihren Befragungen. „Die sind alle völlig durch den Wind."

„Ich habe fast nichts anderes erwartet", sagte Bender kopfschüttelnd. „Wenigstens haben wir das, was der Landrat wusste, das ist ja schon mal ein Anfang. Sag mal, hat jemand daran gedacht, all die Leute zu fotografieren, die hier herumstehen?“

„Das habe ich angeordnet, klar.“

„Gut. Schaller, du besorgst die Liste der geladenen Presse und rufst überall an, sie sollen uns ihr Foto- und Filmmaterial schicken.“

Was Bender nicht aus dem Kopf ging, war die Frage nach dem Schuss: Manche Zeugen wollten einen gehört haben, die meisten allerdings nicht. Und dass jemand unbemerkt aus der Gruppe der Gäste schießen konnte, das war ebenfalls schwer vorstellbar. Außerdem: Das Gelände war von der Bühne aus betrachtet nach allen Seiten hin offen. Theoretisch könnte für den Moment von überall geschossen worden sein. Genaueres würde man nach der ballistischen Untersuchung sagen können, wenn der Einschusswinkel festgestellt war.

„Manu, du nimmst dir mal diesen Konkurrenten von Kraft vor. Schäffler-Bau, der hat seinen Sitz in Lindberg, nicht weit von hier. Angeblich sollen die beiden sich nicht grün gewesen sein. Hat ja auch Schaller schon aus seinem Kasten rausgelesen. Du weißt schon, die übliche Routine. Nimm du das Auto, ich lasse mich von einer Streife fahren. Nimm den Franz mit und anschließend kommt ihr zur Firma des Opfers, da treffen wir uns wieder.“

Bender selbst nahm sich vor, nach Rinchnach zur Familie des Getöteten zu fahren. Schon der Gedanke daran war ihm unangenehm, dass ausgerechnet er die schlechte Nachricht überbringen musste. Doch sein Gefühl sagte ihm, dort wichtige Spuren und Hinweise zu finden. Bei dem, was er über den Sohn gehört hatte, war ein Familiendrama nicht auszuschließen, auch wenn der Tatort weitab vom häuslichen Umfeld lag. Bender stieg noch einmal auf das Podest an der Baustelle, setzte sich auf den Bretterboden und spekulierte still vor sich hin. Alles erinnerte ihn an eine Hinrichtung, an Hass, Rache. Es war eine persönliche Sache, davon war er überzeugt.

Das Haus, auf das Bender mit dem Streifenbeamten zufuhr, stand in Alleinlage an einem Südhang, mit weitem Blick über den Ort Rinchnach und den Bachlauf im Tal. Das riesige Grundstück war von einem makellos weißen Holzzaun umgrenzt, die Zufahrt erreichte man durch ein breites Eisentor, das allerdings offensichtlich immer offen stand. Wilder Wein rankte an den Verstrebungen des Tors empor, die Scharniere wiesen deutliche Rostspuren auf. In der rötlich gepflasterten Einfahrt stand der Pritschenwagen eines Landschaftsgärtners, in der offenen Garage sah Bender ein weißes BMW-Cabrio. Alles roch nach Geld, den Kommissar schüttelte es bei dem Gedanken an seine eigenen Schulden, die er für sein vergleichsweise mickriges Häuschen seit Jahren abzahlte. Hier sah nichts nach Schulden aus, eher nach beinahe schon sündigem Überfluss. Das Haus selbst war in einem leichten Terrakotta-Ton gestrichen, exakt die gleiche Farbe hatte das Dach. Auffällig waren ein paar Fenster an der Südseite des Hauses, die von frischem Putz umrandet waren, der hässlich grau aus dem sonst so harmonischen Bild herausstach. Bender malte sich ein Bild der Dame des Hauses, die gleich die Tür öffnen würde. In Erwartung von goldenen Ketten, dicker Schminke und einer Zigarette, die in einem Mundstück steckte, drückte er den Klingelknopf.

Es dauerte, nichts rührte sich. Bender wollte gerade noch einmal auf die Klingel drücken, als sich die Tür öffnete.

„Ja bitte?“ Eine Frau, die fraglos einmal attraktiv gewesen war, öffnete die Tür. Bekleidet mit einer verdreckten Jogginghose, einem ehemals gelben T-Shirt, das ziemlich ausgeblichen wirkte und mit Gummistiefeln. Bender konnte erst einmal nichts sagen, musterte die Frau nur von oben bis unten. Sie roch nach Hochprozentigem.

„Oh, entschuldigen Sie bitte. Ich arbeite gerade im Garten, sonst laufe ich nicht so zerrissen herum.“ Die Frau hatte seine Blicke wohl richtig verstanden.

„Frau Kraft?“ Bender hatte sich wieder gefangen.

„Ja."

„Ralf Bender. Ich komme von der Mordkommission in Passau. Kann ich bitte hereinkommen?"

Die Frau ging einen Schritt zur Seite, wies ihm den Weg in Richtung Wohnzimmer.

„Ist etwas mit Thorben?", fragte sie, während sie die Stiefel auszog und Bender bedeutete, sich zu setzen.

Der Kommissar antwortete nicht, wollte sich erst einmal ein wenig Luft verschaffen, ehe er mit der Nachricht herausrückte. Er fühlte sich unwohl wie lange nicht mehr. Das Wohnzimmer war sehr spärlich eingerichtet – nur weiße Möbel. Sogar der Fernseher war weiß, Bender fröstelte ein wenig.

„Hat er wieder etwas angestellt? Warum sonst sollten Sie kommen. Was haben Sie gesagt? Mordkommission?"

„Frau Kraft, es tut mir leid, es geht um Ihren Mann. Er ist tot. Er wurde heute in Bayerisch Eisenstein erschossen." Taktgefühl war seine Sache nicht.

Die Frau reagierte überhaupt nicht. Zumindest nicht so, dass Bender etwas hätte erkennen können. Sie blickte nur aus einem großen Fenster in den Garten hinaus, sagte nichts.

„Entschuldigen Sie, ich habe Ihnen gar nichts angeboten. Möchten Sie Kaffee, oder Tee? Oder was Stärkeres. Ich brauche jetzt einen Cognac." Sie schenkte sich ein Glas fast voll.

„Nein danke. Frau Kraft, haben Sie verstanden, was ich Ihnen gesagt habe?"

„Ja. Mein Mann ist tot. Erschossen."

Sie drehte sich nun zu Bender, und obwohl ihre Stimme sehr fest klang, liefen ihr dicke Tränen über die Wangen. Er spürte, wie sie nach Fassung rang und versuchte, den äußeren Schein zu wahren, ihre Gefühle zu bändigen. Sie lächelte ihn unbeholfen an, doch langsam ging ihr die Kontrolle verloren. Leicht zitternd ging sie zu einem Stuhl, setzte sich und starrte wieder aus dem Fenster.

„Frau Kraft. Haben Sie eine Idee, wer das getan haben könnte?"

„Was? Nein, wer tut denn so etwas?“

„Sind Sie alleine im Haus, sind Ihre Kinder da?“

„Nein, nur der Gärtner. Wir arbeiten heute schon seit sieben Uhr. Ich will einen schönen Feng-Shui-Garten für mich und meinen Mann gestalten. Er mag doch den Garten so.“ Hilflos blickte sie Bender an, dann wieder in den Garten, ehe ihre Gefühle endlich den Schleier durchbrachen. Als hätte man einen Schalter umgelegt, fing sie lauthals zu schluchzen an, rutschte vom Stuhl auf den Boden. Das Gesicht mit dem Unterarm verdeckt lag sie am Rücken und heulte. Dann schrie sie irgendwelche Worte, die Bender nicht verstand. Schließlich wimmerte sie nur noch, von gelegentlichen Zuckungen begleitet.

Bender sah auf die Frau, fühlte sich in diesem Moment völlig überfordert. Er wusste nicht, was er tun sollte. Wenn er Angehörigen die Todesnachricht überbrachte, hatte er schon viel gesehen, doch so etwas noch nicht. Er ging zu der Frau, wollte ihr die Hand anbieten, damit sie wieder aufstehen konnte, doch sie schlug nach ihm. Er wich einen Meter zurück, unfähig, irgendetwas zu sagen. Also setzte er sich wieder, um zu warten, bis sie sich beruhigt hatte. Warum hatte er Manu nicht mitgenommen, die hätte bestimmt einen besseren Zugang zu der Frau gehabt, so von Frau zu Frau gewissermaßen. Bender schalt sich dafür, alleine hergefahren zu sein. Den Beamten, der ihn gefahren hatte, ließ er im Auto warten. Er konnte ja schlecht hinausgehen, und ihn um Hilfe bitten. Wie hätte das ausgesehen?

Einen Moment lang fragte er sich, ob das alles Show sei – doch er konnte sich nicht vorstellen, dass jemand so etwas spielte. In diesem Moment hörte er die Haustür schwer ins Schloss krachen. Ein junger Mann kam ins Wohnzimmer, blieb wie erstarrt stehen, sah zuerst Bender an, dann auf die Frau am Boden.

„Mama? Was ist los, was machen Sie da, wer sind Sie?“

Er stürzte auf seine Mutter zu, doch auch ihn schlug sie beiseite, als er versuchte, sich über sie zu beugen und ihr aufzuhelfen. Sie drehte sich von ihm weg, vergrub ihr Gesicht noch tiefer in den Unterarm. „Geh weg", schrie sie, dann folgte wieder ein unablässiges Wimmern.

„Sie sind Thorben Kraft?", fragte Bender, der froh war, nicht mehr mit der Frau allein zu sein.

„Wer will das wissen, wer?" Der junge Mann schaute mit einem verächtlichen Blick auf Bender herab, der immer noch im Stuhl sitzen geblieben war.

„Bender, Hauptkommissar Bender. Mordkommission."

„Aha. Und was wollen Sie von meiner Mutter?"

„Ihr Vater ist tot. Er wurde erschossen."

Thorben Krafts Augen flackerten kurz auf. Ähnlich wie anfangs bei der Mutter konnte Bender sonst keine Reaktion erkennen.

„Wer?", fragte Thorben nach einigen Sekunden.

„Das wissen wir nicht. Wo waren Sie heute, bevor Sie jetzt nach Hause gekommen sind?" Bender wollte diese Frage eigentlich nicht so plötzlich stellen, doch ihm kam es vor, als ob der Sohn gerade dabei war, eine Fassade aufzubauen – und der Kommissar wollte ihm dazu wenn möglich keine Chance lassen.

„Ich war unterwegs. Mit dem Auto, einfach so herumgefahren. Nur unterwegs", sagte Thorben Kraft.

„Er war es nicht", es war ein hysterisches Kreischen, das seine Mutter ausstieß. „Du warst es doch nicht, oder?", sagte sie dann eher wimmernd zu ihrem Sohn, den sie mit einem flehenden Blick ansah.

„Mama, was redest du denn da, Mama?"

„Aber stimmt doch, heute beim Frühstück."

Bender wurde hellhörig. „Was haben Sie beim Frühstück zu wem gesagt?" Er sagte es nicht ohne Strenge in der Stimme, schon allein, weil ihm das Geheule mittlerweile auf die Nerven ging. Und der Sohn war ihm einfach nur unsympathisch. Ein Sohn halt.

Thorben Kraft wirkte zum ersten Mal verunsichert, Bender konnte sehen, wie er sich in seinem Kopf die richtige Formulierung für eine Antwort bastelte.

„Wir hatten eine kleine Auseinandersetzung, mehr nicht. Eine Auseinandersetzung“, war das Ergebnis.

„Ihr habt gestritten wie die Berserker.“ Die Mutter stand inzwischen breitbeinig am Fenster und blickte ihren Sohn scharf an.

„Mama, jetzt sei doch mal still, du bringst uns doch in Teufels Küche.“

Entsetzt schaute sie auf Bender und es war, als sei ihr erst jetzt wieder eingefallen, wer er war. Beschwichtigend griff sie nun ihrem Sohn um die Schulter und sagte mit fester Stimme: „Herr Bender, bitte gehen Sie jetzt und suchen Sie den Mörder meines Mannes.“

„Nicht bevor Sie mir genau erzählt haben, was heute beim Frühstück passiert ist.“

„Nichts. Gar nichts“, keifte sie Bender an und der war erneut fassungslos, in welcher Windeseile die Frau in der Lage war, ihre Stimmungen zu wechseln. Jetzt lautete das Motto scheinbar Angriff. Auch für ihn. Heidrun Kraft goss sich Cognac nach, viel zu viel, auch angesichts der schrecklichen Umstände.

„Entweder, Sie sagen mir jetzt, was heute beim Frühstück los war, oder ich muss Sie beide mitnehmen. Verstehen Sie das?“

Thorben Kraft machte eine beschwichtigende Geste und führte seine Mutter zu ihrem Stuhl zurück. Als sie sich gesetzt und einen weiteren tiefen Schluck genommen hatte, rückte auch er sich einen Stuhl zurecht. Aufreizend langsam.

„Ja, wir haben gestritten. Es ging um Geld, um was sonst. Er wollte mir wieder mal nichts geben. Ein Wort gab das andere und dann habe ich gesagt: Ich freue mich schon, wenn du tot bist, denn dann gehört alles mir. Blöd, ich weiß. Aber er hört immer nicht zu, ich war so wütend. Blöd.“

„Und dann sind Sie losgefahren und haben ihn erschossen.“

„Ach was. Wenn, dann hätte ich ihn erwürgt, glauben Sie mir. Erwürgt.“

„Wo waren Sie?“

„Ich weiß nicht, einfach rumgefahren. Ich war so wütend und da habe ich einfach Gas gegeben.“

Dürftig, dachte der Kommissar und wollte jetzt keine Zeit mehr verschwenden.

„Herr Kraft, ich nehme Sie fest. Sie stehen unter dem dringenden Verdacht, Ihren Vater getötet zu haben.“

„Sie haben sie ja nicht mehr alle“, schrie der junge Mann Bender an und wollte auf ihn losgehen. Doch der Kommissar war darauf gefasst und hatte die Handschellen, die er seit der gescheiterten Verhaftung Raphaels immer bei sich trug, sofort griffbereit. Er packte den Jungen am Arm und ließ das Schloss zuschnappen.

„Du blöde Kuh, was musst du so einen Blödsinn erzählen. Oh Mann, es ist nicht zu fassen, kann ihr Maul nicht halten.“ Thorben Kraft trat nach einem Stuhl, der laut scheppernd durch das Wohnzimmer krachte. Bender blieb ruhig, griff nach dem Handy und holte seinen Kollegen aus dem Polizeiauto ins Haus.

„Wir bringen ihn nach Zwiesel. Ein paar Stunden in der Zelle, dann beruhigt er sich schon wieder.“

Bender wandte sich der Mutter zu: „Ich glaube, es wäre gut, wenn Sie auch mitkommen würden. Wir haben noch eine Menge Fragen an Sie.“

Der Streifenpolizist führte den Verhafteten aus dem Haus, der sich mit aller Kraft dagegen wehrte. Als ihn der Beamte endlich ins Auto gedrückt hatte, sackte dieser förmlich am Rücksitz zusammen und sprach kein Wort mehr. Bender begleitete die Mutter. Als sie in den Polizeiwagen stiegen, sah er in der Garage einen schwarzen Mercedes CLK stehen. Nobles Gefährt dachte er, gerade richtig zum Abbau von Aggressionen. Er verständigte die Spurensicherung, das Auto genauer unter die Lupe zu nehmen. Gleichzeitig spürte er eine gehörige Portion Aggression in sich aufsteigen. Der Gedanke an ein frisches Weißbier in der Racheldiensthütte stimmte ihn wieder etwas milder. Doch bis dahin war noch einiges zu erledigen.

⊙

Böse Erinnerungen kamen in Benno Seifeld hoch, als er an diesem Vormittag die Faktenlage rekapitulierte. Da war also der zweitgrößte Bauunternehmer des Landkreises von seinem Podest geschossen worden, auf das er sich selbst gehoben hatte. Kein Mörder in Sicht. Die ganze Lage rätselhaft. Gut, Männer wie Severin Kraft hatten Feinde, keine Frage. Geprellte Kunden, unzufriedene Auftraggeber oder umgekehrt oder beides. Vieles war denkbar, alles war möglich. Und doch, musste das schon wieder sein? Hier im Bayerischen Wald. Und dann wieder in seinem Wirkungskreis. Er mochte keine Morde. Schon gar keine, die Fragen aufwarfen, hinterrücks oder vielleicht sogar von einem Geisteskranken verursacht worden waren. Obwohl sein Büro eher überheizt war, fröstelte es Benno am ganzen Körper. Er war froh, dass die Kollegen aus Zwiesel die Arbeit am Tatort machten. Gehörte zu deren Aufgaben. Doch natürlich musste er als Redaktionsleiter den Mord ebenfalls thematisieren. Es würde ein Interview mit dem Landrat werden. Für den Bayernteil der morgigen Ausgabe. Wieder fröstelte Benno. Würde dieser Mord ihn wieder aus dem Alltagstrott reißen, alles verändern, das Leben schwer und kompliziert machen? Benno konnte und wollte sich dies nicht vorstellen. „Bitte nicht, nicht schon wieder“, sagte er laut, ohne es zu merken.

„Was?“, antwortete Bettina Müller, die gerade in Bennos Büro eilte, um ihn auf den neuesten Stand zu bringen.

„Wie? Was?“, sagte Benno leicht verwirrt und winkte dann ab. „Ach nix. Was ist denn, Bettina?“

Nachdem die Volontärin ihren Bericht beendet hatte, versorgte Benno sie mit einigen Arbeitsaufträgen und nahm seinen Gedankenfaden wieder auf:

Wie oft eigentlich kann ein Mensch sich von Grund auf ändern?, kritzelte er auf den Notizblock, der vor ihm lag. Einmal? Zweimal? Häufiger? Er wusste es nicht. Zumindest was andere Menschen betraf. Für sich selbst konnte er eine genaue Antwort geben. Dreimal! Zuletzt vor nicht einmal zwei Jahren. Da machten die traumatischen Erlebnisse, die den ganzen Bayerischen Wald erschüttert hatten, einen anderen Menschen aus ihm. Er war noch ernster geworden, nachdenklicher. Und: bedingungsloser, in gewisser Weise auch gnadenloser. Wollte man es positiv ausdrücken: geradliniger. Auch Grafenau war ihm unerträglich geworden. Die ewigen Fragen nach dem Serienkiller, nach Raphael, er konnte und wollte sie nicht mehr hören, geschweige denn beantworten. Deshalb versetzte man ihn auf eigenen Wunsch in die Stadt Regen in den gleichnamigen Nachbarlandkreis. So schlug er zwei Fliegen mit einer Klappe. Er konnte der Säumerstadt entfliehen und wurde gleichzeitig Redaktionsleiter. Ein beruflicher Aufstieg, den er nicht geplant und auch nicht vorangetrieben hatte. Es war einfach nur Glück. „Muss man auch mal haben“, murmelte er vor sich hin.

Sein neues ‚Ich' hatte den Benno abgelöst, der wenig Wert auf sein Äußeres legte. Alles was er noch aus der Zeit vor Raphael mitgenommen hatte, war das kaputte Bein, das er ein wenig nachzog und der unerschütterliche Glaube an Gott, dem er auch in seiner neuen Wohnung einen kleinen Schrein als Rückzugsort widmete. Regelmäßig besuchte er jetzt ein Fitness-Studio und der schwammige Bauch, der sich um seine Hüften gebildet hatte, war kaum noch zu sehen. Beinahe wirkte er so sportlich wie in seiner Jugend, als der Winter seine Jahreszeit und Skifahren sein Sport waren. Sein erstes Leben, das Ungezwungene, Unverbrauchte und Unbeschwerte.

Und dann kreuzte ein Pistenraudi seinen Weg. Die Folge waren sechs Wochen Krankenhausaufenthalt mit anschließender Reha und ein verkrüppeltes Bein als Dauerschaden. Das hatte ihn derart aus der Bahn geworfen, dass er das Interesse an sich selbst verlor. Er lebte in den Tag hinein, ließ sich vom Leben treiben, statt es selbst in die Hand zu nehmen. Und dann war es ausgerechnet Raphael, der ihn letztlich wieder wachrüttelte. Dieser Verrückte hatte ihm doch tatsächlich vor Augen geführt, dass er sein Leben liebte.

Benno sah auf die Uhr, die über dem Türrahmen seines Büros hing. Diese war ebenso klar, übersichtlich und einfach gehalten, wie der Rest in seinem Redaktionsleiterzimmer. Ein graugrüner Wandschrank mit vielen Türen und Schubladen, ein Schreibtisch, auf dem ein Computerbildschirm, ein Scanner und sein Laptop standen, ein kleinerer Tisch daneben, ausgestattet mit einem Drucker. Ein paar weitere Utensilien, wie Kugelschreiber, Tesafilmrolle und Telefon komplettierten das Bild des Arbeitsbereiches. Eine Yucca-Palme, die gegen die Decke drängte, als wolle sie hindurch wachsen, sorgte für die grüne Note im Raum. Alles klar strukturiert, das gab ihm die Sicherheit, die er für seinen Job brauchte. Ein Herd der Unruhe war lediglich die Pinnwand hinter Bennos Schreibtisch, an der einige Postkarten, Fotos und Infozettel klebten. Benno sah ein weiteres Mal auf die Uhr. Er hatte noch etwas Zeit bis zum Termin mit dem Landrat. Weil die Landkreisbehörde ebenfalls in der Kreisstadt lag und die Entfernungen nicht sonderlich groß waren, würde er in ein paar Minuten vor Ort sein. Benno wollte nicht zu spät kommen, allerdings auch nicht zu früh, das gebot der Anstand. Schließlich war es so etwas wie ein Ritterschlag, dass er den Termin in der jetzigen Situation überhaupt so schnell erhalten hatte. Aber es lag wohl daran, dass er und Konstantin Graumüller gut miteinander konnten. Ja, man konnte sagen, man mochte sich. Ganz gegen Benno Seifelds Gewohnheit. Gut, er war der hemdsärmelige Typ Journalist, dem Distanz gegenüber Politikern kein Dogma war. Trotzdem hielt er immer etwas Abstand, um bei Bedarf eine Geschichte nicht irgendwelchen Kumpeleien opfern zu müssen. Bei Graumüller war das anders. Der hatte etwas Väterliches an sich, das Benno rührte und ihn glauben ließ, dass der Landrat durch und durch ehrlich war.

⊙

30 Jahre lang war Konstantin Graumüller nun schon Landrat. Und wenn er bei Gesundheit bleiben sollte, würde er es sicher noch ein weiteres Mal werden. Die Altersgrenze von 67 Jahren würde er bei der kommenden Wahl im nächsten Jahr noch nicht erreicht haben. Benno blätterte in seinen Aufzeichnungen und rief sich das erste Treffen vor gut einem halben Jahr in Erinnerung. Die Frage nach Wiederkandidatur oder Abdanken war auch der Grund für Bennos damaligen Interview-Wunsch gewesen. Schon zu dieser Zeit munkelte man nämlich hinter den sauber getünchten Kulissen der Partei, dass die Jüngeren aufbegehrten und den „Alten" weghaben wollten. Doch Graumüller hatte sich nicht aus der Reserve locken lassen. Nach dem üblichen Geplänkel über die aktuelle Landkreispolitik, den Höflichkeitsfragen zur bisherigen Lebensleistung und, und, und, begann Benno auf den Punkt zu kommen, auf den er hinauswollte: Was ist dran an der Palastrevolution? Benno hatte entschieden, den Schutzschild fallen zu lassen und den direkten Weg zu wählen: „Herr Landrat, glauben Sie, dass Ihre Partei noch rückhaltlos hinter Ihnen steht?" Er wartete für einen Moment auf Empörung, auf einen Rauswurf wegen Majestätsbeleidigung. Genau den plante damals wohl Ludwig Meisetschläger, Pressesprecher und persönlicher Referent des Landrats, dessen Augen bedrohlich funkelten. Graumüller dagegen war völlig ruhig geblieben, ganz so, als habe er auf die Frage gewartet und wäre dankbar, dass sie nicht länger im Raum stand, sondern endlich gestellt wurde. Sein Blick: offen und ehrlich. Konstantin Graumüller hatte sich geradezu aufreizend lässig benommen „Ach, wissen Sie, ich hänge nicht mehr an meinem Amt. Wenn meine Person weiterhin gefragt

ist, werde ich zur Verfügung stehen. Aber wenn die Jugend ihr Recht fordert, werde ich nicht im Weg stehen."

Auf diese Antwort war Benno nicht vorbereitet gewesen. Er ärgerte sich über sich selbst, dass er aus dem Konzept gebracht worden war. Er war auf Krawall gebürstet, wollte eine Hintergrundgeschichte mit der er das Thema anheizen würde. Bei allem Gerechtigkeitssinn liebte Benno Storys, die Politiker aus der Reserve lockten und an den Stammtischen Diskussionen entfachten. Auf jeden Konflikt war er vorbereitet. Aber so ins Leere zu laufen verunsicherte ihn. Hatte der alte Fuchs sein Vorhaben durchschaut und ihn mit einer scheinbar belanglosen Aussage schachmatt gesetzt? Nein, dazu hatte die Antwort eine zu große Tragweite. Vor allem weil Graumüller ergänzte: „Und wenn ich tatsächlich nicht mehr gefragt sein sollte, so hoffe ich doch, dass in Bezug auf einen Nachfolger meine Meinung Gewicht hat."

Das war eine glatte Kampfansage an die Parteifreunde gewesen. Wenn Revoluzzer wirklich an dessen Stuhl sägten, würden sie ihn garantiert nicht um seine Meinung fragen. Die Bildung mehrerer Lager pro und contra Graumüller, pro und contra Graumüller-Nachfolger war vorprogrammiert. Benno kannte bisher nur Politiker oder andere Machtmenschen, die mit ausgefahrenen Krallen um ihre Position kämpfen. Dieser hier focht mit der feinen Klinge. Nervös hatte Benno in seinen Aufzeichnungen geblättert und versucht, seine Mitte wieder zu finden. Des Landrats Schatten hatte die Situation sofort begriffen und ein diabolisches Grinsen aufgesetzt. Benno fühlte sich durchschaut. Freunde würden er und Meisetschläger nicht mehr werden, soviel stand fest. Auch Konstantin Graumüller schien die Situation erfasst zu haben, reagierte aber gänzlich anders. Er ließ es auf sich beruhen, begann zu plaudern und half Benno so, sich zu sammeln. Das hatte er ihm hoch angerechnet.

Bettina Müller stürmte ein weiteres Mal ins Büro und holte Benno in die Gegenwart zurück. Fast erschrak er, als sie sagte: „Benno, du musst los."

Diesmal war keine Zeit für freundliche Plaudereien, das Trio nahm nach Bennos Eintreffen sofort Platz. Ludwig Meisetschläger, der nicht nur Pressesprecher, sondern auch Weggefährte und Vertrauter des Landrats war, setzte sich hinter seinen Chef und vermittelte Benno das Bild des Einflüsterers. Das Büro versprühte den Charme früherer Tage. Ein mächtiger Gummibaum nahm die dem Schreibtisch gegenüberliegende Wand ein. Und auch die Ölgemälde, die Landschaften des Bayerischen Waldes zeigten, gehörten eigentlich in eine andere Zeit. In dieser antiquierten Atmosphäre wirkte der moderne Besprechungstisch mit den ebenso modernen Lederstühlen völlig fehl am Platz. Nachdem Graumüller Benno erzählt hatte, was vorher auch schon Bender zu hören bekam, beendete er das Gespräch mit den Worten: „Bei der versammelten Prominenz in Bayerisch Eisenstein frage ich mich, ob dieser feige Anschlag nicht jemand anderen treffen sollte." Benno begriff sofort und wollte nachhaken, doch der Landrat wiegelte ab: „Zum jetzigen Zeitpunkt möchte ich nicht mehr dazu sagen."

Nachdem Benno das Büro des Landrats verlassen hatte, sagte Graumüller zu seiner rechten Hand: „Meinst du, das war ein kluger Schachzug?"

„So tragisch dieser Mord auch ist", antwortete Meisetschläger, „du musst ihn für unsere Zwecke nutzen."

⊙

Tagebuch

Es war einfacher als ich dachte. Er stand da - auf dem Präsentierteller, der Wurm. So selbstgefällig und zufrieden.

Der Platz war gut gewählt. Ein Schuss und es war vorbei. Übung macht den Meister. Er wäre stolz auf mich!!! Kein eit-

les Grinsen mehr. Ich bin jetzt ganz sicher: Ich muss weitermachen!!!!!

⊙

Manuela Hentschel und Franz Schaller schwiegen, während sie zum Haus von Hans-Georg Schäffler fuhren. Keiner der beiden dachte an das bevorstehende Verhör mit dem zweiten großen Baulöwen im Landkreis Regen, das war reine Routine. Vielmehr versuchten sie das, was zwischen ihnen stand, weg zu schweigen. Genauer gesagt gab es diese unsichtbare Wand aus unausgesprochenen Worten nur aus der Sicht von Franz. Für Manu war die kurze Affäre, die sie mit dem schlaksigen Computerfreak hatte, diesem jungenhaften Typ, der wohl nie so ganz zum Mann werden würde, längst beendet. Allein seine Hardrock-T-Shirts, auf denen vorne das Logo seiner Lieblingsbands und hinten die jeweiligen Tourneedaten prangten, sowie die ausgelatschten Turnschuhe, in denen seine großen, knochigen Füße steckten, belegten, dass er im Grunde ein weltfremder Computer-Nerd, freundlicher ausgedrückt ein großes Kind war. Franz, den sie zur Befriedigung ihres Appetits auf Kuschelsex zuvor ab und zu unter die Bettdecke ließ, hatte sie zudem schwer enttäuscht. Dafür hatte sie ihm zwar nicht die Freundschaft gekündigt, aber: Anfassen verboten! Mehr noch als zuvor war er für sie inzwischen nicht mehr als ein unreifer Jugendlicher, dem sie maximal die Gefühle einer großen Schwester entgegenbringen konnte.

Franz wusste dies, sie hatte es ihm deutlich gesagt. Und er hatte schwer daran zu knabbern. Doch in Situationen wie dieser, wenn sie alleine waren und schwiegen, spürte sie seine Blicke und wusste, dass er die Hoffnung noch nicht aufgegeben hatte. Seine Augen scannten sehnsuchtsvoll ihren durchtrainierten Körper. Jede Faser an ihr, ihr Geruch und die Art, wie sie sich bewegte, einfach alles rief Erinnerungen in ihm hervor, die ihm beinahe körperliche Schmerzen verursachten.

„Franz, lass, das", sagte Manu und der Gescholtene zuckte leicht zusammen.

„Was denn?", versuchte er abzulenken, sank aber tiefer in den Beifahrersitz und wurde puterrot.

„Ich, ich...", stammelte er unbeholfen, doch Manu schenkte ihm ein kleines Lächeln.

„Lass gut sein, Franz, übrigens, laut Navi sind wir gleich da."

Franz Schaller nahm den Ball dankbar auf und sah auf die elektronische Landkarte in der Mittelkonsole des Wagens.

„Ja, stimmt, dann wollen wir dem Kerl mal auf den Goldzahn fühlen." Während sich Franz Schaller gackernd über seinen eigenen Witz amüsierte, fuhr Manu auf einen Wendehammer zu und blieb dann vor einem gewaltigen Tor stehen, an dem die Hausnummer des Bauunternehmens prangte. Schaller stieg aus und läutete. Nachdem er ein paar Worte in eine Gegensprechanlage gesagt hatte, kehrte er zum Wagen zurück.

„Ihre Majestät gewährt uns eine Audienz", prustete er wieder los. Manuela Hentschel verdrehte die Augen und sah zu, wie sich das Tor langsam öffnete. Der Kies knirschte unter den Rädern ihres Wagens, als sie langsam in die Einfahrt rollten. Manu pfiff leise durch die Zähne, als sie das Ende der Auffahrt erreichten.

Hier hatte sich jemand offensichtlich verwirklicht. Eine mit Fenstern durchsetzte Vorderfront schmückte das Haus ebenso wie kleine Türmchen und Säulen, die einen Arkadengang stützten, der – so sah es auf den ersten Blick aus – wohl das ganze Gebäude einrahmen würde. Das Haus machte auf Manu den Eindruck, als sei es eine Kreuzung aus Märchenschloss und Herrenhäusern amerikanischer Baumwollbonzen zu Beginn des 19. Jahrhunderts. „Schneewittchen" trifft „Vom Winde verweht", schoss es Manu durch den Kopf.

Fast war sie ein wenig enttäuscht, als sich die Tür öffnete und nicht das französische Hausmädchen darin stand.

„Sie wünschen“, sagte stattdessen der Hausherr mit einem süffisanten Grinsen auf dem Gesicht, als wüsste er bereits, worum es ging und wer vor ihm stand. Ein kleiner Hund, offensichtlich eine wilde Straßenmischung, rannte aufgeregt und kläffend zwischen den Zweibeinern umher.

Manu hielt Schäffler ihren Dienstausweis unter die Nase: „Manuela Hentschel, Mordkommission. Und das ist mein Kollege Franz Schaller.“

„Soso und was wollen Sie jetzt von mir? Geht es um Severin?“

„Wie kommen Sie denn darauf?“

„Sie beleidigen meine Intelligenz“, sagte Schäffler. „Seit ungefähr einer Stunde plärrt es aus allen Kanälen, dass der gute Severin erschossen worden ist. Und wenn Sie nicht völlig ahnungslos sind, wird sich auch bis zu Ihnen herumgesprochen haben: Wir waren nicht die besten Freunde.“

Franz Schaller war froh, Manu dabei zu haben. Er wäre unter soviel Arroganz sicher zusammengebrochen. Doch seine Kollegin ließ sich nicht aus der Ruhe bringen.

„Dürfen wir reinkommen, Herr Schäffler“, sagte sie und kam ihrem Kontrahenten so nahe, dass dieser trotz seiner 1,90 m Körpergröße und den breiten Schultern unwillkürlich einen Schritt zur Seite machte.

„Wenn Sie eine so rasche Auffassungsgabe haben, können Sie sich sicher denken, was als nächstes kommt: Also, wo waren Sie zum Tatzeitpunkt?“ Die Kommissarin blickte den Bauunternehmer mit gespielter Aufmerksamkeit an.

Der ließ sich allerdings nicht aus der Reserve locken: „Kommt jetzt die Stelle, wo ich Ihnen etwas zu trinken anbieten darf?“

„Beantworten Sie einfach meine Frage.“ Manu hielt dem provokanten Blick Schäfflers ohne äußerliche Gemütsregung stand.

„Ich war, lassen Sie mich kurz überlegen...“

Der Bauunternehmer genoss die Situation sichtlich.

So verhält sich nur einer, der sich auf der sicheren Seite befindet, dachte Manu. Oder jemand, der eiskalt ist, widersprach sie sich selbst. Sie sah sich scheinbar desinteressiert um. Das Haus schien aus ihrem Blickwinkel nur aus einem einzigen riesigen Raum zu bestehen. Hochmoderne HiFi-Geräte, die Boxen waren wohl in die Wand eingelassen, weil im ganzen Raum in gleichmäßiger gedämpfter Lautstärke ein klassisches Stück lief, das Manu nicht kannte. Schäffler hielt noch eine Fernbedienung in der Hand, mit der er den Ton bei ihrem Eintreffen offensichtlich leiser gestellt hatte. Auch der überdimensional große Fernseher lief tonlos, irgendein Nachrichtensender. Was Manu besonders widerlich fand, war die Tatsache, dass der ganze Raum gekachelt war. Nicht nur auf dem Boden waren große Hochglanzfliesen verlegt, auch die Wände waren derart verziert. Wie in einem Leichenschauhaus, schüttelte es sie. Und dann der Klassiker: überdimensional große Ledercouch mit einem Glastisch davor. Darauf stand eine Flasche Champagner sowie ein Glas.

„Und, ist es Ihnen schon eingefallen?"

„Ach ja natürlich, Frau...wie war gleich Ihr Name...Haschel?" Manu überhörte die Provokation, „also ich war: hier zu Hause. Hab mir einen freien Vormittag gegönnt." Was Schäffler Manu nicht verriet: Er war an diesem Morgen zu wütend gewesen, um zu arbeiten. Severin Kraft hatte den Auftrag bekommen, um den er so lange gekämpft hatte. Und er hatte verloren. Das nagte maßlos an ihm und hatte ihm beim Gedanken an das Richtfest und die ganze verlogene Gesellschaft, die selbstgefällig um Kraft herum stehen würde und sich selbst feierte, die Luft zum Atmen genommen. Er hatte sich stattdessen – wie er es im Geiste formulierte - lieber abgelenkt, war dann nach Hause zurückgekehrt. Doch das würde er dieser Polizistin nicht auf die Nase binden. Stattdessen sagte er zuckersüß: „Auch wenn Sie das wahrscheinlich nicht besonders zufriedenstellen wird: Ich war den ganzen Vormittag hier. Und: nein, niemand kann das bezeugen. Ich habe zwar mit meiner Sekretärin telefoniert, aber das hätte ich natürlich auch hinter einer Hecke lauernd tun können."

„Aha, Sie haben also hinter einer Hecke gelauert?", antwortete Franz Schaller triumphierend.

„Oh mein Gott, Frau Herschel, haben Sie da einen Auszubildenden dabei?" Schäffler verdrehte die Augen und wendete sich an Franz Schaller: „„...Erschossen… hinterrücks...Hinterhalt....Heckenschütze...Hecke...ein Wortspiel. Können Sie mir soweit folgen?"

Franz Schaller verstand nicht, glotzte stattdessen leicht dümmlich zwischen Manu und dem Bauunternehmer hin und her. Manuela Hentschel verstand zumindest so viel, dass es nicht viel bringen würde, diesen Fatzke noch weiter in seiner gewohnten Umgebung zu befragen. Das war sein Revier, hier war er der Platzhirsch und verströmte eine arrogante Selbstsicherheit, die beinahe greifbar war. Sie hoffte, dass er in einer neutraleren Umgebung leichter zu packen war. Außerdem musste sie sich eingestehen, dass es noch nicht viel zu fragen gab, schließlich hatten sie noch so gut wie keine Erkenntnisse, geschweige denn Ergebnisse. Manu beschloss, die Sache für den Moment zu beenden.

„Herr Schäffler, halten Sie sich zu unserer Verfügung." Der Angesprochene grinste breit und machte eine ausladende Armbewegung.

„Danke", sagte Manu, „wir finden alleine hinaus."

Und zu Schaller: „Wir fahren zur Firma von Kraft, Bender wartet sicher schon."

Als sie bereits im Wagen saßen, hörten sie das Bellen des Hundes ein letztes Mal, dann jaulte er jämmerlich und war verstummt.

⊙

Die Zentrale der Kraft Bau entsprach nicht den Vorstellungen Ralf Benders: Es war ein schäbiges Ensemble von Gebäuden, die einmal scheinbar wie ein Haufen Legosteine in einen alten Steinbruch geworfen wurden. Die Fassaden grau, offensichtlich aus Feldsteinen aufgemauert. Nur die Fenster stachen hervor – groß, glatt, modern. Und in der Mitte stand ein würfelförmiges Gebäude mit Flachdach, das mit seinem weißen Anstrich nicht dazuzugehören schien. Oben auf dem Dach prangte in riesigen Lettern: KRAFT. Das Areal sah aus wie ein riesiger Trichter, durch eine enge Zufahrt öffnete sich der Krater des Steinbruchs. Über die ganze Fläche verteilt standen Lastwagen und Baumaschinen – alle in den Farben des Unternehmens, Blau und Rot, gehalten. Bender steuerte auf das weiße Gebäude zu, vor dem Manu und Franz schon auf ihn warteten.

„Und, wie war der Schäffler?“, fragte Bender.

„Arrogant.“ Mehr wollte Manu nicht sagen. „Und die Kraft?“

„Völlig durchgedreht. Ich habe ihren Sohn festgenommen, aber kein Wort davon. Beide nehmen wir uns nachher in der PI Zwiesel vor.“ Bender schickte Schaller los, sich auf dem Areal bei den Mitarbeitern umzuhören. Eifersüchteleien, Streitereien, kleinere und größere Intrigen, Neid – das alles gab es in beinahe allen Betrieben und alles könnte die Grundlage für einen Mord sein. Bender hatte in seinen langen Berufsjahren viel gelernt, eines jedoch war ihm der wichtigste Grundsatz: Jeder kann zum Mörder werden, es ist alles nur eine Frage der Umstände.

Empfangen wurden sie von einer jungen, sportlichen Blonden, deren Schminke schwer mitgenommen aussah. Gerötete Augen, ein zusammengeknülltes Taschentuch in der Hand und eine gebrochene Stimme.

„Helena Stöckl, ich bin die Sekretärin von...“, ein heftiger Weinkrampf schüttelte sie. Schnell fasste sie sich wieder, wischte sich die Augen mit dem Taschentuch aus und führte die beiden Beamten ins Büro von Severin Kraft.

„Was kann ich für Sie tun?“ Helena Stöckl wies den Polizisten die Besucherstühle zu und setzte sich selbst auf Krafts Chefsessel hinter dem Schreibtisch. Sie ordnete ein paar Papiere, die über den Tisch verstreut lagen. „Ich meine, wie kann ich Ihnen helfen? Wegen Severin. Es ist alles so entsetzlich."

Bender befragte die Sekretärin in Hinblick auf Streitigkeiten, von denen sie gewusst haben könnte, möglichen Auseinandersetzungen mit Kunden, Angestellten, Arbeitern und nicht zuletzt auch über private Probleme. Helena Stöckl wusste nichts zu berichten, außer von Krafts Sohn, der wohl nicht dem Wunschbild des Vaters entsprochen habe. Auch von der Konkurrenz zu Schäffler-Bau berichtete die Sekretärin, sie sagte aber auch, dass Kraft und Schäffler im persönlichen Umgang keine Feinde waren, sich geschäftlich zwar leidenschaftlich bekämpften, sonst aber durchaus respektvoll miteinander umgingen. Wenn es um Angelegenheiten der Branche ging, kämpften sie gegenüber der Politik in München und Berlin Seite an Seite – nicht zuletzt waren sie beide Kreisräte bei der gleichen Partei. Allerdings sei das Verhältnis in den letzten Monaten schwieriger geworden, weil beide vehement um das Projekt in Bayerisch Eisenstein gerungen hatten. „Kein Wunder, schließlich sorgt es über viele Jahre für volle Auftragsbücher."

Wenig Verwertbares für die Beamten, auch wenn Manu bei Schäffler einen völlig anderen Eindruck vom Verhältnis der beiden Großunternehmer bekommen hatte. In ihren Augen ging es da nicht nur um Konkurrenz, sondern um Hass und verletzte Eitelkeiten.

„Bevor Sie mich fragen müssen: Severin und ich, Sie finden es sowieso heraus, es war ein schönes Verhältnis, ich habe ihn sehr geliebt. Und ja: ich bin verheiratet, aber mein Mann weiß nichts. Heidrun auch nicht. Seine Frau, wie Sie wahrscheinlich schon wissen."

„Sie waren ein Paar?"

„Nein, eine Bettgeschichte, wenn Sie so wollen. Mehr nicht. Er hatte viele Verhältnisse, das ging ja alles über meinen

Schreibtisch, ich meine, die Anrufe der Damen. Aber das war mir egal. Mit ging es um die schönen Stunden mit ihm, ich liebe ja auch meinen Mann.“

„Sie sagen, er hatte mehrere Frauen – wie sieht es mit eifersüchtigen Männern oder gehörnten Partnern aus, gab es da Ärger?“, fragte Manu.

„Also davon weiß ich nichts. Severin war ein Meister der Geheimhaltung.“

„Und seine Frau wusste von alledem nichts?“

„Nein, vielleicht hat sie was gespürt. Nein, ich glaube nicht.“

„Wie war sein Verhältnis zur Familie?“ Bender spürte, dass er von der Sekretärin mehr über die Familie Kraft erfahren konnte, als von den Beteiligten selbst.

„Kaputt würde ich sagen. Severin liebt seinen Sohn Thorben sehr, aber der, ich weiß nicht, kriegt es nicht auf die Reihe. Darunter hat Severin gelitten. Die Tochter, naja, ist halt weg, das ist sicher besser für sie. Nettes Mädel. Und Heidrun? Als sie noch nicht getrunken hat, war es besser. Aber der Alkohol und ihre Spinnereien, Esoterikquatsch. Kann halt die Familie nicht zusammenhalten, die Gute. Das hat er nicht ausgehalten, ich meine, die Frauen waren seine Art von Flucht.“

Bender ließ sich von der Sekretärin noch die Schlüssel für den Schreibtisch und die Aktenschränke geben, um sich gemeinsam mit Manu auf Spurensuche zu begeben.

„Soll ich Ihnen Kaffee machen?“, fragte Helena Stöckl. Bender und Manu nickten mechanisch, waren aber schon damit beschäftigt, in Schubladen und Regalen zu wühlen.

Eine halbe Stunde später saßen sie gemeinsam mit Franz im Auto und waren auf dem Weg in die PI Zwiesel.

Schaller berichtete von seinen Gesprächen mit den Arbeitern. Letztlich gab es keinen, der Severin Kraft wirklich mochte, fast ausnahmslos beschrieben sie ihn als Despoten, Choleriker und knüppelharten Chef, der seinen Arbeitern viel abverlangte. Dennoch arbeiteten sie gerne in der Firma, weil Kraft sehr gute Löhne zahlte, immer leicht über dem Niveau der Konkurrenz. Und so hart er war, so sozial sei er letztlich gewesen. Er verzieh seinen Mitarbeitern Fehler, auch wenn diese manchmal am Bau Geld kosten konnten. Kraft war wohl der Ansicht, jeder hatte eine zweite Chance verdient. Betriebsbedingte Kündigungen oder gar einen Rauswurf von Mitarbeitern wegen Fehlverhaltens habe es nicht gegeben. Mit einer Ausnahme: Vor einem halben Jahr war ein LKW-Fahrer entlassen worden, weil er mehrfach im Lager geklaut hatte.

„Namen?“, fragte Bender und Schaller zeigte ein breites Grinsen.

„Peter Lohbauer, wohnt in Rabenstein, ist wohl ein Vorort von Zwiesel.“

„Gut gemacht“, sagte Bender und Schaller grinste noch breiter.

Doch Bender konnte es nicht lassen: „Adresse, Telefon und E-Mail?“

„Mann!“

Jetzt war es an Bender zu grinsen.

„Er trieb sie also mit der Peitsche an, stand aber im Zweifelsfall kompromisslos zu ihnen“, resümierte Bender und spürte eine gewisse Ähnlichkeit zu seiner eigenen Persönlichkeitsstruktur.

Schaller berichtete auch, dass Kraft letztlich nur einer Person bedingungslos vertraut hatte, seiner Sekretärin Helena Stöckl. Sie sei immer gut behandelt worden, niemals habe einer der Kollegen gehört, wie er sie angebrüllt, beschimpft oder hart angefasst habe. Wieder spürte Bender Parallelen: zu sich und Manu.

„Und gevögelt hat er sie auch“, sinnierte Bender vor sich hin, was Schaller überrascht aufblicken ließ. Er hatte die Arbeiter danach gefragt, aber diese wollten von nichts gewusst haben.

Bender hatte sich von der Sekretärin noch die Liste der Telefonnummern der diversen Damen geben lassen, mit denen Kraft seine Freizeit wahrscheinlich lieber verbracht hatte, als zu Hause auf dem unbequemen Sessel zu sitzen und seiner Frau beim Saufen zuzuschauen. Die Liste würde er Manu überlassen, die sich diskret auf die Suche nach Spuren im Liebesleben des Mordopfers machen sollte. Kraft war eine vielschichtige Person. Gehasst, respektiert, gefürchtet. Und trotzdem suchten viele seine Nähe. Seitensprünge, politische Aktivitäten, beruflich wahrscheinlich ziemlich rücksichtslos, Familie zerrüttet – viele Ansatzpunkte für Bender. Einfach wird es nicht, dachte er. Und er ahnte nicht, wie recht er damit hatte.

⊙

Seit zehn Minuten drehte Thorben Kraft eine Zigarettenschachtel zwischen den Fingern, klopfte immer wieder damit auf die Tischplatte. Sein Blick kreuzte hektisch durch den Raum, auf die Schachtel, auf den obligatorischen großen Spiegel an der Wand, auf seine rechte Hand. Nur den Augenkontakt zu Bender, den mied der Junge. Ralf Bender wollte geduldig wirken, heftete den Blick spürbar an den Augen seinen Gegenübers fest. Die Frage „wo waren Sie zur Tatzeit?“ hing beinahe greifbar im Raum. Der Kommissar hatte Zeit. Er spürte die Nervosität des Verdächtigen. Der Druck lastete nicht auf ihm, der andere war Erklärungen schuldig. Als der Junge schließlich zitternd eine Kippe aus der Schachtel zog und diese anzünden wollte, brach Bender das Schweigen.

„Erst will ich eine Antwort, dann dürfen Sie rauchen.“ Er sagte es ganz ruhig.

Wieder flackerten die Augen des Jungen kurz auf, er versuchte einen bösen Blick in Richtung Bender zu werfen, doch der Kommissar spielte den Gleichgültigen. Schnell wandte Kraft sich wieder ab, wollte die Zigarette zurückschieben, doch es gelang ihm nicht, sie brach in der Mitte ab. Im gleichen Moment stieß er mit einem lauten Zischen die Luft durch den Mund aus, packte Schachtel und Feuerzeug und schleuderte es an Bender vorbei an die Wand. Der Kommissar reagierte nicht darauf, auch wenn er gute Lust gehabt hätte, dem Jungen eine zu knallen.

„Ich habe ihn nicht umgebracht!“ Er schlug mit der flachen Hand auf die Tischplatte, wollte aufspringen.

Bender hob nur die Hand, streckte ihm die Handfläche entgegen: „Sitzen bleiben. Aber wenn Sie meinen, dann gut. Ich habe Zeit.“ Sprach es, stand auf und schlurfte aus dem Raum. „Lassen wir ihn schmoren“, sagte er draußen zu Manu Hentschel, die hinter dem Spiegel die Szenerie beobachtete. „Der ist fertig, lange braucht er nicht mehr, dann bricht alles aus ihm heraus.“ Bender hatte noch keine genaue Vorstellung von dem, was Thorben Kraft ausgefressen haben konnte. War er der Mörder? Möglich, sicher war er sich aber nicht. Für einen kaltblütigen Mörder war er zu aufgewühlt. Doch Bender spürte deutlich das schlechte Gewissen. Auch wenn sein Gegenüber vielleicht kein Mörder war, zu verbergen hatte er in jedem Fall etwas. Und wenn es nur die Drogen waren, das hatte ja auch schon der Landrat angedeutet. Es war nicht zu übersehen, aufkeimende Entzugserscheinungen plagten ihn.

Fünf Minuten, zehn Minuten. Längst hatte es den Jungen nicht mehr auf dem Stuhl gehalten, hektisch lief er im Vernehmungszimmer auf und ab, schien sich wieder zu sammeln, stellte sich vor den Spiegel und drückte sich demonstrativ einen Pickel an der Stirn aus.

„Er meint, uns provozieren zu können“, sagte Manu zu Bender. „Und eigentlich ist es doch er, der Hilfe braucht.“

„Kein Mitleid. Warte nur ab, die Fassade ist ohnehin schon am Bröckeln.“ Bender stand auf und ging zurück zum Verhör.

„Also, junger Mann: Wo waren Sie zur Tatzeit?“

„Lassen Sie mich in Ruhe.“

„Erst wenn Sie gestanden haben.“

„Was? Was soll ich denn gestehen? Rumgefahren bin ich, mit dem Auto, rumgefahren. Frust abbauen. Ist das jetzt verboten oder was, verboten?“

Bender behandelte Thorben Kraft jetzt wie einen unartigen Schuljungen:

„Nein, aber man darf keine Menschen erschießen. Wussten Sie das nicht?"

„Warum? Warum sollte ich das tun?"

„Stimmt schon. Einer wie Sie, der gar nichts auf die Reihe bekommt, wie könnte der in der Lage sein, seinen Vater zu erschießen. Aber andererseits, wo er Sie doch behandelt hat wie den letzten Dreck, weil Sie so gar nicht in das Bild seines Wunschsohnes passen. Nicht wahr?"

Thorben Kraft zuckte jeder einzelne Muskel im Gesicht, er ballte die Fäuste und Bender spürte, wie er versuchte, sich im Zaum zu halten. Vergebens. Es brach wie ein Vulkan aus ihm heraus. Er schwitzte, zitterte und leckte sich mit der Zunge immer wieder über den Mund. Deutliche Entzugserscheinungen, dachte Bender.

„Ich hasse ihn, hasse ihn. Endlich ist er tot, dieses Schwein."

Bender rührte scheinbar gelangweilt in seiner Teetasse, klopfte den Löffel laut vernehmbar am Rand ab, legte ihn scheppernd auf die Untertasse, um schlürfend einen großen Schluck zu nehmen. So milde, wie er in der Lage war es dem Jungen vorzuspielen, hob er den Blick und schaute ihm fest in die Augen. Sagte nichts.

„Immer nur Thorben tu dies, Thorben tu das. Und wenn du das nicht magst, dann gibt es nichts. Und wenn du nicht sofort zur Vernunft kommst, dann schmeiße ich dich raus. Was habe ich nur getan, dass ich so etwas wie dich als meinen Sohn verdient habe. Blablabla. Diese Drecksau hat doch nichts für mich und Solveigh übrig gehabt, nichts. Immer nur Forderungen, immer nur den super Jungen spielen, immer nur heile, heile Gänschen. Oh Mann, wie ich das hasse. Wie ich ihn hasse." Er sprang auf, drosch mit dem Fuß auf den Stuhl ein, so dass dieser quer durch den Raum flog. „Lassen Sie mich jetzt sofort hier raus, ich habe ihn nicht umgebracht. Auch wenn er es verdient hat, ja. Verdient."

Bender ließ nicht locker, stellte den Stuhl aufreizend lässig wieder an seinen Platz: „Er war ungerecht, das kann ich mir vorstellen."

„Ungerecht?" Kraft schrie Bender an und beugte sich weit über den Tisch nach vorne, so dass sich die beiden Nasenspitzen beinahe berührten. Speichel lief ihm aus den Mundwinkeln. Deutliche Rotphase, dachte Manu, die die Szene immer noch von draußen beobachtete.

„Was wissen Sie schon? Nichts wissen Sie, nichts. Dieses Arschloch hat mich überhaupt nur wahrgenommen, wenn ich getan habe, was er verlangte. Und wenn nicht, dann hat er die Keule rausgeholt. So ein mieses Schwein war er, so ein mieses. Tun Sie doch nicht so, als ob Sie das verstehen könnten."

Plötzlich war die Luft raus, der Ausbruch vorüber. Kraftlos sank er in den Stuhl zurück, den Blick unter der Tischkante hindurch auf die Schuhe gerichtet. Bender sah, wie es den Jungen schüttelte und wie er ungebremst zu schluchzen begann. Ein kleines ungeliebtes Kind, dachte er. Herrischer Vater, manisch depressive Mutter mit Alkoholproblemen, kein Wunder, wie soll aus dem Kerl was werden. Wie wird dann wohl die Schwester sein?

„Machen Sie es sich doch nicht so schwer. Sie sind nach Eisenstein gefahren, haben ihn abgepasst und so lange gewartet, bis Sie ihn vom Sockel herunter geschossen haben. Das hat doch gutgetan, dass Sie diesen Despoten endlich erledigt haben. Ehrlich, ich kann das verstehen."

„Nein, nein. Ich habe ihn doch geliebt", heulte der Junge, ohne aufzusehen. „Papa, ich liebe dich doch."

Bender schwenkte aufs „Du" um: „Und er hat dich mit Füßen getreten, du warst doch ein Nichts für ihn. Da hast du dich befreien müssen, hast es ihm gezeigt. Es war so einfach. Nur ein Schuss und alles war vorbei. Wenn du jetzt gestehst, dann hast du diesen Schrecken überstanden, dann kann er dir nichts mehr anhaben."

Kraft schien die letzten Worte gar nicht mehr wahrzunehmen. Bender erkannte dies und ließ ihn zurück in die Zelle führen.

„Der ist ja drauf“, empfing Manu ihren Chef im Nebenraum.

„Da müsstest du erst einmal seine Mutter sehen. Komm, um die kümmern wir uns jetzt.“ Bender war fürs Erste zufrieden. Der Junge tat ihm tatsächlich leid. Er spürte in ihm eine Zerrissenheit, die auch ihm selbst nicht ganz fremd war. Und langsam wuchs die Überzeugung: Thorben Kraft war nicht der Mörder. Trotzdem musste er herausfinden, welches Geheimnis ihn plagte. Vielleicht gab es ja einen Zusammenhang. Oder er wusste etwas. Eine Stunde, vielleicht zwei wollte er den Jungen deshalb in Ruhe lassen, ehe er ihn sich erneut zur Brust nehmen würde. Vielleicht, so hoffte Bender, könnte er das Söhnchen heute noch knacken. Und wenn er nichts preisgab, würde er ihn freilassen und sich an seine Fersen heften. Mit der Moosbacher sprechen, kritzelte er in seinen Notizblock, hatte diese unangenehme Aufgabe gleich darauf aber wieder vergessen.

⊙

„Was ist mit meinem Sohn?“ Es war ein kraftloses Hauchen, mit dem Heidrun Kraft Bender und Manu empfing, als diese den zweiten Vernehmungsraum betraten. „Er hat doch nichts getan, er würde doch nie etwas tun.“

„Ich schlage Ihnen vor, dass Sie ihm einen Anwalt besorgen“, sagte Bender kühl.

„Ich kenne keinen Anwalt.“

„Aber Ihr Mann wird doch bestimmt eine Kanzlei haben, mit der er zusammengearbeitet hat.“

„Mein Mann ist tot. Tot! Verstehen Sie das? Ich habe keine Ahnung von den Geschäften meines Mannes. Ich will jetzt meinen Jungen zurück haben und mit ihm nach Hause gehen. Haben Sie denn überhaupt kein Mitgefühl?“ Wieder flennte die Frau los, Bender setzte sich und ordnete die Papiere, die vor ihm auf dem Tisch lagen. Schon wieder Entzug, dachte er, die Familie ist richtig kaputt und das nicht erst seit heute.

In Manu kochte dagegen das Mitgefühl hoch. So sehr sie Polizistin mit ausgeprägtem Gerechtigkeitssinn war, der sie gegenüber Tätern und Tatverdächtigen kompromisslos sein ließ, so sehr war sie in der Lage, Gefühle und verborgene Verletzungen zu ahnen. Diese ausgeprägte Form der Empathie sorgte vor allem im privaten Bereich immer wieder für Probleme. „Jetzt beruhigen Sie sich erst einmal. Wir wissen, wie schwer das alles für Sie ist. Leider hat uns Ihr Sohn nicht sagen können – oder wollen – wo er zur Tatzeit war. Er ist unser Hauptverdächtiger, so leid mir das tut." Manu setzte sich neben Heidrun Kraft, wollte nach deren rechter Hand greifen. Doch wie zuvor schon bei Bender, schlug diese die hilfreiche Geste einfach beiseite.

„Lassen Sie mich in Ruhe."

„Erzählen Sie mir noch einmal ganz genau, wie der Streit heute Morgen verlaufen ist", sagte Bender scharf. Die Rolle der Verständnisvollen überließ er nur allzu gerne seiner Kollegin.

„Ich habe Ihnen alles gesagt."

„Frau Kraft. Für uns ist es ganz wichtig, jedes Detail zu erfahren. Vielleicht können Sie ja damit Ihren Sohn entlasten", sagte Manu, die diesmal erfolgreich deren Hand zu fassen bekam. „Wir wollen doch Ihrer Familie nicht unnötig noch mehr Schmerz zufügen, als Sie ohnehin schon aushalten müssen."

Dankbar blickte Heidrun Kraft Manu an, ein kurzes Lächeln huschte über ihr Gesicht.

„Es stimmt schon. Er hat ihm quasi den Tod gewünscht. Das ist alles so furchtbar. Aber er würde doch seinen Vater niemals erschießen. Er ist ein guter Junge, glauben Sie mir."

„Das würden wir gerne tun, aber da müssen Sie uns ein bisschen dabei helfen." Manu rückte ein wenig näher an die Frau heran, legte den Arm um die Schulter. Bender lehnte sich entspannt zurück. Er würde erst einmal nichts mehr sagen, Manu schien auf einem guten Weg zu sein.

„Er hat es dem Jungen nicht leicht gemacht. Thorben ist so ein gefühlvoller Mensch, das hat sein Vater nie verstanden. Stattdessen hat er ihn geschunden, hat ihn angetrieben, gedemütigt. Thorben ist immer stiller geworden in den letzten Jahren, hat sich auch von mir immer weiter zurückgezogen. Egal was er getan hat, es war alles nur die Trauer, vielleicht auch Zorn. Dabei hätte er nur Liebe gebraucht. Ich habe versagt, ich habe ihn alleine gelassen."

Leer starrte Heidrun Kraft aus dem Fenster und man sah ihr an, wie der Schmerz der vergangenen Jahre durch ihren Körper fuhr, sich alle Bahnen frei machte, um wie ein Platzregen auf sie herunterzuprasseln.

„Ich habe immer zu ihm gesagt, lass doch den Jungen, der wird schon. Aber nein, Severin hat sich einen starken Kerl gewünscht, einen, der genau so rücksichtslos und zielstrebig seinen Weg geht, so wie er es immer getan hat. Ich habe gesagt, er ist ein guter Junge. Gar nichts hat er von ihm gehalten. Zuletzt hat er ihm kein Geld mehr gegeben. Ich habe versucht, dem Jungen was zuzustecken, aber auch da ist er dahinter gekommen. Er hat es mir verboten, er hat einfach gesagt: Wenn du dem Jungen Geld gibst, dann schmeiße ich euch alle raus. Ich hatte nicht die Kraft, mich zu wehren. Ich bin an allem Schuld. Ich habe versagt."

„Glauben Sie, dass Thorben so verzweifelt war, dass er nur noch den einen Ausweg gesehen hat, seinen Vater umzubringen?" Manu drückte Heidrun Krafts Hand noch fester.

„Ich weiß es nicht. Nein, ich glaube nicht. Warum habe ich dumme Kuh nichts getan? Warum habe ich ihn nicht beschützt, so wie es eine Mutter tun muss? Bitte, lassen Sie mich zu ihm, ich will mit ihm sprechen, ich muss meinen Sohn trösten."

„Es tut mir leid, das geht im Moment nicht. Aber ich verspreche Ihnen, dass wir Ihnen beiden helfen."

Bender griff ins Geschehen ein: „Wenn Sie Ihren Sohn für

unschuldig halten, ist Ihnen schon jemand eingefallen, der Ihren Mann ermordet haben könnte? Beispielsweise Herr Schäffler?"

„Nein, ich weiß nicht. Lassen Sie mich in Ruhe", wiederholte sie erneut.

Bender sah ein, dass das hier im Moment auch nicht weiterführen würde.

„Sollen wir Sie nach Hause bringen oder brauchen Sie jemanden zum Reden? Wir können Ihnen einen Psychologen holen oder einen Pfarrer, wenn Sie das wünschen."

„Nein, ich will nur zu Thorben. Mein armer kleiner Junge."

Bender gab Manu ein Zeichen, die Frau nach Hause zu bringen.

„Haben Sie jemanden, wir möchten nicht, dass Sie alleine sind zu Hause."

„Ja, Solveigh kommt, die ist bestimmt schon zu Hause."

„Ihre Tochter?"

„Ja. Mein Gott, wie soll ich ihr das alles nur erklären? Sie hat ihren Vater so geliebt. Und ihren Bruder noch mehr."

Bender nahm Manu zur Seite und bedeutete ihr, jemanden zum Haus der Krafts zu schicken, der zumindest für den Moment auf die Frau aufpasste.

⊙

Eine Stunde später saßen Manu, Franz, Bender und zwei Kollegen der örtlichen Polizei um einen Besprechungstisch in der PI Zwiesel.

Bender hatte einen dritten Zwieseler Kollegen um Aus'zogne und Grünen Tee gebeten. Während die örtlichen Polizisten fragende Blicke tauschten, rief die Bestellung bei den Passauer Beamten keine Verwunderung hervor. Bender war Gemütsmensch durch und durch. Aufbrausend, beleidigend, manchmal melancholisch, nachdenklich und in Ticks gefangen. Einer davon war, dass er ohne bayerische Krapfen und

Grünen Tee nicht denken und kombinieren konnte. Ein zweiter Tick war dafür verantwortlich, dass seine Aufklärungsquote sensationell hoch war: Er hatte sowohl Bauchgefühl als auch Händchen. Und das durfte man durchaus wörtlich verstehen. Wenn es unter den Fingernägeln juckte, besser noch in der Magengrube kribbelte, war er sich zumeist sicher, auf dem richtigen Weg zu sein. Er konnte einen Tatort praktisch ertasten. Auch wenn er dies niemals in öffentlicher Runde gesagt hätte: Er war jetzt schon sicher, dass der Baulöwe nicht aus nächster Nähe erschossen worden war. Der Schuss musste aus einiger Entfernung abgegeben worden sein. Er würde später noch einmal zum Tatort zurückkehren, um die nähere Umgebung zu untersuchen. Dieses vom Schicksal verliehene Talent sorgte auch dafür, dass seine Chefs ihm so manche Rüpelei verziehen. Sein direkter Vorgesetzter, Kriminalrat Georg Ritter, erhob schon mal den Zeigefinger, bedachte seinen wütenden Bender ansonsten mit väterlicher Nachsicht. Die wesentliche taffere Staatsanwältin Dr. Gundula Moosbacher, mit der Bender schon mehr als einmal aneinandergeraten war, sah das anders: Für sie war Bender ein ungehobelter Macho. Und dennoch hegte sie in einer ganz weit entfernten und tief verborgenen Region ihres Gehirns eine gewisse Sympathie für ihn, seit er sich ihr gegenüber einmal sehr fair, um nicht zu sagen galant verhalten hatte.

Bender ging zum Fenster und blickte einen Moment lang stumm hinaus. Manu glaubte zu wissen, woran er dachte, welche Angst an ihm hoch kroch. Sie spürte es auch und sie hoffte inständig, dies möge nur ein einzelner Mordfall sein, einer der sich letztlich in Stunden oder Tagen, schlimmstenfalls auch Wochen lösen lassen würde. Weder sie selbst noch Bender oder sonst irgendjemand, der die Geschehnisse erlebt hatte, die den Bayerischen Wald vor zwei Jahren erschütterten, wollten so etwas erneut erleben. Doch es rumorte in Benders Magengrube, eine dunkle Ahnung packte ihn. Und: Sein Instinkt sollte ihn wieder einmal nicht getäuscht haben.

Als Raphael über der Frau kniete und mit einem Skalpell ihre Gesichtshaut entfernte, befand er sich in intensiver Zwiesprache mit Gott. Er hatte seine Mitte wiedergefunden. Endlich. Die Ruhe war zurückgekehrt. Es gab wieder einen Sinn in seinem Leben. Es gab wieder Gott den Herrn. Und dieser sah ihn mit Wohlgefallen! Endlich! Seit seiner Flucht aus dem Bayerischen Wald in den hohen Norden Europas waren viele Monate vergangen. Der anfänglichen Euphorie, den Ungläubigen entflohen zu sein, folgte die Zeit der Leere. Was hatte er falsch gemacht? Warum, fragte sich Raphael wieder und wieder, warum konnte, nein, warum durfte er nicht mehr der Racheengel des Herrn sein? Und warum nicht Todesengel des Herrn?

Er hatte sich im Norden Schwedens, in dieser kleinen, von der Welt nicht beachteten Stadt in ein winziges Hotel geflüchtet. Dort war er sicher vor seinen irdischen Häschern, die ihn nicht finden würden – allein diese Gewissheit gab ihm mit jedem Tag, den er unentdeckt blieb, etwas Kraft im Glauben -, denn: Seine Aufgabe auf Erden war noch nicht beendet.

Dennoch, was sollte er tun. „Herr gib mir ein Zeichen", schrie er in die nicht enden wollende Dunkelheit der Polarnächte. „Oh Herr, hast Du mich verlassen?", fragte er und bestrafte sich für seinen Mangel an Stärke sogleich mit Büßer-Dornen, die sich schmerzhaft aber gleichzeitig heilend in seine Haut bohrten. Das Blut rann an seinem Körper hinab und gab ihm für einen Moment Frieden. Wenn sich der helle frische Lebenssaft seinen Weg über seinen geschundenen Körper bahnte, lobte er den Herrn, spürte seine Nähe. Bald sammelte er sich an den Krusten der Narben, den alten Schorfinseln, die sich in den Stunden und Tagen vorher an seinem Körper gebildet hatten. Dann fiel Raphael in einen unruhigen Schlaf voll Schweiß und böser Träume. Sein Zweifel quälte ihn Tag für Tag...

Raphaels Tage wurden zur Tortur. Er sah das Leid, das

Menschen über das Himmelreich Gottes brachten. Böse Menschen, die gegen die zehn Gebote verstießen: „Du sollst nicht begehren deines nächsten Weib." „Du sollst keine Götter haben neben mir", „Du sollst nicht falsch Zeugnis reden, wider deinem Nächsten". Raphaels Zweifel wuchsen. Lachte Gott ihn aus? Seine eigene Bestrafung, die Kasteiung für diese ungeheuerliche Vermutung war fürchterlich und hätte ihn beinahe das Leben gekostet.

Ein wenig Frieden brachte ihm der alte, beinahe blinde Mann, der keine Fragen stellte. Der ihm hin und wieder Essen brachte, nachdem er aus dem Hotelzimmer in das kleine abgelegene Häuschen etwas außerhalb der Kleinstadt umgezogen war. Sein Nachbar wohnte in einer bescheidenen Hütte, die der seinen ähnlich war. Gottgefällig, einfach und im Einklang mit der Natur. Manchmal unterhielten sie sich. Der alte Mann sprach, wie so viele Skandinavier, perfekt englisch. Er interessierte sich nicht für die Geschichte seines Gegenübers, stellte keine unangenehmen Fragen. Und was ihm die Augen verwehrten, machte er mit Menschlichkeit wieder wett. Er spürte die Qualen Raphaels und stellte auch dazu keine Fragen. Raphael mochte diesen Mann und genoss es, wenn sie nicht sprachen. Ebenso gern sah er dabei zu, wie Gunnar beinahe spielerisch alle Aufgaben meisterte. Tiere gehorchten ihm, ohne dass er ein Wort verlieren musste. Die Vögel des Waldes hüpften ohne Angst um ihn herum und sogar ein mächtiger Elch holte sich alle paar Tage an einer Futterstelle neben dem Haus ein Mittagessen ab. Gunnars großer Hund trottete geschmeidig und wie an einer unsichtbaren Leine geführt neben ihm her. Er würde ein Problem werden, wenn... Doch Raphael konnte diese Vorstellung nicht vollenden. Der Herr hatte ihn seiner Aufgaben entledigt.

Tag um Tag wuchsen Raphaels Zweifel, seine Kräfte schwanden. Und dann wurde aus dem ewigen Zweifel pure Verzweiflung. Raphael wurde krank und lag mit hohem Fieber zwischen zahlreichen Decken, in die Gunnar ihn gewickelt hatte. Raphael fantasierte, schwitzte und war dem Tod mehrfach näher als dem Leben. Es war ihm egal, im Gegenteil, er begrüßte den Tod, der ihm das Himmelreich versprach. Mehr als zwei Wochen versorgte ihn Gunnar mit Speisen, die er ihm in kleinen Portionen eingab und flößte ihm heißen Tee mit Rum ein. Viel bekam Raphael davon nicht mit. Schwere Alpträume plagten ihn, Höllengeister und Engel zerrten an ihm, lockten ihn mit sanfter Stimme oder drohten mit bösartigem Knurren. Als er langsam wieder zu sich kam, wusste Raphael nicht, dass er lange Zeit im Fieber gelegen hatte. Und auch, dass sich in der ganzen Zeit Gunnar um ihn gekümmert hatte, wusste er nicht. Aber er ahnte es. In seinem Zimmer war es wohlig warm. Halb gefüllte Teller und Tassen, aus denen es verlockend duftete, standen auf dem kleinen Tisch. Ihm fiel ein lilafarbenes, stark abgenutztes Büchlein auf, das auf dem Tisch lag und das er nicht kannte. Als er Gunnar später danach fragte, antwortete dieser: „Oh das, das hat ein deutscher Tourist vor einigen Jahren liegen lassen, ich dachte, vielleicht gefällt es dir."

Raphael nahm das Buch zur Hand: „Hermann Hesse, Das Glasperlenspiel", stand auf dem Umschlag. Er wischte sich den letzten Fieber-Schweiß von der Stirn und begann scheinbar wahllos darin zu blättern. Doch als sei er von unsichtbarer Hand geführt worden, blieb sein Auge an einem Satz im Buch hängen. Raphael war vom Donner gerührt und brach wenig später in wilden Jubel aus. Er las die Zeilen mindestens einhundert Mal und betete sie anschließend monoton immer wieder vor sich hin: „Die Verzweiflung schickt uns Gott nicht, um uns zu töten, er schickt sie uns, um neues Leben in uns zu erwecken."

Und Raphael war in ein neues Leben erweckt worden, schon bevor er heute die böse alte Frau getötet hatte, die ihm nach seiner Flucht bereits bei der Ankunft in Östersund aufgefallen war, weil sie ihr Enkelkind schlug. Kein Wunder, schließlich hatte er sie später mehrfach gotteslästerliche Dinge sagen hören. „Ich bin Raphael, Racheengel des Herrn", flüsterte er jetzt. Die Gesichtshaut war nun beinahe gänzlich abgetrennt. Er würde gleich hinüberfahren zur Insel Frösön, die vor Östersund im See Storsjön schwamm und die Fratze an der dortigen Kirche anbringen. Anschließend würde er von hier verschwinden. Es war Gottes Wille, dass er im Trubel des alljährlichen Musikfestivals Storsjöyran wohl kaum auffallen würde und die Zahl derer, die für die Tat in Frage kamen in die Tausende gingen. Gunnar würde sowieso niemand finden. Er war längst von allem irdischen Leid erlöst und in Gottes himmlisches Reich getreten. Seine sterblichen Überreste hatte er mit Steinen beschwert in einem See versenkt. „Ich bin Raphael, Todesengel des Herrn." Ein wenig leid tat ihm, dass er Gunnars Körper nicht würde für die Ewigkeit erhalten können. Aber auch das war der Wille des Herrn. Kein Mitleid hatte er mit Gunnars Hund, dem er eine Bisswunde zu verdanken hatte, aus der stinkender Eiter lief und die Socken nässte. Doch inzwischen würden bestimmt schon die Waldtiere an den Knochen des Köters nagen.

⊙

Bender kehrte dem Fenster, aus dem er gerade noch gesehen hatte, den Rücken zu. Vier Augenpaare blickten ihn erwartungsvoll an. Die Tür ging auf und der Beamte, der zuvor schon eine Tüte mit Bauernkrapfen auf den Tisch gelegt hatte, trug ein Tablett mit einer Kanne Tee und einigen Tassen herein.

„Es tut mir leid, nur Kamille", sagte er entschuldigend.

„Was?", antwortete Bender, der noch in seinen dunklen Vorahnungen gefangen war.

„Ich hab nur Kamillentee bekommen, keinen Grünen."

Bender schluckte den Ärger herunter. „Schon gut, es wird auch so gehen“, sagte er und schenkte seinem Gegenüber ein nachsichtiges Lächeln, der sich daraufhin an einen freien Stuhl am Tisch setzte.

„Gut, legen wir los, was haben wir?“, eröffnete der Chef die erste gemeinsame Dienstbesprechung im Fall toter Bauunternehmer.

„Nicht viel“, antwortete Schaller und erntete dafür einen bösen Blick vom Chef, den er mit einer demütigen Geste quittierte. Auch wenn Bender seinen Frieden mit dem jungen Kollegen gemacht hatte, so provozierte ihn dennoch gerade dieses devote Verhalten. Lieber war ihm da schon Manuela Hentschel, die zwar seine Autorität nicht anzweifelte aber trotzdem Kontra gab, wenn Bender drauflos polterte. Doch jetzt atmete Bender tief durch und ließ Schaller in Ruhe. Vor allem auch, weil er noch einen – wenn auch wenig erfreulichen – Beitrag leisten konnte. „Ich hab das Bild- und Filmmaterial der Redaktionen ausgewertet, die Reporter am Tatort hatten.“

Bender sah ihn erwartungsvoll an.

„Nichts Besonderes. Nur die üblichen Fotos von Ehrengästen und dann natürlich von der Leiche und der Panik. Keine Waffe, kein Verdächtiger, einfach nichts. Aber wenn du willst, kannst du ja später selbst nochmal einen Blick drauf werfen.“

„Das werde ich tun“, bestätigte sein Chef. „Hat sich schon jemand um die Tochter von Kraft gekümmert?“

Manu hatte eine Streife losgeschickt.

⊙

„Du glaubst doch nicht, dass...?“ Solveigh Kraft ließ die Frage im Raum stehen, konnte es nicht aussprechen.

Sie fand es ungeheuerlich, dass ihre Mutter tatsächlich nicht ausschließen wollte, ausgerechnet Thorben hätte der Mörder sein können.

Die beiden Frauen saßen am Esstisch, jede an einer der Stirnseiten. Der Seelsorger, der auf Heidrun Kraft aufpassen sollte, hatte sich für den Moment zurückgezogen. Die Blicke der beiden Frauen berührten sich kaum. Die Mutter kauerte im Stuhl, mit verheulten Augen und einem Taschentuch in der Hand. Gegenüber die Tochter, mit hochrotem Kopf, angespanntem Oberkörper, der auffordernd über den Tisch nach vorne gebeugt war. Sie trug zerschlissene Jeans, einen weiten Strickpullover und ein rot-gelbes Halstuch. Die Haare hingen zottelig von ihrem Kopf.

„Er war ein Arschloch, sonst nichts." Die Tochter schaute nicht auf, als sie das sagte, mehr in die Kaffeetasse hinein, als zur Mutter. „Er hat alle ausgenutzt, beschissen und betrogen. Thorben hat er gehasst, kein gutes Haar an ihm gelassen. Aber deshalb bringt er das Schwein doch nicht um."

„Du redest von deinem Vater!"

„Vater? Das war er schon lange nicht mehr."

Langes Schweigen.

„Du machst es wie immer, einfach den Schwanz einziehen. Alles ist gut, was Mama? Fuck, er ist tot! Endlich ist er weg. Und was machst du? Verdächtigst deinen eigenen Sohn. Oh Mann, das pack ich nicht."

„Aber, ich wollte doch... einfach nur, dass wir es schön haben."

Solveigh betrachtete das Glas in der Hand ihrer Mutter mit Verachtung: „Ja sauf nur, das hast du ja immer gemacht. Was war denn schön in unserer Familie, hä? Schön war es nur, wenn wir so funktioniert haben, wie er es wollte und du hast ihm auch noch die Stange gehalten. Scheiße, ich muss hier raus."

„Solveigh, ich brauche dich doch, wir müssen doch zusammenhalten."

„Der Einzige, der mich jetzt braucht, ist Thorben. Ich fahr zu ihm, irgendjemand muss ihm ja zur Seite stehen. Du scheinst dafür nicht in Frage zu kommen, mit deinem gottverdammten Selbstmitleid."

„Die werden dich nicht zu ihm lassen, ich durfte ihn auch nicht sprechen."

„Das werden wir ja sehen."

Sie hatte es noch nicht ausgesprochen, da war sie schon zur Haustüre draußen. Mit einem lauten Quietschen jagte sie ihren blauen Mazda aus der Einfahrt. Und wurde gleich wieder ausgebremst. Ein Polizeiwagen versperrte ihr den Weg.

⊙

„Sie bringen die junge Kraft", sagte Schaller, „scheint ein widerspenstiges Biest zu sein."

Im Besprechungsraum der PI Zwiesel ergriff Manu das Wort. „Aus diesem Schäffler werde ich nicht schlau. Entweder er ist ein ganz ausgefuchster Bursche oder er ist tatsächlich unschuldig."

„Das sind Baulöwen nie", brummte Bender kaum hörbar. Manu ließ sich nicht aus dem Konzept bringen und berichtete der Runde von dem unangenehmen Zusammentreffen. Die Zwieseler Kollegen nickten wissend.

„Ja", sagte Paul Berndl, der Dienstälteste in der PI, „für seine Liebenswürdigkeit ist Schäffler nicht gerade bekannt."

„Wir sollten ihn wirklich schnellst möglich vorladen, vielleicht ist er in einer neutralen Umgebung leichter zu knacken", entgegnete Manu.

Bender schrieb den Namen auf einen Zettel und machte ihn an einer Pinnwand fest.

„Wir haben der Sekretärin des Toten einen Besuch abgestattet. Und was machen wir mit dem Verhältnis, das die beiden miteinander hatten? Auch wenn dessen Frau angeblich nichts wusste, ausschließen können wir es nicht. Und Eifersucht wäre natürlich ein starkes Mordmotiv", sagte ausgerechnet Schaller.

„Nichts gewusst?" Berndl sah amüsiert in die Runde. „Es war nun wirklich kein Geheimnis, dass er alle, die nicht bei 'Drei' auf dem Baum waren, flachgelegt hat."

Bender schrieb den Namen Heidrun Kraft auf einen zweiten Zettel.

„Und was ist mit Thorben Kraft?“, fragte Manu.

Bender zögerte einen Moment und notierte dann den dritten Namen und klebte anschließend den von Solveigh Kraft daneben.

„Vergiss den Lohbauer nicht, immerhin ist er der Einzige, der, nach allem was wir wissen, in den letzten Jahren gefeuert wurde.“

Bender nickte Schaller anerkennend zu und ein weiterer Name erschien auf der Pinnwand. Nach weiteren 15 Minuten war die Wand bereits gut gefüllt: „Nebenbuhler und gehörnte Ehemänner“; „enttäuschte Liebschaften“; „Konkurrenten“, „Familie“.

Alle im Raum atmeten tief durch. Das sah nach viel Arbeit aus.

„Trotz der großen Anzahl an Verdächtigen gibt es doch etwas, dass uns die Sache vielleicht leichter machen kann“, sagte Bender. „Wir suchen jemanden, der schießen kann.“

Der Kriminalhauptkommissar begann mit der Aufgabenverteilung. Manu sollte sich um die Liste mit den Liebschaften kümmern, Schaller bekam die Aufgabe, sich in Passau auf seinen Computer zu stürzen, die Kollegen vor Ort sollten Augen und Ohren offenhalten. Bender selbst wollte noch einmal zum Tatort fahren. „Meiner Ansicht nach wurde nicht aus der Menge herausgeschossen. Ich tippe auf einen Schuss aus größerer Entfernung. Es gibt da einige Punkte, die in Frage kommen. Aber das machen wir morgen, es ist schon halb fünf und wir müssen noch zu Ritter.“

Bender schickte eine Streife, um nach Heidrun Kraft zu sehen. Thorben sollte bis zum nächsten Morgen in seiner Zelle bleiben.

Und dann wurde Solveigh Kraft hereingeführt.

„Nun beruhigen Sie sich mal.“

„Ich will mich nicht beruhigen, ich will meinen Bruder sehen. Ihre beiden Aufpasser-Bullen hätte ich gar nicht gebraucht. Ich wollte sowieso herkommen.“

Manu konnte sich nicht helfen, das störrische Mädchen erinnerte sie an ihre eigene Zeit in Passau, als sie vor der Nibelungenhalle gegen den jährlichen Aufmarsch der Nazis demonstriert hatte. Ungestüm und wild.

„Sie können ihren Bruder nicht sehen.“ Bender hegte keine Sympathien. Ihm ging das Geschrei auf die Nerven.

„Halten Sie die Klappe. Wir haben ein paar Fragen an Sie.“

„Was jetzt Mann, ich dachte, ich soll die Klappe halten.“

Manu grinste.

Nachdem sich Solveigh ein wenig beruhigt und Auskunft gegeben hatte, stand schnell fest: Sie hatte ein wasserdichtes Alibi. Frühschicht in einem Passauer Café.

„Das finde ich allerdings bemerkenswert, dass Sie als Tochter eines Bauunternehmers als Bedienung arbeiten.“

Solveigh sah Bender verächtlich an: „Von dieser Drecksau nehme ich keinen Euro. Nicht mal jetzt, wo er tot ist. Kann ich jetzt endlich meinen Bruder sehen?“

Sie konnte nicht, was erneut zu einigen tumultartigen Ausbrüchen führte, bevor die junge Frau wieder draußen war.

⊙

Kriminalrat Georg Ritter schien seltsam entrückt, als seine drei Untergebenen sein Büro in Passau betraten. Der schwarze Anzug, die auffällige Fliege am korrekt gebügelten Hemdkragen verrieten auf den ersten Blick: Heute gab's wieder das volle Kulturprogramm.

„Hallo Herrschaften, es bleibt nicht viel Zeit. Ich muss in einer Stunde im Theater sein. Sie geben Fidelio.“ Bei seinen letzten Worten schritt er seltsam tänzelnd und die Hand weit von sich gestreckt auf die Drei zu.

„Wo ist die Moosbacher?“, wollte Bender wissen.

Ritter blickte kurz leicht irritiert, fing sich aber sofort wieder: „Ach, das reicht, wenn wir ihr morgen Bescheid sagen.“ Dass er vergessen hatte, sie zu informieren, behielt er für sich. „Also gut Bender, legen Sie los.“

Der Kommissar nahm aufreizend langsam in der Sitzgruppe Platz, wies seinen Kollegen die anderen Sitze zu und schien angestrengt nachzudenken, wie er beginnen sollte. Die aufkeimende Nervosität seines Chefs war genau das, was er nach diesem Tag genießen konnte. Fidelio musste warten.

Als Bender endlich mit den Informationen herausrückte, vermied es Ritter, mit Zwischenfragen die Zeit zu sehr zu strapazieren.

„Sie machen das schon, Bender, Sie machen das schon. Ich muss aber jetzt wirklich los.“

Sie hatten sich schon verabschiedet, da drehte sich Ritter doch noch einmal um.

„Wie nennen wir unseren großen Unbekannten eigentlich?“

Die drei Kripobeamten wussten nicht, worauf er hinauswollte und blickten ihn fragend an.

„Naja, bei der Schwere des Falles, lassen Sie mich kurz überlegen. In alter Tradition der Ermittlungen im Bayerischen Wald könnten wir den Mörder Gabriel nennen.“

Bender hasste Ritter ein paar Tage später dafür, weil dieser in der Presse genau diesen Namen für den unbekannten Mörder verwendete und nach Raphael so eine Steilvorlage für die Medienberichterstattung lieferte. Und tatsächlich: Es entwickelten sich in den folgenden Wochen genau die Schlagzeilen, die er nicht brauchen konnte. „Gabriel: Neuer Todesengel?“, war noch eine der harmloseren Varianten.

„Ritter“, fluchte Bender, „keine Idee, außer dieser bescheuerten.“ Manu nickte.

Konstantin Graumüller drehte den Schlüssel um. Endlich daheim. Er wusste, was ihn jetzt erwartete und er freute sich darauf. Hinter der Tür stand seine Frau und empfing ihn mit offenen Armen. Er wusste, sie würde keine Fragen stellen. Nicht gleich. Deshalb liebte er sie so. Anneliese Graumüller nahm ihm die Jacke ab, in die sie ihm noch heute Morgen geholfen hatte. Sie löste den Knoten der Krawatte. „Hier Schatz, deine Hausschuhe, setz dich schon mal, das Essen ist gleich soweit." Kon, wie ihn seine Freunde nannten, Konny, wie seine Frau liebevoller sagte, spürte, wie die Anspannung dieses verrückten Tages von ihm abfiel. Ganz ohne Zweifel, er war zu Hause. Er schnupperte aus alter Gewohnheit, weil er wusste, dass Anni in der Küche wieder ihr Bestes gab. Seit nun mehr als dreißig Jahren. Damals war sie 24, seine Sekretärin, er bereits 30 und Bürgermeister mit Ambitionen in Bayerisch Eisenstein. Die Partei sah ihn, das teilweise zwar unbeholfene aber stets kämpferische Gemeindeoberhaupt, in einer höheren Position. Widerstand aus dem politischen Gegenlager war damals noch zwecklos und er zog ohne nennenswerten Widerspruch ins Landratsamt ein. Anni war ihm gefolgt, ganz selbstverständlich. Nicht einmal der kurze Rosenkrieg, den er sich mit seiner ersten Frau lieferte, konnte daran etwas ändern. Die beiden Kinder, die er aus erster Ehe hatte, waren damals noch klein. Und Herta, die zunächst die mütterlichen Muskeln spielen ließ und ihm drohte, war schnell klein gemacht. Konstantin Graumüller bedauerte die Schlammschlacht und war froh, dass sich alles zum Guten wendete. Seine erste Frau behielt die Kinder – er hatte gegen den Willen der Partei darauf bestanden – und Anni schaffte das Kunststück, geliebte Stiefmutter zu sein, ohne der Mutter die Kinder zu nehmen.

Konstantin Graumüller setzte sich an seinen angestammten Platz an der Familientafel und streckte die Füße aus. Für einen Moment verloren sich die Ereignisse des Tages im Schoß der Häuslichkeit. War er ein Macho? Er wunderte sich ein wenig über diesen Gedanken und gab sich sogleich die Antwort.

Wenn er ehrlich war, vielleicht ja. Doch er hatte es nicht erzwungen. Dieses Kleinod der Spießigkeit hatte er nicht eingefordert. Er hatte es nicht vorangetrieben, schon gar nicht, als er Anni das erste Mal küsste. Für ihn war es Liebe auf den ersten Blick. Und er konnte nichts anderes sagen: Für Anni auch. Sie waren füreinander bestimmt. Er als Bürgermeister, später als Landrat, sie als Sekretärin, später als seine Frau.

Anni Graumüller kam aus der Küche und tischte auf. Ihrem Mann war bis heute verborgen geblieben, wie sie bei seinem unsteten Lebenswandel zwischen Vereins- und Kreistagssitzungen, zwischen Terminen und politischen Gesprächen, es immer wieder schaffte, ihm einen Abend zu bereiten, als hätten sie beide einen fixen Termin seiner Heimkunft ausgemacht.

„Jetzt iss schon, sonst wird es noch kalt, du hast doch bestimmt den ganzen Tag noch nichts Richtiges gegessen", sagte Anneliese Graumüller und blickte ihren Mann über den Rand der gefüllten Teller liebevoll an.

Konstantin Graumüller stellte mit einiger Verwunderung fest, dass seine Frau völlig recht hatte, stach in den Knödel, der in der Schüssel vor ihm dampfend wartete und tauchte ihn in die würzige Soße im Reindl vor ihm, in der in Scheiben geschnittener Schweinebraten schwamm. Wie gewöhnlich aß er um diese Zeit alleine. Die Kinder waren längst erwachsen, studierten in Regensburg und München und er hatte es nach so vielen Jahren aufgegeben, seine Frau überreden zu wollen.

„Schatz, du weißt doch, dass ich um diese Uhrzeit nichts mehr esse, das springt mir direkt auf die Hüften." Sie machte dabei eine Handbewegung entlang ihres Körpers, den er bis heute aufreizend fand. Auch wenn die Jahre da und dort eine Falte in ihr Gesicht gelegt und die Haare an manchen Stellen grau gefärbt hatten, sie war immer noch schön und begehrenswert. Für einen Moment vergaß er das Essen und sah seine Frau mit einem verliebten Lächeln an. Sie schien es zu bemerken und schenkte ihm ein ebenso strahlendes Lachen, bei dem sie ihre makellos weißen Zähne zeigte. Nachdem er den

Teller satt von sich geschoben hatte, nahm sie seine Hand in die ihre und sah ihn fragend an. Auch das war ihm ein liebgewordenes Ritual, wenn er abends seine Sorgen und die Ereignisse des Tages nicht mit ins Bett nahm, sondern mit seiner Anni teilte. Neben den ausgedehnten Spaziergängen mit ihr war das wohl der Grund, warum er weder zu Herzschwäche noch zu Bluthochdruck oder anderen aufgestauten Stresskrankheiten neigte.

Aufmerksam hörte sie ihm zu, unterbrach nur einmal, um ein Glas Wein aus der Küche zu holen. Tiefe Betroffenheit spiegelte sich in ihren Augen bei der Schilderung der Geschehnisse vom Vormittag wider. Doch sie besaß auch Witz und Ironie, so dass sie sich beim Gedanken an die Landkreis-VIP-Gattinnen, die wie aufgeschreckte Hühner davon gesprungen waren, ein Grinsen nicht verkneifen konnte.

„Da hab ich ja richtig Glück gehabt, dass heute Morgen meine Nordic-Walking-Gruppe dran war, sonst hätte ich mir auch noch mein vornehmes Näschen gestoßen", scherzte sie, nur um nach dieser kleinen Pause der Belanglosigkeit wieder ernst zu werden. Als der Tag zu Ende erzählt war, hakte Anni bei Benno Seifeld ein. „Ich weiß du hast mir schon von ihm erzählt, aber so ganz habe ich noch nicht verstanden, welche Rolle er in deinen Überlegungen spielt." Damit war Anni Graumüller bei dem Thema angelangt, das ihr am wichtigsten war. „ Du bist schlicht und einfach der fähigste Landrat, den sich eine Landkreisbevölkerung nur wünschen kann. Es ist eine bodenlose Frechheit, dass deine lieben Parteifreunde jetzt an deinem Stuhl sägen. Diese miesen kleinen Kakerlaken."

Landrat Konstantin Graumüller stand auf, drückte seiner Frau einen Kuss auf die Wange und schenkte noch etwas Wein nach.

„Ja, der Seifeld", sinnierte er, während er die rote Flüssigkeit im Rotweinkelch kreisen ließ, „der ist schon ganz in Ordnung, so wie er ist. Ludwig hasst ihn, weil er unbequeme Fragen stellt und – ich weiß nicht ob beabsichtigt oder zufällig –

immer wieder zielsicher ins Wespennest sticht. Doch es ist nichts Hinterlistiges an ihm, ich habe das Gefühl man kann ihm vertrauen. Er könnte noch ein wichtiger Weggefährte auf dem Weg zur Wiederwahl werden. Das sieht sogar Ludwig ein, der sogar die Zusammenarbeit mit Seifeld forcieren will. Aber“, und bei diesen letzten Worten ließ Graumüller die Schultern zum ersten Mal an diesem Tag ein wenig hängen, „vielleicht ist meine Zeit ja gekommen und Jüngere sollten ran.“

„Du nun wieder“, schimpfte ihn seine Frau mit gespielter Strenge. „Vielleicht sollte ich diesen Benno Seifeld ja mal zum Essen einladen.“

„Ja, ja, tu das“, sagte Graumüller ohne richtig zuzuhören. „Ich gehe ins Bett, ich bin völlig fertig.“

„Ich komm auch gleich, ich räume hier nur noch schnell ein wenig auf.“

Als er schon im Bett lag, hörte er seine Frau erst noch einige Geräusche machen. Er stellte sich vor, wie sie die Gläser wegräumte, die angefangene Flasche verkorkte und die Reste des Abendessens in den Kühlschrank packte. Das alles durchflutete ihn mit so viel Behaglichkeit und Frieden, dass er bald nichts mehr hörte und eingeschlafen war.

2 Auch wenn Schaller ein wenig beleidigt war, so musste er sich trotzdem damit abfinden, dass sein Platz in Passau war. Bender und Manu fuhren wieder in Richtung Zwiesel. Sie richteten sich darauf ein, die nächsten Tage dort zu verbringen.

Nach der morgendlichen Besprechung in der PI Zwiesel veranlasste Bender, Thorben Kraft laufen zu lassen und ihn engmaschig zu observieren. Der Mörder war er nicht, dessen war sich der Kriminalhauptkommissar fast sicher, ein dunkles Geheimnis trug er dennoch mit sich herum. Vielleicht wusste er etwas oder er war einfach nur ein Junkie auf Entzug. Dafür sprach, dass die Gerichtsmedizin inzwischen einen ersten Bericht geschickt hatte: Das Herz Krafts war aus größerer Entfernung von einer Gewehrkugel auseinandergerissen worden. Unmöglich für einen, dessen einzige Waffe offensichtlich die Nadel war.

Thorben Kraft hatte keine Zeit, die Freiheit zu genießen. Es trieb ihn nach Hause zu seinem Crystal-Speed-Versteck, zu seiner Schwester und zu seiner Mutter. Ein wenig Frieden, den würde er jetzt brauchen. Er fand seine Mutter schlafend, die Schnapsflasche im Arm, auf dem Boden im Wohnzimmer und beschloss, sie noch ein wenig liegen zu lassen. Nachdem auch seine Schwester nicht im Haus war, schlich er wie ein Dieb zu seinem Versteck und stellte mit Schrecken fest – es war fast leer, er musste dringend für Nachschub sorgen. Thorben schnupfte die letzte verbliebene Dosis und wartete, bis die Wirkung eintrat. Langsam wurde er ruhiger, der Blutdruck sank und auf seinem Gesicht, das nicht das eines jungen Mannes war, bildeten sich rote Flecken. Er wurde munter, die Müdigkeit und der Entzug, die ihn nach einer schlaflosen Nacht in der Zelle schrecklich gequält hatten, waren verflogen. Er musste reden. Er ging zurück ins Wohnzimmer, weckte seine Mutter.

Heidrun Kraft brauchte ein paar Minuten, um sich zu orientieren. Achtlos wischte sie sich ihr eigenes Erbrochenes aus den Haaren und suchte den Raum mit den Augen nach Hochprozentigem ab. Erst einige tiefe Schlucke später registrierte sie ihren Sohn, sah ihn hasserfüllt an: „Du kleines dreckiges Schwein traust dich noch in das Haus deines Vaters. Du Mörder, du Sau, du hast ihn umgebracht."

Thorben fasste seine Mutter bei den Armen, doch die riss sich los und schrie weiter: „Fass mich nicht an, du Versager. Du hast ihn umgebracht, du warst es, kleines nichtsnutziges Schwein. Ich hätte dich abtreiben sollen, als noch Gelegenheit dazu war. Dann wäre heute alles gut. Hau ab, geh, geh!" Heidrun Kraft schrie hysterisch und jagte ihren Sohn zur Tür hinaus. Der blieb einen Moment lang fassungslos stehen und starrte auf die Haustür, die vor ihm zugeknallt wurde. Langsam begriff er durch den Drogennebel hindurch, was soeben geschehen war. Seine eigene Mutter glaubte ihm nicht, sie hielt ihn für den Mörder seines Vaters.

Er hatte mit einem Schlag nicht nur seinen Vater, sondern seine ganze Familie verloren. Was jetzt noch blieb war: Crystal und Vergessen. Er vergaß auch, dass er noch eine Schwester und einen Onkel hatte, die ihn bis heute bedingungslos liebten. Thorben Kraft sprang in seinen Wagen und jagte aus der Einfahrt hinaus, der tschechischen Grenze entgegen. Unbemerkt im Schlepptau die Zivilstreife.

Getrieben von Verzweiflung und der Gier nach Drogen raste er in Richtung Bayerisch Eisenstein. Einen Weg, den er schon viele dutzend Mal gefahren war. Ohne die Geschwindigkeit maßgeblich zu senken passierte er den offenen Grenzübergang und wurde für die Zivilstreife so zum Problem.

⊙

Einer der Beamten im Verfolgungsfahrzeug fragte in der PI nach, ob sie ihm über die Grenze folgen durften. Wertvolle

Zeit verstrich, ehe Bender informiert war und anordnete, die tschechischen Kollegen auf Kraft anzusetzen. Beinahe eine Stunde später fanden diese das Auto auf einem Parkplatz in Böhmisch Eisenstein, keine drei Kilometer vom Grenzübergang entfernt.

⊙

Den Weg zu seinem Dealer am Vietnamesen-Markt fand er beinahe blind. Nachdem er sich mit Crystal und einigen Pillen versorgt hatte, kaufte er zwei Stände weiter noch eine Pistole und reichlich Munition. Er hatte nur zwei Gedanken im Kopf: Drogen und die Alte kalt machen. Beinahe wäre er in die Arme der Polizisten gelaufen, die sich offensichtlich für seinen Wagen interessierten. Scheiße, dachte er und rannte los. Trotz des Wummerns in seinem Schädel war ihm klar: Zurück nach Bayerisch Eisenstein konnte er nicht: Dort würden sie auf ihn warten. Ihm fiel der Wanderweg über Deffernik zur Grünen Grenze in Ferdinandsthal ein. Es waren zwar ein paar Kilometer zu laufen, doch sein Ziel war klar: Lindberg, das Haus, seine Mutter. Erst wenn sie tot war, würde er wieder frei atmen können.

⊙

Bender fluchte laut ins Handy, als er vom Fund des Autos in Böhmisch Eisenstein hörte. Einerseits ließ es ihn zwar hoffen, dass Thorben Kraft nicht ins Landesinnere flüchtete, andererseits wusste er, dass er wohl kaum zum Auto zurückkehren würde, wenn er die tschechischen Beamten bemerkte. Wo könnte er hin? Zu Fuß zurück?

Das Einzige, was im Moment blieb, war Beamte an den Grenzübergängen zu postieren und den Jungen weiter zu beschatten, falls er wieder deutschen Boden betreten würde. Ansonsten müsste er sich auf die Hilfe der tschechischen

Kollegen verlassen. Sollten die ihn ausfindig machen, würden sie ihn hoffentlich nicht entkommen lassen.

⊙

Kopflos lief Thorben den Wanderweg entlang. Ängstlich blickte er sich immer wieder nach möglichen Verfolgern um. Keiner da. Gott sei Dank. Endlich eine Ruhebank, schnell ein Näschen oder zwei und dann nichts wie weiter. Da vorne war die Grenze, gleich hatte er es geschafft. Scheiße, ein Bulle. Ab in den Wald, der kriegt mich nicht. Er hetzte durch das Unterholz, suchte nach Orientierung. Erneut schnupfen, das Wummern im Kopf schwoll noch mehr an, die Angst auch. Verdammt, der scheiß Bulle war hinter ihm. Zurück auf den Weg, da konnte er schneller laufen. Oh Mann, noch einer. Hässliche Fratze. Ihm fiel die Pistole ein, die schwer an seinem Gürtel zerrte. Weiterrennen, im Laufen zog er sie, hielt die Waffe drohend vor sich. Schussbereit. Keiner hält mich auf. Da, schon wieder einer. Es werden immer mehr. Kraft erreichte den Wanderweg zum Schwellhäus'l, einem idyllischen Ausflugslokal mitten im Wald, mit Bierbrunnen und Streichelzoo. Er rannte den Bachlauf entlang, stürzte hinein. Sie sind überall. Tausende.

Und dann fiel ein Schuss.

⊙

Nachdem ihr Chef zur Tür raus war, saß Manu am Besprechungstisch und blickte auf die lange Liste von Liebhaberinnen. Sie versuchte sich den Mann, den sie nur mit einem Loch in der Brust tot im Dreck einer Baustelle hatte liegen sehen, lebend vorzustellen. Was hatte ihn für die Damenwelt so anziehend gemacht? Wahrscheinlich die Aura, die Machtmenschen umgab. Manu strich das Blatt auf dem Tisch glatt und warf einen weiteren Blick darauf. Dann stand sie auf und ging zur

Kaffeemaschine. Wie sollte sie anfangen? Einfach die erste Nummer wählen und sich so Schritt für Schritt durcharbeiten? Ja, wahrscheinlich war es so am besten. Doch irgendein Gedanke klopfte von innen an die Schädeldecke, drängte in ihr Bewusstsein, doch sie bekam ihn nicht zu fassen. Manu kippte Milch in die Tasse und sah zu, wie die weiße Flüssigkeit den Inhalt hellbraun färbte. Sie nahm einen Schluck, und dann fiel schlagartig der Schleier. Sie stürmte zurück zum Tisch und der Name sprang ihr unverzüglich in die Augen, als würde er in großen Lettern blinken. Lohbauer, Severin Kraft hatte ein Verhältnis mit einer Verena Lohbauer gehabt.

Der Beamte, von dem sie sich nach Rabenstein fahren ließ, erwies sich als sympathische Plaudertasche. Offensichtlich liebte er seinen Zwieseler Winkel und hielt ihr einen launigen Vortrag über die Sehenswürdigkeiten. Rabenstein, das gerade erfolgreich seine 700-Jahr-Feier hinter sich gebracht hatte, war ein kleines Bergdorf mit großer Geschichte.

Hier lagen die Wurzeln der Glasindustrie, auch der Tourismus in diesem Teil des Bayerischen Waldes hatte seinen Siegeszug von hier aus angetreten. Schließlich gab es den Seher von Rabenstein, Andreas Stormberger, „im Gegensatz zum Mühlhiasl, den man auch ins Reich der Legendenbildung verbannen könnte, eine historisch belegte Person“, erläuterte Matthias Winterer.

Manu hörte den Ausführungen nur halbherzig zu. Der Polizeiwagen hielt vor einem kleinen ehemaligen Bauernhof, der schon bessere Jahre gesehen hatte. Neben dem Hauptgebäude stand ein etwas windschiefer Holzschuppen. Im Gegensatz zur Hausfassade war der Bauerngarten davor liebevoll angelegt, es blühte und duftete nach Kräutern. Manu suchte die Haustür nach einer Klingel oder Ähnlichem ab, als Matthias Winterer schon in den Hausflur trat und laut „Hallo“ rief. „Verena, Peter, seid ihr da?“

Das Gesicht einer jungen Frau schob sich aus einem Türrahmen am Ende des Ganges und Manu wusste, ohne mehr von ihr zu sehen, sofort, warum sich Severin Kraft mit dieser Frau getroffen hatte. Sie war schlicht und einfach bildhübsch. Wie sich im Gespräch herausstellte, war sie außerdem äußerst liebenswert und zurückhaltend. Manu kam sich wie ein Eindringling vor, als sie mit ihrem uniformierten Kollegen die Küche betrat. Es war wohlig warm, auf dem alten Holzofenherd tanzte klappernd ein Deckel, der vom entweichenden Wasserdampf im Topf darunter pausenlos angehoben wurde. Auf einer Eckbank saß Peter Lohbauer und sah fragend vom Bildschirm seines Laptops auf.

Während Manu im Raum stehen blieb, ging Winterer auf die Eckbank zu, nahm seine Dienstmütze ab, warf sie achtlos auf den Tisch, setzte sich und sagte fröhlich: „Servus."

Und dann: „Verena, hast du einen Kaffee für mich. Das ist übrigens Frau Hentschel, die Kommissarin aus Passau, die untersuchen den Mord am alten Kraft."

„Und was wollen Sie von uns?", fragte Peter Lohbauer und drei Augenpaare einschließlich dem von Winterer, der über die Umstände des Besuchs nicht informiert war, sahen Manu fragend an.

Sie kam gleich zur Sache: „Wie der Kollege gerade gesagt hat, geht es um Severin Kraft. Wir wissen, dass Sie bis vor einem halben Jahr für ihn gearbeitet haben."

Verena Lohbauer wich unmerklich ein kleines Stück zurück. Peter Lohbauer antwortete: „Ja und?"

„Sie sind vor einem halben Jahr entlassen worden, er hat sie damals rausgeworfen."

„Manu, willst du damit sagen..." Winterers gute Laune war von einer auf die andere Sekunde verflogen.

„Ich will gar nichts sagen, wir verfolgen jede Spur und eine davon führt in dieses Haus." Verena Lohbauer spürte den kurzen Seitenblick der Kommissarin und wich noch etwas weiter zurück.

„Herr Lohbauer, ich muss Sie das fragen, wo waren Sie gestern zwischen neun und zehn Uhr?"

Winterer wollte protestieren, aber Lohbauer hob beschwichtigend die Hand.

„Schon gut, Hias, weiß ja eh jeder, dass mich der alte Kraft rausgeschmissen hat, weil ich geklaut habe. Und wissen Sie was, Frau Kommissarin: Ich bin ihm sogar dankbar dafür."

Verena Lohbauer mischte sich ein: „Mein Mann ist, wie die Ärzte sagen, ein Kleptomane. Aber er hat eine Therapie gemacht, er tut das jetzt nicht mehr, ganz bestimmt nicht. Sehen Sie doch, er schreibt den ganzen Tag Bewerbungen, er ist ein anderer Mensch geworden, ganz bestimmt." Manu bemerkte, dass sie ihren Mann wie ein Hund ansah, der von seinem Herrchen eine Belohnung dafür erhalten wollte, weil er etwas besonders gut gemacht hatte. Peter Lohbauer sah seine Frau ungerührt an. Die Fassade heile Welt bekam einen tiefen Riss.

„Herr Lohbauer, ich muss Sie noch einmal fragen, wo waren Sie gestern zum Tatzeitpunkt?"

„Er war draußen im Schuppen, hat die ganze Zeit Holz gehackt, ich hab's gehört, ich war ja hier in der Küche."

Sogar Winterer war nicht entgangen, dass Peters Frau ein schlechtes Gewissen hatte.

„Stimmt das, waren Sie die ganze Zeit im Schuppen?"

„Wenn es meine Frau sagt."

„Mensch Peter, das ist kein Spaß, du musst der Kommissarin eine vernünftige Antwort geben, sonst nimmt die dich glatt mit aufs Revier."

„Nach dem Frühstück bin ich raus und erst zum Mittagessen wieder rein."

„Herr Lohbauer, zeigen Sie doch mal meinem Kollegen den Schuppen." Peter Lohbauer warf seiner Frau beim Hinausgehen einen scharfen Blick zu.

Manu kam, sobald sie mit der Frau alleine war, sofort zur Sache: „Wir wissen, dass Sie ein Verhältnis mit Severin Kraft hatten, weiß Ihr Mann davon?"

Verena Lohbauer hatte mit dem Frontalangriff nicht gerechnet und war nicht in der Lage eine Verteidigung aufzubauen.

Sie sackte in sich zusammen und stammelte hilflos: „Nein, er weiß nix, bitte sagen Sie ihm nichts."

„Wie lange ging das denn mit Ihnen und Kraft?"

„Ich weiß nicht, vor ungefähr einem Jahr war's". Als die Klauerei ihres Mannes immer schlimmer wurde und auch in der Arbeit nicht mehr verborgen blieb, war sie in die Firma gegangen, um mit Kraft zu reden.

„Wir brauchen das Geld doch", sagte sie mit einem flehenden Blick zu Manu.

„Und dann hat er Ihnen vorgeschlagen, Ihrem Mann nicht zu kündigen, wenn Sie mit ihm schlafen?"

Verena Lohbauer wurde rot und nickte kurz.

„Und dann hat er ihrem Mann doch gekündigt."

„Es ging einfach nicht mehr, Peter hat alles geklaut, was nicht festgeschraubt war. Werkzeug, Baumaschinen, einfach alles. Aber Severin war immer fair, hat uns auch nach der Entlassung weiter unterstützt. Aber der Peter, glauben Sie mir, er war gestern wirklich die ganze Zeit da."

„Hat Ihr Mann eine Waffe im Haus?"

Wieder wurde die Angesprochene puterrot, ging zu einem kleinen Bauernschrank, öffnete die Tür und holte ein großes Jagdmesser heraus.

Manu musste bei soviel Unbedarftheit beinahe lachen. Sie glaubte nicht, dass diese Frau in der Lage war, ihr Lügen aufzutischen. Als die Tür aufging, rechnete sie damit, dass die beiden Männer wieder hereinkommen würden, stattdessen tapste ein kleines Mädchen in die Küche, klammerte sich an das Bein ihrer Mutter und sah die fremde Frau mit verschlafenen Augen an. Manu begriff, für wessen Wohl die Mutter eigentlich gekämpft hatte. „Vielen Dank, Frau Lohbauer, halten Sie sich zu unserer Verfügung."

Draußen traf sie auf die beiden Männer, die sich leise unterhielten. Das alles sah für die Kommissarin nicht nach einem Haus aus, in dem ein kaltblütiger Mörder wohnt.

Als sie schon wieder im Wagen saßen, schlug Peter Lohbauer seiner Frau ein blaues Auge und zischte bedrohlich: „Na du Schlampe, hast du der Kommissarin auch alles genau erklärt, hast du ihr erzählt, dass du mit dem Kraft gevögelt hast? Hast mich angeschwärzt bei ihr, stimmt's? Aber mich wirst du so schnell nicht los."

Das kleine Mädchen begann zu weinen.

⊙

Im Wagen hatte Matthias Winterer seine gute Laune, die während der Befragung mal kurz abhanden gekommen war, schnell wiedergefunden. „Hast du eigentlich die Bühne auf dem Rabensteiner Dorfplatz gesehen? Da ist morgen Generalprobe für ein Stück über den Stormberger. Eine große Sache, da kommen die Leute aus der ganzen Region. Und ich spiel auch mit, naja, als Statist nur, aber macht nix, macht viel Spaß. Und bei uns wird der beste 'Sterz' gemacht."

„Der beste was?", entfuhr es Manu.

„Du kennst keinen Sterz? Als Niederbayerin? Ich bin entsetzt. Den musst du unbedingt probieren. Nur meine Oma hat ihn noch besser gemacht."

Auch wenn Manu derartige Ergüsse nicht gewohnt war, waren sie doch eine angenehme Abwechslung zwischen den Verhören, die sie heute noch zu erledigen hatte. Alles Damen auf der Liste. Allerdings war keine heiße Spur dabei. Beunruhigend war die zwischenzeitliche Mitteilung Benders, dass es Schwierigkeiten mit Thorben Kraft gab.

„Nein, du brauchst nicht kommen, du kannst hier nichts tun, kümmere dich um die Liste", äffte Manu ihren Chef nach, nachdem sie aufgelegt hatte.

„Du Manu, sag mal, was sind das für Frauen? Das hört sich so an, als habe der Kraft mit denen allen was gehabt, ne oder?"

Weil Manu weder Ja noch Nein sagte, zog er seine eigenen Schlüsse:

„Echt, Verena auch?"

„Wenn du dich erinnerst, waren wir wegen ihm dort.“

„Stimmt, du hast recht, Gott sei Dank. Aber wenn das stimmt, war der Kraft schon ein wilder Stier.“

Auf dem Weg zurück in die PI deutete Winterer die nachdenkliche Stimmung Manus als Niedergeschlagenheit. Er nahm sich ein Herz und sagte: „Weißt du was, ich lade dich morgen Abend zur Probe ein, da hab ich mehr Zeit als bei der Premiere und du bekommst eine extra große Portion 'Sterz'“.

⊙

Er war wieder Stefan Schmid, Raphael ruhte, nachdem er sein Werk vollendet hatte. Den Bart erneut rasiert, die Frisur adrett, die Wildheit, das Böse übermalt, er war so unauffällig, nicht einmal Bender hätte ihn erkannt. Er war ganz und gar Stefan Schmid, der sich aus den Klauen des Todbringers befreit hatte. Für den Moment. Sein Gang war selbstsicher, der eines Mannes, der nichts zu verbergen hat, der jeden neuen Tag freudig begrüßt und jedermann offen ins Gesicht lacht. Er war unschuldig, wie der kleine Junge, der seiner Großmutter mit staunenden Augen zuhörte, wenn sie ihm die Welt erklärte, wenn sie sagte, wie der gute Gott die Menschen liebt, wie er sie beschützt und ins Himmelreich führt. Er lächelte wie der Junge, der er war, bevor sie ihn schlug, ihn strafte und quälte. Er saß wieder auf dem Schoß seines Großvaters, der ihm Geschichten erzählte, aus denen so viel Liebe sprach, dass ihn die Wärme noch heute durchflutete. Seinem Großvater, dem Erzähler und zugleich schwachen Mann, der ihn nicht beschützen konnte und der vor der Bosheit seiner Frau ins Wirtshaus und schließlich in den Tod floh. Er streichelte einem Kind liebevoll den Kopf, einem unschuldigen Kind. Stefan Schmid liebte die Unschuld. Nichts erinnerte an Raphael, er hatte keine Ähnlichkeit mit dem Racheengel, dem Todesengel.

Der Schaffner kam und Stefan Schmid hielt ihm freundlich das Ticket hin. Helsingborg stand darauf, die Stadt im Süden Schwedens, am schmalsten Punkt des Öresund. Er wechselte einige Worte auf Schwedisch. Der Schaffner, der sehr wohl merkte, dass es sich nicht um einen Einheimischen handelte, freute sich darüber, dass sein Gegenüber so ordentlich in seiner Landessprache plauderte. „Ich liebe dieses Land und seine Menschen", antwortete Stefan Schmid. Er schenkte diesem Schaffner ein gewinnendes Lächeln, das dieser gerne erwiderte, und ohne Argwohn weiterging.

Der Zug fuhr ein in Helsingborg und Stefan Schmid machte sich auf den Weg zur Promenade. Schiffe schaukelten träge am Ufer des kleinen Jachthafens, in den Cafés davor beobachtete er das muntere Treiben der Sonnenanbeter. An Tagen wie diesem, wenn die Sonne auch den Norden Europas verwöhnte, konnte man den Eindruck haben, eine Szene in einer Hafenstadt Südfrankreichs zu beobachten. Stefan Schmid ließ zu, dass der Tag ihn wärmte und blickte auf das Fährschiff, das auf der anderen Seite des Ufers ablegte und ihn bald abholen würde. Am Ufer stand ein ansehnliches Hotel, er überlegte für einen Moment, ob er bleiben, in die Leichtigkeit dieses Treibens eintauchen sollte und entschied sich dagegen. Hatte seine Großmutter zu ihm gesprochen? Er wischte den Gedanken zur Seite. „Jetzt nicht", sagte er so laut, dass sich einige Köpfe zu ihm drehten, und stieg auf die Fähre, die inzwischen da war.

Stefan Schmid konnte die kurze, fünfzehnminütige Fahrt, die zwischen Schweden und Dänemark lag, nicht genießen. Er zog sich zurück, dorthin, wo Panorama-Touristen nicht hingehen. Zwiesprache keimte auf. Zwiesprache mit Großmutter und schließlich mit Gott dem Herrn, mit Raphael. Er wollte das nicht, er wollte Stefan Schmid sein, unbeschwert und glücklich. Doch die Dunkelheit forderte ihr Recht. Grimmig blickte Raphael aus seinem Versteck und sah die Gottlosen. Die Ehebrecher, die Diebe und die Lästerer. Schweiß tropfte ihm von der Stirn. Er war Raphael, Rachengel und Todesengel des Herrn. Er öffnete die Tür hinter der er stand, steckte einen Finger dazwischen und genoss den Schmerz, als er diese zuknallte. Ein gebrochener Finger war – wenn auch nur unzureichend – ein wenig Wertschätzung für Gott den Herrn. Und dann sprach Er zu Raphael: „Deine Zeit ist noch nicht gekommen."

Wenig später stand Raphael auf dem Deck des Fährschiffes und blickte auf das Schloss, das Shakespeare zu dem seinen gemacht hat. Hier in Helsingör hat Hamlet Wahnsinn vorgetäuscht, um sich an seinem Widersacher zu rächen. Hier hat der Geist des Königs von Dänemark seinem Sohn befohlen, dessen Meuchelmörder zu töten. Der Rest ist Schweigen, murmelte Stefan Schmid, der sich wieder im Griff hatte. Der Finger, lächelte er, würde wieder zusammenwachsen.

⊙

Er ist ein Betrüger, der Herr sieht ihn nicht mit Wohlgefallen, meldete sich Raphael. Es ist ein gutes Fahrrad, sagte Stefan Schmid, der dieses gerade bei einem Händler für teures Geld gekauft hatte. Er trat in die Pedale und ließ die weißen Sandstrände, die sich neben ihm entlang des Öresund wie gemalt an die Ufer drängten, hinter sich. Er hatte in dem aufregenden Freilichtmuseum Louisina kurz hinter Helsingör Liebe getankt. Dort standen Skulpturen von Joan Miró in einem großen Garten direkt am Meer, verliebte Pärchen blickten eng umschlungen und sehnsüchtig auf das Wasser hinaus. Die Welt lag ihnen zu Füßen. Nur noch wenige Kilometer und Stefan Schmid, Raphael, würde in Kopenhagen sein.

⊙

Konstantin Graumüller schreckte so plötzlich aus dem

Schlaf hoch, als habe ihn ein Eimer kalten Wassers erwischt. Er blickte aus dem Fenster und wusste sofort, was los war. Obwohl es ihm in seinem ganzen Arbeitsleben noch nie passiert war, auch ohne auf die Uhr zu sehen war ihm klar: Er hatte verschlafen. Noch schlimmer als die Tatsache, erstmals nachlässig gewesen zu sein, waren die kleinen Flüstergeräusche, die sich in den vergangenen Wochen schon mehrmals gemeldet hatten und auch jetzt zänkisch in seinen Ohren brummten und die ewig gleichen Fragen murmelten: War er tatsächlich zu alt für den Job? War es nicht besser, das Leben mit seiner Frau noch zu genießen? Sich auf Enkelkinder zu freuen? Graumüller schüttelte sich, als könne er die Fragen so los werden. Nein, auf keinen Fall, er war weder zu alt, noch amtsmüde, er hatte lediglich einmal verschlafen. Kein Wunder bei dem Stress, den der gestrige Tag verursacht hatte.

Und wenn man es genau bedachte, es war ja erst 8 Uhr. Er stand zwar an sieben Tagen in der Woche nicht nach 6 Uhr auf, doch es war immer noch früh.

Graumüller stieg aus dem Bett und rechnete fest damit, Kaffeeduft würde ihm entgegenschlagen, nachdem er die Schlafzimmertür öffnete. Er hatte sich geirrt. Er rief den Namen seiner Frau und bekam keine Antwort. Mit einem merkwürdigen Grummeln in der Magengrube, ganz so, als würde eine böse Vorahnung an die Oberfläche schleichen, stieg er die Treppe ins Erdgeschoss hinab.

„Anni“, rief er ein zweites Mal. Wieder keine Antwort. Die Sonnenstrahlen, die sich ihren Weg durch die Gardinen in den großzügig gestalteten Wohnraum bahnten, blendeten ihn.

„Anni?“ Zum dritten Mal erhielt er keine Antwort.

Er schlich auf Zehen durch sein eigenes Haus. Was war passiert? Warum hatte ihn seine Frau nicht geweckt? Warum war das Haus nicht von dem Leben erfüllt, das Anni jeden Morgen aufs Neue erschuf? Die böse Vorahnung schnürte ihm den Hals zu. Leise fasste er mit der flachen Hand an die Küchentür, die nur angelehnt war. Er drückte sanft dagegen, doch sie gab nicht nach. Er drückte fester, die Tür bewegte sich, doch er konnte einen deutlichen Widerstand spüren.

„Anni“, sagte er wieder, Tränen liefen ihm über die Wange. Er drückte noch fester, wurde panisch und mit einem lauten, markerschütternden Kratzen ging die Tür auf. Dahinter lag...nichts!

Als die Anspannung von einer Sekunde auf die andere abfiel, drohte Graumüller für einen Moment ohnmächtig zu werden. Das Adrenalin rauschte noch in seinen Ohren, während er einen oberflächlichen Blick auf die Küche warf. Zuerst fiel ihm die Thermoskanne auf, die neben einem Teller, einem Messer und seinem Lieblings-Kaffeehaferl auf dem Tisch stand. Unter der Tasse lag ein beschriebenes Blatt Papier:

„Lieber Schatz,

ich musste weg, Du weißt ja, mein neues Hobby, Nordic-Walking. Danach gehe ich noch ins Café, die wichtigsten Neuigkeiten des Tages austauschen. Du hast so gut geschlafen, da wollte ich Dich nicht wecken. Kaffee ist in der Kanne, Dein Frühstück im Kühlschrank. Mach Dir keine Gedanken, ich habe in Deinem Filofax nachgesehen, es steht heute Vormittag kein wichtiger Termin drin. Ludwig weiß Bescheid, er hält Dir bis 13 Uhr alles vom Leib. Übrigens, bei der Redaktion habe ich auch schon angerufen und den Seifeld für ein Abendessen bei uns eingeladen. Natürlich mit Begleitung. Ganz zwanglos. Du kannst Dir ja mal Gedanken machen, ob wir noch jemanden dazu nehmen sollen. Also, erhole Dich ein bisschen.

Ich liebe Dich

Anni“

Was folgte, kam einem Zusammenbruch gleich. Graumüller weinte hemmungslos. Es dauerte rund eine halbe Stunde, bis er sich wieder im Griff hatte. Später, als er unter der Dusche stand und das heiße Wasser über seinen Nacken laufen ließ, spürte er eine Leere, die ihn berührte, wie das Wasser, das an ihm herunterlief. Er stellte sich erneut die Frage und hörte die

Antwort, die seine Frau geben würde und die keine Zweifel duldete. Nachdem er sich der Küchentür gewidmet und festgestellt hatte, dass es nicht mehr als ein kleiner Stein war, der verkantet unter der Tür steckte, widmete er sich endlich seinem liebevoll bereiteten Frühstück. Ruhe kehrte ein, er war wieder bei sich und dann las er die Nachricht auf seinem Blueberry, die sich mit einem Piepen ankündigte.

⊙

Tagebuch

„Jetzt geht es erst richtig los, ich kann jetzt nicht aufhören, jetzt nicht. Ich werde sie alle ausschalten, einen nach dem anderen. Keiner kann mich aufhalten. Wie auch?. MICH NICHT! Einer muss es tun und ich werde es tun. GARANTIERT. Morgen schon geht es weiter!"

⊙

Bender rannte los und blieb gleich wieder stehen. Wo sollte er hin? Er stand auf diesem verdammten Bahnhof in Bayerisch Eisenstein herum und war zur Untätigkeit verurteilt. Ihn erreichten ständig SMSen und Anrufe, dass Thorben Kraft im Grenzbereich zu Tschechien Amok lief. Offensichtlich hatte er eine Waffe dabei und schoss um sich. Benders Order, ihn zu beobachten und nichts zu tun, war nicht mehr aufrecht zu erhalten. Doch: Wie laut er auch in sein Telefon brüllte, egal, welche Befehle er in dieses kleine Etwas Telekommunikation bellte, keiner hörte auf ihn. Die Situation schien aus dem Ruder zu laufen. Und dann erreichte ihn ein Anruf, der ihm die Füße unter dem Boden wegzog: „Wir haben ihn und es fehlt ihm das Gesicht."

„Scheiße, ihm fehlt das Gesicht." Bender fluchte so laut, dass die wenigen Gäste, die sich auf dem Bahnsteig in Bayerisch Eisenstein verloren, unwillkürlich zusammenzuckten. Er sprang in seinen Wagen und ließ, während er schon das Gaspedal durchdrückte, beschreiben, wo er hinkommen sollte. Verdammt, ein Mann ohne Gesicht, wie konnte er so schnell? Es war doch ständig ein Polizist in der Nähe von Thorben Kraft. Und, wie konnte er entkommen? Bender murmelte den Namen seines größten Widersachers wie ein Mantra vor sich hin. Raphael, Raphael, Raphael. Die Straßen, Bäume und Bauernhäuser flogen an ihm vorbei, eine Gruppe Wanderer, die ihn später als Straßen-Rowdy anzeigten, sprangen entsetzt zur Seite. Doch der Beinahe-Unfall mit der Fußgruppe holte ihn auch in die Realität zurück. Das, was er kurzzeitig vermutet hatte, konnte gar nicht sein. Bender ließ sich noch einmal beschreiben, wo er hinkommen sollte und atmete tief durch. Er ärgerte sich, dass ihn alleine der Gedanke an diesen schrecklichen Fall, der zugleich bisher der einzige war, den er nicht hatte abschließen können, jedes Mal derart aus der Bahn warf. Doch was bedeutete die Information, dass Thorben Kraft kein Gesicht mehr hatte, dann? Er erfuhr es wenig später, als er sein Auto zum Ausflugslokal „Schwellhäus'l" gesteuert hatte. Er hastete an den Biergartenbesuchern vorbei, zu denen sich der Vorfall, der sich wenige Minuten zuvor im anliegenden Wald ereignet hatte, noch nicht rumgesprochen hatte. Bender lief an einem Streichelzoo vorbei und hielt auf den nahen Waldrand zu. Er schwitze, trotzdem es an diesem warmen Tag nur ein kurzer Spurt gewesen war und genoss schließlich für einen Moment die Kühle, die ihn umgab, als er in den Wald trat. Er hatte keinen Blick für das Idyll, das sich ihm offenbarte. Entlang des Waldwanderweges schlängelte sich ein Rinnsal, in dem das Wasser leise schmatzte, ringsherum lagen moosbewachsene Felsen und gaben mit der herrlichen Waldwildnis ein Bild ab, das wildromantischer nicht sein konnte. Er sah nur das altbekannte Absperrband, mit den ebenso obligatorischen Schaulustigen. Auch uniformierte Polizeibeamte, die versuchten, die Menge zurückzudrängen, waren da. Außergewöhnlich an dieser Situation war lediglich, dass zwei Personen etwas abseits standen und sich übergaben. Wenig später wusste Bender auch warum und hätte sich beinahe dazugesellt. Er schätzte, dass es sich um Thorben Kraft handelte, der da leblos an einen Baum gelehnt saß. Und auch warum der Polizist von einem fehlenden Gesicht sprach, war jetzt klar. Kraft hatte sich im Drogenwahn offensichtlich selbst in den Mund geschossen.

⊙

Die Meldung, die Benno Seifeld erreichte, ließ ihn erschaudern. Ein Suizid. Erst ein Mord und jetzt ein Suizid. Thorben Kraft hatte sich selbst gerichtet, nachdem er zuvor seinen Vater getötet hatte. War es so einfach? Benno glaubte nicht daran.

Verwunderlich nur, dass ausgerechnet Meisetschläger, der ihn offensichtlich nicht mochte, ihm die SMS mit der Nachricht geschickt hatte. Wahrscheinlich eine Anordnung vom Chef.

Benno hatte bereits zum vierten Mal versucht, eine passende Überschrift zu formulieren und diese ebenso oft wieder gelöscht. Er hätte seinen Redaktionsleiter-Posten drangegeben, wenn der Fall damit abgeschlossen war. Ein Familiendrama. Vater demütigt Sohn über Jahre, der rächt sich, wird anschließend mit seiner Tat nicht fertig und richtet sich selbst. „Familiendrama im Landkreis Regen“, tippte er in den Computer. Doch irgendetwas sagte ihm, dass der Fall noch längst nicht abgeschlossen war. Benno machte ein Fragezeichen hinter seine Headline.

⊙

Konstantin Graumüller hatte das Gefühl, sein so geordnetes Leben würde sich in Luft auflösen. Aber warum? Weil ein Bauunternehmer und Freund erschossen worden war, weil dieser in seinen Armen gestorben war? Weil sich dessen Sohn statt einem Schuldeingeständnis bei der Polizei eine Kugel in den Kopf gejagt hatte? In den letzten drei Jahrzehnten seiner Amtszeit war derlei noch nicht vorgekommen. Ganz zu Anfang, vor nun rund 30 Jahren, hatte es mal einen Mord gegeben und erst vor einiger Zeit hatte eine Geschäftsfrau aus der Region ihren untreuen Ehemann ermordet. Und, erinnerte sich der Landrat, der sich dabei ertappte, wie er in Gedanken eine etwas morbide Liste erstellte: Es hatte in seinem beruflichen Umfeld vor einigen Monaten einen Selbstmord gegeben. Ein hoher Beamter seiner Behörde hatte sich, ohne einen Abschiedsbrief zu hinterlassen, von der Burgruine Weißenstein gestürzt. Zwei Tage nach einer ausgelassenen Geburtstagsparty für seine jüngste Tochter. Trotzdem, so beschwerlich und emotional wie die beiden letzten Tage war ihm die Bewältigung von Problemen noch nie gefallen.

Während er seinen Wagen weiter von Zwieselerwaldhaus und dem Ort, an dem sich Thorben Kraft selbst gerichtet hatte, entfernte, dachte er an den Kommissar und seine Stellvertreterin. Er mochte beide. Bender war das Paradebeispiel eines niederbayerischen Grantlers, eines Mannes, der hinter seiner gefurchten Denkerstirn einen hellwachen Verstand verbarg. Man durfte sich bei solchen Typen nicht von der etwas in die Jahre gekommenen Figur täuschen lassen. Träge, dessen war sich Graumüller sicher, war dieser Kommissar nicht. Und: Auch wenn er wenig Sympathie für die Vermutung Benders hegte, dass Thorben Kraft seinen Vater nicht umgebracht hatte, ganz einfach deswegen, weil der Fall damit noch nicht abgeschlossen wäre, so konnte er die Argumente des Kripo-Beamten doch nicht von der Hand weisen.

Und dann diese, „wie hieß sie noch gleich“, murmelte er leise: „Ach ja, Hentschel.“ Ein Lächeln huschte über sein Gesicht.

Auch wenn er von ihrer Intelligenz ebenso überzeugt war, so war ihm doch zunächst einmal aufgefallen, dass sie ein bildhübsches Wesen mit langen Haaren und einer sehr sportlichen

Figur war. „Wenn ich noch 20 Jahre jünger wäre...“, ließ er für einen Moment den Chauvi in sich zum Vorschein kommen, nur um sich in Gedanken gleich wieder bei seiner Anni zu entschuldigen. Der Ausbruch heute morgen, als er für einen viel zu langen Moment gefürchtet hatte, ihr sei etwas passiert, schnürte ihm auch jetzt wieder die Kehle zu. Himmelhoch jauchzend, zu Tode betrübt, schoss es ihm durch den Kopf. Er verstand diese emotionale Achterbahnfahrt einfach nicht. Letztlich seien die extremen Gefühlsschwankungen, die er noch zwei Tage zuvor nicht kannte, aber doch wohl mit den schrecklichen Vorkommnissen zu erklären, oder?

Für den Moment genug der schwarzen Gedanken, es war die Zeit für seine allmonatliche Lieblingsbeschäftigung. Auch wenn er sich etwas pietätlos vorkam, eigentlich ging es für ihn dabei gar nicht ums Schießen. Mit einiger Zufriedenheit sah er, als er auf den Parkplatz der Anlage einfuhr, dass er die meisten Autos kannte, die hier gerade parkten. Die Truppe war also da. Soweit er sehen konnte vollständig. Zumindest fast, denn Severin fehlte, würde für immer fehlen.

Ein lauter Schuss, danach ein zweiter, krachten donnernd in das aufgeregte Gespräch, in das Konstantin Graumüller platzte, als er den Schießstand betrat. Er erschrak, ebenso, wie der einsame Wanderer, der den Hall der beiden Schüsse noch einige hundert Meter weiter hörte. Der Hund des Wanderers jaulte und Graumüller fragte sich, ob sein Nervenkostüm für immer zerstört worden war. Deshalb brachte er nur ein gequältes Lächeln zustande, als er von dem Kreis der Tontaubenschützen Bayerwald herzlich empfangen wurde. Mit einem Mal kam ihm sein geliebtes Hobby unsagbar unangebracht, geradezu dumm vor. Wer hatte ihn eigentlich auf die Idee gebracht, mit überdimensional großen Gewehren auf kleine Scheiben zu schießen, die in den Himmel katapultiert wurden? Er wusste es genau in dem Moment, als er den Gedanken zu Ende gebracht hatte: Seine Frau Anni war es gewesen. Sie hatte ihm vor vielen Jahren erklärt, dass er ein Hobby brauchte, einen Ort, an dem wichtige Männer die Köpfe zusammensteckten und tuschelten, Verträge schlossen, unter die niemand eine Unterschrift setzen musste und insgeheim die Zukunft des kleinen Landstriches besprachen, planten und festlegten. Die Illuminati des Bayerischen Waldes, die Freimaurer des Landkreises Regen, eine Geheimgesellschaft im Kleinen. Natürlich, auch das wusste Graumüller, waren sie dies alles nicht. Zum einen, weil es sich bei vielen seiner Kumpane um schreckliche Maulhelden handelte, zum anderen, weil er noch nie ein Freund von Heimlichtuerei war. Er liebte es, Beschlüsse im Kreistag zu fassen, sich demokratische Mehrheiten zu beschaffen, alles zu bereden und soviel öffentliche Transparenz wie möglich zuzulassen. Doch seine Anni hatte gesprochen und er war ihrem Vorschlag gefolgt. Und ja, auch wenn er dies nur ungern zugab, es konnte einem schon zum Vorteil gereichen, mit den „Großkopferten“, wie sie in den Wirtshäusern landauf, landab genannt wurden, in engem Kontakt zu stehen.

„Ja Kon, kannst den gar nix“, begrüßte ihn einer aus der gutgelaunten Truppe. Ein besonders ekelhaftes Exemplar von ehemaligem Kleinunternehmer, der es mit Bauernschläue und Handschlagverträgen, Übervorteilung und Missachtung sämtlicher Arbeitnehmerrechte zu beachtlichem Wohlstand gebracht hatte. Mehr als einmal hatte sich Graumüller gewünscht, ihn mit seinem Tontaubengewehr quer über den Schießplatz zu jagen.

Beim genaueren Blick auf ihren Landrat hielt die Gute-Laune-Truppe dann aber doch einen Moment lang inne und blickte mit – wie Graumüller fand – gespielter Betroffenheit in den tontaubenverseuchten Nachmittag. Graumüller berichtete von der SMS, die er aus dem Amt erhalten hatte und dem darauffolgenden abscheulichen Moment am Schwellhäus'l.

„Echt, er hat sich ins Gesicht geschossen?“, fragte der, den Graumüller darauf in Gedanken ein weiteres Mal über den Schießplatz jagte.

„Dann ist der Fall ja wohl geklärt“, sagte Hans-Georg Schäffler, der gerade dabei war, sein Gewehr zu laden.

„Warum?“, fragte Graumüller.

Schäffler erschreckte den einsamen Wanderer mit zwei weiteren Schüssen, die punktgenau ins Ziel trafen, erneut und sagte dann: „Na das ist doch wohl sonnenklar: Der kleine Taugenichts hat seinen Vater abgeknallt und dann nicht einmal die Eier besessen, das Ganze durchzuziehen. Stattdessen jagt er sich eine Kugel in den Kopf.“

„Das sieht der ermittelnde Kommissar aber ganz anders“, antwortete Graumüller mit einem süffisanten Grinsen.

„Ah ja“, sagte Karl Maier und Konstantin Graumüller konnte einem weiteren grobschlächtigen Schulterklopfen gerade noch entgehen.

„Ah ja“, äffte ihn Graumüller nach und erntete ein dankbares Lächeln bei allen Anwesenden, die mit der krachenden Rechten von Karl Maier ebenfalls schon Bekanntschaft gemacht hatten.

Der Landrat blickte in interessierte Gesichter und erwiderte: „Ja, der Passauer Kommissar glaubt nicht, dass Thorben in der Lage war, seinen Vater zu erschießen. Er ist sicher, dass er zu dieser kaltblütigen Tat nicht fähig war.“

„Wie auch immer, wir müssen uns darüber unterhalten, wer Severins Platz übernehmen kann.“ Sogar derjenige, der gerade am Schuss war, ließ seine Tontaube unbeachtet fliegen und sah Schäffler fragend an.

„Es ist doch so“, sagte Schäffler, „Severin hat in unserer Runde einen Platz freigemacht, den müssen wir jetzt wieder besetzen. Sieben Schützen in der Runde der Sieben und aktuell sind wir nur sechs.“

Alle Anwesenden, die zustimmend nicken wollten, sahen sogleich betroffen zu Boden, als sie der Blick des Landrats traf. „Wie kannst Du nur so pietätlos sein, man könnte ja fast meinen...“ Graumüller sprach seinen Satz nicht fertig.

„Ach komm schon, Kon, ich sag doch nur, was hier alle denken, Severin ist weg, wir müssen unsere Runde wieder komplettieren."

Alle nickten.

„Das kann doch nicht dein Ernst gewesen sein", eröffnete Graumüller das Gespräch, als Hans-Georg, Hans für seine Freunde, etwas später mit einem Bier in der einen und gelehnt auf seinem Gewehr in der anderen Hand etwas abseits am Schießstand stand.

„Was meinst du?"

„Was wohl, dass du Severin, der noch nicht einmal einen Tag tot ist, von jetzt auf gleich ersetzen willst."

„Ach, Kon, klar ist es schade um Severin, aber seien wir uns doch ehrlich, für mich geht der Spaß jetzt so richtig los."

Graumüller sah sein Gegenüber an.

Der hatte sein Bier ab-, das Gewehr beiseite gestellt und die Arme entschuldigend in die Höhe gehoben. „Komm schon, es war ja wohl kein Geheimnis, dass wir zuallererst Konkurrenten waren. Er hat den Auftrag bekommen, für den ich so lange gekämpft habe. Ja gut, er war ein feiner Kerl, aber Konstantin nochmal, er war zuallererst mein Konkurrent und jetzt, wo er weg ist, ist der Weg frei für mich."

„Der Weg frei für dich?"

„Na hör mal, wer soll denn diesen riesigen Auftrag sonst ausführen, wenn nicht ich?"

Konstantin Graumüller war in Kampfeslaune: „Wenn du dich da mal nicht täuschst, mein Lieber, der Auftrag liegt immer noch in Händen der Kraft-Bau, daran hat sich nichts geändert."

„Aber", setzte Hans-Georg Schäffler an, aber der Landrat des Landkreises Regen hatte sich bereits angewidert abgewendet.

⊙

„Hallo, hast du mit ihm gesprochen?", Sandra Schäffler

empfing ihren Mann schon an der Haustüre, drückte ihm einen flüchtigen Kuss auf den Mund und begleitete ihn ins Esszimmer. Die Promenadenmischung bettelte um Zuneigung, erhielt aber nur einen Tritt. Der Tisch war beinahe festlich gedeckt, mit Kerzenlicht, hochaufgestellten Servietten auf den beiden Tellern, Weingläsern daneben. Italienische Antipasti, eine bunte Platte feinstes Gemüse, ein Korb Weißbrot.

Sandra Schäffler setzte sich, mit einer umständlichen Geste, bei der sie ihren Hintern leicht nach links verschob, als hätte sie statt der Hose einen Rock an, ehe sie endgültig Platz nahm und sogleich die Beine übereinander schlug. Auffordernd sah sie ihren Mann an, der bislang noch nichts gesagt hatte.

„Was jetzt? Hast du den Auftrag?“, sie hakte nach, rückte dabei mit dem Oberkörper ein Stück weit über den Esstisch.

„Ach. Der Kon, es wird immer schwieriger mit ihm.“ Schäffler schaufelte sich umständlich einen großen Vorlegelöffel mit eingelegten Auberginen und Zucchini voll, um gut die Hälfte davon auf dem Weg zum Teller über der Tischdecke wieder zu verlieren. „Mist, nix haut hin heute.“

„Scheiß auf die Tischdecke, rück endlich raus, was der Graumüller sagt.“

„Der tut voll auf mitgenommen, als ob ihm das mit dem Severin naheginge“, sagte Schäffler mit einer wedelnden Handbewegung. „Gerade so, als ob nicht er am meisten davon profitieren würde, dass es den Kraft erwischt hat.“

Seine Frau stocherte gedankenverloren an einer getrockneten Tomate auf ihrem Teller herum, goss sich ein Glas Weißwein ein. „Es muss etwas passieren. Ich will den Auftrag haben.“

„Klar.“ Schäffler lehnte sich mit einer Scheibe Weißbrot in der Hand weit in seinen Stuhl zurück, puhlte mit den Fingern den weißen Teig heraus, um diesen auf den Teller zu legen und sich dann an der Kruste gütlich zu tun. „Weißt du, das krieg ich schon hin. Wie soll das etwas werden, mit der besoffenen Kraft? Das geht Ratz-Fatz, wirst du schon sehen, und die gibt auf. Das Projekt in Eisenstein, da platzt ihr verwirrter Schädel sowieso – und sonst ist in dieser Klitsche auch keiner da, der das im Kreuz hätte."

„Hoffen wir's."

Während sich Schäffler nun dem weichen Teig auf seinem Teller zuwandte, den er sich zu kleinen Häppchen zurecht zupfte, deckte seine Frau die Antipasti ab und kam mit einer dampfenden Suppenterrine wieder zurück.

„Habe heute mal wieder Minestrone gemacht, die magst du doch so", sagte sie mit einem Lächeln, schöpfte ihrem Mann die Suppenschale randvoll und rieb ihm ordentlich Parmesan drüber.

Der schnappte sich den Löffel mit der Rechten und eines seiner vorbereiteten Weißbrotstückchen mit der Linken und schien sich nun voll auf die Minestrone zu konzentrieren.

„Liebling, mehr Sorgen macht mir der Graumüller. Der wird wunderlich", flüsterte er sich eher selbst zu, denn seiner Frau. „Es geht nicht mehr, der muss weg. Irgendwie müssen wir uns etwas einfallen lassen."

„Ich sag es ja: Es muss etwas passieren. Schnell muss etwas passieren." Sie hatte sich nur eine halbe Portion Minestrone genommen, diese aber mit einer dicken Parmesanschicht bestreut und tunkte die Masse nun händisch mit dem Weißbrot aus der Schale. „Was ist denn mit dem Landrat, hat er dir nicht zugehört oder hält er an Kraft-Bau fest?"

Schäffler atmete tief ein, „ich weiß nicht, irgendwie komme ich nicht mehr richtig an ihn ran. Ich weiß gar nicht mehr, wann wir den letzten großen Auftrag hatten. Ja gut, es geht schon immer wieder was, aber er wird immer, ich weiß nicht, immer sperriger."

„Was hast du vorhin eigentlich gemeint, dass ihm Severins Tod nützt? Ist der Kraft ein möglicher Nachfolger gewesen?"

„Denke schon, der hat sich in letzter Zeit übel an den Partei-Vorstand ran geranzt. Nur um mich hat er einen großen Bogen gemacht."

Schäffler nahm sich noch einen großen Schöpfer Minestrone aus der Terrine, schnitzte ein paar Parmesanspalten darüber, während seine Frau die Suppenschale von sich schob, die Beine wieder übereinander schlug und sich weit über den Tisch nach vorne lehnte.

„Schorschi, ich meine, jetzt mal so dahin gesagt: Eigentlich wäre das doch was für uns. Ich meine: Du Landrat, ich First Lady? Du hast doch sowieso das Vorrecht, oder nicht? Als Kreisvorsitzender kommen die doch gar nicht an dir vorbei."

„Na ich weiß nicht, die Firma ist mir wichtiger. Und da stehen schon lange andere Gewehr bei Fuß. Ich meine, alleine schon der Hartwig. Fehlt nur noch, dass er bald mit dem Kon rumschmust, so eng sind die", motzte Schäffler und fuchtelte mit zusammengepressten Zeigefingern in Richtung seiner Frau, „so eng."

„Na und? Da gibt es doch eine Lösung. Den kriegen wir doch auch irgendwie weg, oder meinst du nicht. Wo es gerade so super läuft." Sie deutete auf die Zeitung, die mit der aufgeschlagenen Seite mit der Schlagzeile von der Ermordung Krafts in den Zeitungsständer gesteckt wurde. „Ich meine, der Hartwig, da gibt es doch was über den, oder nicht?"

„Der feine Herr ist so ohne Fehl und Tadel, dass es mir schon fast wehtut." Hans-Georg Schäffler stand nun seinerseits auf, um den zweiten Gang abzudecken.

Seine Frau folgte ihm in die Küche, aus der es nach in Rotwein gegartem Rindfleisch roch, nach Zwiebeln, Olivenöl und einem Hauch Nelke. Sie zog die Kasserolle aus dem Ofen, bedeutete ihrem Mann die warm gestellten Makkaroni in die vorbereitete Terrine zu geben und sie wie auch den grünen Salat zum Tisch zu tragen.

„Eben. Schorschi, überleg doch mal. Es geht mir auch nur um die Firma. Wenn du Landrat bist, dann...", sie blinzelte ihm mit einem Auge zu – und Schäffler verstand sofort.

„Du meinst...ich mache den Landrat, du führst die Firma und gemeinsam kassieren wir ab? Warum sind wir eigentlich nicht früher drauf gekommen, die ganzen Arschgeigen haben ja sowieso nicht die Cochones."

Schäffler liebte diesen einzigen spanischen Ausdruck, den er im Wortschatz hatte, und zu Hause mochte er es, wenn er sich zum Nachdruck selbst dabei mit Schmackes ans Gemächt griff.

„Der Landrat schanzt der Firma Schäffler die Aufträge zu. So geht das in Zukunft", Sandra Schäffler streckte ihrem Mann das Rotweinglas über den Tisch entgegen. „Deal oder no Deal, stoß an Schorschi."

„Deal." Die Gläser schepperten laut über dem Tisch und es war beiden, als hätten sie noch nie einen so guten Rinderbraten gegessen.

„Liebling, auf was für Ideen du oft kommst. Das mit dem Rauchfleisch im Braten: Genial, ehrlich." Diesmal blinzelte er ihr zu – und sie verstand sofort.

⊙

Was kaum jemand wusste: Neben Kraft-Bau und Schäffler, war noch jemand scharf auf das Millionenprojekt in Bayerisch Eisenstein. Er scharrte im Hintergrund mit den Hufen und wartete auf seine Chance.

⊙

Nachdem Ludwig Meisetschläger die SMS abgesetzt hatte, wurde er nachdenklich. Die momentane Situation konnte richtig ungemütlich für ihn werden. Selbst wenn die Revoluzzer, die den Landkreis-Chef weg haben wollten, nicht durchkamen, so konnte das Durcheinander trotzdem einen Schatten auf Graumüller werfen. Es war nicht gesagt, dass er das alles politisch überleben würde. Und was dann? So viel war klar: Wenn Graumüller gehen musste, war auch er seinen Job los. Nach beinahe drei Jahrzehnten, die er mit ihm Schulter an

Schulter zusammengearbeitet hatte, würde ihn kein Nachfolger übernehmen. So gesehen war er froh, dass er Graumüller empfohlen hatte, sich Benno Seifeld warmzuhalten. Anfangs war dies nur aus dem Grund geschehen, weil er fürchtete, der Landrat, der den windigen Redaktionsleiter offensichtlich mochte, würde ihm übel nehmen, wenn er es nicht tat. Wenn Seifeld dazu beitragen konnte, den Landrat im Amt zu halten: Ludwig Meisetschläger war dabei.

⊙

Er war immer noch verärgert über das Auftreten von Schäffler. Der war nicht nur pietätlos, sondern auch über die Maße machtgeil. In seiner Wut hätte er Anni, die ihn gerade anrief, beinahe angeschnauzt.

„Konny, 'tschuldige, ich wollte dich nicht verärgern. Es geht nur um das Essen mit dem Journalisten, hast du dir schon überlegt, ob wir jemanden dazu nehmen sollen?"

Auch wenn er für derartige Banalitäten im Moment eigentlich keinen Kopf hatte, so fiel ihm doch sofort Ludwig ein.

„Alles klar, ich kümmere mich darum. Wir beide und zwei Junggesellen, das kann ja ein lustiger Abend werden. Aber macht nix, ich freue mich."

⊙

Die Gedanken kreisten unaufhörlich um Schäfflers Forderung, die Baustelle haben zu wollen. Hatte dieser Mistkerl wirklich recht? Wahrscheinlich, die Familientragödie im Hause Kraft war wohl kaum zu überbieten, wer würde daran nicht zerbrechen.

Da lief es ihm heiß den Rücken hinunter. Heidrun Kraft – er hatte noch nicht einmal kondoliert. Da starb der Mann in seinen Armen und er vergaß, das Naheliegende zu tun. Seine verdammte Pflicht. Ohne zu zögern drehte er um und fuhr zu ihr.

Ein Seelsorger der Polizei öffnete die Tür. Graumüller war froh, nicht mit der Frau alleine sein zu müssen, er war nicht der Mann, der sich mit seelischen Ausnahmesituationen auskannte.

„Weiß sie es schon?", fragte er vorsichtig.

„Das von ihrem Sohn nicht. Und im Moment darf sie es auf keinen Fall erfahren. Sie ist in einem schrecklichen Zustand."

„Kann ich trotzdem mit ihr sprechen?"

„Lieber nicht. Der Arzt war gerade da und hat ihr was gegeben. Die schläft erst einmal bis morgen früh."

Graumüller war nicht böse über diese Nachricht, andererseits konnte er so nicht feststellen, ob man der Frau die Führung der Firma und die Abwicklung des Projektes in Eisenstein zutrauen konnte. Wenn er die wenigen Worte des Seelsorgers richtig verstand, dann wohl eher nicht.

„Aber alleine gelassen wird sie nicht?", fragte er besorgt.

„Ich bleibe diese Nacht erst einmal da und dann müssen wir sehen, wie es weitergeht. Ich habe aber das Gefühl, dass sich diese Frau so schnell nicht fangen wird."

Das machte das Bild noch klarer. Graumüller wusste, es galt, schnell zu handeln. Er musste mit dem Vorsitzenden des Zweckverbands reden, der den Bau beaufsichtigte. Ein schnelles Treffen war nötig, am besten gleich morgen. Die Weichen würden ohnehin neu gestellt werden – auch wenn ihm das in Hinblick auf Schäfflers Arroganz beim Tontaubenschießen nicht in den Kram passte.

Die Perspektiven waren für den Landrat düster. Er konnte sich nur drei Szenarien vorstellen. Entweder war die Kraft-Bau führungslos und der Auftrag musste international neu ausgeschrieben werden – ein unerträglicher Zeitverlust und die allerschlimmste Variante. Möglich war, dass ein Subunternehmer den Auftrag sofort übernahm, eine Lösung, die er mit etwas Geschick selbst einfädeln helfen konnte. Dann würde es sich wohl zwischen Schäffler und Breit entscheiden. Das wäre die eleganteste Lösung. Denkbar war auch, dass Kraft-

Bau sofort von einem anderen Unternehmen geschluckt wurde. Das würde er am ehesten Schäffler zutrauen – auch finanziell.

⊙

Nicht die schon wieder. Der wachhabende Beamte der PI Zwiesel war nicht erfreut, Solveigh Kraft zu sehen.

„Kommen Sie, um sich Ihre Anzeigen wegen Widerstandes gegen die Staatsgewalt und Beamtenbeleidigung abzuholen?"

„Halts Maul, Bulle, ich will endlich meinen Bruder sehen."

„Sehr, schön, noch eine weitere Anzeige. Ihren Bruder wollen Sie sehen? Schwierig!"

Als ihm klar wurde, dass ihm eine junge Frau gegenüberstand, die eigentlich nur Angst um ihren Bruder hatte, bereute er seinen kurzen Ausflug in die Welt des Sarkasmus.

„Mädchen, dein Bruder ist nicht mehr da."

„Wo ist er denn?"

„Ich meine, er kommt auch nicht mehr." Der Beamte tat sich schwer, der Überbringer der schlechten Nachricht zu sein.

„Tot, wie tot, was ist denn passiert?"

„Es tut mir leid, ihr Bruder hat sich umgebracht."

„Weil ihr ihn fertig gemacht habt, ihr Schweine!"

„Nein, so war es nicht, aber wissen Sie was. Ich gebe Ihnen jetzt die Nummer vom ermittelnden Hauptkommissar. Der kann Ihnen alles sagen."

⊙

Einfluss, das war die Währung, mit der bei der Vergabe von Bauaufträgen gezahlt wurde. Hans-Georg Schäffler hatte das früh begriffen, beziehungsweise hatte es ihm sein Vater früh genug gesagt. „Junge", so waren seine Worte gewesen, „du gehst jetzt in die Junge Union, schau dass du schnell nach oben kommst. Und in 20 Jahren gehört dir die Welt."

Eine einfache Formel, nach der Schäffler beinahe schon radikal lebte. Mit 17 trat er der Jugendorganisation der Partei bei und es dauerte nicht einmal ein Jahr, da war er schon Ortsvorsitzender. Als er das Studium im Bauingenieurwesen anfing, war er anfangs überrascht, wie vielen Söhnen er dort begegnete, wie auch er einer war. Aus allen Teilen Deutschlands trafen sie damals in der Technischen Universität München zusammen. Freundschaften entstanden, die ihm bis heute nützlich waren. Partnerschaften da, wo man sich ohnehin aus regionalen Gründen keine Konkurrenz machen konnte. So wie Schäffler gab es viele, die es gleichzeitig in die Kommunalpolitik trieb, die sich in ihrem Umfeld in Partei- und Gremien wählen ließen und so stetig ihren Einfluss mehrten.

Schäffler selbst hatte viel Glück in seiner Karriere. Einerseits gab es einen Studienkollegen, den er später in leitender Funktion im Landratsamt wiederfand, der ihm verriet, wie das Spiel funktionierte. Zum anderen entstammte er einer Generation, die die Freizeit eher mit Partys, Grillen, Feiern und Fußballseligkeit verbrachte, als in politische Ämter zu drängen. Er nutzte das aus, sobald in den Vorstandschaften Plätze frei wurden, streute er im Umfeld bewusst die Informationen, die ihn weiterbrachten: Dass er sich durchaus vorstellen könne, mehr Verantwortung in der Partei zu übernehmen. Dass er niemals „Nein" sagen würde, wenn es gelte, der Partei zu helfen. Etwas schwieriger war es, in den Kreisrat zu kommen, denn die Altvorderen waren lange nicht bereit, die Stühle zu räumen. Also fing er an, deren Abstimmungsverhalten genau zu studieren – um eben jene gegen sie aufbringen zu können, die sich gegenteilige Abstimmungsergebnisse erhofft hatten. Was er selbst dachte, welche Meinungen er vertrat – er vermochte sie immer leicht verschattet zu sagen, so dass jeder der Ansicht sein konnte, in ihm einen Mitstreiter zu haben. Er hatte das Prinzip lange vor den anderen kapiert: Das Amt kommt nicht auf dich zu, du musst zu ihm gehen und es dir nehmen.

Das alles hatte ihn zum Kreisvorsitzenden der Partei gemacht. Eine politische Karriere außerhalb der Partei dagegen war ihm unwichtig, es genügte vollkommen, wenn die Leute auf Bürgermeistersessel oder zu Landräten gewählt wurden, bei denen er seine Interessen mit etwas Entgegenkommen durchsetzen konnte. Konstantin Graumüller gehörte nicht zu ihnen, war offensichtlich völlig unbestechlich. Dennoch war ihm der Landrat wo es ging hilfreich, zum Wohle des Landkreises. Für die konkretere Ergebnisgestaltung bei Bauvergaben, da nutzte er die Kontakte, die ihm sein Studienkollege im Landratsamt verschafft hatte. Doch es lief weit mehr als sein alter Freund wusste. Ein wichtiger Mann im Amt war mit dem ein oder anderen Ausflug in die käufliche Liebe jenseits der Grenze zu Tschechien jederzeit bei Laune zu halten, das ließ Schäffler viel Gestaltungsspielraum bei öffentlichen Aufträgen. Drei der fünf wichtigsten Bürgermeister im Landkreis verschaffte er sogar Sex nach festem Stundenplan - mit leichten Damen, die den hohen Herren nach Dienstschluss einmal die Woche in deren Amtszimmern zur Verfügung standen. Offiziell hatten sie in seinem Unternehmen sogar einen Anstellungsvertrag als Gehilfinnen – so konnte er die Liebeslust der Rathausherren auch noch steuerlich für sich nutzbar machen.

Schäffler wusste über die heimlichen Sehnsüchte, Wünsche und manchmal auch abstrusen Freizeitvorstellungen der einflussreichen Leute in der ganzen Region Bescheid. Ob es nun mal finanziell zwickte – Schäffler schob ihnen Geld zu. Wenn sie ihn riefen – er pflasterte ihnen die Einfahrt, baute ihnen Wintergärten, dämmte Fassaden. Alles umsonst. Für einen Auftrag ab einer dreiviertel Million Umsatz war alles möglich, gingen die Kosten in der Gesamtkalkulation unter. Für Schäffler waren es Werbungskosten, mehr nicht. Aber wenn er Unterstützung brauchte, dann verstand er es auch, deutlich auf seine bereits vollbrachten Wohltaten hinzuweisen. Es klappte bislang perfekt – außer dieses eine Mal vielleicht. Aber vergessen.

Jetzt ging es aber nicht mehr nur um Aufträge, jetzt ging es ums Ganze. Graumüller schien angeschlagen, dessen Ansehensverlust innerhalb der Partei war nicht mehr aufzuhalten. Schäffler musste über die Bezeichnung „Die jungen Wilden“ lächeln, die sich eine kleine Gruppe gab, die immer lautstärker die Ablösung des Landrats bei der nächsten Wahl forderte. Sie wollten einen der ihren zum Kandidaten machen. Gut, es waren welche dabei, die Schäffler nicht gänzlich verachtete, aber „Junge Wilde“, für ihn war es eher eine Ansammlung wirrer, hysterischer Kleingeister. Angestellte, Einzelhändler, ein Anwalt und ein Lehrer – Leute also, die aus Schäfflers Sicht schon im eigenen Leben nichts auf die Reihe gebracht hatten. Graumüller dagegen hatte Format, wenn es etwas gab, das Schäffler wirklich an ihm bewunderte, dann war es seine aufrechte Haltung. Er war ein Souverän. Ein wankender Souverän, wenn man nur die richtigen Hebel ansetzte.

Gleich nach dem Abendessen mit seiner Frau ging Schäffler noch ins Büro im oberen Stock seines Hauses, um mit dem Zwieseler Bürgermeister zu telefonieren. Es galt, die Fronten zu klären. Es ging darum, sich selbst zum nächsten Landrat zu machen.

„Ich weiß, dass das gerade keine einfachen Tage für dich sind. Aber wir müssen uns was überlegen, wie es nach Kon weitergeht.“

„Du willst dir Gedanken über Kons Nachfolge machen?“ Reinhard Hartwig reagierte kurz angebunden und schroff. „Kon ist Landrat, so soll es im Grunde genommen bleiben.“

„Aber, findest du nicht, dass er in letzter Zeit ein bisschen wunderlich wird, der Gute? Ich meine, noch sechs Jahre? Auf keinen Fall.“ Schäffler legte nach. „Außerdem wissen wir nicht, welchen Schaden wir damit der Partei verursachen, wenn wir zu lange an ihm festhalten. Diese Wilden da, die können uns gefährlich werden, wenn wir nicht aufpassen.“

„Du, das ist mir egal. Wenn Graumüller aufhören will, dann wird er mich zum Nachfolger vorschlagen. Da spricht doch im Grunde genommen nichts dagegen, schließlich hast du als

Kreisvorsitzender ja eh kein Interesse. Severin wäre vielleicht in Frage gekommen, aber der ist tot. Abgesehen davon, dass ich deinen Anruf im Grunde genommen für pietätlos halte, wo Severin und Thorben noch nicht einmal unter der Erde sind." Bürgermeister Hartwig sagte es beinahe emotionslos, so, als würde er einen Gesetzestext vorlesen.

„Die Situation erfordert aber jetzt ein klares Signal. Jetzt muss einer da sein, für die Partei, für unseren langfristigen Erfolg, neu aufbauen, alte Zöpfe abschneiden, du weißt schon, solche Sachen. Da kann ich doch nicht zurückziehen."

Er hörte nur ein tiefes Schnaufen am anderen Ende, dann: „Es erschließt sich mir nicht, warum man mit dir einen Neuanfang machen können soll, aber mit mir nicht. Die Sache ist im Grunde genommen eindeutig, ich habe schließlich Kons Rückendeckung."

„Ist das dein letztes Wort?"

„Wie gesagt. Ich sehe keinen Gesprächsbedarf."

„Du würdest also auch parteiintern gegen mich kandidieren?" Schäffler wagte sich nun weit hinaus, weiter, als es seine normale taktische Vorgehensweise erlauben würde.

„Im Grunde genommen: ja."

Wütend warf Schäffler den Hörer auf die Gabel. Es war noch eines dieser alten, orangen Telefone, die er im Büro stehen hatte – zwar schon mit Tasten, aber noch ohne jeglichen Schnickschnack. Schäffler gab dieses Telefon ein gutes Gefühl. Vertraut. Beständig. Und irgendwie passte es auch zu seiner Branche.

Im Moment hatte er allerdings andere Gedanken im Kopf. Wildere. Er musste etwas unternehmen. „Im Grunde genommen", sagte er halblaut vor sich hin, mit einem schiefen Grinsen in Richtung Telefon.

⊙

Der Anruf platzte ausgerechnet in die Zeit des Abends, in

der sich Bender seiner persönlichen Schwermut widmete. Der Fernseher lief kaum hörbar, nur die bunten Bilder, die er absonderte, schickten tanzendes Licht in den ansonsten abgedunkelten Raum. Der Kommissar saß, seiner Kleidung entledigt, in einem bequemen Sessel und grübelte. Gerade war ihm das Denkarium eingefallen. Eine Schale, die Magier mit derzeit nicht benötigten Gedanken füllten, die sie sich zuvor mit dem Zauberstab aus der Schläfe gezogen hatten. Dort konnten sie bei Bedarf jederzeit reaktiviert werden. Bender lächelte: Die zahllosen Abende, an denen er seinen beiden Töchtern aus dem Leben des Zauberlehrlings Harry Potter vorgelesen hatte, gehörten zu den unvergesslichsten Erlebnissen. Die tiefe Liebe und Verbundenheit war in jenen Minuten, in denen er sich ganz auf sich selbst besann, spürbar. Als habe sich ein Abdruck seiner Mädchen, wie sie sich an ihn schmiegten und an seinen Lippen hingen, für immer in ihn eingebrannt. Er war dankbar darüber, dass sich an der Beziehung zwischen ihm und seinen Kindern nichts geändert hatte. Schon, als sie noch unter einem Dach lebten, war er viele Abende und Wochenenden nicht da gewesen, weil in seinem Beruf Überstunden die Regel waren. Und so hatte sich auch nach der Trennung nichts geändert: Er sah seine Mädchen nicht so häufig, aber wenn man zusammen war, waren die Stunden sehr intensiv.

Ähnlich erging es ihm mit seiner Frau. In Momenten wie diesen, wenn er besonders intensiv an sie dachte, meinte er jede Berührung, die sie ihm jemals geschenkt hatte, zu spüren. Nur in ihrer Gegenwart hatte er stets seine übellaunige Grundstimmung ändern können. Bender ertappte sich dabei, wie er einen Moment an Manu dachte. Wie seiner Frau flogen ihr alle Männerherzen zu. Sie strömte eine Anziehungskraft aus, die immer Wirkung erzielte. Er mochte Manu sehr. Es tat ihm gut, sich mit einer Person zu umgeben, die ihn verstand oder zu verstehen schien. Doch auch wenn seine Kollegin ihre natürliche Anziehungskraft mit einem außergewöhnlich attraktiven Äußeren würzte, wäre er niemals auf den Gedanken gekommen, sich ihr zu nähern. Auch wenn er das Band der Liebe zwischen ihm und seiner Familie nicht halten konnte, er war seiner Frau immer treu gewesen und würde sie jetzt nicht mit deren jüngerem Abbild betrügen wollen. Gut, er war immer noch ein Mann und mehr als einmal überlegte er, ob er sich auf die Suche nach einer neuen Liebe machen sollte. Einmal klickte er sich sogar durch die Internetseiten einer Dating-Agentur und musste lauthals lachen, als er daran dachte, welches Profil er wohl eingeben sollte: „Kauziger Endvierziger mit Bierbauch, steht auf Tee und Bauernkrapfen, meist übellaunig, sarkastisch und zynisch, etwas nachlässig gekleidet, mit Hang zu Jähzorn, sucht Sie mit viel Humor, die ihn liebhaben will." Er hatte mal Paul Freier davon erzählt und der sagte auf seine direkte und wenig schmeichelhafte Art: „Bender, das muss man dir lassen, du hast eine gesunde Selbsteinschätzung." Auch einen Bordell-Besuch hatte er einige Male ins Auge gefasst. Schließlich war er sexuell noch nicht vertrocknet. Zumindest solange nicht, bis er sich vorstellte, dass er bei einer Frau liegen würde, die dies an diesem Tag bereits mehrfach mit anderen Männern getan hatte. Nichts für mich, dachte Bender und eben da läutete das Telefon.

⊙

„Ralf, ich musste dich einfach einmal anrufen, ich mache mir Sorgen um dich."

Hörte er nicht richtig? Sie machte sich Sorgen um ihn. Nun gut, in letzter Zeit waren die gemeinsamen Abendessen, Ausflüge, Spaziergänge, oder auch mal die eine oder andere rotweinschwere Nacht, die sie auch nach ihrer Trennung beibehalten hatten, gänzlich ausgeblieben. Aber der Fall hier in Zwiesel hielt ihn in Atem, hatte ihm Fesseln angelegt.

„Aber zumindest anrufen könntest du doch mal."

Benders Schwierigkeiten, dieses Gespräch einzuordnen blieben bestehen. Sie waren nach der Trennung Freunde geworden, ja. Auch wenn ihm die Unterhaltszahlungen finanzielle Daumenschrauben anlegten, hatte er nie an den Ansprüchen seiner Frau und der Kinder gerüttelt. Er bestand auch auf der Vermutung, dass ihn seine Frau nach wie vor mochte. Nur war er immer der Überzeugung, sie konnte auch ganz gut ohne ihn. Wenn er anrief oder vorbeikam, ließ sie sich gerne auf ein wenig freundschaftliche Zweisamkeit ein. Wenn sich nichts ergab, auch gut, dann ein anderes Mal. Seinen anfänglichen Versuchen, ihr bei gemeinsamen Treffen körperlich wieder näher zu kommen, hatte sie sanft aber bestimmt abgewendet.

„Es muss Wochen her sein, dass wir was zusammen unternommen haben. Wenn mir nicht ab und zu die Mädchen etwas von dir erzählen würden, wüsste ich gar nichts mehr von Ihnen, Herr Kommissar?"

Stimmt, mit seinen Töchtern war er erst vor wenigen Tagen im Kino gewesen. Eine willkommene Auszeit vom Polizeialltag. Aber hatte sie da gerade „Herr Kommissar" zu ihm gesagt? Aus ihrem Mund waren diese Worte schon seit gefühlten zweihundert Jahren nicht mehr gekommen. Und: Seine Noch-Ehefrau beklagte sich, dass er zu wenig Zeit mit ihr verbrachte. Er war sprachlos.

Folgerichtig ermahnte ihn seine Frau: „Jetzt sag du doch auch mal was."

Alte Wunden rissen auf, er fühlte seine Sehnsucht wieder größer werden. Ein unsichtbarer Strick schien ihm den Hals zuzuschnüren.

Beinahe im selben Moment wusste er, warum er den Kontakt zu seiner Frau hatte abreißen lassen. Es lag nicht daran, dass er keine Zeit für sie finden würde. Er hatte eingesehen, sein ewiges Werben würde sie nicht zu ihm zurückbringen. Er gab sie frei und sich Frieden. Die leise Sehnsucht, die in ihm zurückblieb, konnte er leichter ertragen als den verzweifelten Kampf um ihre Liebe.

„Ralf, bist du noch da?"

Er schreckte aus seinen Gedanken hoch, sammelte sich einen Moment und dann endlich antwortete er ihr:

„Weißt du, der Abstand tut mir gut. Ich habe endlich verstanden, dass du dir eine Zukunft mit mir nicht mehr vorstellen kannst. Du musst dein Leben leben und ich muss das meine wieder in geordnete Bahnen bringen. Ich wünsche mir sehr, dass wir Freunde bleiben können. Aber dazu brauche ich noch etwas Zeit."

Bender hörte ein leises Schluchzen, dann hatte seine Frau aufgelegt.

3

Benders Proteste waren vergeblich gewesen. Staatsanwältin Dr. Gundula Moosbacher betrachtete den Fall als abgeschlossen. Thorben Krafts Selbsttötung wertete sie als Schuldeingeständnis, seinen Vater ermordet zu haben. Anders der Kommissar, der diesem nervösen Junkie den tödlichen Schuss nicht zutraute.

„Die Sache ist erledigt, Herr Bender. Ich warte nur noch auf Ihren Bericht. Und bringen Sie mir die Waffe“, schloss die Staatsanwältin die Ermittlungen, ließ keinen Widerspruch mehr zu.

Entsprechend war an diesem Morgen die Stimmung in der Zwieseler Polizeiinspektion. Die meisten Beamten schienen erleichtert, den Fall so schnell los zu haben. Zudem war der spektakuläre Ausgang zum medialen Volltreffer geworden – und die Polizei wurde in der Berichterstattung der Medien gelobt wie selten zuvor. Ein voller Erfolg.

Der zwielichtige Sohn des großen Bauunternehmers als Mörder – trotz des dramatischen Endes des jungen Mannes schien dieser Ausgang auch Volkes Stimmung gerade recht zu kommen. Über den Stammtischen kreisten am vergangenen Abend schon die despektierlichen Reden über die „Großkopferten“, wie „den Kraft“, die man „menschlich komplett vergessen“ könne. Es sei doch kein Wunder, wenn es „in diesen Kreisen“ zu derlei Vorfällen komme. Degeneriert und verrottet, wie die Sitten „bei denen da oben“ seien. Bei Leuten „wie du und ich“ sei dies alles unvorstellbar. Eine Art Selbstbestätigung für die einfachen Menschen, dass ihre eigene Welt noch gesund sei.

Leute wie Kraft, das konnten auch Kommissar Bender und seine Kollegin Manuela Hentschel am Vorabend aus den Gesprächen im Restaurant heraushören, in dem sie zu Abend gegessen hatten, Leute wie Kraft gehörten nicht wirklich dazu. Und so gesehen kam Volkes Meinung auch zum Schluss, dass der Mord zwar grausam gewesen sei, aber letztlich nichts mit der heilen Welt im Bayerischen Wald zu tun habe. Eine Familiensache bei den Geldigen.

Der Kommissar konnte mit dem allgemein akzeptierten Ergebnis dieses Falles dennoch nicht warm werden. Zwar gab es eine Reihe von Motiven, die Thorben Kraft zum Töten seines Vaters getrieben haben könnten. Die Gelegenheit hatte er auch, ein Alibi gab es jedenfalls nicht.

Ein Selbstmord als Geständnis. Denkbar. Die Art und Weise dieses Abgangs schürte jedoch Benders Zweifel zusätzlich. Schließlich waren sich alle Zeugen in einer Sache einig: Der junge Mann schien vor seinem Suizid jegliche Kontrolle über sich selbst verloren zu haben. Wie ein verwirrtes, gejagtes Wild.

Drei Fragen blieben ohnehin noch offen, deren Beantwortung Bender nicht möglich war: Wie konnte ein Drogenabhängiger aus großer Entfernung einen so perfekten Schuss abgeben – zumal man von hohem emotionalen Stress ausgehen durfte, wenn er gerade im Begriff war, seinen Vater zu töten? Mit welcher Waffe wurde geschossen? Und: Da konnte die Staatsanwältin nörgeln wie sie wollte - bislang wurde die Waffe nicht aufgefunden, also wo war sie verblieben?

Die ballistischen Untersuchungen an der Kugel aus Krafts Körper waren bereits abgeschlossen. Demnach wurde er von einer 9 Millimeter getroffen, wahrscheinlich aus mehr als 100 Metern Entfernung. Sogar den Waffentyp konnten die Ballistiker bereits ermitteln. Es handelte sich um ein Vintorez VSS-Scharfschützengewehr aus Russland. Die Geschichte dieser Waffe war bestens dokumentiert: Sie wurde bei der Geiselnahme von Beslan vom russischen Militär eingesetzt, als 1100 Geiseln in einer Schule aus der Hand von Terroristen befreit werden sollten. Als die Waffe vor fünf Jahren in der Nähe von Prag mit einer Mordserie in Verbindung gebracht wurde, konnte nicht ermittelt werden, wie sie in den Besitz der Täter gekommen war. Diese wurden damals von der tschechischen Polizei gefasst, von der Waffe selbst fehlte allerdings jede

Spur. Die Täter gaben an, sie in die Moldau geworfen zu haben. Alle Suchaktionen verliefen jedoch ergebnislos.

Es handelte sich um ein Gewehr mit integriertem Schalldämpfer. Es galt als ausgesprochen präzise bis auf eine Entfernung von 200 Metern, war extrem leise, zudem für eine Waffe dieses Typs relativ handlich und leicht.

Wie, so fragte sich Bender, sollte Thorben Kraft an diese Waffe gekommen sein, die auf dem Schwarzmarkt sicherlich zu Höchstpreisen gehandelt wurde?

Der Junge brauchte sein Geld für Drogen, für ein hochspezialisiertes Gewehr fehlten ihm sicher die Mittel. Alle Anzeichen deuteten darauf hin, dass die Tat akribisch geplant gewesen sein musste. Auch das traute Bender einem drogengesteuerten, impulsiven Mann nicht zu. Nein – für Bender passte noch nichts zusammen.

Trotzdem veranlasste er, dass sich die tschechischen Kollegen auf den Vietnamesenmärkten ihres Landes nach Waffenhändlern umsahen.

Zwei Stunden diskutierten er und Manu Hentschel an diesem Morgen bereits, wie sie weitermachen sollten. Manu ließ sich zwar einerseits von den Fakten überzeugen, wie sie Staatsanwältin Dr. Moosbacher wertete. Andererseits wusste sie aber um Benders „Näschen" und konnte auch dessen Zweifel nicht von der Hand weisen.

Sie beschlossen, den geforderten Bericht zu schreiben, aber dort auch die offenen Fragen nicht zu verschweigen. Letztlich, da waren sich Bender und Manu einig, konnten sie im Moment nichts anderes tun als ihre Sachen zu packen, um Zwiesel und den Ermittlungen hier den Rücken zu kehren. Wobei die Suche nach der Vintorez vor Ort weiterlaufen sollte.

⊙

Während Bender ins Hotel ging, um zu packen, hatte Manu noch etwas gutzumachen. Sie stattete dem Kollegen Matthias

Winterer einen Besuch ab, um sich mit ihm zur Aufführung des Stormberger-Festspiels in Rabenstein zu verabreden.

„Schließlich musst du mir unbedingt noch diesen Sterz vorstellen“, blinzelte sie ihm zu. Winterer reservierte für die Kommissarin sofort einen guten Platz in der ersten Reihe. Manu wollte den verbleibenden Nachmittag dazu nutzen, sich die Stadt näher anzuschauen. Von der Polizeistation aus machte sie sich auf den Weg hinunter in Richtung Stadtplatz, wobei ihr erstmals die mächtige, ziegelrote Stadtpfarrkirche ins Auge fiel. Sie war ihr in den vergangenen beiden Tagen nicht aufgefallen, so sehr war sie auf den Fall konzentriert. Sie würde sich das Gotteshaus später näher anschauen, beschloss sie, zuerst wollte sie hinunter in den Stadtpark am Fluss Regen, so wie es ihr Winterer vorgeschlagen hatte. Das sei der richtige Platz, inmitten mächtiger Bäume am Flussufer abzuschalten und nach dem erfolgreich gelösten Fall zu entspannen.

Sie kaufte sich gerade am Anger zwei Kugeln Eis, als das Handy klingelte.

„Wo ist Bender? Er meldet sich nicht“, es war Kriminalrat Ritter, der sich nicht lange mit Höflichkeitsformeln aufhielt, sondern gleich los polterte. „Holen Sie mir Bender an den Apparat. Es ist eine Katastrophe.“

Die Nachricht, die Manu ihrem Chef überbringen sollte, ließ sie sowohl das Eis am Tresen als auch den Stadtpark oder die Pfarrkirche völlig vergessen. Sie rannte quer durch die Stadt in Richtung Bahnhof, in dessen Umfeld sie sich tags zuvor mit Bender in einem Gasthof eingemietet hatte. Beinahe wäre sie auf der Brücke über den Regen von einem Auto überfahren worden, weil sie einfach die Seite wechselte, ohne nach links oder rechts zu blicken. Was Ritter sagte, es war einfach unglaublich.

Bender konnte sich nicht überwinden, im Zimmer seine Sachen zu packen. Irgendetwas hielt ihn in Zwiesel zurück. Es war wieder ein Fall, der für ihn noch lange nicht abgeschlossen war. Bender spürte es nicht nur unter den Fingernägeln. Also ließ er einfach alles liegen und ging hinab ins Gastzimmer, um bei einer Tasse Grünem Tee noch einmal in sich zu gehen. Je länger er in die Tasse starrte, um so mehr krabbelte in ihm die Angst hoch. Das Unheil lag vor ihm. Es war förmlich zu greifen und es konnte jederzeit losbrechen. Er hatte keine Möglichkeit, es aufzuhalten. Musste es einfach geschehen lassen und dann würde alles wieder von vorne anfangen. Fast körperlich spürte er die Anwesenheit eines eiskalten Mörders, der lange noch nicht ruhen würde. Aber wer? Warum? Wann?

„Wir haben einen Anruf aus Schweden erhalten", Manu stürmte ins Lokal, blickte nicht links oder rechts und steuerte direkt auf Bender zu, der keine Ahnung hatte, wovon seine Kollegin sprach. „Ritter will mit dir sprechen, in Schweden brauchen sie unsere Hilfe. Raphael. Er ist wieder da." Manu war völlig außer Atem, setzte sich und blickte Bender direkt in die Augen. Der verstand immer noch nicht, allerdings ließ der Name Raphael in ihm alle Alarmlichter rot leuchten.

Keine fünf Minuten später stand Bender in seinem Zimmer, warf seine Sachen achtlos in den Koffer. Ritter hatte ihn umfassend informiert: Demnach sei in Schweden ein Mordopfer gefunden worden, das deutlich an Raphaels Handschrift erinnerte.

„Stellen Sie sich vor, Bender, sogar in Schweden wurde damals über Raphael in den Medien berichtet", entrüstete sich Ritter ins Telefon. Daran hätte sich der ermittelnde Kommissar Björn Lindqvist noch erinnern können und deshalb habe er sofort Interpol verständigt und den Kontakt zur Passauer Mordkommission gesucht. „Rufen Sie ihn an, Bender."

Was Bender sofort tat. Froh war er, dass Lindqvist sehr gut Deutsch sprach, so konnte er selbst mit ihm reden – in Englisch hätte er Manu ans Telefon lassen müssen. Alles, was der schwedische Polizist Bender erzählte, erinnerte an Raphael. Die entstellte, ausgeblutete Leiche, die aufgefundene Gesichtshaut. Alles.

„Aber, sagen Sie, wurde jemand als vermisst gemeldet?“, fragte Bender.

„Nein, da ist mir nichts bekannt.“ Lindqvist wusste auch um die vermissten Personen, die gleichzeitig mit den Morden damals in Grafenau die Polizei beschäftigten. „Wir haben daran auch schon gedacht, aber bisher nichts Verdächtiges feststellen können. Trotzdem: Wir sind davon überzeugt, dass das Ihr Raphael ist.“

„Na der gehört ja nun wohl Ihnen“, sagte Bender. Doch sein Jagdtrieb sagte ihm etwas anderes: Er musste nach Schweden, musste sich wieder an Raphaels Fersen heften. Vielleicht könnte er den schwedischen Kollegen die entscheidende Hilfestellung geben, zumal er Raphael kannte – egal wie sehr sich dieser äußerlich verändert hatte, Bender war überzeugt, er würde ihn jederzeit wiedererkennen.

„Was halten Sie davon, wenn ich zu Ihnen komme?“

„Gerne. Herr Bender, Sie sind herzlich bei uns willkommen.“

„Ich nehme den nächsten Flieger“, sagte Bender noch und legte grußlos auf.

Ritter hatte er schnell überzeugt, allerdings bestand dieser darauf, dass sich Bender für die Reise nach Schweden Urlaub nehmen müsse. „Sie wissen ja Bender, der ganze Schriftkram, um eine Ermittlung im Ausland zu beantragen...das wollen Sie doch auch nicht, oder?“

Bender war es egal. Er nahm sich eine Woche frei – und wenn es nötig sein sollte, war er sogar bereit, unbezahlten Urlaub zu nehmen, um Raphael zu jagen. Es dauerte zwei Jahre, zwei lange, endlos lange Jahre, ehe endlich wieder eine Spur greifbar war. Diese Gelegenheit durfte er nicht verstreichen lassen. Kein zweites Mal, Raphael, kein zweites Mal.

Bender war so aufgeregt, dass er am liebsten direkt zum Flughafen München gefahren wäre. Doch er musste sein Privatarchiv, das er zum Fall Raphael nachträglich angelegt hatte, in Passau holen. Darin war alles gesammelt, was von dem Leben des Serienmörders in Grafenau übrig geblieben war. Nach der gelungenen Flucht Raphaels kehrte Bender noch einmal in die Bayerwald-Stadt zurück, suchte alte Fotos zusammen, asservierte private Dinge des Serienmörders, darunter Kämme, ein paar Kleidungsstücke und Zahnbürste. Obwohl die DNA gespeichert wurde, wollte Bender damals auf Nummer Sicher gehen und hatte deshalb noch zusätzlich Reserve-Spuren aufgehoben. Gemeinsam mit dem zuständigen Psychologen entwickelte Bender zudem ein detailliertes Täterprofil.

Wann immer und wo immer Raphael wieder auftauchen würde, Bender fühlte sich gerüstet. Wobei: Er hätte vermutet, der Serienmörder würde irgendwann in Andalusien oder an der Algarve wieder auftauchen. Einfach deshalb, weil der Süden der iberischen Halbinsel innerhalb Europas die größtmögliche Entfernung zum Bayerischen Wald darstellte. Außerdem wusste Bender, dass es an der spanischen und portugiesischen Atlantikküste einige deutsche Siedlungen gab, in denen Raphael problemlos und unauffällig untertauchen hätte können. Oft hatte Bender überlegt, dort einmal Urlaub und sich auf die Suche zu machen. Doch er verwarf entsprechende Pläne immer wieder, weil er wusste, es wäre aussichtslos.

Nun also Schweden.

Manu Hentschel wies er an, ihn im Zwieseler Fall auf dem aktuellen Stand zu halten. Die Kollegin wäre sofort bereit gewesen, mit Bender in den Flieger zu steigen – doch er konnte sie davon überzeugen, dass sie als seine Vertreterin die Stellung bei der Mordkommission zu halten habe.

Reinhard Hartwig saß mit Landrat Graumüller in seinem Zwieseler Amtszimmer. Er war seit 17 Jahren Bürgermeister in der Stadt und hatte wohl noch nie so schwere Tage erlebt wie die letzten. Die beiden Parteifreunde hatten immer schon einen guten Draht zueinander gehabt. Man verstand sich, häufig sogar ohne Worte. Hartwig gehörte zu den wenigen, die den Landrat mit dessen altem Spitznamen aus der Schulzeit ansprechen durften. Ein Spitzname, den ihm ein Lateinlehrer verpasste, als Konstantin Graumüller die richtige Antwort nicht wusste, weil er gedanklich gerade etwas von Cicero abgeschweift war, genauer gesagt unter den Rock der süßen Anneliese Geiß zwei Klassen unter ihm. Heute seine Frau. Und so sagte der Lehrer, Dr. Fridolin Hauf: „Konnst denn gar nix, Kon?"

„Weißt du Kon, im Grunde genommen möchte ich nur weg! Aber die Sache hier, es muss ja irgendwie weitergehen an der Grenze." Hartwig hatte schwarze Ränder unter den Augen, Zeugnis schlafloser Nächte. Seine Bewegungen wirkten fahrig, ein leichtes Zittern wollte er sichtlich bemüht verdrängen – es gelang ihm nicht.

Der Mord an Kraft hatte eine Sondersitzung des Zweckverbands Bayer- und Böhmerwald notwendig gemacht, die in zwei Stunden im Zwieseler Rathaus stattfinden sollte. Noch konnte niemand mit Sicherheit sagen, ob die Firma Kraft-Bau den Auftrag würde erfüllen können. Graumüller, der bei der Gründung des Zweckverbands den Vorsitz hätte übernehmen sollen, übergab das Amt damals seinem Freund Hartwig, gab sich mit dem Vize-Posten zufrieden, den er sich mit seinem tschechischen Amtskollegen aus Klattau teilte.

Der Landrat nickte seinem Gegenüber verständnisvoll zu.

„Wie geht es Gertraud, wie wird sie mit der Situation fertig?"

Hartwigs Frau war die Schwester von Heidrun Kraft. In den vergangenen Jahren wurde der Kontakt zwischen den beiden immer spärlicher, weil das Schwesternpaar sich in der Lebensweise zusehends auseinander entwickelt hatte. Während Gertraud Hartwig als Bürgermeisterfrau ein schier unglaubliches soziales Engagement an den Tag legte, zog sich ihre Schwester mehr und mehr zwischen Feng-Shui und Schnaps in eine Phantasiewelt zurück.

„Du weißt ja“, sagte deshalb der Bürgermeister, „wir hatten kaum noch etwas miteinander zu tun. Dennoch: Gertraud ist völlig fertig. Und im Grunde genommen geht es mir nicht anders. Der Thorben, also der war im Grunde genommen ein armes Schwein, der Severin hat ihn überhaupt nicht hochkommen lassen.“

„Habt ihr euch mit der Heidrun schon getroffen?“

„Nein, Gertraud bringt es nicht fertig. Es endet im Grunde genommen immer gleich: Heidrun säuft, fängt bald zu flennen an und wenn es schlimm wird, schreien sich die beiden nur noch an. Ich weiß im Grunde genommen auch nicht, was mich fertiger macht. Der Mord, Thorbens Selbstmord oder diese beschissene Familiensituation.“

Landrat Graumüller wusste auch um diese Probleme, schließlich pflegte er zu beiden Männern enge politische und auch private Kontakte. Einst waren Hartwig und Kraft so etwas wie ein Erfolgsduo – der eine machte Karriere in der Politik, der andere in der Bauwirtschaft. Und lange schien es so, als würden sich die beiden gegenseitig hochschaukeln und man sah sie nur gemeinsam auftreten. Beides hervorragende Redner, die die Leute überzeugen konnten, und so manches Projekt für Zwiesel war nur möglich, weil beide kräftig an einem Seilende zogen. Doch zuletzt wurde das Verhältnis merklich kühler, das spürte auch der Landrat – und er wusste auch, dass dahinter mehr das schwierige Verhältnis der beiden Ehefrauen zueinander steckte, das auch auf die Männer übergriff.

„Ich habe es schon gespürt, dass ihr zwei, also Severin und du, längst nicht mehr so eng miteinander wart“, sagte Graumüller.

„Ja, es ist im Grunde genommen einfach zu viel passiert in der Familie. Aber das ist jetzt vorbei. Gertraud und ich haben es tausendmal probiert, aber im Grunde genommen hat Heidrun überhaupt nicht mehr zugehört. Es war sinnlos.“

Graumüller mochte den Bürgermeister wirklich, aber das „im Grunde genommen“ ging ihm schrecklich auf die Nerven.

Die nächste Stunde verbrachten die beiden Politiker damit, gemeinsam einen Plan zu entwickeln, wie die Bauarbeiten in Eisenstein weitergehen sollten. Dann würden die Bürgermeister der Gemeinden im Zwieseler Winkel dazu stoßen, und auch die Kollegen der angrenzenden Gemeinden in Tschechien. Hartwig und Graumüller wussten genau, wie wichtig das Projekt für die künftige Zusammenarbeit der Staaten in Europa sein würde. Immer wieder fiel im Zusammenhang mit den Vorhaben in Eisenstein der Begriff „Leuchtturm-Projekt“. Sie waren also gefordert.

Als sie in den Sitzungssaal des Zwieseler Rathauses gingen, hatten sie ein griffiges Konzept in ihren Aktenordnern, und sie waren sicher, dass die Bauarbeiten rasch fortschreiten würden, auch wenn Kraft-Bau nicht mehr in der Lage sein sollte, den Auftrag zu erfüllen.

Es kam ganz anders.

⊙

Manu hatte es schwer, am Nachmittag die Zeit niederzukämpfen. In Gedanken war sie bei Raphael in Schweden, stellte sich vor, wie er erneut sein Unwesen trieb – und so ausgefuchst wie er in Grafenau gewesen war, war nicht auszuschließen, dass er wieder entkommen könnte. Eigentlich wollte auch sie nach Schweden fliegen, wollte vor Ort dabei sein, wenn er gejagt wurde. Nicht, dass sie es den Kollegen dort nicht zugetraut hätte. Diese Minuten in Raphaels Verlies, sie hatte sie längst nicht vergessen, kamen sie doch in vielen Nächten wieder. Sie hatte dabei immer den beißenden Verwesungsgeruch in der Nase, sie hörte immer wieder den Schuss, der durch den Kellerraum peitschte, tausendfach hörte sie dessen Echo in ihren Träumen. Und sie spürte diese Verzweiflung, als sie mit Bender vergeblich versuchte, die Falltür aufzudrücken, durch die Raphael geflüchtet war. Er war ihnen entkommen – bis heute konnte Manu Hentschel nicht verstehen, wie das passiert war. Sie spielte tausend Möglichkeiten durch, wie sie besser, richtiger reagieren hätten können.

All diese Dinge, die sie sonst nur im Traum verfolgten, geisterten den ganzen Nachmittag über durch ihr Gehirn. Auf nichts konnte sie sich konzentrieren. Sie versuchte sich mit einer Bummeltour im Regener Einkaufszentrum abzulenken. Es half nichts. Sie versuchte es sogar mit Kino, doch nach nicht einmal einer Viertelstunde verließ sie den Saal wieder, um sich an einer Kaffeebar etwas für die Nerven zu holen.

Kurz vor 18 Uhr war sie in Rabenstein, in der Hoffnung, dass auch Kollege Matthias Winterer schon da sein würde. Sie brauchte Gesellschaft, jemanden, der sie auf andere Gedanken brachte.

Obwohl in Niederbayern aufgewachsen, hatte sie noch nie Sterz probiert, geschweige denn davon gehört. Manu musterte die fett-triefende Kartoffelmasse ein wenig argwöhnisch, als ihr Winterer eine Portion brachte.

„Und du glaubst, das tut meiner Figur gut?"

„Keine Sorge, da ist nichts drin, was dick macht. Nur Mehl und Butterschmalz zu den Kartoffeln."

Vorsichtig probierte sie eine Gabelspitze, angereichert mit reichlich Apfelmus. Es folgte ein wohlwollender Blick, ein anerkennendes Nicken und Manu schaufelte die leckere Speise weg, als hätte sie seit Tagen nichts mehr gegessen. Die waidlerische Küche schien es in sich zu haben. Ohne ein Wort zu sagen reichte sie Winterer die leere Schale und bedeutete ihm, Nachschub zu holen.

Freudestrahlend kehrte er mit einer weiteren Portion zurück. „Lang nur ordentlich zu, es ist genügend da."

„Wie wird das eigentlich gemacht?"

Winterer erklärte ihr, dass zunächst die Kartoffeln mit der Schale gedämpft und heiß geschält werden müssen. „Wenn sie erkaltet sind, werden sie gestampft oder gepresst, dann kommt Mehl und Salz dazu und die Kartoffelmasse wird zwischen den Händen zerrieben. Dabei kommt es darauf an, genau die richtige Menge an Mehl zu erfühlen. Schließlich kommt reichlich Butterschmalz in ein Reindl, darin wird die Masse verteilt, nochmal Butterschmalz drüber gestreut und ab geht es ins Rohr. Die einfachsten Rezepte sind die besten", sagte er abschließend mehr zu sich selbst, als zu Manu.

Danach schlenderten sie noch ein wenig an den verschiedenen Ständen vorbei, genossen den warmen Frühsommerabend und plauderten über Belangloses.

Gerade, als Winterer zu den Schauspielern musste, um sich auf seinen Auftritt vorzubereiten, klingelte Manus Telefon.

Er sah noch, wie sie wortlos lauschte und im Laufe des Telefonats immer blasser wurde.

„Ich muss weg, Matthias. Es ist was passiert."

⊙

Bender versuchte am Flughafen seine Gedanken zu ordnen, während er darauf wartete, zum Flug aufgerufen zu werden. Erste Zweifel kamen in ihm auf, ob er den Schweden überhaupt würde helfen können – schließlich hatte er keine Ahnung, wo man bei der Suche nach Raphael ansetzen könnte. Er wusste lediglich wie Raphael arbeitete: unvorhersehbar. Da seine Opfer immer wieder scheinbar zufällig gewählt wurden, würde es schwer werden, ihm auf die Spur zu kommen. Natürlich wusste er genau, wer die Opfer sein würden: böse Menschen. Doch – und die Erfahrung hatte Bender schon in Grafenau gemacht – wen Raphael für böse oder ungläubig hielt, das wusste nur er selbst.

Sollte es auch in Schweden nach dem alten Muster ablaufen, so müsste man auch Gottgefällige schützen. Eine schier unlösbare Aufgabe.

Also versuchte Bender, sich eine Strategie zurechtzulegen und beschloss, eine Methode zu finden, wie er Raphael eine Falle stellen könnte, sein fertiges Täterprofil könnte ihm dabei helfen. Oder auf Fehler warten, so wie er sie in Grafenau auch gemacht hatte. Wobei er selbst in der Stresssituation im Verlies kalt genug blieb, um ihn und Manu zu überwältigen und zu fliehen.

Wieder und wieder spielte Bender die Erinnerung an die Geschehnisse in Grafenau durch, versuchte vor allem die Fehler herauszufinden, die er selbst und sein Ermittlerteam gemacht hatten.

Der Größte war es vielleicht, sich nicht von Anfang an gleichermaßen auf die Todesfälle und die Vermissten zu konzentrieren und die entsprechende Verbindung zwischen diesen Fällen zu suchen. Dazu brauchte die Polizei damals einfach zu lange. Ein Vorwurf, den sich Bender seit jener Zeit wiederholt machte. Doch er wusste auch, nichts ist für eine Mordkommission schwieriger, als einen Mörder zu finden, der seine Opfer scheinbar zufällig auswählt oder in keiner Beziehung zu ihnen stand.

Er war überzeugt, auch in Schweden musste es ein Opfer geben, das vielleicht noch irgendwo in einem Keller von Raphael gequält wurde. Hier galt es, sich schnell auf die Suche zu machen. Das war die einzige Hoffnung auf eine Spur, soweit es Bender von der Ferne beurteilen konnte. Und noch einen Vorteil könnte die Polizei diesmal haben, dachte er: Raphael lebte als Ausländer in Schweden, also konnte er sich bei Weitem nicht so unauffällig bewegen, wie im heimischen Grafenau. Und: Er wusste nicht, dass er auf dem Weg zu ihm war.

Der Kommissar ging an eine Kaffeebar, bestellte sich eine Tasse Grünen Tee, um seine Erregung ein wenig herunterzuschrauben. Da vibrierte das Handy in der Jackentasche. Manu.

„Was?“ Bender wurde blass, drehte sich ohne zu zahlen um

und rannte los. „Ich komme sofort, Manu. So ein verdammter Mist. Ich will doch nicht immer Recht haben."

Schon spürte er einen harten Griff an seinem Oberarm.

„Guter Mann, Sie bleiben hier, ich hole die Flughafenpolizei. Die Zeche prellen, ich glaube es ja nicht." Es war der Barkeeper der Kaffeebar, der Bender sofort hinterher sprintete, um ihn auf frischer Tat zu stellen.

„Was ist los? Zeche prellen. Lassen Sie mich doch in Ruhe", motzte Bender und merkte im gleichen Moment, dass der Mann wohl nicht zu Unrecht hinter ihm her gelaufen war.

„Sie warten hier."

„Entschuldigen Sie. Mein Name ist Bender, Kriminalhauptkommissar. Ich habe gerade einen Anruf bekommen, da habe ich..."

Weiter konnte er nicht sprechen, da standen schon zwei Beamte vor ihm.

„Sie kommen mit", sagte der eine. Bender zückte seinen Dienstausweis, erklärte die Lage und wollte einfach nur weg. So schnell wie möglich zurück in den Bayerischen Wald.

„OK. Worum ging es bei dem Anruf?"

Bender erklärte es und keine zwei Minuten später saß er schon in einem Dienstauto der Polizei, auf der Autobahn unterwegs in Richtung Deggendorf. Die 3,20 Euro – Bender konnte sich nicht verkneifen noch das Wort „Wucher" loszuwerden – zahlte er zuvor freilich noch brav.

⊙

Landrat Konstantin Graumüller ging im Zwieseler Sitzungssaal auf eine Gruppe Bürgermeister zu, die gerade angekommen waren.

„Hallo. Das sind Tage, was?", sagte er und schüttelte jedem einzeln die Hand. Ein kurzer Smalltalk, dann wollte er sich gerade zurück an die Stirnseite der Tische begeben, als er noch im Augenwinkel sah, wie Bürgermeister Hartwig lautlos zusammensank. Graumüller wusste sofort, was passiert war, rannte zu seinem Freund hin, wollte ihm helfen, als er das kleine, blutende Loch im Hinterkopf entdeckte. Hartwig war tot. Erschossen. Der Landrat kniete neben ihm, mit einem Arm den Oberkörper des Toten stützend und war im Moment zu keinem klaren Gedanken fähig. Etwa 20 Leute waren im Sitzungssaal – und diesmal brach keine Panik aus. Es herrschte nur eisige Stille. Alle starrten auf den toten Bürgermeister, fassungslos, geschockt. Das dauerte ungefähr fünf Sekunden und dann schrie einer der Bürgermeister: „Schnell, werft euch alle auf den Boden." Schlagartig warfen sich alle hin, versuchten sich unter den Tischen zur verschanzen – ohne überhaupt richtig zu ahnen, was gerade passiert war. Wer geschossen hatte. Dass überhaupt geschossen wurde. Denn zu hören war nichts.

Graumüller legte den Kopf des Toten vorsichtig am Boden ab, rutschte auf den Knien zum Fenster, das weit offen stand. Er zog vom Boden aus die beiden Vorhänge zu und bedeutete den anderen, mit den weiteren Fenstern das Gleiche zu tun. Dann hockte er sich hin, lehnte sich an die Heizung und griff zum Handy. 110.

Keine fünf Minuten später war der Stadtplatz dicht mit Menschen gefüllt. Auf einem Streifen von etwa 20 Metern Breite wurde der Verkehr durch die Innenstadt gesperrt und mit Absperrbändern die Gaffer ausgegrenzt.

⊙

Zur gleichen Zeit, keine 20 Meter Luftlinie davon entfernt, vom Stadtplatz nur durch die Häuserreihe abgegrenzt, schlüpfte eine ganz in grau gekleidete Gestalt in ein dunkles Auto, fuhr bedächtig aus dem Parkplatz eines Supermarktes und bog dann unbemerkt in die Frauenauer Straße ein. Mit exakt 50 Stundenkilometern fuhr der Wagen aus der Stadt, hinauf auf die Bundesstraße 11 und dann mit Vollgas davon. Niemand hat das eiskalte Lächeln auf dem Fahrersitz gesehen, niemand hat die Gestalt oder gar das Auto wahrgenommen. Denn alle, die gerade im Umfeld des Stadtplatzes unterwegs waren, drängten in Richtung Rathaus.

⊙

Manuela Hentschel war die erste Kripo-Beamtin am Tatort. Sie konnte sich selbst eine gewisse Genugtuung nicht verkneifen, dass ihr Chef doch wieder Recht behalten hatte – wahrscheinlich zumindest. Immerhin konnte man die Möglichkeit nicht ausschließen, dass es sich um einen anderen Täter als bei Severin Kraft handeln könnte. Aber daran mochte Manu nicht glauben. Sie spürte es: Unheil. Über der Gegend lag Unheil – und sie wusste instinktiv: Das war erst der Anfang. Außer sie waren diesmal schneller.

Landrat Konstantin Graumüller saß immer noch am Boden, beinahe apathisch. Als er Manu Hentschel sah, hellte sich sein Gesichtsausdruck ein wenig auf, er schien froh zu sein, jemanden da zu haben, der Kompetenz ausstrahlte.

„Ich weiß auch nicht, scheinbar ziehe ich das Unglück förmlich an“, sagte er zu ihr, als er sich mühsam aufrichtete, um ihr die Hand zu reichen.

„Herr Landrat, was ist genau passiert?“

Graumüller nahm sie beiseite, bot ihr einen Stuhl an und setzte sich neben sie. Er konnte nicht viel berichten, lediglich seine Vermutung, dass erneut ein Scharfschütze zugeschlagen habe. Der Landrat erzählte von dem offenen Fenster.

„Wissen Sie, was das Schlimmste ist? Schon wieder ist ein Freund von mir in meinen Armen gestorben“, sagte er mit zittriger Stimme. Die Souveränität, die er noch beim ersten Mord ausgestrahlt hatte, scheint ihm verloren gegangen zu sein, dachte Manu und sie hatte Mitleid mit dem Mann, den sie als äußerst rechtschaffen und respektwürdig einstufte.

„Ich verstehe Sie. Es ist unglaublich tragisch.“ Sie merkte selbst, wie hohl diese Worte klangen, doch auch sie war fassungslos. Es war die Kälte, die die Tat ausstrahlte. Eine Kälte, von der Bender in einer der vorangegangenen Runden schon gesprochen hatte.

„Es ist doch alles so sinnlos, ich verstehe nicht, was bei uns gerade passiert." Graumüller stützte mit einer Hand an der Stirn seinen Kopf ab und blickte hilflos zu den anderen Politikern, die ebenfalls an den Tischen Platz genommen hatten. Es wurde kaum gesprochen, beinahe alle starrten in Richtung des toten Bürgermeisters, der mit einer blauen Plastikplane abgedeckt war. Beinahe wirkte es so, als gehörten sie gar nicht hierher, als würde das Gewusel der Polizeibeamten im Sitzungssaal nichts mit ihnen zu tun haben.

„Was glauben Sie, von wo könnte geschossen worden sein?", fragte Manu den Landrat. Der deutete auf das Fenster, unter dem Hartwig lag. „Wahrscheinlich durch das Fenster, von der anderen Straßenseite aus."

Manu schickte einen der Polizeibeamten los, um einen Suchtrupp auf die gegenüberliegende Seite zu schicken: „Vielleicht findet ihr irgendetwas", sagte sie. „Und fotografiert alle Gaffer unten auf der Straße, vielleicht ist er ja noch da."

„Zwei Tote, jedes Mal sind Sie dabei. Mit Verlaub, Herr Landrat, haben Sie eine Erklärung dafür?"

„Wie sollte ich", Graumüller war beinahe entrüstet über die Frage.

„Worum ging es heute bei Ihrer Sitzung?"

Als der Landrat die Frage beantwortete, wurde er, während er redete, sichtlich nachdenklicher.

„Vielleicht hat es ja etwas mit dem Projekt in Eisenstein zu tun", sagte er schließlich. „Erst der Chef der Baufirma, jetzt der Vorsitzende des Zweckverbands. Aber warum?" Graumüller war ratlos.

„Gibt es sonst noch etwas, was die beiden Opfer verbindet?"

Bevor Graumüller antworten konnte, wurde Manu von einem der Polizisten gerufen: „Wir haben etwas, kommen Sie."

Sie entschuldigte sich beim Landrat, bat ihn, auf ihren Chef zu warten und folgte dem Polizisten die Rathaustreppe hinunter, über die Straße in eines der gegenüberliegenden Gebäude. Im zweiten Stock führte er sie in leer stehende Büroräume. Die Eingangstür war aufgebrochen, sehr dilettantisch, wie Manu bemerkte. Doch der Polizist hielt sich nicht lange an der Tür auf und eilte durch den Flur und schließlich links in ein leer stehendes Zimmer. Das Fenster war nur angelehnt und er deutete auf den Boden: Das Projektil.

Manu packte es in ein Plastiktütchen und sah sofort: 9 Millimeter – wahrscheinlich von der gleichen Waffe abgefeuert wie im ersten Fall.

„Habt ihr sonst noch etwas gefunden?"

„Nichts. Die Tür wurde scheinbar mit einem Brecheisen aufgebrochen. Dürfte kein Problem gewesen sein, sie ist alles andere als einbruchssicher."

„Wenn die Spurensicherung da ist, lassen wir den Raum untersuchen. Sorgt dafür, dass niemand dieses Haus verlässt und keiner mehr reinkommt", sagte sie, wohl wissend, dass der Täter bestimmt nicht mehr im Gebäude war.

Als sie zurück auf der Straße war, fuhr gerade das Polizeiauto mit Bender vor. Der sprang förmlich aus dem Wagen, wies die Polizisten an, die Leute weiter zurückzudrängen und eilte auf Manu zu.

„Gleicher Täter?" Mehr fragte er nicht. Manu nickte.

„Geschossen wurde von da oben", deutete sie zum Fenster hinauf. „Wir haben das Projektil, 9 Millimeter. Willst du es sehen?"

„Nein, wo ist der Tote? Um das da oben soll sich die Spurensicherung kümmern."

„Darum habe ich mich schon gekümmert."

„Gut." Bender folgte Manu in den Sitzungssaal.

Bender kniete über Reinhard Hartwigs Leiche – und es stellte sich das gleiche Gefühl ein, wie Tage zuvor in Bayerisch Eisenstein. Ein kaltblütig geplanter Mord. Es sah nach einer Hinrichtung aus, keine emotionale Tat, wie sie oft unter Familienangehörigen vorkommen.

Die Sitzungsteilnehmer saßen immer noch alle an den Tischen, es war beinahe gespenstisch ruhig im Saal. Nur Landrat Graumüller schien sich für die Arbeit der Polizei zu interessieren, diskutierte mit einem uniformierten Beamten. Er unterbrach das Gespräch sofort, als Bender ihm zuwinkte.

„Meine Kollegin hat mich schon informiert. Wie geht es Ihnen, Herr Landrat?"

Der hatte sich in der Zwischenzeit wieder gefangen, was auch einem Telefonat mit seiner Frau geschuldet war, die ihn offensichtlich etwas beruhigen konnte – soweit man in dieser Situation von Ruhe sprechen konnte. Jedenfalls schien er wieder ganz bei sich zu sein.

„Ich habe mir Gedanken gemacht. Frau Hentschel hat mich gefragt, welche Verbindungen es zwischen Kraft und Hartwig gab. Nun, es gibt da schon etwas, das mich sehr nachdenklich macht. Genauer gesagt gibt es zwei Dinge."

Graumüller machte eine Kunstpause und Bender hatte das Gefühl, es war die Art von Politikern, so die Spannung weiter zu erhöhen.

Wie zuvor Manu erzählte er davon, beide Opfer waren tief in das Projekt in Bayerisch Eisenstein verwickelt. Durch die Morde sei die Umsetzung in größter Gefahr. Da ging es um Millionen.

„Und der andere Punkt?"

„Es fällt mir schwer, es zu glauben, aber vielleicht steckt eine familiäre Sache dahinter. Obwohl ich mich natürlich nicht in Spekulationen verlaufen will." Graumüller blickte ernst und Bender wollte ihm ein wenig nachhelfen, um zu hören, was der Landrat sagen wollte.

„Sehen Sie", sagte dieser endlich, „Severin und Reinhard

sind Schwager. Also die beiden Ehefrauen, Heidrun und Gertraud, sind Schwestern."

Bender wurde hellhörig, obwohl gerade dieser Verdacht nicht in seine Theorien passte. War es doch eine Familiensache? Zufall konnte es jedenfalls nicht sein: Severin Kraft, dann Thorben und jetzt der Zwieseler Bürgermeister. Drei Schicksalsschläge innerhalb von drei Tagen – Bender war verwirrt. Zumal bislang nichts darauf hindeutete – zumindest nicht für ihn – dass es sich um Beziehungstaten handeln könnte.

„Gab es Streit zwischen den beiden Familien, wissen Sie da etwas?"

„Nein. Sie hatten wohl ein unterkühltes Verhältnis, was hauptsächlich an Heidruns Alkoholkonsum liegen dürfte", sagte der Landrat. „Ich nehme an, Sie haben die Dame auch schon näher kennen lernen müssen", sagte er mit einer wegwerfenden Handbewegung.

„Ich weiß, was Sie meinen", sagte Bender nur. „Aber Streit, Ärger? Gibt es da etwas?"

Der Landrat überlegte kurz, rückte aber gleich mit einer weiteren Theorie heraus.

„Ich habe, wie gesagt, nachgedacht. Es gibt noch einen Bruder, den Hans. Feilmeier. Vor ein paar Jahren hat es wohl eine Art Erbschaftsstreit gegeben und seitdem ist der Hans verschwunden. Man sagt, er sei in Amerika, aber Genaues weiß ich nicht."

„Was war das für ein Erbschaftsstreit?"

„Soweit ich gehört habe, haben Severin und Reinhard ihn mehr oder weniger ausgebootet, als die Eltern der drei Geschwister starben. Was dran ist, weiß ich nicht, ich habe die beiden auch nie gefragt. Privatsache."

„Und Sie wissen nicht, wo dieser Feilmeier verblieben ist?"

„Nein. Es wurde nie über ihn gesprochen."

Es war dem Landrat deutlich anzumerken, wie unangenehm es ihm war, über diese privaten Dinge der Opfer-Familien zu sprechen. Er war mit beiden Männern befreundet, mischte sich aber nie in deren Angelegenheiten ein – schließlich erwartete er das auch von anderen, ihn und sein Privatleben in Ruhe zu lassen.

Manu hatte den Eindruck, Graumüller sei emotional schwer angeschlagen. Trotzdem versuchte er eine Art Programm ablaufen zu lassen, das ihn als souveränen Landkreisherrn erscheinen ließ.

„Der ist fertig", sagte sie deshalb zu Bender. „Eigentlich will er mit dem allen nichts zu tun haben – wie wir alle, wenn wir es genau nehmen. Aber sein Pflichtgefühl ist stärker."

Bender nickte nur. So sehr ihm der Umgang mit Politikern widerstrebte, so sehr begann er, für Landrat Graumüller großen Respekt zu entwickeln.

⊙

Bender hatte während der Fahrt von München zurück in den Bayerischen Wald fieberhaft nach einem Motiv für die beiden Morde gesucht und war unter anderem auf die Idee gekommen, die der Landrat indirekt bestätigte: Was, wenn dieses Tourismusprojekt etwas mit den Morden zu tun hatte? Es konnte um Schmiergelder oder eine viel größere Sache gehen. Heute mussten sie aber erst einmal noch zu Hartwigs Angehörigen.

⊙

Bender und Manu war nicht nur mulmig, weil sie die Todesnachricht überbringen mussten. Sie hatten immer noch die Auftritte von Heidrun Kraft leibhaftig vor Augen, die sie in den letzten Tagen förmlich aufs Trapez gezaubert hatte. Die Aussicht darauf, dass die Schwester genauso kaputt sein könnte, machte die Sache im Moment nicht leichter.

Diese Befürchtungen waren jedoch schnell verflogen, als sie im Wohnzimmer von Familie Hartwig saßen. Gertraud Hartwig rang zwar mit den Tränen, doch ihre drei Töchter saßen dicht bei ihr und sie versuchten, sich gegenseitig die nötige Kraft zu spenden. Es war keinerlei künstliche Fassade auszumachen, nur tiefe Betroffenheit und der unvermeidliche Schock.

Das Haus der Bürgermeisterfamilie war schlicht gehalten. Zwar großzügig gebaut, aber mit modernen Holzmöbeln ausgestattet. Kein Luxus, eher eine wohnliche Atmosphäre mit zahlreichen Bildern der Familienmitglieder an den Wänden. Beherrschendes Element im Wohnzimmer war ein riesiges, schwarzes Ledersofa, auf dem die ganze Familie Platz hatte – ein Ort, an dem gemeinsame Entspannung gesucht wurde. Es schloss sich eine riesige Terrasse an, mit einem großen Pavillon, einem gemauerten Kohlengrill und reichlich Sitzgelegenheiten.

Kurz: Es sah alles nach Familienfrieden aus, nach einer Insel, abseits von Stress und Hektik.

„Erschossen sagen Sie, genau wie Severin?“ Gertraud Hartwig hatte eine angenehme, feste Stimme.

„Ja, aber ich würde Ihnen die Details gerne ersparen“, sagte Bender, der die Betroffenheit der Familie deutlich spürte.

Manu saß schweigend dabei, machte sich ebenfalls ein Bild vom Haus, von der Ehefrau und den drei Töchtern, ehe sie fragte:

„Wir glauben nicht an einen Zufall, dass nach Severin Kraft nun auch Ihr Mann ermordet worden ist. Schließlich sind Sie ja miteinander verwandt.“

„Was meinen Sie? Glauben Sie, wir oder die Familie haben etwas damit zu tun?“

„Wie war Ihr Verhältnis zueinander?“

„Abgekühlt. Leider. Ich liebe meine Schwester, aber ich habe überhaupt keinen Zugang mehr zu ihr. Doch was soll das mit dem Mord an meinem Mann zu tun haben?“ Gertraud Hartwigs Entrüstung wirkte erneut völlig ungekünstelt.

„Wie sieht es mit Ihrem Bruder aus?“

„Hans? Ich habe lange nichts von ihm gehört. Schade, er ist ein aufrechter Kerl.“

„Immerhin gab es einen Erbschaftsstreit.“ Manu bohrte nach.

„Ja, das stimmt leider. Ich fürchte, wir haben ihn nicht gut behandelt damals. Im Nachhinein hat mir das auch richtig wehgetan, aber da war es schon zu spät.“ Jetzt konnte die Frau ihre Tränen nicht mehr zurückhalten. „Die ganze Familie, es ist eine Katastrophe“, sagte sie nur.

„Könnte Ihr Bruder etwas damit zu tun haben? Mit den Morden, meine ich“, insistierte Manu weiter.

„Nein. Niemals.“

„Und Sie selbst? Wo waren Sie, als Herr Kraft und Ihr Mann, beziehungsweise Vater ermordet wurden?“ Entgegen seiner sonst emotionslosen Art, fiel Bender diese Routinefrage nicht leicht. „Entschuldigen Sie bitte, aber ich muss Sie das fragen.“

„Ist schon gut“, sagte Gertraud Hartwig. „Vorgestern waren wir vier gemeinsam in Regensburg, einkaufen. Wir sind in der Früh gegen sieben Uhr losgefahren und erst um 19 Uhr zurückgekommen. Da haben wir auch erst erfahren, was mit Severin passiert ist. Und heute Abend: waren wir hier. Wieder alle vier.“ Die Töchter nickten zustimmend.

Manu und Bender hatten für diesen Abend genug gehört. Der Stadtpfarrer in Zwiesel war ohnehin schon unterrichtet, er war ebenfalls bereits auf dem Weg zu den Hartwigs, was diese sehr begrüßten, wie alle vier gegenüber Bender bekräftigten. Seelischen Beistand hatten sie nötig – zumal ihre Bestürzung erst richtig ausbrach, als ihnen die ganze Tragik der vergangenen Tage bewusst wurde. Die Morde an Severin Kraft und an ihrem geliebten Vater betrafen die ganze Familie.

„Ich möchte Sie bitten, dass Sie morgen zu uns auf die Inspektion nach Zwiesel kommen. Wir können es Ihnen nicht ersparen, aber es gibt noch ein paar Fragen, bei denen Sie uns vielleicht weiterhelfen können.“

4 Ralf Bender hatte keine Lust auf die üblichen Diskussionen über Sinn, Notwendigkeit oder Nutzen von Maßnahmen. Es ging darum, keine Zeit zu verlieren. Dr. Gundula Moosbachers Hang, die Dinge so einfach wie möglich sehen zu wollen, konnte Bender nicht teilen.

„Sie sehen ja, was uns voreilige Schlüsse bringen", sagte er, keinen Zweifel daran lassend, dass er wieder einmal Klartext sprechen würde. „Thorben Kraft, ein Mörder? Mir glaubt ja keiner was, denn Hauptsache ist doch, dass ein Fall schnell abgelegt werden kann. Schön für die Statistik, prima für das Gewissen. Aber völlig unbefriedigend für meine Leute und mich. Und letztlich auch für Sie."

„Aber, Bender...", Kriminalrat Ritter versuchte, seinen Hauptkommissar zu bremsen, doch der fuhr ihm gleich wieder ins Wort.

„Unterbrechen Sie mich nicht. Was glauben Sie, wie lange wird es dauern, bis der Nächste erschossen wird? Einen Tag, heute noch, nächste Woche?" Bender war in Fahrt.

„Wir stehen hier vor einem äußerst komplexen Fall. War es eine Familientragödie oder hängen die Morde mit dem Tourismusprojekt in Eisenstein zusammen? Wir wissen es nicht. Und um genau das rauszufinden brauchen wir mehr Leute und vernünftige Arbeitsbedingungen."

Der Kommissar hatte die Oberstaatsanwältin und den Kriminalrat um die kurze Dienstbesprechung gebeten, nachdem feststand, die Kugel im Kopf des Bürgermeisters stammte aus der gleichen Waffe wie beim ersten Mord. Das Ziel, das er verfolgte, war klar: So frisch die Taten in Zwiesel noch waren, so schnell musste jetzt gehandelt werden. Längst hatte Bender mit dem zweiten Bürgermeister in Zwiesel abgemacht, dass das ehemalige Mädchenschulhaus zum Hauptquartier für die Kripo umfunktioniert würde. Ideale Bedingungen: Internet-Anschluss, schnell waren Verhörräume einzurichten und oben, unter dem Dach, war Platz für eine große Einsatzzentrale. Die dicken, dunklen Holzbalken des Dachstuhls ließen nicht erkennen, dass hier multimediale Spitzentechnik installiert war. Einst war das alte Schulhaus Herberge für eine bayerische Landesausstellung – jetzt war es ein Paradies für Franz Schaller und seinesgleichen, die das Internet gewissermaßen als virtuelles Wohnzimmer nutzten. Und noch während Bender mit Moosbacher und Ritter verhandelte, war der junge Kommissar Schaller längst mit ein paar Leuten dabei, in Passau das nötige Werkzeug zu packen, um sich in Zwiesel auf Mörderjagd begeben zu können.

„Ich will mindestens fünf zusätzliche Beamte, ich will alles, was wir an technischen Möglichkeiten nach Zwiesel schicken können und ich will, dass Franz Schaller die Einrichtung der Einsatzzentrale koordiniert. Je schneller wir diesen Kerl fassen, umso unblutiger bleibt der Bayerische Wald." Bender war fertig. Fast: „Und das will ich jetzt, und zwar alles!"

Es war einer der Momente, in denen sein Vorgesetzter zwar einen tiefen Groll gegen Bender unterdrücken musste – der ihm aber gleichzeitig Respekt abnötigte, weil der keiner war, der lange fackelte, sondern Klartext sprach. Eine Veranlagung, die sich Ritter manches Mal für sich selbst gewünscht hätte. Praktisches war ihm unangenehm, das überließ er gerne seinen Hauptkommissaren. Vor allem Bender. Ritter spürte, wie sich Dr. Gundula Moosbacher anschickte, Bender die übliche Arie zu singen, er solle sich benehmen, er habe kein Recht, so mit ihr zu sprechen, sie sage, wo es lang gehe... Es war sein Moment, es war der Augenblick, in dem er zeigen konnte, warum er der Chef der Polizei in Passau war. Es war der Zeitpunkt, sich hinter Bender zu stellen und die Wogen zu glätten.

Als Dr. Moosbacher gerade ansetzte, hatte Ritter die richtigen Worte gefunden: „Herr Bender. Auch wenn Ihr Tonfall nicht gerade meine ungeteilte Zustimmung findet, muss ich Ihnen inhaltlich Recht geben. Wir haben keine Zeit zu verlieren. Frau Oberstaatsanwältin, ich denke, wir müssen das Nötige veranlassen, denken Sie nur an die Sache damals..."

Mehr musste er nicht sagen, denn gerade die letzen Worte weckten in der Juristin die Erinnerung. Auch sie haderte oft genug mit dem unglücklichen Ausgang des Falles in Grafenau – vor allem die Vorkommnisse auf dem Campingplatz in Straubing drückten dauerhaft auf ihr Gemüt. Die Frage: Hätte ich es verhindern können?

Wie gerne hätte sie Bender jetzt aus ihrem Büro geworfen, doch sie sagte nur: „Dann machen Sie halt."

⊙

Es war, als jagte sie einem Phantom hinterher. Manu Hentschel ruckelte unablässig auf ihrem Bürostuhl hin und her, hatte immer die Autoschlüssel in greifbarer Nähe und schien auf dem Sprung zu sein. Viel zu lang hing sie aber nur am Telefonhörer und suchte nach Spuren von Hans Feilmeier, dem Schwager der beiden Mordopfer.

Immer wieder blickte sie auf die große Wanduhr und wunderte sich, wie langsam sich die Zeiger in der vergangenen Stunde bewegten. Immerhin wusste sie jetzt, dass der Mann vor über einem Jahr nach Kanada geflogen war, seinen Wohnsitz in Regen aber behalten hatte.

Endlich hatte sie einen kompetenten Gesprächspartner einer kanadischen Fluglinie gefunden, der ihr mitteilte, Feilmeier sei vor drei Wochen aus Quebec nach München geflogen. Dort verlor sich allerdings die Spur.

Er ist also hier, dachte sie und griff endgültig nach dem Autoschlüssel.

⊙

Tagebuch

Die Mission ist auf einem guten Weg, aber es dauert mir zu lange. Gut, wie einfach es geht. Aber zu langsam, viel zu langsam. Die Weichen sind gestellt, die Lösung ist nah. Wie schade, dass ich die blöden Gesichter der anderen nicht gesehen habe. Hauptsache, das Ziel wird erreicht. Ein gutes Ziel.

⊙

„Wo ist Ihr Bruder?“ Manu nahm die Einladung, ins Haus zu kommen, gar nicht erst an. Heidrun Kraft hielt sich mit einer Hand am Türknauf fest und blickte fahrig an Manu vorbei in die Hofeinfahrt, als ob sie jemanden erwarten würde.

„Es ist alles so furchtbar, meine Tochter ist auch nicht mehr aufgetaucht.“

„Wir haben den Verdacht, dass sich Ihr Bruder in der Nähe aufhält. Wissen Sie darüber etwas?“

„Ich weiß gar nicht, wie es jetzt weiter gehen soll. So ein Unglück.“ Heidrun Kraft griff nach einem Taschentuch, wischte sich die Augen, obwohl Manu keine Träne erkennen konnte.

„Gibt es eine Möglichkeit, mir auf meine Frage zu antworten?“

„Habe ich Ihnen schon einen Kaffee angeboten, kommen Sie doch herein.“

Heidrun Kraft drehte sich um und ging in Richtung Küche davon, ohne sich umzusehen, ob ihr Manu folgte. Diese blieb jedoch stehen und presste ihren Finger mit ganzer Kraft auf den Klingelknopf. Vielleicht würde ihre Gesprächspartnerin ja irgendwann aufwachen...

„Kommen Sie einfach herein, es ist offen.“

Manu folgte ihr, musste dabei über einen Berg Schuhe und Jacken steigen. In der Küche saß Heidrun Kraft inzwischen auf einem Stuhl, vor ihr ein leeres Cognacglas, eine halbvolle Kaffeetasse und ein überquellender Aschenbecher. Neben der Spüle standen mehrere Teller mit angetrockneten Speiseresten und einer halben Pizza, auf der sich schon Schimmel bildete.

„Ach, Sie sind es“, sagte die Frau und goss sich Cognac nach.

„Ich habe Sie nach Ihrem Bruder gefragt. War er bei Ihnen, haben Sie ihn gesehen in den letzten Tagen?“

„Mein Bruder, sagen Sie. Hansi ist ein guter Junge. Mein Mann hat ihn sehr geschätzt, glaube ich.“

„Aber dennoch haben Sie ihn um sein Erbe gebracht, wenn ich das recht sehe.“

„Möchten Sie auch einen Cognac?“

„Wissen Sie was? Sie hören jetzt sofort mit der Sauferei auf und kommen heute Nachmittag in die Inspektion, Frau Kraft. Reißen Sie sich doch mal zusammen. 15 Uhr.“

Trotzig griff die Frau erneut zur Flasche, nahm einen kräftigen Schluck. Sie wollte noch etwas sagen, brachte aber nur ein unverständliches Krächzen hervor und sank im Zeitlupentempo vom Stuhl.

⊙

„Was machen wir jetzt mit den Schweden?“ Kriminalrat Ritter zupfte sich die Krawatte zurecht und bot Bender einen Stuhl am Schreibtisch an. „Obwohl uns das ja ganz recht sein kann, wenn Raphael in Schweden ist, damit ist der Fall für uns erledigt.“

Bender überdrehte nur kurz die Augen, ohne dass Ritter es bemerkt hätte.

„Der Fall in Zwiesel dagegen macht mir schon Kopfzerbrechen. Sie wissen schon, der Landrat ist im Spiel. Ein toter Bürgermeister. Das gefällt mir nicht.“

Ritter ließ sich auf seinen Stuhl fallen und blickte Bender erwartungsvoll an.

„Solange wir Raphael nicht haben, ist das auch unser Fall.“ Nach dem Gespräch bei der Oberstaatsanwältin wollte Bender nicht einen weiteren Konflikt heraufbeschwören, doch so einfach wie Ritter wollte er es sich mit Raphael nicht machen. Aus den Augen, aus dem Sinn war nicht das Ziel, das der Kommissar verfolgte.

„Na, na. Die Schweden werden das schon richten, denke ich. Haben wir denn schon neue Erkenntnisse aus Zwiesel?"

Bender fasste die Lage kurz zusammen, war inzwischen auch von Manu darüber informiert worden, dass sie auf der Suche nach Hans Feilmeier einen Schritt weitergekommen war. Zumindest wussten sie jetzt, dass er wieder in Deutschland sein musste oder bis vor Kurzem noch hier war. Ritter nahm das alles regungslos zur Kenntnis, um dann doch zu seinem eigenen Schluss zu kommen.

„Gehen wir also davon aus, dass es sich um eine Familienangelegenheit handelt?"

„Möglich wäre es. Aber wirklich sicher können wir uns nicht sein. Wie gesagt, auch die Großbaustelle könnte etwas damit zu tun haben."

„Jaja, Sie haben ja Recht, Bender. Trotzdem wäre die Familien-Fehde eine elegante Lösung für den Fall."

„Die erste elegante Lösung ist ja sauber in die Hose gegangen, Herr Kriminalrat. Wenn ich Sie an den sinnlosen Tod des jungen Kraft erinnern darf."

„Machen Sie diesen Schwager ausfindig, dann wissen wir mehr. Jetzt haben Sie ja die Mittel, die Sie angeblich so dringend brauchen. Aber machen Sie kein großes Aufheben um den Fall. Sie wissen schon. Diskretion, immerhin bewegen wir uns in höheren Kreisen."

„Das Aufheben machen ja wohl nicht wir, sondern der Täter", sagte Bender grimmig.

⊙

Gertraud Hartwig führte Manu Hentschel ins Wohnzimmer. Sofort stach dieser eine kleine Kommode ins Auge, auf der zwei schwere Kerzenleuchter ein großes Portrait-Foto des ermordeten Bürgermeisters umrahmten. Die Kerzen waren halb abgebrannt, ein schwarzer Trauerflor war quer über dem Bild angebracht.

„Es tröstet mich, ihn in meiner Nähe zu haben", sagte Gertraud Kraft, die Manus Blick folgte. „Und im nächsten Moment kann ich den Anblick nicht mehr aushalten, so leer fühle ich mich. Haben Sie schon einmal einen Menschen verloren, den Sie aufrichtig geliebt haben?"

„Frau Hartwig, ich fühle mit Ihnen. Trotzdem kann ich Ihnen nicht ersparen, dass Sie uns bei den Ermittlungen helfen. Wissen Sie etwas von Ihrem Bruder, hat er sich bei Ihnen gemeldet?"

„Hansi? Nein, ich weiß nicht einmal, wo er ist. Kanada, oder Amerika." Mit der gleichen Bewegung wie ihre Schwester eine Stunde zuvor, wischte sich auch Gertraud Hartwig die Augen mit einem Taschentuch. Tiefrot waren diese, tränenunterlaufen und trüb. „Wenn ich meine Kinder und die Nachbarn nicht hätte, ich glaube, ich möchte nicht mehr leben."

„Sie haben beim letzten Mal gesagt, Sie hätten Ihren Bruder beim Erbe benachteiligt. Hat es Streit gegeben damals?"

„Nicht direkt. Hansi ist einfach gegangen. Er hat noch gesagt, dass er mit uns nichts mehr zu tun haben will. Seitdem habe ich nichts mehr von ihm gehört. Aber er ist ein herzensguter Mensch. Warum fragen Sie dauernd nach ihm?"

„Wir glauben, dass er hier sein könnte."

„Hansi? Warum meldet er sich dann nicht? Wir haben ihn sehr verletzt wahrscheinlich. Mehr, als ich damals gemerkt habe.

„Hat in Ihrer Familie niemand mehr Kontakt zu ihm?"

„Nein. Nur Thorben, glaube ich. Der hat seinen Onkel abgöttisch geliebt. Mein Mann und Severin hatten öfter Streit mit ihm, wegen Hans. Der arme Thorben. Vielleicht reden Sie mal mit meiner Schwester, die könnte mehr wissen."

„Hat sie mehr Kontakt zu Ihrem Bruder?"

„Nein, wegen Thorben meine ich. Aber sonst. Mit meiner Schwester ist es schwierig..."

„Ich war gerade bei ihr."

„Trinkt sie wieder?"

„Gelinde gesagt: ja“, antwortete Manu und erzählte von ihrem Besuch bei der Schwester.

Gertraud Hartwig sackte in sich zusammen, ließ die Tränen jetzt einfach laufen. „Es ist so traurig, Frau Hentschel. Aber ich weiß nicht, wie ich ihr helfen soll. Wir brauchen doch selbst Hilfe“, und blickte in Richtung des Bildes.

„Wenn Sie etwas von Ihrem Bruder hören sollten, bitte geben Sie uns Bescheid. Es ist sehr wichtig.“

⊙

Nachdem Bender zurück in Zwiesel war, erkundigte er sich nach Manu.

„Die ist zu den Schwestern von Feilmeier gefahren. Sie hat eine Spur.“

„Gut, Franz, setz dich mit zwei Kollegen an den Computer und versuch alles herauszufinden, was es über das Tourismusprojekt zu erfahren gibt. Im Landratsamt bekommst du sicher auch wichtige Informationen, wie das Projekt entstanden ist und wer alles seine Finger im Spiel hat. Ich will auch wissen, ob es Verbindungen zu Tschechien gibt, immerhin ist das ja eine grenzüberschreitende Sache.“

⊙

Kommissar Lindqvist sah auf die Akte, die geschlossen vor ihm lag. „Raphael“ stand rot eingerahmt darauf. In den letzten Tagen hatte er sich intensiv mit dem Mann beschäftigt, der den Bayerischen Wald vor Monaten in Atem gehalten hatte. Nach einer schrecklichen Mordserie war ihm eine spektakuläre Flucht gelungen und er war spurlos von der Bildfläche verschwunden. „Und jetzt ist er wieder aufgetaucht“, sagte Lindqvist laut. Nach dem Studium der Akte und der Leiche, beziehungsweise dem, was von ihr übrig war, war sich der schwedische Kommissar sicher, dass dies die Tat des Serienkillers war. Zumal sie inzwischen auch die Behausung und sogar die zweite Leiche gefunden hatten. Die Spürhunde hatten am Ufer eines kleinen Sees angeschlagen, Polizeitaucher zogen den Leichnam aus dem Wasser. Zuvor hatte der Besitzer eines kleinen Ladens, in dem der blinde Gunnar stets einkaufte, die Polizei gebeten, nach ihm zu sehen. Er war mehrere Tage nicht erschienen, man machte sich Sorgen.

Im Zuge der Nachschau war ihnen auch die Nachbarhütte aufgefallen, die ebenfalls verwaist, aber bis vor wenigen Tagen noch bewohnt war. Lindqvist war sicher, dass dort Raphael gewohnt hatte. Er stand auf und ließ unter dem enganliegenden T-Shirt einen muskulösen Körper erahnen. Er ging zum Fenster und blickte auf den trüben Regen, der die ganze Stadt in einem depressiven Dämmerzustand hielt.

„Dieser Kerl ist ein Chamäleon“, sagte er zu Erik Bengtsson, der gerade zur Tür hereingekommen war.

„Wen meinst du, Björn?“

Lindqvist deutete auf den Tisch, auf dem die Akte Raphael lag.

„Er hat mehrere Monate hier gewohnt und niemand kann sich an sein Gesicht erinnern oder daran, mit ihm gesprochen zu haben. Und der Einzige, der uns hätte Auskunft geben können, den haben wir aus dem See gezogen. Ich hasse solche Arschlöcher“, sagte er und jeder Muskel in seinem Körper spannte sich an.

Erik betrachtete seinen Vorgesetzten und stellte zum wiederholten Mal fest, dass dieser seinen Spitznamen „Thor“ völlig zu Recht trug. Er war ein Wikinger wie er im Buche steht. Scharf geschnittenes Gesicht, schulterlange blonde Haare und eine Figur, die nicht nur Frauen schwach werden ließ. Bengtsson stöhnte leise auf und warf einen sehnsüchtigen Blick auf den knackigen Hintern seines Chefs. Der einzige Unterschied zu den wilden Kerlen des Mittelalters war, dass er keine Axt schwang und seinen Körper nicht in Bärenfelle sondern in teure aber lässige Markenklamotten hüllte.

Lindqvist drehte sich um und sagte: „Ich muss nochmal mit den Deutschen reden, am liebsten mit diesem Kommissar, der den Fall behandelt hat, wie hieß der doch gleich."

Bengtsson blätterte in den Akten und antwortete: „Bender."

„Genau mit dem will ich reden. Ich hatte auch seinen Chef am Ohr. Wenn du mich fragst, ein komischer Kauz. Der wollte mir diesen Bender herschicken. Doch der steckt wohl gerade mitten in einem anderen Fall. Versuche bitte, ihn an die Leitung zu bekommen."

Obwohl er die Antwort schon kannte, schließlich las Lindqvist auch die Akte in deutscher Sprache, fragte er, ob er einen Dolmetscher dazu holen sollte. Lindqvist schüttelte den Kopf. Neben Englisch sprach er, seit er vor 20 Jahren als 23-Jähriger für einige Monate bei seiner damaligen Freundin in Hamburg gelebt hatte, auch ganz gut deren Sprache. Die Glückliche, hätte Bengtsson geseufzt, wenn Lindqvist diesen Gedanken laut ausgesprochen hätte.

⊙

Rund 2000 Kilometer entfernt saßen sich Manu und Bender gegenüber und brachten sich gegenseitig auf den neuesten Stand.

Manu war beeindruckt, dass es ihrem Chef erneut gelungen war, in Passau auf den Tisch zu hauen und er bekommen hatte, was sie wollten. Eine vernünftige Einsatzzentrale.

Eine Soko, die nur einen bitteren Beigeschmack hatte: „Ritter hat darauf bestanden, dass sie weiterhin Gabriel heißt. Irgendwie fand er das witzig", schüttelte Bender den Kopf, der aus den Merkwürdigkeiten seines Chefs einfach nicht schlau wurde.

Franz Schaller war auch da. Gut, denn selbst, wenn sich ihr Verhältnis zu ihm von gelegentlichen amourösen Abenteuern hin zu guten Freunden deutlich abgekühlt hatte, so hielt sie den Computer-Nerd doch für einen der besten Ermittler, der nicht nur dem Internet jede Information, die sie brauchten, entlockte. Auch wenn Manu über die Umstände des Selbstmords von Thorben Kraft bereits informiert war, so war sie dennoch froh, es noch einmal exklusiv aus Benders Mund zu hören. Bender erfuhr im Gegenzug von Manus Besuchen bei den frivolen Damen, die Kraft regelmäßig besucht hatte. Die meisten Befragungen waren ins Leere gelaufen, nur bei Peter Lohbauer blieb ein Restverdacht. Bender notierte den Namen und erweiterte so den Kreis der Verdächtigen.

„Du kannst gleich noch einen weiteren Namen notieren, Ralf", sagte Manuela Hentschel und erzählte von Hans Feilmeier, beziehungsweise von dem, was sie über die Familienverhältnisse herausgefunden hatte. Bender wurde sofort hellhörig. Es konnte also sein, dass der übervorteilte Bruder aus Kanada zurück gekehrt war und sich in der Region aufhielt. Und, er war der Lieblingsonkel von Thorben Kraft.

„Wir müssen ihn finden", sagte Bender, griff nach der Kaffeetasse, nahm einen Schluck und verzog das Gesicht. Er hatte nichts gegen guten Kaffee, wenn er heiß war. Aber diese abgestandene kalte Brühe war ihm ein Gräuel.

„Highway to hell", summte Bender, ohne zunächst zu wissen, wieso ihm sein Unterbewusstsein gerade jetzt diese Melodie einpflanzte. Dann blickte er auf das Mobiltelefon, das offensichtlich vergessen auf dem Tisch neben ihm lag. Er sah Manu fragend an. Die zuckte mit den Schultern.

„Keine Ahnung, muss wohl ein Kollege hier liegen gelassen haben. Bender ging dran, und noch bevor er ein Wort hätte sagen können, plärrte eine Frau mit hysterischer Stimme eine Einkaufsliste in Benders Ohr.

„Kein Wunder, dass der Kollege sein Handy ab und an mal vergisst", sagte Bender kopfschüttelnd, nachdem er das einseitige Gespräch beendet hatte.

„Ja und so wird auch die Melodie klar", grinste Manu.

Und doch hatte dieser skurrile Zwischenfall etwas in Bender ausgelöst und er brauchte auch nur wenige Augenblicke, um die Erkenntnis, die sich an die Oberfläche seines Bewusstseins schlich, zu packen.

⊙

Auch wenn sie in Thorben Krafts persönlichen Sachen nichts gefunden hatten, Bender ließ nicht locker: „Mensch, so ein Ding hat doch heute jeder. Er muss es verloren haben."

Bender wollte nicht warten, bis sie eine richterliche Genehmigung bekamen, das Handy zu orten. Er veranlasste zwar, die Erlaubnis einzuholen, schickte aber zeitgleich seine Leute los, den Fluchtweg Thorben Krafts nach einem Mobiltelefon abzusuchen. Schaller, der es liebte, derartige Wühlaufträge zu erledigen, ging mit Feuereifer ans Werk, nachdem er ohne das Wissen der anderen zweibeinigen Spürhunde die Nummer des Selbstmörders herausgefunden hatte. Er wählte diese immer wieder und hoffte, dass der Akku nicht leer sein würde, bevor er es fand. Im Moment bekam er immer noch ein Freizeichen, das erst nach mehrmaligem Läuten auf die Mobilbox umschaltete.

Es musste ungefähr eine Stunde vergangen sein, ehe Schaller ein zaghaftes „Hallo" hörte. Der junge Kripobeamte konnte gerade noch einen Jubelschrei unterdrücken. Er würde Manu und Bender beweisen, dass er ein guter, nein, ein hervorragender Bulle war. Schaller ließ sich von dem momentanen Halter des Handys erklären, wo dieser zu finden war und stürmte los. Der stand zusammen mit einigen anderen Wanderern etwas verloren dreinblickend an einem wasserspeienden Naturbrunnen, hielt das Objekt Schallers Begierde in der Hand und blickte es an, als sei es ein Relikt außerirdischer Besucher. Das Misstrauen des mündigen Staatsbürgers erwachte, als Schaller vehement die Herausgabe forderte. Da kam so ein langbeiniger Schlacks, dessen verschwitzter Körper in einem ausgewaschenen T-Shirt und in verdreckten Turnschuhen steckte.

„Ich werde lieber die Polizei anrufen“, sagte der Wanderer, seine Begleiter nickten zustimmend. Es dauerte ungefähr fünf Minuten, bis jeder aus der Gruppe Schallers Polizeiausweis geprüft und man schließlich beschlossen hatte, dass die Aussicht auf ein Bier im nahegelegenen Ausflugslokal lohnenswerter sei als größere Diskussionen mit der örtlichen Polizei. Und während der äußerlich derangiert wirkende Beamte sich an dem Gerät zu schaffen machte, ging die Wandergruppe stillschweigend weiter. Beinahe, denn Schaller meinte durch den sächsischen Dialekt Sätze wie: „Die sind doch alle bescheuert hier in Bayern“, zu vernehmen.

Es dauerte ungefähr eine Minute, ehe Schaller die Adressliste gecheckt hatte und diesmal konnte er den Jubel nicht unterdrücken. Bender und Manu hatten ihn vor der Suchaktion im Rahmen einer kurzen Besprechung informiert, warum sie das Handy unbedingt brauchten. Onkel Hans stand da klar und deutlich zu lesen. Und dann piepste das Telefon und zeigte an, dass der Akku auf allerletzter Reserve lief.

⊙

„Scheiße, verdammte scheiße“, tobte Bender. „Jetzt haben wir dieses Ding schon gefunden und dann ist der Akku leer. Franz, ich hoffe, wir können dem Gerät auch die Nummer entlocken, ohne dass wir diesen beschissenen Pin-Code haben.“

„Ja schon“, sagte Schaller, „aber das dauert.“

Ein anwesender Beamter der Spurensicherung nickte. „Scheiße“, wiederholte Bender, blickte missgelaunt in die Runde, bemerkte dann aber den triumphierenden Blick seines jungen Kollegen.

Eine Ahnung beschlich ihn. „Schaller?“, fragte er mit einschüchternder Schärfe.

„Ist ja schon gut“, antwortete dieser, „ich hab mir natürlich die Nummer gemerkt, bevor der Akku den Geist aufgegeben hat.“ Er hatte einfach der Versuchung nicht widerstehen können, seinem Chef, der ihm einst so übel mitgespielte, eins auszuwischen.

„Ja, sind wir hier denn im Kindergarten, du verblödeter Vollidiot." Manuela Hentschel sah ihn mitleidig an und Schaller wurde sofort klar, dass er seinen Triumph in ein persönliches Fiasko verwandelt hatte. Bender wurde bedrohlich leise: „Wir suchen einen Kerl, der Leute abknallt, und du spielst den Witzbold? Her mit der Nummer und dann mach, dass du Land gewinnst." Es war die Hand, die Manu auf Benders Unterarm legte, die ihn davon abhielt, seinen Kollegen zu ohrfeigen.

⊙

„Du musst das verstehen, Franz will dir gefallen, er versucht aber auch seine Position klar zu machen. Er will die Vergangenheit vergessen machen und beweisen, dass er ein guter Polizist ist. Und das ist er. Ein guter Polizist, der darunter leidet, dass er deine Anerkennung nicht bekommt."

Bender konnte sich aber dem ernsten Blick seiner Kollegin nicht nochmal entziehen. Er schätzte ihre Meinung, vielleicht war sie sogar die Einzige, deren professionelle Meinung er an sich ranließ.

„Aber", sagte er, brach ab, was sollte es jetzt für einen Sinn haben, sich wegen Schaller zu streiten. Die Ortung von Hans Feilmeiers Handy würde gleich abgeschlossen sein und Bender hoffte, sie würden dann einen entscheidenden Schritt weiterkommen. Die Aussicht darauf, dass sie dann nicht mehr untätig herumsitzen mussten, darauf, dass sie eine heiße Spur verfolgen konnten, und die umsichtigen Worte seiner Kollegin, stimmten ihn gnädig.

„Ist ja schon gut", raunzte er, „ich werde ihm schon nicht den Kopf abreißen."

Es war eine Pension in Zwieselerwaldhaus, dort musste Hans Feilmeier stecken. Für Bender machte das doppelt Sinn. Der drogensüchtige Selbstmörder war zwar offensichtlich kopflos in sein Verderben gerannt, aber der letzte Rest Realitätssinn hatte ihn wenigstens ungefähr in eine Richtung getrieben, aus der er noch Hilfe erwarten konnte.

„Wahrscheinlich hat Thorben Kraft sogar gewusst, dass sich sein Onkel auf einem Rachefeldzug befunden hat“, überlegte Manu, als sie im Polizeikorso in Richtung Zwieselerwaldhaus fuhren. Zwölf Beamte in sechs Wagen plus dem von Bender waren zum Zielort unterwegs. Bender, der angeordnet hatte, den Verdächtigen weder mit Blaulicht noch mit Sirenen zu warnen, war skeptisch. Obwohl er zugeben musste, dass ein Mann, der um seine Erbschaft betrogen worden war, ein starkes Motiv hatte. Doch in seinem Kopf setzten sich die Puzzle-Teile noch nicht zu einem stimmigen Bild zusammen.

⊙

Hans Feilmeier genoss den Spaziergang. Er liebte seine Heimat. Mehr als er Kanada geliebt hatte. Auch dort gab es Berge und Wälder. Nur, es war alles viel größer. Die Wälder waren so weit, dass er kein Ende sah und die Berge so hoch, er konnte sie niemals erklimmen. Arber und Rachel waren endlicher als die Rocky Mountains. Hier kannte er sich aus, hier wusste er, wohin er ging und wann er ankam. Er ließ seinem kleinen Glücksgefühl freien Lauf. Es würde alles gut werden. Er würde im Bayerischen Wald bleiben können. Der Rachefeldzug gegen seine beiden Schwager war erfolgreich, er hatte beinahe erreicht, was er wollte. Er dachte an Thorben, seinen Neffen, der ebenso ausgestoßen gewesen war wie er selbst, und trat aus dem Wald heraus.

Der Pensionsbesitzer, der sein Haus nicht umsonst „Am Buchenwald“ genannt hatte, protestierte lautstark, als eine ganze Schar Polizisten in sein kleines Reich eindrang.

Bender und Manu nahmen ihn beiseite und erklärten ihm die Situation, während das Zimmer mit dem Namen „Bärwurz“ untersucht wurde. Der Pensionsbesitzer beruhigte sich ein wenig, sprach mit Engelszungen auf seine im Haus befindlichen Gäste ein und weigerte sich, auch nur ein weiteres Wort mit der Polizei zu wechseln. Aber das musste er. Nachdem Bender einen flüchtigen Blick auf die Aktenorder geworfen hatte, die in Hans Feilmeiers Zimmer gefunden worden waren, sah er sich einer intensiven Befragung ausgesetzt.

⊙

Hans Feilmeier blickte am Waldrand stehend auf die Pension, in der er seine vorläufige Zuflucht gefunden hatte. Er sah das große Polizeiaufgebot und wusste, sie suchten nach ihm. Er wusste auch, sie würden finden, was sie suchten. Es war nicht das schlechte Gewissen, das ihn veranlasste, sich umzudrehen und wieder im Wald zu verschwinden.

⊙

„Ich sage Ihnen jetzt eins“, schnaubte Bender wütend zum Pensions-Wirt. „Sie beherbergen einen gefährlichen Mörder in ihrer Spelunke und wenn Sie jetzt nicht sofort den Mund aufmachen und mit uns kooperieren, dann schließe ich diesen Laden und zwar sofort.“

Der Angesprochene zuckte bei diesen Worten ein wenig zurück, pochte aber auf seine Rechte.

„Sie können hier gar nichts schließen, ich werde mich bei ihren Vorgesetzten beschweren.“

Bender war nahe dran, den widerspenstigen Vermieter bei der Gurgel zu packen. Es war zum verrückt werden mit diesen

Einheimischen, Waidler, wie sie sich selbst nannten. Störrisch, verstockt und zu keiner Zusammenarbeit bereit. Nachdem sich die Gemüter etwas beruhigt hatten, kam man in Zusammenarbeit mit der örtlichen Polizei zu der Übereinkunft, dass zwei Beamte in Zivil ein Zimmer im Haus bezogen, um Feilmeier bei seinem Eintreffen dingfest machen zu können.

„Arschloch", murmelte Bender, als sie das Haus verließen.

„Wichser", flüsterte der Wirt, als hätte er Benders Worte gehört.

⊙

Während sich Schaller mit zwei Kollegen wieder Benders Auftrag widmete, alles über das Millionenprojekt herauszufinden, sichteten alle anderen vor allem die beiden Aktenordner, die sie im Zimmer von Hans Feilmeier sichergestellt hatten.

„Reinhard" stand auf dem einen, „Severin" auf dem anderen. Darin befanden sich, sorgfältig abgeheftet, Bilder, Zeitungsartikel und Anmerkungen über die Toten. Einige Male waren die Gesichter durchgestrichen und mit Worten wie „Rache" versehen worden. Feilmeier hatte akribisch alles gesammelt, was er über seine beiden Schwager fand. Schaller würde diese Informationen ebenfalls gut gebrauchen können. Und mit Blick auf das Datum der letzten Zeitungsartikel, schätzte Bender, dass der Gesuchte schon eine ganz Weile wieder in der Gegend sein musste.

„Manu, was sagtest du, wann Feilmeier ein Ticket aus Kanada nach Deutschland gelöst hat?" Manu blätterte in ihren Unterlagen.

„Bei der Airline haben sie gesagt, vor drei Wochen."

Bender nickte: „Ja, das kommt hin. Wenn ich mir das hier alles so anschaue, ist die Sachlage so eindeutig, dass unsere Staatsanwältin wahrscheinlich schon wieder in Jubel ausbrechen wird."

„Ja, natürlich“, antwortete Manu, „noch eindeutiger geht es ja nun wirklich nicht.“

Schaller, der sich ein wenig im Hintergrund gehalten hatte, jubelte innerlich: Genau, und ich habe euch den Typen ans Messer geliefert. Im gleichen Moment bekam seine Euphorie schon wieder einen kleinen Dämpfer.

Bender sah Manu durchdringend an und nickte: „Ja, und genau das macht mir Kopfzerbrechen. Es liegt alles so klar auf der Hand.“

Nachdem die Nachricht gekommen war, dass Feilmeier in der Unterkunft nicht aufgetaucht war, beendete Bender den Tag mit den Worten: „Wir machen Schluss, ich glaube nicht, dass heute noch etwas passiert.“

Dann kann ich heute ja noch jemandem eine Freude machen, dachte Manu.

Franz Schaller war froh, ohne eine weitere Verbal-Ohrfeige aus der Besprechung zu kommen, freute sich aber zu früh. Bender raunzte ihn an: „Ach, Schaller, bevor du dich in deine kleine wirre Welt aus dem Staub machst, gib noch eine Fahndung nach Feilmeier raus. Oder kannst du das auch nicht?“

Bender kam gerade in Fahrt und war regelrecht verärgert, als er von einem Zwieseler Beamten unterbrochen wurde: „Ritter will Sie sprechen.“

⊙

Bender hörte zunächst widerwillig zu, was ihm Ritter in die Hörmuschel trällerte. Dessen salbungsvoller Quark ging ihm auf die Nerven. Bender hielt sich knapp mit seinen Ausführungen zu den Ereignissen des Tages und Ritter antwortete: „Gut, gut, Bender, Sie machen das schon, ich vertraue ganz auf Ihre Erfahrung. Ich habe auch nicht viel Zeit. Sie geben heute den Sommernachtstraum im Theater und danach findet noch ein großer Empfang statt. Im Backstage-Bereich, für VIPs, wie mein Sohn sagen würde.“ Ritter gluckste kindisch über seinen eigenen Scherz. Bender war einem Wutausbruch nahe. Hatte ihn sein Chef tatsächlich angerufen, um ihm derartigen Mist zu erzählen?

„Ach ja“, sagte dieser, als habe er den stummen Tadel mitbekommen. „Warum ich sie eigentlich sprechen wollte, dieser schwedische Kommissar hat angerufen. Er will unbedingt mit Ihnen reden.“

⊙

Beim ersten Gespräch hatte es ungefähr 30 Sekunden gedauert, ehe Bender wusste, dass er diesen Lindqvist mochte. Auch jetzt bestätigte sich der Eindruck. Die kehlige Stimme, der seltsam schwedische Zungenschlag, der sich in sein gepflegtes Deutsch mischte, all das machte ihn in Benders Vorstellung zu einem guten Mann. Noch mehr: Lindqvist hielt sich nicht mit langen Vorreden auf, sondern kam gleich zur Sache. Bender gab sich größte Mühe, alles zu erzählen, was er an Wissen und Erinnerung abgespeichert hatte. Und wo Lindqvist sagte: „Ja, das weiß ich schon, das habe ich in den Akten gelesen“, versuchte Bender noch eine Information draufzusetzen. Das erste Mal in seinem Berufsleben durchströmte ihn so etwas wie ein Glücksgefühl. Er hatte zum ersten Mal den Eindruck mit, einem Kollegen zu reden, der ihm ebenbürtig war. In einer kurz aufkeimenden Fantasie sah er sich zusammen mit dem schwedischen Kommissar dem niederbayerischen Phantom nachjagen. Gemeinsam würden sie ihn in kürzester Zeit zur Strecke bringen. Als er seine Ausführungen beendet hatte, fürchtete er beinahe, er hätte Lindqvist gelangweilt.

Doch der sagte in seinem unwiderstehlich sympathischen gebrochenen Deutsch: „Sehr gut, Kollege, das sind wichtige Informationen für mich. Bleiben wir bitte in Kontakt. Können Sie mir ihre Mobilfunknummer geben? Seien Sie mir nicht böse, aber ich rede lieber mit Ihnen als mit ihrem Chef, der in meinen Augen...“

„...etwas merkwürdig ist“, beendete Bender den Satz und vernahm am anderen Ende der Leitung ein knurriges Lachen.

„Genau“, sagte Lindqvist.

⊙

Die Genugtuung, die Hans Feilmeier darüber verspürt hatte, der Polizei ein Schnippchen geschlagen zu haben, wich der Verzweiflung. Er las es in großen Lettern in der Lokalzeitung: Thorben hatte seinem Leben auf grässliche Weise ein Ende gesetzt. Ganz in seiner Nähe. War er auf dem Weg zu ihm? Das hatte er nicht gewollt, nicht der sensible Thorben, der sein ganzes Leben lang nur um die Liebe seines Vaters gebuhlt hatte und dafür stets eine emotionale Niederlage nach der anderen einstecken musste. Thorben, der neben seiner Schwester der einzige Mensch in dieser verdorbenen Familie war, der ein Herz besaß. Solveigh, schoss es Feilmeier durch den Kopf, er musste mit ihr reden. Sie konnte ihm die Auskünfte geben, die er brauchte.

⊙

Solveigh Kraft drehte sich einen Joint, nachdem sie einen tiefen Schluck Holundersekt getrunken hatte. Sie liebte es, der Natur Köstlichkeiten abzuringen. Und dieses aus Holunderblüten hergestellte beinahe alkoholfreie Getränk beruhigte sie normalerweise. Nur heute musste sie mit ein wenig Gras nachhelfen, um die Finger ruhig zu bekommen, die Wut zu dämpfen. Ihr Vater hatte es über seinen erbärmlichen Tod hinaus geschafft, was er Zeit seines Lebens angestrebt hatte: Thorben zu demütigen und ihn in den Höllenschlund zu werfen. Teufelsfratzen tauchten vor ihrem Gesicht auf. Das verdammte Gras. Normalerweise hielt sie nichts davon, der Realität zu entfliehen. Aber heute. Auch ihre Mutter, dieses erbarmungswürdige Wesen, war in ihrer Hilflosigkeit, in ihrer Flucht und ihrer Unfähigkeit, ihre Kinder vor der brachialen Gewalt des Vaters zu schützen, erbärmlich. „Pah“, schrie Solveigh, als ihr ein Satz einfiel, den sie irgendwo gehört oder gelesen hatte: „Diese Mutter kämpft wie eine Löwin um ihre Kinder. Pah“, spie das Mädchen den Satz aus. Ihre Mutter soff wie ein Loch und hatte alle in ihrer Umgebung mit dem Beil des Alkoholismus erschlagen. Die Teufel in ihrem Kopf tanzten weiter, Solveigh musste trotzdem lächeln. Thorben und ihr Vater würden jetzt ebenbürtig durch die Feuer der Hölle toben und sie hoffte, ihr Bruder würde sich einen Vorteil erarbeiten. Nach rund zwei Stunden, das Gras wollte seine Wirkung nicht einstellen, beschloss Solveigh, schlafen zu gehen. Sie lächelte. Noch vor Gras und Holundersekt war Schlaf das beste Mittel, um zu vergessen. Zumindest für den Moment. Sie erhob sich von dem kleinen Tisch der Gartenlaube, die ihr mit Thorben immer ein gutes Versteck gewesen war, legte sich auf eines der beiden schmalen Feldbetten, die hintereinander an der gegenüberliegenden Wand standen, und war gerade dabei, das steife Kissen so unter Kopf und Nacken zu platzieren, dass ihr das Einschlafen möglich war, als es an der Tür klopfte.

⊙

Hans Feilmeier war fit. Lange Wanderungen in den kanadischen Rocky-Mountains hatten seinen Körper noch sehniger und zäher werden lassen. Er war nicht besonders groß, ein Umstand, der ihm in der Schule den verhassten Spitznamen „Kurzer“ eingebrockt hatte. Die Wut darüber, die einst Grund für zahllose Prügeleien war, loderte auch jetzt für einen Moment in ihm auf. Doch er hatte sich stets durchgesetzt, hatte mehr blaue Augen verteilt, als eingesteckt. Wenn seine Schwestern nicht gewesen wären, vielleicht wäre eine dieser Raufereien einmal böse ausgegangen. Doch Heidrun und Gertraud waren stets seine Beschützerinnen gewesen. Allein durch ihre Anwesenheit. Wenn seine Schwestern auf der Bildfläche erschienen, war jede Wut sofort vergessen und er konnte seinen Kontrahenten – oftmals zu deren Verblüffung - sogar die Hand reichen. Später, als die Schwierigkeiten in die er sich häufig brachte, trotzdem nicht mehr wegzudiskutieren waren und er vom Gymnasium verwiesen wurde, drängten ihn seine Schwestern, eine Lehre in einem Sägewerk zu beginnen. Er fügte sich, wurde Schreiner. Eine Ausbildung, die ihn drei Finger kostete, aber ihm in Kanada sofort die Türen öffnete. Handwerker wurden gebraucht. Er fand ohne Probleme einen Job. Es war alles in allem eine gute Kindheit, die er durchlebt hatte, gequält zwar von einigen Klassenkameraden, aber – und das war immer viel wichtiger gewesen – behütet von seinen Schwestern. Und dann kam die Zeit, in der sich alles änderte. Während er noch im Albtraum der Pubertät lebte, begannen seine Schwestern sich allmählich weniger für ihn, als für die die jungen Männer der Region zu interessieren, die ihnen teilweise unverhohlen den Hof machten. Hans hatte einige der verliebten Gockel weggeschlagen, solange, bis seine Schwestern wütend auf ihn geworden waren. Sie hatten ihn aus dem Dreierverbund ausgeschlossen, wollten nichts mehr mit ihm zu schaffen haben. Er war nicht mehr der kleine Bruder, er war ihnen lästig. Auch wenn die beiden jungen Frauen es wohl nicht so meinten: Er fühlte sich ausgegrenzt, verleumdet und ausgestoßen. Er war nicht länger Teil ihres Lebens.

„Und“, schrie Hans Feilmeier jetzt in die beinahe lichtlose Neumondnacht. „Und“, wiederholte er, „ich habe Recht gehabt. Diese beiden Schweine haben euch und mir alles genommen! Alles!“

Er begann zu rennen, wollte sein Ziel so schnell als möglich erreichen. Der Schweiß rann ihm heiß den Rücken hinunter und ließ ihn sogleich frösteln. Er wischte sich eine Locke, die über seinen Augen klebte, aus dem Gesicht. Er wollte zuschlagen, er wollte sich rächen, so lange schon.

Solveigh dachte für einen Moment, die Nachwirkungen des Joints hätten ihr einen Streich gespielt. Sie legte sich erneut zurück in das Kissen und ärgerte sich, dass es verrutscht war und sie nicht bequem lag.

Da klopfte es ein zweites Mal an der Tür und jemand flüsterte ihren Namen. „Solveigh, ich bin es, mach auf."

⊙

Inzwischen lief der Schweiß in Strömen über seinen Rücken. Er hatte die Entfernung offensichtlich unterschätzt. Trotz seiner guten körperlichen Verfassung war er außer Atem. Er kämpfte gegen das aufkeimende Seitenstechen und stand mit seinen Armen auf die Oberschenkel gestützt auf der Flurbereinigungsstraße, die neben der touristischen Hauptader verlief. Befand er sich auf dem richtigen Weg? Mit den Augen eines Getriebenen blickte er sich um. Sein Holzfällerhemd, „viel zu groß für dich", hätten ihn seine Schwestern früher liebevoll gescholten, klebte an ihm.

Doch auch wenn in den vergangenen Jahren hier viele Bäume gefällt und durch moderne Gewerbebauten ersetzt worden waren und so ein anderes Landschaftsbild entstanden war, er wusste, es war nicht mehr weit. Die alte Hütte, in der er, Solveigh und Thorben noch Pläne geschmiedet hatten, bevor er aus dem Bayerischen Wald verschwunden war, sie konnte nicht mehr weit sein. Thorben hatte sich damals wie ein kleines Kind gefreut, seinem Onkel über den Atlantik auf den amerikanischen Kontinent zu folgen.

Hans Feilmeier wurde schmerzlich bewusst, dass er die ganze Zeit viel zu sehr mit sich und seiner Rache beschäftigt gewesen war und den Plan seines Neffen völlig vergessen hatte. Der hatte sich offensichtlich aus Angst vor Zurückweisung nicht getraut, seinen Onkel an dessen Versprechen zu erinnern. Er erkannte eine Weggabelung, ein Kreuz, das dort stand, schlug einen Haken und dann klopfte er an die Tür der

Hütte, hinter deren Fenster noch gedämpftes Licht nach außen drang. „Endlich“, seufzte er und fluchte, weil er nicht umgehend Antwort erhielt.

⊙

„Du?“, entfuhr es Solveigh Kraft, als sie sich schließlich entschlossen hatte, die Tür zu öffnen. Vor ihr stand ein kleiner, verschwitzter Mann, der ihr trotzdem für einen Moment Respekt abforderte. Sie sah in ein Gesicht, das vom Leben gezeichnet war. Tiefe Falten tanzten über die Stirn und die Narbe, die sich quer über die Wange ins Antlitz ihres nächtlichen Besuchers zog, pochte bedrohlich.

⊙

Sie war von einem Moment auf den anderen nüchtern gewesen, als ihr Onkel in der Tür stand. Sie warf sich ihm unvermittelt an die Brust und achtete nicht darauf, dass er Mühe hatte, ihren stürmischen Umarmungen Stand zu halten. „Endlich bist du da“, sagte sie und überhörte seine Antwort: „Das bin ich immer.“ Sie sprachen bis in die frühen Morgenstunden. Vom Tod des Vaters und des Bruders, von der völlig abgedrifteten Mutter und auch von der Polizeiaktion am Nachmittag. „Aber was wollen die denn von dir?“

„Das weiß ich nicht, aber ich kann es mir denken“, antwortete Feilmeier und ergänzte: „Ich fürchte, sie haben etwas gefunden.“

Er musterte seine Nichte aufmerksam, sie war eine junge Frau, die ihre offensichtliche Schönheit in viel zu großen, unförmigen Klamotten versteckte. Die Füße steckten in dicken Wollsocken und Gesundheitsschuhen. Wie so häufig in der sogenannten besseren Gesellschaft war sie der komplette Gegenentwurf zu ihrem Vater. Protest gegen ihn, seine Ansichten und sein Verhalten, den ihre äußere Erscheinung wütend in die

Welt hinausschrie. Die langen braunen Haare wirkten verfilzt und sie hatte rotgeränderte Augen, gesäumt von schwarzen Schatten. Doch es blickte auch die Wärme aus ihnen, die er bei seinen Schwestern so schmerzlich vermisste.

„Sag mal, was machst du eigentlich, wenn du dich nicht hier in der Hütte verbarrikadierst?"

Solveigh sah ihren Onkel fragend an, sagte dann aber: „Ich studiere Jura in Passau."

„Das ist gut, ich kann rechtlichen Beistand gut gebrauchen."

Sie lächelte erst, blickte ihn dann aber ernst an: „Soweit bin ich aber noch nicht. Zweites Semester erst. Warum eigentlich, hast du etwas ausgefressen?"

„Ich kann dir das jetzt nicht sagen, auf jeden Fall brauche ich einen Anwalt."

⊙

„Ich kann Kon nicht mehr unterstützen. Je mehr passiert, umso nervöser wird er. Der packt es nicht mehr, wir brauchen einen starken Mann an der Spitze." Hans-Georg Schäffler saß im kleinen Rathaus einer Gemeinde und sprach auf den Bürgermeister ein. Der hörte sich gelassen die Ausführungen Schäfflers an und zeigte zunächst keine Reaktion.

Schäffler machte weiter: „Wie siehst du das, wer könnte das sein?"

Der Bürgermeister machte eine umständliche Handbewegung, ruckelte auf seinem Stuhl und sah erst einmal zum Fenster hinaus. Er räusperte sich, es sah aus, als ob er noch einmal die Worte in seinem Kopf sortieren müsste, um dann aber lediglich zu sagen: „Ich weiß auch nicht. Kon ist doch in Ordnung."

„In Ordnung?", Schäffler schnappte die Stimme über bei seiner Antwort. Er nahm sich aber gleich wieder zurück, weil er ruhig und sachlich bleiben wollte. „In Ordnung, ja vielleicht. Aber reicht das noch? Zumal in der momentanen Situation.

Ich sag dir was: Er ist fertig. Aus, basta. Und diese Jungen, die jetzt ran wollen – wie soll das gehen? Hast du dir das schon mal überlegt?“

„Wenn du meinst“, der Bürgermeister ruckelte immer noch auf seinem Stuhl hin und her, das Gespräch war ihm offensichtlich sehr unangenehm. Immer wieder blickte er zum Telefon, in der Hoffnung, es würde endlich klingeln. Klingelte aber nicht.

„Ich meine, es ist an der Zeit, dass die Partei eine klare Aussage trifft“, Schäffler wurde konkret. „Sicher habe ich mit meinem Geschäft genug zu tun, aber als Kreisvorsitzender muss ich jetzt handeln.“ Im Wesentlichen, so merkte er selber, kam er genau so wenig weiter, wie vor wenigen Tagen im Gespräch mit dem Zwieseler Bürgermeister. Hartwig ging nicht auf seinen Vorschlag ein, also überlegte Schäffler, ein wenig taktischer vorzugehen.

„Meinst du, es wäre ein Weg, wenn ich antreten würde?“ Das war gut, es klang, als ob er den Bürgermeister nach dessen Meinung fragen würde. Wahrscheinlich würde er es gar nicht merken, dass es eine klar formulierte Aufforderung war, ihn zu unterstützen.

„Ich meine, du bist der Vorsitzende. Wenn die Partei der Meinung ist, du bist der Richtige...“

„Ich frage aber dich.“

„Wenn der Kon nicht mehr mag, meine Unterstützung hättest du.“

Schäffler war zufrieden. Sein Gesprächspartner konnte eigentlich gar nicht anders, das wusste er. Denn in den vergangenen zwei Jahren wurden fünf Gemeindestraßen saniert, vier davon von Schäffler-Bau. Es war nicht zum Schaden des Bürgermeisters, dessen zwei Töchter in München studierten. Nicht einfach für einen Bürgermeister in einer kleinen Gemeinde. Einfacher, wenn das Bauunternehmen monatlich der Familienkasse ein paar Hunderter zuschießt.

Fünf Jahre lang, so war es ausgemacht. Insgesamt 25.000

Euro. Schwarz, bar, ohne Nachfragen. Schäfflers Plan funktionierte. Ein kleiner, ein wichtiger Schritt.

5

Sie spürte förmlich, wie er in ihrem Rücken die neue Einsatzzentrale betrat und es war ihr, als schliche er von hinten an sie heran. Es war ein schöner Abend gewesen, gestern. Rabenstein und das Schauspiel. Sagenhaft. Die wunderbare Geschichte des Bayerwald-Sehers, die teils bedrohliche Kulisse, die sich alleine durch die weissagenden Worte auf der Bühne aufbaute. Und das sich immer wieder Ertappen, wie man die Sätze des Stormberger, des alten Sehers, locker mit der heutigen Zeit in Verbindung bringen konnte. Und immer wieder dieser schwarzseherische Ausklang der Verserl: „...dann ist es nicht mehr lang." Nicht mehr lang, wohin? Alles Endzeitprophezeiungen: Was immer der Erfindergeist des Menschen hervor bringt, es ist ein weiterer Schritt zu seinem eigenen Untergang. Versöhnliches wusste der Bayerwald-Seher offensichtlich nicht.

Unwillkürlich musste Manu an den 21. Dezember 2012 denken. Nur noch ein halbes Jahr. Sie nervte die Hysterie, der Weltuntergang könnte über die Menschheit hereinbrechen, nur weil der vieltausendjährige Kalender der Maya just an diesem Tag enden würde. Manu schüttelte den Kopf, machte sich von diesen Gedanken wieder frei.

Als das Spiel zu Ende war, hatte sie eigentlich keine Lust mehr auf Feiern, auf gemütliches Geplauder. Fast war sie selbst in Weltuntergangsstimmung, was hauptsächlich daran lag, dass die düsteren Gedanken direkt dazu führten, sich noch tiefer in den aktuellen Fall hinein zu spekulieren. Manu hatte vor allem Schwierigkeiten damit, die Sinnlosigkeit der Morde zu begreifen, die Sinnlosigkeit des Todes. Am liebsten wäre sie sofort ins Hotelzimmer gegangen und hätte sich unter der Bettdecke verkrochen.

Doch Matthias hatte sie überzeugt, er versorgte sie beinahe rührend mit Wasser, Wein, Kaffee – egal was sie gerade trinken wollte, er war schon unterwegs und stellte es ihr vor die Nase. Komplimente folgten, witzige Bemerkungen, zweideutige Floskeln. Manu war zunehmend erheitert, was teils auch dem Alkohol geschuldet war.

Sie hatte sich in den Strom der guten Laune reißen lassen, die auch Matthias' Freunde verbreitet hatten. Es hatte ihr gutgetan, angesichts der Morde etwas Ablenkung zu finden. Eine Auszeit, auch für die Seele.

Schließlich hatte Matthias sie ins Hotel gebracht. Seine Hoffnung, ihn mit auf das Zimmer zu nehmen, sie war unerfüllt geblieben. Sie hatte wohl seinen Blick bemerkt, seine fast schon fordernde Atmung, erregt, beinahe wie bei einem kampfbereiten Bullen. Doch sie hatte es bei einem flüchtigen Kuss auf die Wange belassen und war schnell hinter der Hoteltür verschwunden.

Jetzt also spürte sie ihn und innerlich krampfte sich ihr Körper zusammen, in der Erwartung, er würde sie am Nacken oder an der Schulter berühren, sie vielleicht erschrecken wollen. Sie wollte nicht erschreckt werden, noch weniger berührt.

Matthias Winterer hatte vieles, was Manu von einem Mann erwartete: Witz, Charme, einen trainierten Körper. Er war rücksichtsvoll, hatte gute Manieren und sie nahm es widerstrebend hin, dass sie sich eigentlich schon zu viele Gedanken über ihn machte. Über ihn als Mann.

Jetzt erschrak sie wirklich, als er direkt vor ihr stand und ihr einen guten Morgen wünschte. Ein freundliches Lächeln von ihm und sie murmelte den Gruß zurück, um sich mit beinahe schon übertriebenem Eifer gleich wieder ihren Unterlagen am Schreibtisch zuzuwenden. Sie kam sich im Moment vor wie eine 14-Jährige am Schulhof, die gerade vom Schwarm aller Mädchen angesprochen wurde.

„Wie sieht es aus, wollen wir heute Abend was unternehmen? Essen gehen oder so?“ Matthias Winterer fragte es eher beiläufig, aber wieder glaubte Manu zu spüren, wie ernst es ihm war.

„Mal sehen, was der Tag so bringt“, sagte sie – und wusste, dafür würde er Verständnis haben, schließlich konnte sich innerhalb von Sekunden die gesamte Lage in und um Zwiesel ändern. Das war ihnen Angesichts des Falls längst bewusst.

⊙

Was würde sich Ritter in seinem Büro wieder für eine Neuigkeit zusammengebastelt haben? Jetzt machte er sogar auf geheimnisvoll. Bender musste alleine zu ihm kommen und durfte außerdem niemandem sagen wohin er fuhr. Gut, bei den meisten Kollegen hatte er kein Problem, sich ohne eine Begründung abzumelden, aber Manu. Zu ihr hatte er ein besonderes Verhältnis. Und das wollte er durch überflüssige Geheimniskrämerei nicht gefährden. Was sollte es in diesen verrückten Zeiten, in denen er mit ihr gegen – und diese Verallgemeinerung meinte er durchaus ernst – das Böse kämpfte, schon geben, das sie nicht wissen durfte. Er war im Gegenteil zu einhundert Prozent dafür, dass sie genauestens Bescheid wusste. Nur so hatten sie eine Chance, diesen verdammten Fall zu lösen.

Trotzdem hatte er dem Befehl Ritters nachgegeben. Er klang diesmal nicht annähernd so abgehoben, wie gewöhnlich. Im Gegenteil, es lag eine ungewohnte Autorität in seiner Stimme, die Bender überraschte. So kannte er seinen Chef nicht.

Er stellte ihn sich vor, so wie er ihn kannte. Diese etwas aus der Fasson geratene Figur, die Bender immer an eine überdimensional große Birne erinnerte. Sie wurde von Rotwein, Prosecco und Häppchen genährt, die der Polizeichef bei seinen zahllosen gesellschaftlichen Verpflichtungen verschlang. Der Kopf, mit der stets etwas wirren Frisur erinnerte an das typische Bild eines verrückten Professors. Egal ob Operette oder Theaterstück, Buchlesung oder Ateliereröffnung, es gab wohl kaum ein kulturelles Ereignis, bei dem Ritter nicht zugegen war. Er liebte Hausmusik und Malerei. Wer dies nicht wusste, den hätte die Wucht der Erkenntnis spätestens beim Betreten seines Büros getroffen. Mit den zahllosen Stichen, Malereien und Gemälden sah es mehr aus wie die Galerie eines Kunstagenten. Und wer das Büro betrat, fand Ritter ausnahmslos vor einem seiner Kunstwerke stehend, scheinbar gedankenverloren die Farblichkeit studierend.

Bender fiel, nachdem er seinen Wagen geparkt und die Stufen und Gänge schneller, als ihm selbst behagte, hinaufgeeilt war, zunächst auf, dass genau dies heute anders war. Ritter saß mit sorgenvoller Miene an seinem Schreibtisch und unterbrach das Gespräch, das er mit dem Mann geführt hatte, der geschäftsmäßig steif vor ihm saß.

„Ah, Bender gut, das Sie da sind, gut, gut. Setzen Sie sich.“ Ritter, der sonst so vergeistigt wirkte, schien ganz bei sich. Er stellte ihm Ludwig Breitschneider vor.

„BKA?“, fragte Bender sichtlich entsetzt. Was will das BKA denn hier?

Ritter wollte etwas sagen, doch Breitschneider fiel ihm ins Wort.

„Herr Bender, im aktuellen Fall gibt es Entwicklungen, die uns veranlasst haben, aktiv zu werden.“

Benders Körper schrie nach Grünem Tee und Aus'zognen. „Was meinen Sie damit?“

„So genau kann man das im Moment noch nicht sagen“, Breitschneider sprach in der Folge von Vermutungen, Gerüchten, vagen Hinweisen. Ritter saß kreidebleich in seinem viel zu großen Chef-Sessel und blickte seine beiden Gegenüber ängstlich an.

Bei den Worten Breitschneiders, „wir haben einen Tipp aus Osteuropa bekommen“, zuckte Ritter zusammen.

Bender nutzte die Zeit, die Breitschneider sprach, um ihn ein wenig genauer zu betrachten: Mitte bis Ende 30, schätzte er. Grauer Anzug, graumelierte Haare, die auch für ein höheres Alter sprechen konnten. Sowohl der Scheitel, als auch Krawatte und Anzugjacke waren so korrekt drapiert, als habe jemand alles vor Kurzem glatt gebügelt.

Bender spürte Autoritätsverlust und er hasste dieses Gefühl.

Auch wenn dieser BKA-Heini versuchte, ihm den Fall aus der Hand zu nehmen, er würde sich das nicht gefallen lassen. Er und seine Leute hatten im Dreck gewühlt und Verdächtige aufgescheucht. Und jetzt kam so ein bescheuerter Großkotz daher und wollte ihm den Fall aus der Hand nehmen. So läuft das nicht, mein Freund. Als habe Ritter Benders Gedanken gelesen, sagte er: „Bender, Sie werden alles tun, um die Kollegen zu unterstützen." Ralf Bender war kurz davor, den roten Schleier des Jähzorns fallen zu lassen, als Breitschneider sagte:

„Verstehen Sie mich nicht falsch. Wir wollen Ihre Ermittlungsarbeit nicht behindern. Sie sollen weitermachen wie bisher. Ich möchte Sie beide nur davon informieren, dass wir parallel verdeckt ermitteln werden. Wie gesagt, es war nichts weiter als ein Tipp, den wir erhalten haben. Das kann alles, muss aber gar nichts bedeuten. Ihre Kompetenzen werden davon nicht berührt."

Ritter, der einen ganz anderen Gesprächsverlauf erwartet hatte, entspannte sich merklich und es sah aus, als würde er einen sehnsuchtsvollen Blick auf das Bild einer Frau werfen, die mit entblößter Brust im Kerzenschein auf einem Sofa lag.

Bender brauchte einen Moment, um seinen Adrenalinspiegel wieder nach unten zu fahren. Ihm gefiel allerdings gar nicht, dass ihn Breitschneider mit einem wissenden Lächeln ansah. Dann nahm der BKA-Mann das Gespräch wieder auf: „Herr Bender, ich habe Sie heute hierherkommen lassen, weil ich Sie für einen hervorragenden Polizisten halte." Das wilde Tier, das in Benders Brust getobt hatte, wurde merklich friedlicher.

„Wir brauchen Sie und Ihre Arbeit. Wahrscheinlich handelt es sich ohnehin um blinden Alarm, zumindest, was unseren Aufgabenbereich betrifft. Aber wir sollten alle Eventualitäten in Betracht ziehen, deshalb bin ich heute hier."

„Und was wollen Sie dann von mir?", fragte Bender.

„Das BKA möchte, dass Sie auf der Hut sind und uns informieren, wenn Ihnen etwas auffällt."

„Wenn mir etwas auffällt. Und was soll das sein? Vielleicht

erzählen Sie mir erst einmal, um was es hier eigentlich geht."

„Brauchen Sie mich noch, ich sehe ja, Sie kommen sehr gut alleine zurecht?", fragte Ritter.

Nachdem er keine Antwort bekam, holte er eine Krawatte aus einer seiner Schreibtischschubladen und machte sich daran, von der Bildfläche zu verschwinden. Erst jetzt fiel Bender auf, dass sein Chef in einen edlen schwarzen Anzug gewandet war. Seine Schuhe glänzten, als seien sie gerade frisch poliert worden. „Also dann", murmelte Ritter, „ich werde hier ja nicht mehr gebraucht. Aber Bender, Sie geben mir jederzeit genauen Bericht, verstanden!" Und dann war er zu Tür raus.

Benders Aufforderung stand nur einen Moment unbeantwortet im Raum. Offensichtlich hatte Breitschneider nicht vor, ihm etwas vorzuenthalten. Im Gegenteil, er gab einen ausführlichen Bericht, den er allerdings mit den Worten begann: „Was ich Ihnen jetzt sage, verlässt diesen Raum nicht."

Bender nickte und hörte mit wachsendem Entsetzen zu.

⊙

100 Stundenkilometer waren erlaubt, das galt für alle Landstraßen in Deutschland, also auch für die, auf der Bender nun wieder von Passau nach Zwiesel fuhr. Und doch flogen die Ausfahrten nur so vorbei an ihm. Der Druck, den er auf das Gaspedal ausübte, wuchs mit den schwarzen Gedanken, die in ihm übermächtig zu werden drohten. 120 km/h, 140 km/h, 160 km/h, er musste sich beruhigen. Er fuhr auf einen Parkplatz, stieg aus und trat gegen den Wagen. Die Mafia solle möglicherweise an den Vorfällen beteiligt sein. Skrupellose Killer aus Osteuropa, die alle wegräumen, die ihnen nicht in den Kram passen. Dieses Gewehr, das offensichtlich nicht aus der Region stammte, war ein Indiz dafür. Aber Breitschneider hatte auch von einem Informanten gesprochen. Von jemandem, der Einblick hatte in die Vorgänge im Landkreis Regen. Bender ängstigte die Aussicht auf einen Kampf mit bis unter

die Zähne bewaffneten und noch dazu unendlich reichen Bonzen aus den nicht mehr real existierenden Arbeiter- und Bauernstaaten. Er hatte schon viel gehört darüber, das eine oder andere Mal das Gefühl gehabt an der Oberfläche des internationalen Geld-Terrorismus zu kratzen. Aber immer war alles im Sand verlaufen. Er hatte kleine Dealer geschnappt, eine Waffenlieferung aufgedeckt oder gefälschte Markenware sichergestellt. Aber Mord? Geplante Hinrichtungen? Er kannte das nicht und wollte Breitschneider nicht glauben. Und wusste doch, er konnte Recht behalten. Der Tippgeber hatte unter anderem gesagt, dass es über der Grenze im benachbarten Klattau außergewöhnliche Bautätigkeiten gab. Ganz plötzlich wurde das Landratsamt aufwändig renoviert. Außerdem verhielten sich tschechische Politiker und Bauunternehmer in Bezug auf das Tourismusprojekt in Bayerisch Eisenstein seltsam ruhig. Keine Proteste, kein verbales Muskelspiel, weil man nicht mit Aufträgen bedacht worden war. Breitschneider hatte noch vieles mehr erzählt und das deckte sich ein großes Stück weit mit dem, was er sich in seinen düstersten Fantasien ausgemalt hatte. Egal ob es sich nun um mafiöse Strukturen oder andere Motive handelte: Es schien sich eine tiefschwarze Wolkenwand aus unüberwindlichen Problemen über dem Bayerischen Wald aufzutürmen und in einem Sturm aus Gewalt darüber hinwegzufegen.

⊙

Auch die Anordnung zu schweigen bereitete Ralf Bender Kopfzerbrechen. Es war zumindest gegenüber Manu nicht fair. Und als er die Ortseinfahrt Zwiesel passierte, stand sein Entschluss fest: Er würde es ihr sagen.

Nachdem er seine Kollegin über die aktuelle Entwicklung und seine Befehlsverweigerung ins Bild gesetzt hatte, glühten deren Wangen.

Zum einen, weil sie die Informationen atemlos machten,

zum anderen, weil sie die Freude über den Vertrauensbeweis alles andere als kalt ließ.

„Aber Manu, ich bitte dich: Kein Wort zu niemandem, das könnte sonst in einer Katastrophe enden.“

„Du kannst dich auf mich verlassen.“

Hoffentlich, dachte Bender.

⊙

Was ist das für ein Sumpf, dachte Franz Schaller, als er bereits zum dritten Mal versuchte, Struktur in seine Erkenntnisse über das Projekt in Bayerisch Eisenstein zu bringen. Nichts passte zusammen, eindeutig war nur, dass an allen möglichen Stellen gemauschelt wurde. Einen ersten Verdacht schöpfte der junge Beamte, weil an der Baustelle nur deutsche Firmen, genauer nur einheimische Firmen beteiligt waren. Für ein internationales Projekt eher ungewöhnlich, wie er aus zahlreichen Gesprächen mit Abteilungsleitern bei der Regierung von Niederbayern herausgefunden hatte. Also grub er tief im Internet, um nach möglichen Erklärungen zu suchen. Doch es war nichts zu finden.

Lediglich auf den Archivseiten der Zeitungen fand er einen ersten Hinweis: Demnach hatte es ein paar Monate vor Baubeginn reichlich Aufruhr in Tschechien gegeben. Die dortigen Baufirmen – von denen sich eine Reihe beworben hatte – gingen allesamt leer aus und vor allem die tschechischen Medien berichteten vom Verdacht der Schiebung. Aufgegriffen wurde dies auch von den Medien in Deutschland. Zwischendurch hatte es offenbar den Anschein, das Projekt könnte komplett in den Sand gesetzt werden, weil die tschechischen Kommunalpolitiker ihre Beteiligung zurückziehen wollten.

Im Mittelpunkt des Streits stand vor allem der Bauunternehmer Severin Kraft, der sogar bis zu den Ministerien in Berlin vorgedrungen war, um für den Zuschlag zu werben. Genauere Hintergründe konnte Schaller zunächst nicht finden

– nur den Hinweis, dass sämtliche zuständige Stellen die Auftragsvergabe letztlich abgesegnet hatten.

Er war ratlos. Dankbar nahm er den Tipp von Manuela Hentschel an, beim Sprecher im Landratsamt nachzufragen, vielleicht könnte Ludwig Meisetschläger zur Erhellung beitragen.

„Es ist alles ordnungsgemäß gelaufen, da ist nichts Ungewöhnliches passiert“, sagte dieser am Telefon.

„Dennoch würde mich interessieren, warum so viele einheimische Firmen beauftragt wurden, hat es keine internationale Ausschreibung gegeben?“ Schaller hakte nach.

„Doch, natürlich. Die Firma Kraft-Bau hat das beste Angebot abgegeben, mehr ist dazu nicht zu sagen.“

Schaller spürte, er lief gegen eine Wand. „Verwunderlich ist es trotzdem, dass alle Firmen aus dem näheren Umfeld kommen. Für uns liegt deshalb klar auf der Hand, dass die Morde auch in Verbindung mit der Baustelle in Eisenstein stehen könnten.“

„Das glaube ich nicht“, Ludwig Meisetschläger schien von seiner Sache überzeugt zu sein. „Sehen Sie, Herr Schaller. Es ist natürlich schon klar, dass der Landkreis im Rahmen seiner Möglichkeiten dafür gesorgt hat, bei so einem Vorzeigeprojekt darauf zu achten, dass das Geld in der Region bleibt. Aber das war alles legal.“

„In Tschechien hat man das anders gesehen.“

„Ja, aber auch dort hat man einsehen müssen, dass es keine Unregelmäßigkeiten gegeben hat. Außerdem gibt es einige tschechische Subunternehmer, die beispielsweise auch im Auftrag von Kraft-Bau Arbeiten zu erledigen haben.“ Mehr sagte Meisetschläger nicht.

Doch Schaller war hellwach – vor allem, dass der Landkreis „im Rahmen seiner Möglichkeiten“ Einfluss auf die Bauvergabe genommen haben könnte, schien weitere Ermittlungen nötig zu machen.

Tatsächlich fand Schaller heraus, dass die tschechischen Proteste nach wenigen Wochen so plötzlich endeten, wie sie aufgebrandet waren. Wenn man die Fotos und Medienberichte verfolgte, dann war nur noch von eitel Sonnenschein die Rede gewesen.

„Finde heraus warum – ich glaube dem Meisetschläger nicht alles, was er sagt", ordnete Bender an, als er von Schaller über den Stand der Dinge informiert wurde. „Das riecht. Das stinkt sogar."

⊙

„Kon, die Polizei schnüffelt an der Eisenstein-Sache herum, das gefällt mir gar nicht." Kaum hatte Meisetschläger den Telefonhörer aufgelegt, war er schon zu seinem Chef geeilt, um von den Fragen Schallers zu erzählen.

„Wir haben nichts zu verbergen, Ludwig. Also, lass sie doch."

„So einfach ist es nicht, das weißt du ganz genau."

Konstantin Graumüller verstand sofort, was seine rechte Hand meinte. Schließlich hatte er alle Hände voll zu tun gehabt, um das Projekt zu retten, als im Nachbarland das Gegrummel über die ausbleibende Aufträge größer wurde. Es erforderte allerlei diplomatisches Geschick – ohne die Hilfe seiner Anni hätte er das nicht gemeistert. Doch die war es letztlich, die ihm den entscheidenden Tipp gegeben hatte.

Es ging um den Vorsitz des Zweckverbands mit den Tschechen. Eigentlich war Graumüller als Vorsitzender vorgesehen gewesen – doch sein Klattauer Amtskollege Pavel Srda hatte ebenfalls Ansprüche angemeldet.

Aus der Hand geben wollte Graumüller die Sache nicht – das wäre ihm zu riskant gewesen, schließlich war er zumindest innerlich auch an dem Projekt interessiert, weil er sich selbst ein Denkmal damit setzen wollte. So viel Eitelkeit gestand er sich zu.

Eine Tatsache, die er öffentlich immer forsch und beinahe beleidigt bestritt, wenn er von Journalisten darauf angesprochen worden war. Es hing aber auch sonst viel davon ab. Immerhin floss eine Menge Geld in die Region.

Der Polizei hatte er gesagt, er habe dem Zwieseler Bürgermeister einen Freundschaftsdienst erweisen wollen, als er ihm den Vorsitz anbot. Das war aber nur die halbe Wahrheit. Tatsächlich wollte er verhindern, den tschechischen Amtskollegen vor die Nase gesetzt zu bekommen. Also hatte Anni die Idee, Graumüller sollte den Vizeposten anstreben – und anregen, diesen mit Srda zu teilen. Ein Vorschlag, der dem tschechischen Kollegen zwar nicht schmeckte, aber ihn zumindest beruhigte. Reinhard Hartwig war also der Mann für den Vorsitz – und die Freundschaft zu Graumüller garantierte diesem, dass er in allen wichtigen Entscheidungen immer mit eingebunden war.

Es war nicht ganz so sauber, wie Graumüller es sich gewünscht hätte – aber zumindest war die Einigkeit wieder hergestellt und die Tschechen waren wieder mit Begeisterung beim Projekt dabei.

Ein weiteres Gespräch mit Severin Kraft war nötig gewesen – Graumüller bat ihn, auf kleinere Arbeiten an der Baustelle zu verzichten und dafür tschechische Subunternehmen zu beauftragen – zumindest ein kleines Bonbon für die enttäuschten Baufirmen jenseits der Grenze. Kraft war nicht einfach davon zu überzeugen gewesen, lenkte aber schließlich doch ein, nachdem Ludwig Meisetschläger noch einmal mit ihm geredet hatte.

„Ich weiß, was du meinst", sagte Graumüller schließlich zu seinem Pressesprecher. „Aber sie werden nichts herausfinden, das uns Ärger machen könnte. Was meinst du: Könnten die recht haben mit ihrem Verdacht?"

„Wenn ich das wüsste, Kon. Aber nein, eigentlich nicht."

⊙

Meisetschläger wusste, wovon er redete – seinem Chef

würde er aber die ganze Wahrheit niemals erzählen dürfen, das war ihm klar. Doch der hatte so viel Vertrauen in ihn, dass ihm ohnehin weitgehend freie Hand blieb, wenn es um die haarigen Kleinigkeiten im Bauwesen ging.

Während nämlich Graumüller auf den Vorsitz beim Zweckverband verzichtete, zog Meisetschläger im Hintergrund seine eigenen Fäden. Es war ein relativ einfaches Gespräch mit Severin Kraft gewesen, der auf ein paar Euro aus dem Bauprojekt in Eisenstein verzichten musste – dafür aber an anderer Stelle ein Vielfaches davon versprochen bekam.

Aus zahlreichen Treffen mit den Kollegen aus Klattau wusste Meisetschläger, dass dort eine hohe Unzufriedenheit mit der eigenen Infrastruktur herrschte. Vor allem der Wunsch nach einem neuen Landratsamt wurde dort immer dann laut, wenn man im modernen Gebäude in Regen zu Gast war. Etwa 30 Jahre war dieses alt, doch es wirkte immer noch alles so, als sei es auf dem neuesten Stand. Technisch und optisch waren die Regener den Klattauern weit voraus, wenn es um den Sitz der Kreisverwaltung ging.

„Severin, wir müssen uns etwas einfallen lassen", hatte er damals zum Bauunternehmer gesagt. Die Sache war relativ einfach: Ein, zwei Millionen waren nötig, um von dem Eisensteiner Geld auch ein Amtsgebäude in Klattau mit finanzieren zu können.

„Wenn du diese Summe abzweigen kannst, dann glaube ich, sind die Tschechen sauber abgespeist."

„Und was habe ich davon?" Es war die einzige Frage, die Kraft damals gestellt hatte.

„Du weißt doch, der Landkreis Regen baut immer etwas. Wäre doch gelacht, wenn wir da nichts Passendes für dich hätten."

Ein Handschlag besiegelte die Sache. Severin Kraft hielt sich an die Abmachung und in Klattau knallten die Sektkorken. Sowohl im Landratsamt, wie auch bei den dortigen Baufirmen, die sich die Aufträge mit viel Gemeinsinn aufteilten.

Allerdings äußerte Landrat Srda auch noch den deutlichen Wunsch, man möchte ein Erlebnisbad bauen, um auch den touristischen Wert Klattaus zu steigern. Ein Wunsch, dessen Erfüllung Meisetschläger ebenfalls in Aussicht stellte. Er wusste allerdings zum damaligen Zeitpunkt nicht, wie er das bewerkstelligen sollte.

⊙

Schaller wusste von alledem nichts, zumindest konnte er es nicht konkret ermitteln. Von dem plötzlichen Bau eines Amtsgebäudes in Klattau hatte er in seinen Recherchen gelesen – ein Zusammenhang ließ ich aber nur vermuten. Auch weil es ihm auffiel, dass die plötzliche Ruhe der tschechischen Bauunternehmer relativ zeitnah zur Projektierung des Landratsamts einsetzte.

Dass tschechische Baufirmen als Subunternehmer in Eisenstein tätig waren, erschien ihm letztlich als schlüssige Erklärung dafür, dass sich die Gemüter wieder beruhigt hatten. Dahinter ein Motiv für einen Mord zu finden – Schaller wollte es nicht ausschließen, glaubte aber nicht wirklich daran.

Auch wenn ihm sein Chef wiederholt verdeutlichte, er solle dran bleiben und versuchen, noch mehr herauszufinden.

⊙

„Es ist doch alles mit rechten Dingen zugegangen? Ludwig, weißt du etwas, das ich nicht weiß?“ Graumüller war verunsichert, eine Spur zu aufgeregt wirkte sein ansonsten besonnener Pressesprecher auf ihn.

„Nein, keine krummen Dinge, so wie du es haben willst. Und du weißt ja, besser gesagt, du weißt nicht, wenn ich da und dort an der Stellschraube drehe, dann tue ich das nur zum Wohl des Landkreises.“

„Ja, ich weiß, aber noch mehr Druck könnte ich nicht mehr

ertragen. Diese Morde, sie machen mich fertig, Ludwig. Das muss aufhören."

„Mach dir keine Sorgen, das wird sich bestimmt bald auflösen."

„Dein Wort in Gottes Ohr, mein Freund."

„Ich glaube, dass das bald ein Ende haben wird. "

⊙

Auch wenn Bender ein Weltmeister im Grübeln war, ein berufsmäßiger Bedenkenträger sowie das fleischgewordene Misstrauen, jetzt saß er in seinem BMW und fuhr frei von diesen Gefühlen, die ihn zum großen Teil zu dem machten, was er war, zur Racheldiensthütte. Er hatte Manu darum gebeten, einen Abend lang auf ihn zu verzichten. Ihr war das ganz recht, dann konnte sie abends mit Winterer ausgehen. Bender brauchte diesen Freiraum, um sich zu sortieren, um in seinem Kopf aufzuräumen. Schon wieder wurde der Bayerische Wald von einer Mordserie erschüttert. Was beinahe ebenso schwer wog und gewaltig an Benders Ehrgefühl nagte: Die Polizeiaktion in Zwieselerwaldhaus war ein großer Reinfall gewesen. Beinahe zumindest. Immerhin hatten sie Feilmeiers Aktenordner. Und was für ihn beinahe noch schlimmer wog, auch Raphael trieb wieder sein Unwesen. Und das außerhalb seiner Reichweite. Wieder ist er mir entwischt, bedauerte Bender den Umstand, dass er am Flughafen hatte umdrehen müssen, weil sich in Zwiesel die Ereignisse überschlugen. Was war eigentlich los mit diesem Landstrich, den er stets für verschlafen und langweilig gehalten hatte? Lesen und hören konnte man über die Region am südöstlichen Rand Deutschlands, dort wo bis vor wenigen Jahren noch ein Eiserner Vorhang Europa in zwei Hälften geschnitten hatte, bisher doch nur Belanglosigkeiten. Vielleicht war es aber ja gerade auch dieser Wegfall der Mauer, das Ende des Kalten Krieges und der Zusammenbruch des Ostblocks. Mit einem Mal war der Bayerische Wald in die Mitte

Europas gerückt. Der Nationalpark bildete zusammen mit seinem östlichen Nachbarn, dem Böhmischen Nationalpark Sumava, die größte zusammenhängende Waldfläche Zentraleuropas. Eine grüne Lunge, in dem bei aller Freude über den Wegfall der Grenzen ein neues Problem aufgetreten war. Mammon forderte sein Recht, mit allen Vor- und Nachteilen. Freizügigkeit war das eine. Eine Freizügigkeit, die durch den Wegfall der Grenzkontrollen zu Tschechien noch verstärkt wurde. Doch damit wuchsen auch die Begehrlichkeiten. Auch die einstmals abgehängte Region wollte ihr Stück vom Kuchen haben. Das galt für die mit guten Absichten genauso, wie für die mit den bösen. Das zeigte sich im Bau von touristischen Großprojekten, wie dem in Bayerisch Eisenstein. Das zeigte sich aber auch beispielsweise an Thorben Kraft. Wer weiß, ob der Junge noch leben würde, wenn es nicht so einfach gewesen wäre, Drogen zwischen den Grenzen hin- und herzuschieben. Gerade erst hatte Bender von den Auswüchsen einer synthetischen Droge gehört, bei denen sich die Süchtigen die Kleider vom Leib rissen und jeden in ihrem unmittelbaren Umfeld kannibalisch zerfleischten. Bender erschauerte. Menschen, die sich gegenseitig zerfleischen. Und: Wie lange würde es dauern, bis diese Krebsgeschwüre des Bösen hier Einzug halten würden? Und war es so, wie Breitschneider vermutete, hatte die osteuropäische Mafia die Finger im Spiel? Derart in schwarzen Gedanken versunken wäre er beinahe an der Straße, die von der Nationalparkstraße kurz hinter Spiegelau zur Racheldiensthütte abging, vorbeigefahren.

Wenig später saß er auf einer der grobschlächtigen Bänke, die sich zusammen mit den drei Hütten und dem kleinen Weiher, auf einer Lichtung inmitten des Waldes gruppierten. Der Gegenentwurf zu dem ekligen Auswurf der realen Welt. Für Bender war dies mehr als ein Hort der Ruhe, es war ein Kraftplatz, an dem er auftanken konnte. Der Passauer Kommissar war froh, dass die meisten Wanderer, die den Ort tagsüber belagerten, schon gegangen waren. Er blickte zur Eingangstür des kleinen Gasthauses und überlegte, ob er reingehen sollte. Doch er hatte es nicht eilig, andächtig lauschte er dem aufgeregten Zwitschern der Vögel und genoss das leise Plätschern eines Baches, der sich unweit von hier durch den Wald wand. Als Paul Freier aus dem Schankraum trat, blieb er kurz auf der obersten Stufe stehen und schenkte Bender ein angedeutetes Lächeln. Das war mehr, als er erwartet hatte, das war eine außergewöhnliche Sympathiebezeugung.

Er hatte den schweigsamen und beinahe weisen Wirt schon mehr als einmal besucht. Beinahe schien es Bender so, als käme er jedes Mal hierher zurück, wenn er nicht mehr weiter wusste. Wenn ihn der Alltag malträtierte und die Probleme übermächtig wurden. Paul Freier brachte die beiden Weißbiere, die er aus dem Schankraum mitgebracht hatte, an den Holztisch, an dem Bender saß, und stellte eines davon vor ihm ab.

Bender blickte auf den Schäferhundwelpen, der aufgeregt um den Tisch herumsprang und sah dann Freier an: „Wie lange schon?“, fragte er traurig, weil ihm bewusst wurde, dass einer fehlte. Bender grinste schief, er hatte sich nie vorstellen können, dass er einmal einen Hund vermissen würde. Doch dieser willensstarke und doch treu ergebene Hund, dem er stundenlang zugeschaut hatte, wie er gleichmütig das Geschehen um sich beobachtete, dem er den Kopf getätschelt und dafür ein entspanntes Knurren geerntet hatte, war nicht mehr da. Ein kleiner Riss ging durch das Idyll. „Hab ihn hinter dem Haus beerdigt, vor drei Monaten“, sagte Freier scheinbar ungerührt. Nur Bender wusste, was in seinem Gegenüber vorging.

„Naja“, ergänzte der Wirt der Racheldiensthütte mit Blick auf das kleine Knäuel, das übermütig um den Tisch herumsprang, „er lernt noch, das müssen wir doch alle.“

Bender nickte erst Paul Freier, dann dem kaum mit den Augen zu erfassenden Ziel zu und sagte lächelnd: „Er hat dein Temperament.“

Die beiden Männer sahen sich schweigend an und Bender

wünschte sich für einen Moment, dass seine Frau nur einmal in ihrem gemeinsamen Leben so in ihm hätte lesen können wie dieser Wirt.

Seine Frau, dachte Bender, ja, seine Frau. Wie sehr hatte er sie geliebt, liebte sie immer noch. Liebte die beiden gemeinsamen Kinder und war doch unfähig gewesen, das kleine Glück festzuhalten. Es war ihm aus den Fingern geglitten wie eine schleichende Krankheit, von der man nichts bemerkte, ehe es zu spät war. Er wusste jetzt, dass es Zeichen seiner Frau gegeben, sie ihn immer wieder angestoßen und angefleht hatte. Doch sein Ego war zu groß gewesen für die gemeinsame Liebe. Erst nachdem er seine Frau verloren, war ihm klar geworden, wie groß dieser Verlust war. Sie hatten sich inzwischen geeinigt, konnten miteinander reden, es gab sogar gemeinsame Abende. Doch jedes Mal, wenn Bender versuchte, den letzten Schritt zu gehen, den, der sie wieder aneinander geschweißt hätte, zog seine Frau zurück. Sie wollte, Bender korrigierte sich, sie konnte nicht mehr zu dem Punkt zurückkehren, an dem ihre Liebe begann. Was übrig blieb, war eine Freundschaft, die schön war, aber, und er setzte sich für einen Moment aufrecht hin: „Mir nicht genug ist!"

Bender spürte, wie sein Körper wieder schwer wurde, wie sich mit jedem Weißbier, das Paul Freier aus seinem Gastraum nach draußen brachte, die Sinne vernebelten. Doch war es nicht genau das, was er heute wollte? Schwer werden und vergessen? Wenn auch nur für den Moment. Er blickte ein letztes Mal auf den Welpen, der sich inzwischen neben seinem Herrn zusammengerollt hatte und sagte mehr zu sich selbst: „Raphael ist wieder da."

⊙

Kopenhagen war so sündig. Raphael erlitt große Qualen, während er Nyhavn passierte. Das Viertel, in dem früher die Huren und Mörder gehaust hatten. Heute war aus der einst sündigen Meile ein modernes Kneipenviertel geworden. Eine einmalige Mixtur aus Absacker gehobener Küche und Kulturevents. Die bunten Häuser entlang des Kais, der einmal Anlegeplatz des großen Handelshafens war, mochten dem unbedarften Betrachter wohl gefallen, für Raphael war dieser Ort nichts anderes als Werk des Satans. In seinen Augen wurde hier nach wie vor Unzucht betrieben und sich der Völlerei hingegeben: „Da ließ der Herr Schwefel und Feuer regnen vom Himmel herab auf Sodom und Gomorra (1. Mose 19, 24)“, stöhnte Raphael. Dann las er das Schild, das an der Tür der kleinen Bar stand, an der er schwer atmend stehengeblieben war:

Aushilfe gesucht, deutsche und englische Sprachkenntnisse erwünscht.

„Ich bin der Racheengel des Herrn“, lächelte Raphael und ergänzte: „Ich bin der Todesengel des Herrn.“

⊙

Als habe er verstanden, was Bender gerade erzählte, jaulte der kleine Hund, der zu Füßen Paul Freiers lag, kurz auf. Doch während das Tier anschließend seelenruhig weiterschlief, holte Paul Freier eine Flasche Hochprozentiges aus dem Schankraum. Mehr Gemütsregung war von ihm nicht zu erwarten, doch Bender wusste, dass auch er erschüttert war. Wenn ich doch nur meine Frau auch so gut verstanden hätte, waberte es für einen Moment durch seinen Kopf. Auf dem Tisch, an dem es sich die beiden Männer gemütlich gemacht hatten, flackerte inzwischen eine Kerze, die mit der lauen Brise dieses Frühsommerabends tanzte. Das idyllische Bild passte ganz und gar nicht zu den schwarzen Gedanken, die bedeutungsschwer in der Luft hingen.

„Und zu allem Überfluss“, sagte Bender, nachdem er das, was er aktuell von Raphael wusste, erzählt hatte, macht mir dieser neue Fall zu schaffen.“

Paul Freier wusste, was in den Zeitungen gestanden hatte und natürlich alles, was das Volksmaul darüber verbreitete. Er sagte nichts.

Bender schon: „Ja, geht mir auch so, ich werde aus dem Fall nicht schlau. Erst wird ein Bauunternehmer aus größerer Entfernung mit einer Waffe erschossen, die im Bayerischen Wald garantiert nichts verloren hat. Dann richtet sich sein Sohn selbst. Und während die Allgemeinheit glaubt, den Fall damit zu den Akten legen zu können, stirbt wenig später eine dritte Person. Diesmal ein Politiker. Gleiche Waffe wie beim ersten Mord, wieder aus großer Entfernung abgefeuert und wieder in aller Öffentlichkeit. Ich verstehe das nicht. Ich kann kein Motiv fassen, was ist da los?" Bender sah Freier fragend an. Der hob achselzuckend die Arme. „Mich brauchst da nicht zu fragen. Ich bekomme zwar mit, was die Leute hier vor der Hütte reden oder mir daheim im Dorf erzählen, aber was die große Politik betrifft, tut mir leid, keine Ahnung."

„Genau das ist der Punkt: Geht es hier um die große Politik, gibt es mächtige Hintermänner, die irgendetwas verhindern wollen, beispielsweise dieses Tourismusprojekt? Meine Bullennase sagt mir, dass etwas anderes dahinter stecken muss." Obwohl er einen gewaltigen Drang verspürte: Vom Gespräch mit dem BKA-Mann zu berichten, konnte er sich nicht durchringen. Stattdessen sagte er: „Wie auch immer, am liebsten wäre es mir, es würde schnell gehen, Du weißt ja, wem ich dann am liebsten auf die Zehen steigen würde."

„Deinem geisteskranken Gottesrächer."

„Genau."

Bender lehnte sich zurück und verschränkte die Arme vor der Brust. Es war kühl geworden. Der Alkohol wärmte ihn zwar, aber durch Schuhe und Socken schlich die feuchtkalte Luft nach oben.

„Paul, ich rauche zwar seit fast 15 Jahren nicht mehr, aber für eine Zigarillo könnte ich jetzt glatt auf den nächsten Schnaps verzichten."

Nachdem die kleine Braune brannte, blickte Freier in Benders Augen, die trotz der Dunkelheit immer dann deutlich sichtbar wurden, wenn Bender einen tiefen Zug nahm, weil die heller glimmende Glut den Schatten aus seinem Gesicht nahm.

Weißbier und Waidler-Schnaps ließen Benders Gedanken bereits langsamer werden, aber noch war er Herr seiner Sinne.

„Du hast gerade noch etwas Wichtiges gesagt.“ Freier nickte, als wüsste er, was Bender meinte.

„Du hast gesagt, die Leute hier und in deinem Dorf erzählen dir Dinge, flüstern dir die stille Post zu, die sich lautstark in jeder Gemeinde verbreitet. Mir erzählen sie nur, was sie unbedingt müssen. Wenn ich offiziell werde, meinen Dienstausweis zücke, scheint ein Schweigegelübte auf ihnen zu liegen. Sag bloß dem Bullen nix, gibt nur Schwierigkeiten.“

Wieder nickte Paul Freier, diesmal zufrieden. Sein Freund Ralf würde von ganz alleine darauf kommen, was er tun musste.

„Wie immer hast du Recht, Paul, ich brauche einen Verbündeten, einen, der für mich das Ohr an den Leuten hat.“

Bender trank den Schnaps, der vor ihm stand, mit einem Ruck aus und goss einen Schluck Weißbier hinterher. Er drückte den ausgerauchten Stumpen im Aschenbecher aus, setzte sich auf, stütze den Ellenbogen auf und hielt seine Hand hoch. Der Zeigefinger reckte sich in den Nachthimmel:

„Manu können wir vergessen, der treten die Leute genauso misstrauisch gegenüber wie mir. Einer der Polizeibeamten vor Ort? Da fallen mir zwei ein.“ Daumen und Zeigefinger reckten sich in die Höhe. „Können wir auch vergessen. Die tun ihren Dienst, aber mit dem Passauer Kriminaler werden die auch nicht so warm, dass das eine gedeihliche Zusammenarbeit wird. Bleibt der Landrat“, Bender hatte Mühe den Ringohne den kleinen Finger abzuspreizen. Freier sah sein Gegenüber interessiert an.

„Nein, den können wir auch vergessen. Der läuft nicht mehr

ganz rund. Der ist außerdem irgendwie in die Sache verstrickt." Bender hob entschuldigend die Arme. Auch wenn er nicht glaubte, dass Graumüller direkt etwas mit dem Fall zu tun hatte, so war er doch allein durch seine Anwesenheit bei den Morden zu sehr angeschlagen, um ein guter Ratgeber zu sein. Freier nickte wieder und sah Bender gespannt an.

Bender, der sich eine weitere Zigarillo angezündet hatte, zeigte im Schein der Glut seine ganze Hand und sagte: „Dann gibt es nur einen, den ich fragen kann und das ist der Letzte, von dem ich mir jemals Hilfe erwarten würde."

Paul Freier streichelte zufrieden den Kopf seines Hundes und nickte ein letztes Mal.

⊙

Es roch nach Sünde, Raphael bemerkte es sofort, als er die Tür öffnete. Rauch, Alkohol, Schweiß, billiger Sex – all das roch er, noch bevor er die Bar betreten hatte. Es waren kaum Gäste da, hinter der Theke wischte ein Kerl im weißen Hemd, schwarzer Hose Cocktailgläser mit einem weißen Tuch aus. Er trug über das Kinn einen dünnen Bartstreifen, der von der Unterlippe bis beinahe zum Hemdkragen reichte. Regelmäßig wischte er sich mit der rechten Hand die Haare aus der Stirn, was Raphael anekelte, weil damit immer wieder auch der Putzlappen durch die öligen Strähnen strich. Schnell stellte sich heraus, es war der Ladenbesitzer. Ove Mikkelsen.

„Ich könnte sofort anfangen", sagte Raphael und legte das Schild mit dem Stellengesuch auf den Tresen, das er von der Eingangstüre abgenommen hatte.

Wortlos stellte ihm der Wirt ein leeres Longdrinkglas hin, nahm einen kleinen Zettel und notierte darauf: „R.I.P.". Er schob Raphael den Zettel hin. Was wollte er ihm damit sagen? Raphael war verwirrt, doch dann deutete der Wirt auffordernd mit dem Kopf in Richtung Schnapsregal. Jetzt erst begriff Raphael. Er war schon mitten im Bewerbungsgespräch. Er sollte einen Longdrink machen. R.I.P. – ein Höllengesöff, wie Raphael fand. Es machte die Menschen zu willfährigen Opfern, sie vergaßen sich, wurden obszön davon, vulgär, ordinär, triebhaft. Raphael verabscheute diesen Drink. Der Wirt wusste, was er von Raphael forderte, und dieser begriff es sofort: Ein Drink, der selten bestellt wird, außergewöhnlich ist und bei dem es darauf ankommt, richtig zu dosieren, um ihn wirklich zu einem Geschmackserlebnis werden zu lassen.

Raphael warf ein paar Eiswürfel in den Shaker, Wodka, Gin, Tequila, Triple Sec, etwas Grenadine, Säfte. Er schüttete den Drink mit feinem Schwung in das Longdrinkglas mit gecrushtem Eis, dekorierte das Ganze mit einer Limetten- und einer Orangenscheibe. Wortlos schob er den fertigen Drink dem Wirt hin. Der probierte kurz, fuhr sich mit der Zunge über die Lippen – und schüttete das Getränk dann in den Ausguss.

„Du kannst morgen anfangen. 18 Uhr."

Bewerbung bestanden.

Als Raphael die Bar wieder verließ, sah er in einer etwas versteckten Ecke ein knutschendes Paar. Sie hatte ihre Hand allzu deutlich im Schritt des Mannes, und auch er fingerte unter dem kurzen Rock herum.

Oh Herr, wie sehr willst du mich prüfen. „Denn alles, was in der Welt ist, des Fleisches Lust und der Augen Lust und hoffärtiges Leben, ist nicht vom Vater, sondern von der Welt. Und die Welt vergeht mit ihrer Lust; wer aber den Willen Gottes tut, der bleibt in Ewigkeit." (1. Johannes 2, 16-17)

Es würde eine harte Prüfung werden, inmitten der Sünde zu arbeiten. Es würde ihn viel Kraft kosten, die Unkeuschheit, die Verderbtheit und das Abscheuliche des Menschen zu übersehen. Er musste stark sein, musste. Die Polizei in Schweden hatte längst die Fühler in Richtung Passau ausgefahren, das wusste Raphael. Also musste er vorsichtig sein.

Doch wie soll das gehen? Herr, gib mir die Kraft, denen zu verzeihen, die fehlen. Sie sind Sünder und deiner nicht würdig. Herr, vergib ihnen. Und wenn du mich rufst, ich bin Raphael, der Racheengel des Herrn.

6

Als Bender am nächsten Morgen wach wurde, bemerkte er zuallererst das fürchterliche Dröhnen in seinem Kopf. Er machte die Augen auf und sah sich um. Wie er in das Gastzimmer der Racheldiensthütte gekommen war, wusste er nicht mehr. Die harte Holzbank, auf der er lag, hatte seine Glieder steif werden lassen. Er fror. Der Grund dafür lag auf dem Boden. Dorthin hatte er wohl die Decke, die ihm Paul übergeworfen hatte, im Laufe der Nacht hin befördert. Er blickte auf die Uhr: 5.30 leuchtete ihm entgegen. Bender orientierte sich, soweit ihm das im Moment möglich war. Er richtete sich auf, musste husten, dann wurde ihm übel. Etwas wackelig auf den Beinen ging er zum Klo. In der Küche fand er eine Kaffeemaschine. „Paul, du Mutter der Nation“, murmelte er, als er feststellte, dass er nur noch auf den Knopf zu drücken brauchte. Er hörte dem Gurgeln der Kaffeemaschine zu und spürte, wie der Duft der Bohnen seine Lebensgeister zurückholte. „Grüner Tee wäre mir lieber gewesen“, frotzelte er in den Frühnebel, während er vor der Tür stand und den kalten Morgen genoss.

Nachdem er die Kaffeetasse sorgsam abgespült und an ihren Platz zurückgestellt hatte, verließ er das Ausflugslokal durch die Hintertür. Er sperrte ab und platzierte den Schlüssel an dem Versteck, das ihm Paul Freier verraten hatte. Er war schon fast bei seinem Wagen, als er noch einmal umdrehte und hinter das Haus blickte. Er wünschte dem Hund, der dort unter einem einfachen Holzkreuz begraben lag einen schönen Tag auf den Himmelswiesen und machte sich auf, den vielleicht einzigen Mann zu besuchen, der ihm in diesem Fall entscheidend weiterhelfen konnte.

⊙

Willi Bald war 43 Jahre alt, hatte an der Universität in Regensburg studiert, arbeitete eigenen Angaben zufolge als

„Head of Public“ bei einer großen Versicherungsgruppe und liebte Lammkeule mit Rosmarinkartoffeln.

Willi Bald war nur ein Pseudonym und es schien, als würde der Mann einer Unsitte vieler Facebook-Nutzer folgen, seinen Rufnamen in Vor- und Nachnamen aufzuspalten. Willi Bald hieß aber nicht Willibald. Er sorgte auf facebook für Furore und manche beneideten ihn beinahe um die Idee, aus der Mordserie im Landkreis Regen eine Facebook-Gruppe zu machen. „Forum Mord Regen“ nannte er seine Gruppe schmucklos – und rief dazu auf, eine „knackige“ Facebook-Diskussion über die Mordserie zu starten.

Es dauerte keine 24 Stunden, da war die Kunde von der Gruppengründung offensichtlich im gesamten Landkreis – und darüber hinaus – herum. 1259 Mitglieder. Willi Bald saß an seinem Computer, lehnte sich gemütlich zurück und las die Kommentare. Nur manchmal, ganz selten, kommentierte er selber. Er hielt sich zurück. Willi Bald war eher der stille Beobachter.

Die ersten Posts waren harmlos – wie zu erwarten war: „Schlimm, dass so etwas bei uns passiert“ oder „voll dof die sach. wer macht den sowas“ und andere sinnreiche Abhandlungen über den Schrecken des Mordes. Irgendwann wurde es dann aber schon deutlicher.

„Sollen die sich doch abschießen, die Groskopferten. Um keinen ist schad“, ließ beispielsweise ein Franz Heller wissen.

„Was gehts uns an, wenn die oberen 10000 weggeballert werdn? zeit wirds, das die kapiern, das si was ändern muss.“ Claudia Roth hieß die Dame, die das von sich gab, was Willi Bald immerhin ein kurzes Zucken der Augenbrauen abrang – das Profilbild verriet allerdings schnell, dass es nicht die Claudia Roth war.

Willi Bald hatte alle Hände voll zu tun, die Posts zu lesen und einzuordnen, denn er versuchte, jedem der Nutzer ein eigenes Profil zu geben.

Er war auf der Suche, wenn er auch selbst nicht genau

wusste, wonach. Wenn er nicht schlief, aß oder auf dem Klo saß, dann hockte er vor dem Computer, immer online.

⊙

Franz Schaller hatte schnell Wind bekommen von der neuen Facebook-Seite, in der es um die Mordserie ging. Ohne es zu wissen saß er nur einen Steinwurf von Willi Bald entfernt ebenfalls gebannt vor dem Bildschirm. Er erhoffte sich Erkenntnisse, mit denen er bei Bender punkten konnte. Doch es war ein Geduldsspiel.

„Fragen die Bullen auch mal den Landrat? Was hat er damit zu tun?“, stellte Doris Lala die Frage. Und Ben Ben antwortete postwendend: „Sind doch alle nicht sauber..., wenn du verstehst.“

Lala entfachte mit ihrer Landrat-Frage einen Thread, bei dem innerhalb kürzester Zeit über 100 Kommentare zu lesen waren. Sie reichten von „lass doch den armen Graumüller in Ruhe der hats eh hart genug“ bis hin zu „möchte gerne wissen was der für ne Leiche im Keller hat“.

„Graumüller“, notierte Schaller, der wohl wusste, dass Bender und Manu schon öfter mit dem Landrat gesprochen hatten. Aber hatten sie ihn auch im Verdacht?

⊙

Benno Seifeld war gerade dabei, die Mails auf seinem Computer zu checken, als seine Redaktionssekretärin den Kopf zur Tür hereinsteckte.

„Da draußen steht ein Kommissar, der will mit dir sprechen.“

„Bender“, sagte Benno Seifeld und nickte.

„Hallo Ralf“, sagte der Regener Redaktionsleiter, als Bender hereinkam.

„Hallo Benno, ich wusste gar nicht, dass Schreiberlinge schon so früh in ihrem Büro sitzen.“

„Und du siehst aus, als hätten dir ein paar Stunden mehr Schlaf gutgetan."

„Das ist wohl wahr", und noch bevor Bender darum bitten konnte, kam die Sekretärin schon wieder zurück. Auf dem Tablett, das sie trug, standen neben zwei Haferl Kaffee auch eine Flasche Mineralwasser und zwei Gläser, wie der angeschlagene Kommissar dankbar bemerkte.

„Hab ihr vielleicht auch Aspirin da?"

„Kommt sofort", flötete Rita und war schon wieder zur Tür raus.

„Zwei bitte", rief ihr Bender hinterher.

„Na, das war ja wohl eine wilde Nacht", schmunzelte Benno.

Ein Gespräch unter alten Freunden, hätte ein Außenstehender die Situation bewertet. Doch beiden Männern war klar, dass es sich um eine ganz außergewöhnliche Situation handelte, die sie ausgerechnet ihrem größten Feind zu verdanken hatten. Bender hasste Journalisten, vor allem das, wofür sie standen. In seinen Augen hatten sie irgendwann ihren Platz als Berichterstatter und Kommentatoren verlassen, waren zu blutrünstigen Bestien verkommen, die für die Quote oder Auflage alles taten, jedwede Empathie oder Rücksicht fallen ließen. Das war diesmal nicht anders als beim letzten Mal, als der Wahnsinn den Bayerischen Wald regierte. Bender machte keinen Unterschied mehr zwischen dem Boulevard und den Medien, die sich Seriosität auf die Fahnen schrieben. Die agierten nur mit schöneren Worten aber ebenso unerbittlich. Das Schicksal, der Fall Raphael, hatte ihn ausgerechnet mit Benno Seifeld, einem Journalisten, verknüpft. Beide waren nur knapp dem Tod entkommen und hatten daraufhin ein Vertrauensverhältnis aufgebaut, das Bender niemals für möglich gehalten hätte.

Jetzt saß der Kommissar vor Benno Seifeld und sah zu, wie sich die Kopfschmerztabletten mit einem lebendigen Sprudeln im Wasser auflösten.

„Also Ralf, was gibt es, was kann ich für dich tun?"

Bender kippte die heilende Flüssigkeit hinunter und sah Benno nachdenklich an. Dann begann er, sein Anliegen vorzutragen.

⊙

Nachdem Bender gegangen war, kaute Benno nachdenklich auf einem Bleistift herum. Er wunderte sich einerseits, dass Bender ihn um Hilfe gebeten hatte, bewunderte aber gleichzeitig dessen Selbsteinschätzung. Der Kommissar hatte ganz offen und ehrlich zugegeben, dass er und seine Leute innerhalb der Bevölkerung auf große Ablehnung stießen. Es war kaum etwas herauszubekommen aus den störrischen Waidlern. Auch wenn er sie als absolut tolerant und oftmals geradezu gleichmütig kennengelernt hatte, Detailwissen plauderten sie gegenüber Fremden – und sei es auch die Polizei – lieber nicht aus. Benno war dagegen einer von ihnen. Zwar keiner aus dem Landkreis, aber aus der direkten Nachbarschaft. Außerdem gab es ein wichtiges Kontrollorgan, nämlich die Zeitung selbst. Benno Seifeld hatte in seiner kurzen Zeit als Redaktionsleiter bereits unter Beweis gestellt, dass er mit Informationen umgehen konnte. Er hielt sich an Abmachungen, setzte da und dort eine Spitze, die nicht immer gefiel aber dennoch niemanden bloßstellte. „Der ist schon in Ordnung", hieß es an den Stammtischen. Das war das Passwort in die Herzen der Bevölkerung. Benno wiederum wusste, Bender würde dies nicht leichtfertig ausnutzen. Er hatte ihm das Leben gerettet, das wäre für sich Verpflichtung genug gewesen. Aber er spürte auch, dieser meist schlechtgelaunte Kommissar hegte keine hinterhältigen Gedanken. Er würde das, was er ihm erzählte, mit der gleichen Sorgfalt behandeln, wie er es tat. Und so wiederholte Benno in Gedanken, was er wenige Minuten zuvor zu Ralf Bender gesagt hatte: „Ich werde Augen und Ohren offenhalten. Und wenn ich dir weiterhelfen kann, jederzeit gerne."

7

Auch in den Tagen nach der gescheiterten Polizeiaktion war Hans Feilmeier nicht aufgetaucht. „Wahrscheinlich ist er hinter irgendeinem Baum gehockt und hat sich kaputtgelacht, während wir die Pension auf den Kopf gestellt haben“, sagte Bender zu Manu.

„Ja, wahrscheinlich, und wenn wir Pech haben ist er längst über alle Berge.“ Sie wusste nicht, wie nah sie an der Wahrheit lag.

„Das hätte dann wenigstens den Vorteil, dass es nicht noch mehr Leichen gibt“, sagte Bender. Die Fahndung lief auf Hochtouren, doch die beiden Kommissare waren zu relativer Untätigkeit verdammt. Sie gingen einigen anderen Spuren nach, zum einen, weil Bender nicht riskieren wollte, dass die Soko Gabriel – es schüttelte ihn immer noch beim Gedanken an diesen außergewöhnlich bescheuerten Einfall, die Einsatztruppe so zu bezeichnen – eingestellt wurde. Es kribbelte, nein es rumorte in Benders Magengegend, er wusste es war noch nicht vorbei. Natürlich hätte Dr. Gundula Moosbacher keinen Cent auf seine körperlichen Alarmzeichen gegeben. Bender hatte das Gefühl, sie folgte einem inneren Zwang, anderer Meinung als er zu sein. Und das obwohl er meistens Recht hatte. Sie haben doch einen Verdächtigen, diesen Feilmeier, wozu brauchen wir da noch eine Soko?, hörte er sie fragen. Also musste er aktiv bleiben, Spuren verfolgen und Verdächtige aufscheuchen. Die Soko musste bestehen bleiben. „Es ist noch nicht vorbei“, vollendete er seinen Gedankengang und sah die Leute, die um den Tisch im Besprechungsraum saßen, an.

„Der Feilmeier ist immer noch nicht aufgetaucht. Kein Flughafen, kein Bahnhof, keine Autobahnauffahrt, nichts. Wir haben sogar einen Verleih ausfindig gemacht, bei dem er sich ein Auto besorgt hat. Er hat es in Deggendorf abgestellt und die Schlüssel an die Firma zurückgeschickt. Die haben es dann gemeldet, weil er ihnen für die Abholung noch Geld schuldet.“

Bender sah den Kollegen an: „Gut, aber das bringt uns auch nicht weiter, wir wissen ja, dass er sich hier aufgehalten hat. Hat uns die Familie noch irgendetwas erzählt, was uns weiterhelfen könnte?“

Manu schüttelte den Kopf: „Die Kraft haben sie in der Klinik zwar wieder soweit nüchtern bekommen, dass sie einen einigermaßen klaren Kopf hat. Ich weiß allerdings nicht, ob das so von Vorteil ist. Seit sie das ganze Ausmaß der familiären Katastrophe begriffen hat, weint sie den ganzen Tag. Die Ärzte mussten sie bereits mehrfach ruhigstellen.“

„Und die Hartwigs?“

„Die leben in stiller Trauer und schwören Stein und Bein, dass sie keine Ahnung haben, wo Feilmeier stecken könnte. Und bei dem, was die Schwestern ihrem Bruder angetan haben, glaube ich das sogar.“

Bender griff nach einem seiner geliebten Bauernkrapfen und freute sich für einen Moment, dass sich seine Gewohnheiten soweit rumgesprochen hatten, dass auf dem Tisch im Besprechungsraum jetzt stets ein paar Aus'zogne in seiner Reichweite standen und auch der Grüne Tee nicht ausging. Er biss herzhaft zu und spülte die weichgekaute Masse mit einem tiefen Schluck nach. „Schlechte Laune heute“ stand auf dem Haferl, das ihm Manu einmal mit einem süffisanten Lächeln zum Geburtstag geschenkt hatte. Er mochte die Tasse. „Was ist eigentlich mit dieser Tochter von Kraft, Solveigh hieß sie, oder?“

„Studiert in Passau, ist aber seit Tagen nicht dort aufgetaucht. Wir haben ihre Freunde gefragt, die haben sie auch nicht gesehen. Einer Freundin hat sie mal erzählt, dass es da so eine Hütte im Bayerischen Wald gibt, in der sie sich gerne vor der Welt versteckt.“

„Eine Hütte im Bayerischen Wald, na prima, da wird uns wohl auch Herr Oberschlau Schaller mit seinem Computer nicht weiterhelfen können“, brummte Bender. Der Angesprochene bemerkte das versteckte Lob, richtete die Schultern kaum merklich auf und antwortete: „Ich kann es ja mal versuchen."

„Wenn du meinst, probiere es. Ich verlasse mich lieber auf die altmodische Methode." Bender wies ein paar Beamte an, nach versteckten Hütten zu fragen.

„Ich glaube, Förster und Waldarbeiter wären ein guter Anlaufpunkt", sagte Schaller und hielt Bender einen Zettel hin, auf dem er die Telefonnummer des Forstamts notiert hatte.

„Wenn er nicht so ein verdammter Blödmann wäre, könnte noch ein richtig guter Polizist aus ihm werden", sagte Bender, als er mit Manu alleine am Tisch saß. Schaller hatte sich mit den Kollegen auf die Suche nach der Waldhütte begeben. Es konnte ja immerhin sein, dass sich Feilmeier dort versteckt hielt.

Bender wollte nach dem dritten Krapfen langen, aber als sich seine Kollegin unauffällig über ihren durchtrainierten Bauch strich, als wolle sie etwas sagen, ließ er ihn mit einem Murren wieder fallen. „Eine Zigarillo wäre mir jetzt sowieso lieber", sagte er.

Manu fürchtete, sie hätte ihren Chef verärgert, weil er ganz plötzlich in Schweigen verfallen war und die Tischplatte anstarrte. Doch Bender war nicht sauer, er grübelte und ließ Manu anschließend wissen, woran: „Der Feilmeier war doch der Lieblingsonkel von Thorben Kraft." Manu sah Bender gespannt an.

„Bei der Beerdigung war er nicht dabei. Aber ich möchte wetten, dass er sich von seinem Neffen verabschieden will. Wenn er es nicht schon getan hat. Also könnte es doch gut sein..."

Bender brach ab und eilte aus dem Zimmer. Er musste nicht mehr sagen. Manu war klar, was er meinte.

⊙

Auf dem Weg zum Friedhof rief Schaller an: „Wir haben die

Hütte gefunden. War kein Problem, so geheim war die wohl gar nicht. Zumindest nicht, seit Thorben Kraft dort die eine oder andere Party gefeiert hat."

Schaller informierte seine Kollegen, dass man die Hütte unauffällig einkreisen sollte. „Zugriff nur, wenn die Gefahr besteht, dass Solveigh Kraft oder Feilmeier abhauen, hat Bender gesagt. Wir sollen bis zu seinem Eintreffen warten."

Beinahe zeitgleich erreichten beide Trupps ihr Ziel. Bender stieg aus dem Wagen aus und betrat den Friedhof. Manu sollte den Ausgang sichern, obwohl er nicht glaubte, dass Feilmeier flüchten würde.. Einige Kilometer weiter beobachteten fünf Beamte die kleine Hütte. Plötzlich kam Solveigh Kraft zur Tür heraus. Die will abhauen, schoss es Schaller durch den Kopf. „Zugriff", brüllte er.

Bender erreichte das frische Grab von Thorben Kraft. Der Mann, der mit gesenktem Kopf davor stand, hörte seine Schritte auf dem Asphalt und sagte: „Ah, Herr Kommissar, ich habe Sie schon erwartet." Und dann trat ein zweiter Mann hinter einem Baum hervor.

⊙

„Eine Anzeige wegen unverhältnismäßiger Gewaltanwendung bei einer Verhaftung, Franz, du bist echt sowas von bescheuert." Schaller stand mit gesenktem Kopf in der Passauer Polizeidirektion und ließ den Kopf hängen. „Vor allem, weil das Mädchen völlig unschuldig ist."

„Aber...", protestierte Schaller, immerhin hatte er Hinweise gefunden, dass sich eine weitere Person in der Hütte aufhielt. Diese Solveigh hatte den Mörder gedeckt.

Manu hob drohend die Hand: „Halt bloß die Klappe und mache es nicht noch schlimmer, als es ohnehin schon ist." Beide schauten durch den von der anderen Seite blickdichten Spiegel in dem Bender, Feilmeier und sein Anwalt saßen. Und Dr. Gundula Moosbacher, die darauf bestanden hatte, dass das

Verhör in Passau auf ihrem Terrain stattfinden sollte. Vor der Staatsanwältin lagen die beiden Aktenordner, die man in der Pension in Feilmeiers Zimmer gefunden hatte.

⊙

Feilmeier musste nicht mit ausgefeilten Verhörtechniken zum Reden gebracht werden. Er plapperte im Gegenteil wie ein Wasserfall, sah ab und zu seinen Anwalt an, der daraufhin nickte und redete weiter. Er bestätigte, dass die Ordner ihm gehörten und er machte auch keinen Hehl daraus, dass er seine beiden Schwager gehasst hatte. Schließlich hätten diese ihn aus dem Leben seiner Schwestern gedrängt und ihn auch noch übervorteilt. Die geldgeilen Aasgeier hätten dafür gesorgt, dass er bei der Erbschaft weitgehend leer ausging. Und dann habe er in den kanadischen Rocky-Mountains gehockt, monatelang auf den Lake Waterton geglotzt, habe erst Rache geschworen und dann überlegt, wie er diese in die Tat umsetzen könne. Irgendwann habe ihm die Weite des Landes die Brust zugeschnürt, es zog ihn zurück in die Heimat. Ja, er wollte seine beiden Schwager fertigmachen, aber er habe sie nicht umgebracht. Nachdem Dr. Moosbacher die obligatorische Frage nach einem Alibi gestellt hatte, sagte Feilmeier:

„Beim ersten Mord bin ich nur durch den Wald gestreift, da hat mich wahrscheinlich niemand gesehen." Ein triumphierendes Lächeln huschte über das Gesicht der Staatsanwältin, das allerdings sogleich zu einem schiefen Grinsen wurde, als Feilmeier sein Alibi für den zweiten Mord abgab.

„Ich war mit meiner Schwester und einem Makler in Regen. Wir haben uns ein kleines Häuschen angesehen, das ich mir, besser gesagt, das meine Schwester für mich kaufen will."

Bender blickte in die Augen des Anwalts, der eine Zufriedenheit ausstrahlte, die Jähzorn in ihm aufkeimen ließ.

„Welche der beiden denn?", sagte er zu Feilmeier, ohne den Anwalt aus den Augen zu lassen.

„Gertraud, Heidrun ist zu so etwas ja gar nicht mehr in der Lage. Auch wenn man über Tote nichts Schlechtes sagen soll, der Severin war ein besonderes Exemplar eines Scheißkerls. Hat die ganze Familie tyrannisiert und seinen Sohn in den Tod getrieben. Und Heidrun: Die saß im Goldenen Käfig an der kurzen Leine. Über eigenes Geld konnte die doch gar nicht mehr verfügen. Er hat sie mental gebrochen. Das hat sie nicht verkraftet und sich ins Vergessen gestürzt. Geschieht ihm recht, dass er tot ist."

„Ach was!? Da hat uns die saubere Familie Hartwig aber gründlich angelogen", sagte Manu hinter dem Spiegel mehr zu sich selbst als zu Schaller.

Bender, der die ganze Zeit keinen Grund gesehen hatte, sich ins Gespräch einzumischen, staunte jetzt, dass Moosbacher ihre Arroganz, mit der sie sonst ihr Umfeld traktierte, wegließ.

„Na gut, Herr Feilmeier, Sie werden verstehen, dass wir das alles überprüfen müssen, so lange können wir sie nicht gehen lassen."

Der Anwalt, der, wie Bender jetzt auffiel, auch die ganze Zeit kein Wort gesagt hatte, lächelte zufrieden. Oder lächelte er etwa verliebt? Als sie den Raum verließen, wurde Bender klar, dass er sich nicht geirrt hatte. Die Staatsanwältin warf dem Anwalt ebenfalls verliebte Blicke zu.

„Der Eisblock hat menschliche Gefühle", sagte Bender zu Manu, nachdem Moosbacher weg war und er von seinen Beobachtungen erzählte.

Manu gluckste: „Eifersüchtig?"

„Ja genau, und wie!"

Dann wendete er sich an Schaller: „Du hältst in Zukunft die Füße still, verstanden. Mach deine Arbeit am Computer, der Rest geht dich nix an. Was ist nur in dich gefahren, dich so aufzuführen? Hoffentlich bekommen wir dich da mit einem blauen Auge raus."

Schaller wollte etwas sagen, doch Manu funkelte ihn nur böse an. Und sie hatte Recht, es war besser, die Klappe zu halten. Bender konnte ein echt ekelhafter Chef sein, wenn es aber darum ging, sich schützend vor seine Leute zu stellen, war er unübertroffen.

„Dann wollen wir mal der Hartwig auf den Zahn fühlen, oder?"

Bender nickte, während er mit seinen beiden Kollegen wieder in den Wagen stieg. Doch sie bekamen einen ganz anderen Auftrag.

⊙

Korbinian Breit war Bauunternehmer Nummer drei. Ein Emporkömmling, darüber wären sich Kraft und Schäffler ausnahmsweise einmal einig gewesen. Ein durchtrainierter Enddreißiger, der nicht rauchte, kaum Alkohol trank und für den Joggen und Radfahren der sportliche Ausgleich zum stressigen Alltag waren. Er hatte zusammen mit seinem Bruder in Cham das Baugeschäft des Vaters geerbt. Und weil die beiden Brüder unterschiedlicher nicht hätten sein können, verließ Breit Cham und ließ sich in Regen nieder. Er hatte der Oberpfälzer Heimat nicht im Streit den Rücken gekehrt. Im Gegenteil, er wollte genau dies verhindern. Korbinian Breit war einer der wenigen Menschen, die überall ankamen. Man mochte ihn einfach. Seine Angestellten, Behördenmitarbeiter, Geschäftspartner oder Kunden: Wo er auftauchte, erzeugte er nichts als Sympathie. Einzig auf Schäffler und Kraft hatte er nicht diese Wirkung und es gab offensichtlich noch einen Menschen, der ihn nicht mochte, denn: Korbinian Breit lag mit eingeschlagenem Schädel in seinem Büro.

⊙

„Wer hat uns denn verständigt?", fragte Bender seine Kollegin, die neben ihm auf dem Beifahrersitz saß.

„Die Putzfrau."

„Ok, dann sag jetzt den Leuten in Zwiesel Bescheid, dass sie bei der Hartwig nach Feilmeiers Alibi fragen und warum sie uns angelogen hat. Und bei dem Lohmeier sollen sie auch nochmal auf den Zahn fühlen. Vielleicht gibt es Zusammenhänge zwischen den Toten, zum Beispiel in puncto Arbeitsplatz."

„Aber wozu denn noch den Feilmeier kontrollieren, wenn wir schon wieder einen Toten haben, diesmal kann er es ja kaum gewesen sein", sagte Schaller aus dem Fond des Wagens.

„Schaller...", begann Bender, war aber froh, dass Manu übernahm.

„Dieser Typ wurde erschlagen, nicht erschossen, andere Vorgehensweise, also könnte es auch ein anderer Täter sein, verstanden?"

Schaller lehnte sich im Sitz zurück ohne ein weiteres Wort zu sagen.

Wieder schwappte dieses ungute Gefühl in ihnen nach oben, als sie auf der B85 an der Ausfahrt Grafenau vorbeifuhren. Doch diesmal wollte es bis Regen nicht weichen. Schließlich entwickelte sich der aktuelle Fall ebenso dramatisch wie es der in Grafenau getan hatte.

Und wieder stellte Bender sich die Fragen, die er in der Säumerstadt vor einigen Monaten tausendmal vor sich hingeflüstert hatte: „Wer bist du? Warum tust du das?"

⊙

„Verdammt, uns gehen wieder mal die Verdächtigen aus", schimpfte Manu.

Bender nickte.

„Genau, und wer zum Teufel erschlägt einen Bauunternehmer, der so beliebt war, dass er mir schon wieder unsympathisch ist? Doch wohl nur jemand, der etwas davon hat."

„Und was?"

„Na, zum Beispiel einen Konkurrenten weniger im Kampf um die Jahrhundertbaustelle."

„Also Schäffler!"

„Zumindest denkbar. Obwohl ich nicht glaube, dass der so einen Fehler macht, außer..."

„Außer ...?", fragte Manu.

„Vielleicht haben sie Streit bekommen und er hat im Affekt zugeschlagen. Das ist zwar alles ein bisschen dünn, aber möglicherweise finden wir ja am Tatort was. Und den Schäffler knöpfen wir uns auf jeden Fall vor."

Als sie am Bürogebäude von Korbinian Breit ankamen, war die Messe schon beinahe gelesen. Die Spurensicherung packte gerade ein und nachdem die Kommissare den obligatorischen Blick auf die Leiche geworfen hatten, konnte sie in der Metallbox rausgebracht werden. Ein Mann der Spurensicherung hielt Bender die mutmaßliche Tatwaffe mit den Worten hin: „Stumpfer Gegenstand und auch die Blutspuren sprechen eine deutliche Sprache. Wir haben Fingerabdrücke darauf gefunden, die nicht vom Opfer stammen."

Ein Golfschläger, dachte Bender, wie stilvoll. Er bemerkte neben dem Schreibtisch außerdem das künstliche Golfloch, mittels dem passionierte Golfer während der Bürozeit versuchten, ihr Handicap zu verbessern.

„Die Fingerabdrücke des Unbekannten sofort zu mir auf den Tisch", grantelte Bender den Kollegen der Spurensicherung an.

„Zu Befehl", maulte der zurück.

Irgendwie, dachte Bender, konnte er besser überlegen, wenn er schlechte Laune hatte.

Er ordnete an, Schäffler vorläufig festnehmen zu lassen.

⊙

Zwei Stunden später saß Schäffler im Verhörzimmer der Soko Gabriel. Doch er ließ sich durch nichts aus der Ruhe bringen, auch wenn er kein Alibi vorzuweisen hatte, weigerte er sich, irgendetwas zu sagen, geschweige denn ein Geständnis in irgendeiner Form abzugeben. „Ich werde jetzt überhaupt nichts mehr sagen, bevor mein Anwalt nicht zugegen ist.“

Bender konnte diesen scheiß Satz nicht mehr hören und doch nichts dagegen tun. Magensäure drängte sich schmerzhaft durch die Speiseröhre nach oben; er verzog das Gesicht. Seine Laune wurde auch nicht besser, als irgend so ein Anwaltschnösel in schwarzen Lackschuhen und viel zu schickem Anzug im Verhörzimmer auftauchte. Er nickte Bender kurz zu und wendete sich dann an seinen Mandanten, um ihm etwas ins Ohr zu flüstern.

Na klar, als hätten sie es an der Uni gelernt, immer seinem Mandanten erst etwas zuflüstern und dann die Gesprächsrunde beginnen, die auch die immer gleichen Sätze beinhalten: „Ich habe meinem Mandaten empfohlen, gar nichts zu sagen, ehe ich nicht volle Akteneinsicht habe.“

Dieses Gefasel machte Bender rasend. Manu steckte den Kopf zur Tür herein.

„Kommst du mal eben.“

Bender wies den Beamten, der neben der Tür stand, an, gut auf Schäffler aufzupassen und verließ den Raum. Als er eine Minute später zurückkam, war er wie ausgewechselt. Sogar der Wachbeamte wunderte sich über einen plötzlich betont gut gelaunten Kriminalkommissar.

„Herr Schäffler, Sie glauben nicht, was wir auf der Tatwaffe gefunden haben.“

Schäffler glotze erst seinen Anwalt blöd an, dann Bender.

„Ihre Fingerabdrücke!“, rief Bender triumphierend.

Schäffler wurde kreidebleich, seine überhebliche Selbstsicherheit, die er sonst vor sich hertrug, war völlig aus ihm gewichen. Er redete hektisch auf seinen Anwalt ein, der kurz darauf bat, alleine mit seinem Mandaten sprechen zu dürfen.

„Solange Sie wollen, wenn er nur im Anschluss mir erzählt, was ich hören will.“

Doch Bender hatte wieder einmal kein Glück, Schäffler redete, ja, sagte aber nicht, was er hören wollte.

Er gab zu, bei Korbinian Breit gewesen zu sein. Man habe in eher munterer Plauderrunde die Zukunft des Baugewerbes im Landkreis besprochen. Man war sich einig, die Fäden in der Hand halten zu wollen, deshalb wollte man Allianzen schmieden. Schäffler gab zu, den Schläger in der Hand gehabt zu haben.

„Wir haben ein wenig geputtet, redet sich leichter, wenn man etwas abgelenkt ist", sagte Schäffler und lächelte schwach.

Bender hatte seine schlechte Laune wieder. „Ach, hören Sie doch auf, ich glaube Ihnen kein Wort. Ich werde Ihnen jetzt mal sagen, wie es gelaufen ist. Sie sind zu Korbinian Breit hin, vielleicht wollten Sie ja wirklich nur mit ihm reden. Doch dann hat er Sie ausgelacht oder Ihnen gedroht, dass er sich den Auftrag schon so gut wie unter den Nagel gerissen hat, da sind Sie ausgerastet und haben ihm den Schläger über den Kopf geschlagen."

„So war es nicht, als ich gegangen bin, hat er noch gelebt."

„Wissen Sie was, ich habe keine Lust mehr auf den Unsinn, den Sie mir hier auftischen wollen." Er nickte dem Wachbeamten zu. „Sperren Sie ihn weg, ich kann seine Visage nicht mehr sehen. Vielleicht kommt er ja in der Zelle zur Vernunft."

„Halt, warten Sie."

„Ach, wollen Sie jetzt vielleicht doch ein Geständnis ablegen?"

„Nein, ich habe ein Alibi, aber das ist nicht so einfach."

Der Anwalt mischte sich ein: „Mein Mandant bittet darum, dass seine Frau nichts davon erfährt."

Bender wusste sofort, worauf das hinauslaufen würde und er verdrehte die Augen. Der alte Drecksack hatte ein Affäre und die würde ausgerechnet auffliegen, weil er beschuldigt wurde, seinen Widersacher erschlagen zu haben.

Er verfrachtete Schäffler wieder in die Zelle. „Da wird er schon bleiben müssen, bis wir sein Alibi überprüft haben. Eine

Nutte in einem Puff auf der tschechischen Seite. Das kann dauern, schließlich haben die tschechischen Kollegen auch noch etwas anderes zu tun."

Doch Bender war bereits zu diesem Zeitpunkt klar, dass sein Verdächtiger bald keiner mehr sein würde. Und tatsächlich, wenig später kam die Bestätigung aus Böhmen: Eine Prostituierte erkannte Schäffler auf einem Foto und bestätigte, dass er zum Tatzeitpunkt bei ihr war.

„Sie können gehen, ihr Alibi wurde bestätigt. Allerdings muss Ihre Frau wohl Wind von der Sache bekommen haben."

Wenig später wusste Schäffler, was der Kommissar gemeint hatte. Sandra Schäffler machte ihrem Mann vor der Polizeistation eine Szene, die zahlreiche Passanten neugierig stehenbleiben ließ. „Du elender Hurenbock", gehörte noch zu den freundlicheren Namen, mit denen die betrogene Ehefrau ihren Mann bedachte. Bender sah zu Manu, die lässig an der Eingangstür zur Alten Mädchenschule stand und breit grinste.

⊙

Hinter dem aus roten Ziegelsteinen aufgemauerten Tresen fühlte sich Raphael sicher. Sicher davor, der Sünde entgehen zu können.

Sicher, die Sünde könne nicht Besitz von ihm ergreifen, prallte von der hüfthohen Mauer zurück. Doch es war die Hölle, was er täglich erleben musste. Da waren die jungen Gäste, die selbst in der Öffentlichkeit ihre Unkeuschheit nicht versteckten. Es waren diejenigen, die tranken. Die Geschichten erzählten von Hass, Missgunst, Neid. Die ihren Nächsten nicht liebten, sondern ihn für ein Stück Dreck hielten. Sie erzählten Raphael von Streitigkeiten, von ihren Intrigen, von kleinen Tricks, mit denen sie anderen schadeten.

Wie verrottet seid ihr, wie ungläubig, wie unwürdig. Hört doch die Worte unseres Gottes, hört doch die Worte von

Liebe, von Gnade, von Barmherzigkeit, dann werdet ihr das ewige Paradies schauen. Doch sie waren Getriebene, Gottlose, vom Teufel Besessene.

Doch der Schlimmste von allen, das war Mikkelsen. In den Regalen hatte er vermeintlich die edelsten Getränke stehen, Spirituosen und Liköre vom Feinsten. Doch hinter den Kulissen, in der kleinen Küche der Bar, da türmten sich die anderen Flaschen. Die leeren, die billigen vom Discounter. Täglich um 18 Uhr, bevor der Betrieb losging, musste Raphael mit dem Wirt die Flaschen für das Lokal füllen: billigen Fusel in die Original-Flaschen der teuren Marken. Verkauft für teures Geld.

Besonders hasste es Raphael, wenn er nach Lokalschluss die Reste aus den kleinen Cola- oder Schweppes-Flaschen der Gäste sammeln musste. Sie wurden in die großen Flaschen zum Mixen an der Bar gekippt. Viel Eis, viel Alkohol und die Show, die Raphael beim Mixen der Drinks gekonnt aufzog, reichten völlig aus, dass keiner der Gäste etwas davon bemerkte.

Es gab viel mehr, was viele Gäste nicht bemerkten. Raphael sah es mit wachsendem Missmut, wie Ove Mikkelsen die Menschheit, Gottes Geschöpfe, mit Füßen trat. Er hatte ein paar spezielle Freunde – lustgetriebene Sünder, so sah sie Raphael. Junge Frauen, die alleine in die Bar kamen, weil sie Anschluss suchten, waren ihnen wehrlos ausgesetzt. Die Bösartigkeit des Wirtes und die Freundschaft zu seinen Kumpanen, machten Ove zum wilden Tier. Oft genug beobachtete Raphael, wie er in die Drinks der Mädchen KO-Tropfen goss, um sie außer Gefecht zu setzen. In Raphael tobte ein wilder Widerstreit – was konnte er machen? Einerseits zweifelte er daran, Gottes Willen tatsächlich richtig zu deuten, was ihn daran hinderte, das bösartige Tun seines Chefs als Racheengel zu bestrafen. Das hätte aber dazu geführt, mit der Polizei reden zu müssen, ihr einen Tipp zu geben. Ein viel zu hohes Risiko. Andererseits wuchs in ihm der göttliche Zorn. Es war nicht recht, was der Mann tat. Es musste gesühnt werden, in Gottes Namen.

Einmal hatte er einen Kumpel des Wirtes verfolgt, der ein willenlos gemachtes Mädchen abschleppte. Der widerwärtige Mann verfrachtete die junge Frau in sein Auto und fuhr damit zu sich nach Hause. Raphael konnte beobachten, wie er das Mädchen auf ein Sofa legte, zudeckte und schlafen ließ. Die ganze Nacht harrte er aus, wartete, was passieren würde. Da war nichts. Bis die Frau erwachte. Sie war verwirrt, inspizierte die Wohnung und sah sich schließlich dem Mann gegenüber, der sie mitgenommen hatte. Er redete auf sie ein. Raphael sah, wie der Mann freundliche Augen machte, wie er das Mädchen anlächelte und sie offensichtlich beruhigen konnte. Er bereitete ihr ein Frühstück, ließ sie duschen – doch er rührte sie nicht an. Raphael war beruhigt.

Bis er ein paar Tage später die junge Frau wieder sah – Hand in Hand mit dem Widerwärtigen. So hatte sich Gott die Liebe nicht ausgedacht, das spürte Raphael und sein Zorn wuchs.

Ein Zorn, der auch Ove Mikkelsen galt. Dieser widerte Raphael von Tag zu Tag mehr an.

Nicht nur, dass er seine Gäste um Geld betrog. Nicht nur, dass er Getränke panschte und seinen gierigen Freunden willfährige Mädchen servierte. Ove Mikkelsen war von Grund auf böse, Raphael spürte es von Tag zu Tag mehr. Einmal hörte er ihn telefonieren, mit einer Frau. Er konnte nicht genau hören, worum es ging, doch es schien, die Frau wäre in großer Not.

„Was willst du? Mir ein Kind anhängen. Wenn du schwanger bist mit irgend so einem Balg, dann komm nicht zu mir. Weiß Gott, mit wem du es treibst."

Raphael hatte nie etwas von einer Freundin seines Chefs mitbekommen. Er wäre nicht einmal auf den Gedanken gekommen, dieses gottlose Wesen könnte so etwas wie ein Privatleben haben.

„Scher dich zum Teufel. Wenn du schwanger bist, will ich nichts mehr mit dir zu tun haben", hörte er Ove ins Telefon brüllen – und dieser machte sich keine Mühe, dem Gespräch die private Vertrautheit zu schenken, die es verdient gehabt hätte. Raphael hasste den Mann dafür. Er würde diese Ungerechtigkeit rächen.

Beinahe hörte er das Wimmern der Frau am anderen Ende der Leitung, doch Ove Mikkelsen ließ sich nicht erweichen:

„Mann, wenn du rumvögelst, dann musst du mit den Konsequenzen leben. Oder du ziehst selber deine Konsequenzen."

Eine Zeitlang sagte Ove nichts, dann aber umso deutlicher:

„Dann bringst du dich halt um, Schlampe. Mir doch egal."

Raphael erschauderte. Und sein Entschluss stand fest. Er war Raphael, Racheengel des Herrn.

⊙

In den vergangenen Tagen dachte Bender kaum an das abendliche Telefongespräch mit seiner Frau. Es war zu verwirrend gewesen. Das Verhalten seiner Frau ebenso wie sein eigener Ausbruch, die plötzliche Fähigkeit einen Blick in seine eigene Gefühlswelt zu werfen. Doch heute hielt er es einfach nicht mehr aus. Er saß mit Manu auf der Terrasse der kleinen Kneipe, in der sie sich trafen, wenn sie etwas Abstand von den Kollegen brauchten und in Ruhe reden wollten. Bender trank Bier, Manus Hand hielt ein Glas Weißweinschorle umklammert. „Bender, seit wann rauchst du eigentlich diese stinkenden Dinger? Grüner Tee und Auszog'ne sind mir eindeutig lieber."

Bender lächelte, obwohl er ihr gar nicht richtig zugehört hatte.

„Manu", begann er, „du bist doch eine Frau."

„Ach was, und das ist dir aufgefallen?"

„Ich muss dich jetzt etwas fragen, aber wenn auch nur ein Wort von dem, was ich dir jetzt sage nach außen dringt, ich schwöre dir, es gibt eine weitere Tote."

„Mord unter Bullen, auch nicht schlecht", scherzte Manu. „Jetzt sagt schon, was ist los."

Bender erzählte von dem Gespräch mit seiner Frau und Manu musste sich beherrschen, vor Freude in die Hände zu klatschen.

„Mensch Ralf, du bist ja ein Frauenversteher."

Bender glotzte blöd, von verstehen konnte gar keine Rede sein.

„Also pass auf: Solange du deiner Frau immer wieder nahe kommen wolltest, fühlte sie sich bedrängt, außerdem wusste sie ja, der ruft schon wieder an. Sie musste sich also keine großen Gedanken um dich machen und hat ihre Rechtfertigung darin gesehen, dass es schließlich du warst, der die Ehe kaputt gemacht hat. In dem Moment, als du dich körperlich und emotional zurückgezogen hast, begann sie nachzudenken. Und da ist ihr wohl aufgefallen, dass sie ihren kleinen Ralfi immer noch mag und er ihr fehlt, wenn er nicht mehr da ist."

„Du meinst also, ich sollte jetzt zu ihr gehen und nochmal mit ihr reden?"

Manu verdrehte die Augen: „Genau das sollst du nicht tun."

„Nicht?"

„Nein, du wartest, bis sie sich wieder meldet."

„Und du meinst, das wird sie tun."

„Sie wird, darauf verwette ich meinen Hintern."

„Ich nehm' ihn", scherzte der Kellner, der gerade am Tisch vorbeiging und nur den letzten Satz aufgeschnappt hatte.

„Das könnte dir so passen", grinste Manu ihm hinterher.

Bender sah nachdenklich in sein Bierglas und zündete sich noch eine Zigarillo an.

„Sie wird kommen, glaube mir."

Er war charmant, ohne Frage. Manu genoss es, von Matthias Winterer beinahe jeden Tag überrascht zu werden. Die wenige Freizeit, die ihr blieb, versuchte der junge Kollege mit aller Macht zum Erlebnis zu machen. Gestern waren sie gemeinsam auf dem Falkenstein. Es war ein Traum, die würzige Luft im Wald. Der steile Anstieg tat Manu gut, weil sie sich auspowern konnte – etwas, das ihr doch sehr fehlte, wenn sie nicht in Passau war und ihre täglichen Fitnesseinheiten abspulen konnte. Matthias war ebenfalls sehr fit und beinahe liefen sie den Berg hoch. Sie fragte sich, wozu er einen riesigen Rucksack dabei hatte – doch oben am Gipfel breitete er eine Decke aus, packte Wein, Brot, Speck und Käse aus dem Rucksack und kredenzte ihr ein abendliches Picknick mit Blick auf die Lichter der Stadt Zwiesel. Manu war beeindruckt. Vom Ehrgeiz des Mannes, ihr Gutes zu tun. Und vom Blick, wie sie selten einen schöneren erlebt hatte.

„Weil du eine Prinzessin bist", sagte er nach dem Essen und griff noch einmal in den Rucksack. Heraus zog er eine große Plastikschüssel, prall gefüllt mit saftigen Erdbeeren. Er gab eine große Portion in ein Porzellanschälchen – das auch im Rucksack verborgen war – streute etwas Zucker darüber und reichte ihr die Nachspeise.

„Ach komm, hör auf", gab sich Manu entrüstet. Sie spürte, ihre schauspielerische Leistung war nicht die Beste.

Sicher, Matthias hielt nicht mit seinen Absichten hinter dem Berg. Doch Manu zierte sich, hielt ihn einerseits an der kurzen Leine, machte ihm durchaus Hoffnungen, ohne sich jedoch auf eine Affäre mit ihm einzulassen. Es war kein günstiger Zeitpunkt – und sie hatte sich nach der Zeit mit Klaus Monn, der sie vor zwei Jahren so schmerzlich verraten hatte, vorgenommen, ihr Liebesleben in etwas geordnetere Bahnen zu lenken.

Hinzu kamen die Erfahrungen mit dem Kollegen Franz Schaller. Sie mochte ihn sehr und der Sex mit ihm hatte ihr immer gefallen. Doch spätestens als Ralf Bender sie deswegen vor versammelter Mannschaft bloßgestellt hatte – besser gesagt stellte er Schaller bloß, den Armen – war für sie klar, unter Kollegen sollte es keine Liebe geben. Nicht mal Kuscheln.

Doch Matthias war nicht nur erfinderisch, wenn es um die Freizeitgestaltung ging. Er war zudem attraktiv, humorvoll, elegant. Mit ihm zu flirten machte Spaß. Stopp. Diese Gedanken darfst du nicht einmal zulassen. Aus, es geht einfach nicht.

„Manu, meinst du, morgen lässt du mich ein Stückchen näher an dich ran?" Direkter konnte man nicht fragen.

„Junge, Junge. Du bist hartnäckig. Aber keine Chance." Sie konnte nicht anders, sie musste dabei zwinkern – und es tat ihr im gleichen Moment leid. Wie würde er es auffassen?

⊙

„Sag mal, hast du was mit der Manu?", der Kollege rempelte Winterer in die Seite und machte eine eindeutige Geste mit der Hüfte. „Respekt Alter, die ist ja wirklich scharf, wie die Peperoni von meinem Lieblingsitaliener."

„Das kannst du laut sagen. Ich sage dir, ein paar Tage noch, und sie frisst mir aus der Hand."

„Was, hast du sie noch nicht rumgekriegt? Du wirst auch nicht jünger, was?"

„Das ist keine Braut, die man schnell mal flachlegt. Rede nicht so von ihr, die ist anders als die ganzen anderen Schlampen."

„Hä? Sag mal, was ist denn mit dir los, du wirst ja ganz feucht in den Augen. Dich hat's ja arg erwischt, Alter, Mann."

8

Matthias Winterer kaufte einen Strauß roter Rosen. Nicht zu groß, er wollte nicht protzen. Aber auch nicht mickrig, er wollte nicht durchfallen. Heute war der Tag, er würde klar Schiff machen.

Er ging schon früh in die Räume der Soko, als noch keiner da war. Die Blumen arrangierte er mitten auf Manus Schreibtisch. Eine erste Botschaft.

⊙

„Hauptsache, dir gehen die Verehrer nicht aus", kommentierte Bender missmutig den Anblick der Rosen, als er ins Büro kam. „Nur einen Tag lang möchte ich die Wirkung auf Frauen haben, so wie du die Kerle durcheinanderbringst."

„Neidisch?" Manu schnappte gereizt zurück, eine Spur zu scharf.

„Hoppla. Ich sag ja schon nichts mehr."

Manuela Hentschel packte den Rosenstrauß samt Vase und stellte beides in eine Ecke, auf den Boden. „So kann doch kein Mensch arbeiten", sagte sie und wischte mit der flachen Hand noch einmal über den Schreibtisch, als seien die heruntergefallenen Rosenblätter nichts als unangenehme Staubknäuel.

„Sind wir heute nicht gut drauf? Entschuldige, das ist aber eigentlich meine Rolle, dass das klar ist." Bender zumindest war bester Laune, auch wenn er selber nicht genau wusste warum. Die Rosen jedenfalls hoben seine Stimmung – und er überlegte für einen kurzen Moment, ob er nicht seiner Frau auch einmal wieder... Nein, das wäre bestimmt keine gute Idee.

„Er nervt." Manu blickte grimmig in eine Akte, die gerade vor ihr lag.

„Wer?"

„Matthias. Winterer", zischte sie und überdrehte die Augen. „Anfangs war es ja schön, mit ihm zu flirten. Aber er will alles. Verstehst du?"

Bender verstand. Was ihm wenig gefiel, denn anders als im umgekehrten Falle Manu, sah er sich nicht in der Lage, ihr mit Ratschlägen weiterzuhelfen. Und es bahnte sich eine Art Kummergespräch an. Unangenehme Sache. Über das Balzverhalten des erwachsenen Mannes wusste Bender wenig – denn für ihn selbst gab es ja nur seine Frau, alles andere waren mehr oder weniger neutrale Wesen, so weiblich die Rundungen auch sein mochten. Klar, dass Manu eine wahnsinnig attraktive Frau war, das war selbst ihm nicht entgangen und mit dem Versuch eines Kennerblicks scannte er ihren Körper noch einmal ab, als müsste er sich die Erkenntnis noch einmal selbst bestätigen. Sexuelle Regungen rief ihre Attraktivität bei ihm jedoch nicht hervor.

„Und du willst nicht mehr?“ Bender fragte es sehr vorsichtig, beinahe tonlos.

„Muss es denn bei euch Männern immer nur um das Eine gehen? Es reicht doch auch mal, wenn man sich einfach nur versteht. Freundschaft.“ Sie hob fragend beide Schultern und blickte Bender auffordernd in die Augen, so als ob er der unnachgiebige Werber wäre.

„Naja, da hast du wahrscheinlich Recht.“ Mehr fiel dem Kommissar dazu nicht ein. Freundschaft. Was seine Frau betraf, war das jedenfalls eine schwierige Sache. Für ihn war es besser, sie gar nicht zu sehen, anstatt immer wieder enttäuscht zu werden, wenn es ihn an manchem gemeinsamen Abend körperlich zu ihr hinzog. Den ersten Schritt traute er sich aber nie zu machen – er wusste, sie hätte ihn jedes Mal abgewiesen. Freundschaft war schwierig, vor allem mit Frauen.

„Soll ich mal mit ihm reden?“, Bender wusste selbst nicht, wie ihm dieser Satz rausrutschen konnte. Es musste an ihr liegen. In seinen langen Dienstjahren hatte er niemals einen Kollegen oder eine Kollegin an seiner Seite gehabt, zu dem er so viel Vertrauen hatte.

„Lass bloß. Wenn du dich da einmischst, dann... Ach, das weißt du ja selbst“, Manu lächelte ihn an und er nickte dankbar. „Ich werde schon fertig mit ihm, bin ja kein kleines Mädchen mehr.“

⊙

Auf nichts freuten sich die Regener mehr als auf sechs Tage Ausnahmezustand, der Ende Juli begann. Das Pichelsteinerfest, ein Volksfest, wie es bayerischer nicht sein könnte. Ausnahmezustand deshalb, weil die Uhren in diesen sechs Tagen ausschließlich nach dem Festbetrieb ausgerichtet wurden. Keine andere Stadt im Bayerischen Wald putzte sich zu seinem Volksfest so heraus. Banner an den Straßen. Blumenschmuck und Fahnen an den Hausfassaden. Und überall Leute allen Alters in Dirndl und Lederhose.

Kurz vor 16 Uhr war der Stadtplatz gesäumt von feierlaunigen Menschen, die auf den großen Auftakt warteten. Man konnte gewaltige, schwarze Brauereirösser sehen, die einem alten Bierwagen mit getürmten Fässern vorgespannt waren. Bunte Gruppen in den verschiedensten festlichen Gewändern. Ritter waren zu sehen, etwa 30 als Köche verkleidete Kinder, ein Spielmannszug in regenbogenfarbenen Anzügen, Trachtengruppen und natürlich die gesamte politische Prominenz – Landrat, Bürgermeister und der Bundestagsabgeordnete der führenden bayerischen Partei saßen auf einer prächtigen Kutsche, die ebenfalls von dunklen, breitschultrigen Brauereirössern gezogen wurde.

Gleich dahinter befand sich eine Fußgruppe, die von Karl Besendorfer angeführt wurde, dem Präsidenten des Pichelsteiner-Komitees, das das Fest ausrichtete.

Landrat Konstantin Graumüller fühlte sich zum ersten Mal seit Wochen richtig entspannt, spürte, wie in diesem einen Moment die Last der unglaublichen Vorkommnisse von ihm abfiel. Er war zwar kein Regener, aber das Pichelsteinerfest zog auch ihn in seinen Bann. Bedingungslos. Er sah, wie Besendorfer das Zeichen zum Start des Festzuges gab und lehnte sich in der Kutsche zurück. Er winkte den jubelnden Zuschauern auf den Bürgersteigen zu und nahm sich fest vor, in den nächsten Tagen so etwas wie Urlaub von seinen Pflichten zu nehmen.

⊙

Keine zehn Meter davon entfernt wurde in diesem Moment eine VSS Vintorez aus der Tasche genommen. Wieder war es einfacher als erwartet. Im Trubel der Festgäste war es ein Leichtes, unauffällig zu bleiben. Die Eingangstür zu dem alten Geschäftshaus war kein Problem, es war nicht einmal abgesperrt. Es gab ja auch nichts zu beschützen, in einem leer stehenden Gebäude. Zwei Kugeln waren vorbereitet. Eine diente nur als Reserve. Fehlschüsse: eigentlich unmöglich.

⊙

Ein lauter Knall, darauf für den Bruchteil einer Sekunde Ruhe, ehe am Stadtplatz schrilles Gekreische zu hören war. Landrat Graumüller sprang auf und blickte hektisch um sich, suchte instinktiv nach einem Opfer. Fast alle Augen waren auf ihn gerichtet, er spürte das Entsetzen in den Gesichtern. Im gleichen Moment durchzuckte es ihn wie ein Blitz, er blickte an sich herab. Wurde er selbst...?

⊙

Kurzes Entsetzen auch hinter einem halbrunden Fenster unter dem Dachfirst des alten Geschäftsgebäudes am Rande des Platzes. Was war geschehen? Nicht aus der Ruhe bringen lassen. Abwarten.

Etwa 20 Polizisten, die für die Sicherheit des Festzugs verantwortlich waren, hatten es geschafft, die Menschenmenge beisammen zu halten. Was auch dadurch begünstigt wurde, dass zwar aus den meisten Gesichtern die Angst sprach, jedoch genauso groß schien die Neugierde der Leute zu sein, die alle die Hälse reckten und versuchten herauszufinden, was passiert war.

⊙

Landrat Graumüller saß inzwischen wieder auf seinem Platz in der Kutsche. Unversehrt. Er schaute zu, wie um ihn herum alles wieder die geschäftsmäßige Ruhe fand, wie sich der Festzug neu formierte und der Spielmannszug anhob, ein neues Stück anzustimmen. Er sah, wie die Leute scherzten, wie sie sich offensichtlich über den Streich des Jungen amüsierten, der einen Böller gezündet und dafür eine gewaltige Ohrfeige bekommen hatte – und vielleicht noch mehr, über die helle Aufregung, die sich kurzzeitig ausgebreitet hatte. Vielleicht war es aber auch nur die Erleichterung, dachte er, der genau spürte, wie tief die Verunsicherung mittlerweile in der Bevölkerung saß.

Er beobachtete die prominenten Festteilnehmer, vor allem die politischen. In deren Gesichtern war nur wenig von Erleichterung zu spüren. Ihnen erging es offensichtlich wie ihm – er wusste auf einmal, dass an diesem Tag Schrecken in der Luft lag. Instinktiv spielte er die Möglichkeiten durch, versuchte, herauszufinden, wer heute, in dieser festlichen Laune, ein mögliches Opfer sein könnte. Was, wenn es wirklich heute noch einmal passieren sollte?

⊙

Karl Besendorfer hatte sich schnell gefangen, er scharte die Gruppen wieder zusammen und wollte jetzt keine Zeit mehr verlieren. Bevor die Festlaune in den Keller rauscht, so dachte er bei sich, ziehen wir jetzt sofort los. Er gab dem Spielmannszug ein Zeichen und setzte sich in Bewegung. Er winkte den Zuschauern zu, setzte sein schönstes Volksfestgesicht auf und war bereit, dem Rausch des Pichelsteinerfests freien Lauf zu lassen. Die Sonne strahlte, er auch. Es konnte beginnen.

⊙

Die kleine, halbrunde Luke unter dem Dachfirst bot nur wenig Sicht auf die Geschehnisse am Stadtplatz, doch es schien, als wäre es lediglich ein Böller gewesen, der die Menge in Unruhe versetzte. Die Augenlider wurden leicht zusammen gekniffen und ein fast diabolisches Grinsen zeichnete sich im Gesicht ab, beim Gedanken, was in wenigen Sekunden passieren würde. Was für ein Moment, in dem Geschichte geschrieben wird. Ob er es ahnen wird, dass er im Fadenkreuz steht? Ob er es ahnen kann, dass er nur noch wenige Augenblicke zu leben hat? Jetzt anlegen, ruhig atmen. Das Ziel erfasst.

⊙

Graumüller durchfuhr es wie ein Blitz. Er drehte sich in seiner Kutsche um, wollte gerade Karl Besendorfer zurufen, er solle irgendwo in der Menge untertauchen. Es war zu spät. Im gleichen Moment hatte er seinen Gedanken schon wieder verloren. Er sah, wie der Pichelsteinerpräsident zusammensank. Graumüller war es, als wäre es totenstill am Stadtplatz. Er sah, wie der Regener Bürgermeister wild zu schreien begann und daraufhin die Menge auseinanderstob. Er sah, wie Besendorfer aus der Schläfe blutete und sich die rote Masse unaufhaltsam über dem neuen Pflaster auf dem Stadtplatz ausbreitete. Graumüller sprang von der Kutsche, obwohl diese noch nicht zum Stehen gekommen war, er stürzte, schürfte sich Nase und

Stirn auf, sprang, den Schmerz unterdrückend, sofort wieder auf und raste auf den liegenden Besendorfer zu.

„Karl", schrie Graumüller, „Karl..."

Als hätte er selbst seinen Hörsinn damit wieder aktiviert, begann langsam das Kreischen der Menge seine Ohren zu erreichen. Anfangs war es noch ein undefinierbares Heulen, das er wahrnahm. Jetzt war es das schiere Entsetzen, das über den Stadtplatz hallte. Er stieß den Bürgermeister mit Gewalt zur Seite, der sich gerade zum sterbenden Besendorfer gebeugt hatte. Graumüller beachtete den Rathauschef nicht, er wollte mit Karl sprechen, wollte bei ihm sein, wollte von ihm hören, dass es alles nur ein böser Traum war.

Doch Karl Besendorfer röchelte nur noch. Der Landrat sah, dass der Sterbende weder ihn, noch das Getöse am Stadtplatz wahrnehmen konnte. Es waren die letzten Sekunden seines Lebens.

Als müsste er diesen Moment festhalten, als müsste er in diesem Moment alles aufklären, musste Graumüller keinen Sekundenbruchteil nachdenken, er blickte nach links, entdeckte das graue Gebäude, blickte daran hoch und sah das halbrunde Fenster unter dem First. Es stand offen. Er richtete sich auf und deutete genau dort hin, wo vor vielleicht zwei Minuten der Schuss abgegeben worden war. Einer der Polizisten hatte ihn gesehen und Graumüller war erleichtert, dass der Mann mit zwei Kollegen sofort los lief, um in das Gebäude zu gelangen.

⊙

Keine zwanzig Sekunden nach dem Schuss war die Treppe erreicht, die Waffe sicher in der Tasche verstaut. Der Hinterausgang führte in einen unübersichtlichen Hof, kein Mensch war zu sehen. Ein paar Meter nur noch und dann... in Sicherheit.

Die Polizisten teilten sich auf: Einer lief zur Vordertüre ins Haus, die anderen versuchten, auf dem schnellsten Weg zum Hintereingang zu gelangen, von dem sie natürlich wussten. Es musste schnell gehen.

⊙

Karl Besendorfer war tot. Der Bürgermeister saß auf dem Pflaster, seinem Pflaster, das für viel Geld im vergangenen Jahr neu verlegt worden war. Er hatte nur einen Gedanken: Die neue Stadtmitte, das Fest, bei dem sie zum ersten Mal in ihrer ganzen Schönheit herausgeputzt war, dieser Platz würde für immer mit diesem Ereignis verbunden sein. Das Pichelsteinerfest, die sechs Freudentage dieser Stadt – für alle Zeiten belastet von einem Mord, der unvergessen bleiben würde.

⊙

Da sind schon die ersten Leute, die dem Fest zustreben. Sie haben nichts mitgekriegt von den Vorkommnissen am Stadtplatz, sie wollen einfach nur so schnell wie möglich zum Fest.

Einfach nur einreihen, dabei sein, mittendrin. Freundlich grüßen, Hände schütteln. Niemand wird Verdacht schöpfen, niemand wird sich Gedanken darüber machen, mich hier anzutreffen. Verwunderlicher wäre es eher schon, ich wäre nicht da.

⊙

Der Polizist, der vorne ins Haus gestürmt war, hatte die Dachluke schnell erreicht. Doch das Haus war leer. Und seine Kollegen funkten ihm von der Rückseite, nichts Verdächtiges entdecken zu können. Nur Festgäste, die von allen Richtungen der Bierhalle zustrebten. Sie waren zu spät.

Zu diesem Zeitpunkt war der Stadtplatz in Regen bereits menschenleer. Nicht einmal Gaffer waren mehr zu sehen, die Panik war offenbar stärker. Nur noch ein kleines Häufchen Stadt- und Kreisräte stand um den Platz, an dem der tote Karl Besendorfer lag. Landrat Graumüller hatte ihm sein hellgraues Sakko über den Kopf gelegt, um die Würde dieses armen Menschen zu schützen. Als er die enttäuschten Polizisten sah, die von der erfolglosen Jagd nach dem Mörder wieder auf den Stadtplatz zurückkehrten, hockte er sich auf den Boden und Tränen übermannten ihn. Ludwig Meisetschläger, von dem er zuvor gar nicht gewusst hatte, dass er auch da war, setzte sich neben ihn und sprach tröstend auf ihn ein. Doch Graumüller hörte nicht, was er sagte. Er fühlte sich allein. Einsam.

⊙

Ralf Bender und Manuela Hentschel fröstelten, als sie den Stadtplatz erreichten. Es hatte gut 30 Grad Hitze, doch die Leere des Platzes, das weitläufige Pflaster und die wenigen Leute, die am Rand des Brunnenrandes saßen – es war auf einmal unglaublich kalt.

Bender warf einen kurzen Blick auf den Leichnam, ließ sich von einem der uniformierten Beamten die Sachlage erklären und wies die Kriminaltechniker an, in der Dachkammer anzufangen, von wo definitiv der Schuss abgefeuert worden war. Die Patronenhülse bewies es.

Er ließ die Leiche abtransportieren und bat den Landrat und die Kommunalpolitiker, mit ihm in die Festhalle zu gehen. „Dort können wir uns ungestört unterhalten“, sagte er. Er ahnte, dass auch dort von einem Festbetrieb nichts mehr übrig geblieben war. Tatsächlich war die Halle fast menschenleer. So wie es zuvor alle eilig hatten, dorthin zu kommen, so wollten jetzt alle nur das Eine: Möglichst schnell weg von hier.

Nur an einem Tisch saßen ein paar Damen im Dirndl, wie sich herausstellte, die Ehefrauen des Bürgermeisters und der

Stadträte. Als Landrat Graumüller dort seine Anni entdeckte, stürzte er beinahe tapsig auf sie zu. Sie sprang auf, nahm ihn in den Arm und Bender spürte bei diesem Anblick sogar Rührung. Wie schön muss es sein, einen liebenden Menschen an seiner Seite zu haben, dachte er. Auch die anderen Paare liefen aufeinander zu – es war, als sei die Festhalle des Pichelsteinerfestes etwas wie ein Ort des Trostes. Doch die weißblauen Fähnchen an der Decke und an den Fenstern, die festlich geschmückten Biertische – sie wirkten, als gehörten sie heute nicht hierher.

Bender wusste, es würde nichts bringen, die Zeugen zu befragen. Er wusste, es würde sein wie zuvor auch, in dieser schrecklichen Mordserie. Das Unheil war wieder über eine Stadt gekommen, lautlos, unsichtbar und doch wie ein Hammerschlag. Und doch musste er seine Arbeit tun.

„Herr Landrat, wer war der Tote?"

„Karl Besendorfer, der Präsident der Pichelsteiner. Also die Leute, die das Fest hier organisieren."

⊙

Bender konnte sich keinen Reim auf Besendorfers Tod machen. Es gab keinerlei Verbindung zum Baugewerbe, nicht zum Projekt in Bayerisch Eisenstein. Nichts. Es blieb nur eine Konstante: der Landrat. Er war wieder in unmittelbarer Nähe und wieder starb der Mann mehr oder minder in dessen Armen.

Der Kommissar wies die gesamte Soko an, alle anderen Ermittlungen ruhen zu lassen und sich ausschließlich um Karl Besendorfer und dessen Leben zu kümmern. Wo gab es eine Verbindung zwischen ihm und den beiden ersten Opfern?

Erkennbar war für ihn eine weitere Eskalationsstufe – denn der Mord beim Pichelsteineraufzug hatte weitreichende Folgen, das war nicht einmal eine Stunde nach dem tödlichen Schuss klar. Der Regener Bürgermeister Michael Kerndl, das

Festkomitee und der Landrat waren ein paar Minuten in einer Ecke der Festhalle zusammengesessen. Wenig später ging die Meldung bereits über alle Radiosender und Internetportale: Das Pichelsteinerfest war abgesagt. Die sechs fröhlichen Tage in Regen waren beendet, bevor sie angefangen hatten. Dabei machten sich die Beteiligten – mit Ausnahme des Landrats – offensichtlich weniger Gedanken darüber, was hinter dem Mord stecken würde, als über die Frage, wie man den Ausfall des Fests versicherungstechnisch abwickeln könnte. Schließlich waren zahlreiche Fieranten vor Ort, denen damit das Geschäft ordentlich verhagelt wurde.

⊙

Bender stand gemeinsam mit Manu vor der Pinnwand in der Zwieseler Mädchenschule und ordnete die Informationen darauf neu. Die Bilder der drei toten Männer hingen nebeneinander und Bender versuchte, nach Verbindungen zwischen ihnen zu suchen. Er fand aber nichts. Soweit ihn Franz Schaller bis zu diesem Zeitpunkt informieren konnte, hatte Besendorfer zwar vor fünf Jahren ein neues Haus gebaut, doch die Firma Kraft hatte dabei keine Aufträge. Auch zum Zwieseler Bürgermeister gab es keine Verbindungen. Der einzige Anknüpfungspunkt war die Partei: Besendorfer war Kreisrat für die CSU – so wie die beiden Opfer vorher auch. Trotzdem konnte sich Bender daraus kein denkbares Motiv stricken – und wenn es da eines gäbe, dann wären ab sofort die 57 verbliebenen Kreisräte in akuter Lebensgefahr. Gab es politische Hintergründe – noch dazu solche, die Auslöser für eine Mordserie sein könnten?

Bender kam zu keinem Ergebnis. Und auch Manuela Hentschel stand vor einem Rätsel.

Sicher war nur: Es war die gleiche Waffe, es war wohl auch der gleiche Täter.

„Manu, ist das erst der Anfang? Ich weiß, ich habe dich das

schon einmal gefragt. Aber: Mir wird angst und bang bei dem Gedanken daran."

„Es geht um Politik, Ralf. Darum müssen wir uns kümmern."

„Manu, wenn morgen die Zeitungen erscheinen, dann stehen wir da wie die Deppen. Ich höre mich vielleicht jetzt so an wie unser Kulturritter. Wir können nichts sagen, wir wissen nichts, nichts, nichts."

„Hast du schon was vom BKA gehört?"

„Machen Sie Ihre Arbeit, Sie wissen von nichts, zu niemandem ein Wort. Das ist alles. Seitdem ist Funkstille. Von Ritter wollte ich was in Erfahrung bringen, aber der kommt immer nur ins Faseln, wenn ich über das BKA rede. Geheim ist, glaube ich, jetzt sein Lieblingswort."

Bender sprach sich kurz mit dem Präsidium ab und ließ daraufhin die Pressemeldung herausgeben, alle öffentlichen Veranstaltungen im Landkreis Regen abzusagen. „Das kleinste Hoffest, Konzerte, Volksfeste, alles."

Resigniert schalteten sie das Licht in der Einsatzzentrale aus.

„Ich will jetzt nur noch schlafen, oder essen wir noch was?" Bender versuchte, möglichst heiter zu klingen, was ihm nicht gelang.

„Lass mal, Ralf. Dazu habe ich absolut keine Lust mehr heute."

⊙

Tagebuch

Das ist ein grandioser Sieg. Kein Pichelsteinerfest dieses Jahr. Abgesagt. Wegen mir. Fällt mir nicht leicht, meine Bestürzung zu zeigen, wenn doch keine Bestürzung da ist. Nur Triumpf. Nur der Blick auf den Sieg. Sieg – für uns, für den Landkreis.

Niemand wunderte sich mehr, als Solveigh Kraft selbst, dass sie nicht nur um ihren Bruder, sondern auch um ihren Vater trauerte. Ihr Bruder, der sein Leben den Drogen geopfert hatte, weil er mit dem Druck, den sein übermächtiger Vater stets ausübte, nicht klar kam. Und trotzdem, durfte das als Entschuldigung herhalten? Bis zu einem gewissen Grad schon. Doch irgendwann muss man eben Verantwortung für sich selbst übernehmen. Ihr Bruder konnte das nicht und war damit seiner Mutter sehr ähnlich. Sie konnte es, hatte ihrem Vater den Mittelfinger gezeigt und war gegangen, organisierte ihr Leben selbst. Das hatte ihm Respekt abgenötigt und was sie niemandem erzählte, mehr als einmal hatte er sie in Passau besucht und darauf gedrängt, sie möge wieder heimkommen. Letztlich hatten die Gespräche immer im Streit geendet, mit Vorwürfen und Zank. Kleinigkeiten letztlich, wie sie sich jetzt eingestand. Oder war ihr damals schon klar, dass sie die Gene ihres Vaters in sich trug? Sie war nicht so hart wie er, konnte aber kompromisslos sein und sie hatte seinen analytischen Verstand geerbt. Das Hippie-Getue, Schlabber-Klamotten, Joints und wilde Studentenpartys waren nur die Flucht vor ihrem Ich, das dem ihres Vaters so ähnlich war. Doch sie wollte niemals so sein. Um kein Geld und keine Macht der Welt. Sie hatte es sich bei der Beerdigung nicht anmerken lassen, dass sie ihren Vater vermisste und auch jetzt, nachdem einige Zeit vergangen war, teilte sie ihre wahren Gefühle niemandem mit. Ihr einziger Vertrauter war im Moment ihr Onkel, Hans Feilmeier. Mit ihm verbrachte sie viel Zeit, besprach sich mit ihm und plante das Leben nach der Katastrophe. Je länger sie nachdachte umso deutlicher trat eine Wahrheit zu Tage, die sie nicht wegleugnen konnte: Egal was für ein Ekel ihr Vater war, wie schlecht er seine Familie behandelt hatte, so einen Tod hatte selbst er nicht verdient und sie würde auch nicht zulassen, dass die Firma den Bach runterging.

Nach dem Besuch beim Firmen-Anwalt war klar, was sie als erstes brauchte, war eine Vollmacht ihrer Mutter. Das würde nicht so einfach sein, dachte sie. Heidrun Kraft machte einen Alkoholentzug und war wahrscheinlich nicht in der Lage einen klaren Gedanken zu fassen. Und trotzdem musste sie zu ihr. Für einen Moment drängte ein Gefühl schmerzhaft wie Magensäure nach oben: Sie verachtete Schwäche, das war wohl auch der Grund dafür gewesen, dass sie ihre Mutter bisher nicht besucht hatte.

Zu ihrer eigenen Überraschung fand sie Heidrun Kraft in einer relativ guten Verfassung vor. Der körperliche Entzug lag hinter ihr und auch wenn sie um Jahre gealtert schien, so wirkte sie aufgeräumt. „Du siehst gut aus Kind“, sagte sie und hatte nicht gelogen. Solveigh hatte sich die Haare zu einem Zopf gebunden, trug eine enge Jeans und ein tailliertes Marken-T.Shirt. Darüber einen Blazer.

„Danke Mama“, du auch. Und auch Solveigh hatte nicht gelogen. „Aber ich bin hier, weil ich mit dir reden muss. Es gibt einige Dinge, die geregelt werden müssen. Heidrun Kraft nickte, als hätte sie dieses Gespräch erwartet.

⊙

Hans Feilmeier saß im Aufenthaltsraum der Suchtklinik und blätterte in einer Zeitschrift, bevor seine Nichte zur Tür hereinkam. „Es war leichter, als ich gedacht habe“, beantwortete Solveigh die Frage, die ihr Onkel noch gar nicht gestellt hatte. „Sie hat zu allem ja gesagt, alle Vollmachten unterschrieben und mir freie Hand gelassen. Aber weißt du, was ich nicht verstehe? Wieso hat mein Vater, der Macher und Entscheider, niemals für den Fall vorgesorgt, dass ihm etwas zustoßen würde? Kein Testament, keine Verfügung, er hat einfach in Kauf genommen, alles würde an Mama gehen.“

Feilmeier hatte zwei Varianten parat: „Entweder der alte Dreckskerl hat sich für unsterblich gehalten oder er hat meine

Schwester doch geliebt und das war seine Art, es ihr zu zeigen."

Solveigh nickte und sagte dann: „Geh zu ihr, sie freut sich, dich zu sehen. Und wenn wir heute schon dabei sind, reinen Tisch zu machen, dann solltest du die Gelegenheit nutzen. Vielleicht kannst du ihr ja verzeihen. Es würde ihr, glaube ich, viel daran liegen."

⊙

Während Solveigh Kraft auf die Rückkehr ihres Onkels wartete, legte sie in Gedanken den Fahrplan für die kommenden Jahre fest. Sie würde in jedem Fall ihr Studium zu Ende bringen. In dieser Zeit würde sie einen Geschäftsführer brauchen, dem sie regelmäßig über die Schulter schauen würde. Jede freie Minute gehörte in Zukunft der Firma, sie würde sich von ganz unten nach oben arbeiten, weil sie die Ansicht vertrat, ein guter Chef müsse wissen, was von der Putzfrau bis zur Chefetage in seiner Firma läuft. Ein warmes Gefühl der Zufriedenheit durchströmte sie. Sie hatte die Fäden in der Hand und konnte alles in eine gute Zukunft lenken. „Schau her, Vater, du könntest stolz auf mich sein!"

⊙

Der Gast kam aus Deutschland, soff wie ein Loch, solange, bis ihm alle Sinne vernebelt waren. Raphael wusste, was jetzt gleich kommen würde. Der Wirt würde ihn hinausschicken, Service an den Tischen machen und sich selber um den Betrunkenen kümmern. Das hieß im Klartext: Er würde dem Deutschen billigen Fusel ins Glas schütten, würde sich vermeintlich freundlich mit dem Gast unterhalten, Verständnis für dessen Sorgen zeigen – und er würde Sorgen haben, die er erzählte – und ihn mehr und mehr einlullen. Irgendwann ging es dann ans Zahlen – und Ove hatte es drauf. Beschiss war eine seiner leichtesten Übungen. Oft genug bezahlten die Gäste mit großen Scheinen und das Wechselgeld zählten sie nie nach, konnten sie gar nicht nachzählen. Und so kam es regelmäßig, dass viel Geld in der Tasche des Wirtes landete. Einfach so, ohne großes Aufhebens.

Der Herr, so dachte Raphael, der Herr wird dich bestrafen. Und ich bin der Racheengel des Herrn, der dir die Strafe auf Gottes Erde beibringen wird. Du wirst schmoren in der Hölle und der Herr wird dein Angesicht nicht schauen müssen.

Der Plan war längst geschmiedet. Seit einiger Zeit war Raphael der engste Vertraute des Wirtes. Ove Mikkelsen war zu leichtgläubig, spürte nicht, wie sich der Hass immer mehr steigerte. Raphael musste nur auf den richtigen Tag warten. Wenn sie alleine waren, Geld zählten, Getränke panschten. Seit Langem hatte er den Elektroschocker vorbereitet, er musste ihn nur noch anwenden. Der Herr wird es mit Wohlgefallen sehen.

⊙

Sie saßen am Pool, hinter dem Haus. Geschützt von hohen Mauern, niemand konnte einen Blick auf das Anwesen werfen. Es war ihr Nachmittag. Einmal im Monat, nichts durfte dazwischen kommen.

Keine Termine, kein Tontaubenschießen, keine Politik. Nur sie zwei. Nackt. Sie wollte es so – und er nahm es billigend in Kauf, zumal seine Frau auch jenseits der 40 immer noch lecker anzusehen war.

Es ging ihr nicht um Sex, nicht um Lust. Es ging um Freiheit. Um Macht. Dieses kleine Quäntchen Unterschied, das einen über den Rest der Menschen erhob. Die Mauer, die abgrenzte, die das profane Leben der anderen ausgrenzte. Sie mischte sich einen Hugo, neuerdings ihr Lieblingsgetränk. Sekt, Holundersirup. Fertig.

„Wie viele hast du schon?“, fragte sie eher beiläufig, während ihr Mann auf einem Liegestuhl döste.

„Alle. Außer Zwiesel, da ist ja noch keiner.“

Ein kurzes Lächeln huschte über ihr Gesicht, während sie den Hugo am Beckenrand abstellte und langsam in den Pool stieg.

„Sie mögen dich, sie haben Angst vor dir. Das ist gut.“

„Ja. Ein Haufen Weicheier“, sagte er und griff sich an den Sack.

„Sie werden sich daran halten, oder? Wer schlägt dich vor?“

„Der Meier, Böbrach. Mann, war es dem unangenehm, mit mir zu reden. Aber was hilft's. Du weißt ja, seine Töchter in München...“

„Geld lügt nicht.“

„Ich frag mich nur, was ich mit dem Wenzel machen soll. Der wird immer stärker. Scheiß Jurist, den finden sogar die unseren toll.“

„Wer ist das?“

„Weißt schon, der Viechtacher. Von den Roten. Ich glaube, der hätte gute Chancen. Alle munkeln sie, dass er antreten könnte. Aber nur wenn Kon aufhört.“

„Haben wir nichts gegen den?“

Schäffler überlegte nur kurz.

Es war nichts. Zum einen war Peter Wenzel, Stadtrat in Viechtach und Oppositionsführer im Kreistag, absolut korrekt. Ein Anwalt. Ohne Fehl und Tadel. Zum anderen konnte er es bislang nicht riskieren, den Mann mit seinen Mitteln für sich zu gewinnen. Schäffler sprach nur mit den Chefs, nie mit den Räten – zu gefährlich. Und die Bürgermeister konnten es bisher immer richten, wenn er Wünsche hatte. Die Auftragslage war gut.

„Er ist Anwalt. An dem wollte ich mir nicht die Finger verbrennen.“

„Dann müssen wir uns etwas anderes überlegen“, sagte Sandra Schäffler, als sie den Pool verließ und sich tropfnass auf den Schoss ihres Mannes setzte. „Na, was ist denn da los mit unserem Hansi? Rührt sich nix?“

„Mir fällt schon was ein für den Wenzel, keine Sorge.“

Und dann doch Sex.

9

Das öffentliche Leben war, zumindest, was größere Ansammlungen betraf, größtenteils zum Erliegen gekommen. Und: Vor allem Personen, die offizielle Ämter bekleideten, hatten es zumeist eilig und wollten nicht zu lange in der Öffentlichkeit gesehen werden. Köpfe wurden häufig in Richtung geöffneter Fenster gedreht. Ein Teil der Menschen fürchtete, der Mörder könnte gerade auf sie zielen, ein anderer Teil hoffte insgeheim, Zeuge einer weiteren schrecklichen Sensation werden zu können. Der Gesprächsstoff in Klatsch-Runden wäre so auf Tage gesichert gewesen.

Während die überregionalen Medien wieder einmal Amok liefen, hielt sich Benno Seifeld an die Faktenlage. Und das war nicht sonderlich viel. Sie hatten einige Tote. Bauunternehmer, Bürgermeister, Vereinsvorstand. Und dann Korbinian Breit, der offensichtlich von anderer Hand ermordet worden war. Wie passte das alles zusammen? Das Projekt Bayerisch Eisenstein? Schon möglich. Schließlich machte sich bei derartigen Bauvorhaben immer irgendwer die Taschen voll. Das führte zwangsläufig zu Erpressung, Korruption und Mord. Warum nicht auch in diesem Fall? Eine private Geschichte? Doch das schien Benno die unwahrscheinlichste Möglichkeit zu sein. Auch wenn Kraft und der Bürgermeister Schwager gewesen waren, so passten die beiden anderen Toten nicht ins Bild. Und wenn jemand einfach den Heckenschützen spielte und wahllos Leute abknallte? Dagegen sprachen die Opferauswahl und Korbinian Breit. Zumindest wenn sein Tod irgendetwas mit der Sache zu tun hatte.

Benno Seifeld verlor den Faden. Er las den Zettel der rechts oben an seinem Bildschirm klebte. Graumüller wegen Termin zurückrufen. Nicht der Landrat, dessen Gattin hatte ihn um den Termin gebeten. Ein Abendessen mit Hintergrundgespräch sollte es werden. Benno war klar, er sollte instrumentalisiert werden, um zumindest verdeckt Wahlkampf für den Landrat zu machen. Gut, er hegte Sympathien für den alten Wolf, trotzdem würde er sich nicht vor den Karren spannen lassen. Wenn er Partei ergreifen würde, dann nur aus freien Stücken und nicht, weil ihm die Landratsgattin Honig ums Maul geschmiert hatte. Er würde der Redaktionssekretärin sagen, sie solle den Termin absagen. Er riss den Zettel ab und wollte gerade nach ihr rufen, als plötzlich der Groschen fiel. Er stürzte sich auf seine Tastatur, um zu recherchieren, ob er richtig lag.

⊙

Bender konnte es drehen und wenden, wie er wollte, er fand einfach den Zusammenhang zwischen den Morden nicht. Er hatte sich mit den tschechischen Kollegen getroffen und auch Gespräche mit dem Landrat auf böhmischer Seite geführt. Es gab verletzte Eitelkeiten und beleidigte, kurzangebundene Antworten, wenn man die falschen Fragen stellte. Und es gab, wenn man sie sehen wollte, auch Ungereimtheiten. Alles in allem ein paar schwache Indizien, die nicht wirklich eine ernsthafte Spur ergaben. Wenn er herausbekommen wollte, ob tatsächlich Wirtschaftskriminalität hinter den Morden steckte oder die Mafia ihre Finger im Spiel hatte, würde er nicht darum herumkommen, nochmal mit Ludwig Breitschneider zu reden.

Auch wenn das bedeutete, den Umweg über Ritter zu machen. Er hatte so gar keine Lust auf ein Plauderstündchen mit seinem Chef.

„Versuch es doch einfach auf dem direkten Weg", sagte Manu.

„Du hast Recht", antwortete Bender und ließ sich die Nummer vom BKA heraussuchen.

Es schien fast so, als habe man dort auf seinen Anruf gewartet. Er wurde sofort in die Abteilung weiterverbunden und an Breitschneider weitergereicht.

„Hallo Herr Bender, was macht der Sündenpfuhl Bayerischer Wald?"

Bender ignorierte den schlechten Scherz und kam gleich zur Sache. Fast ebenso schnell war er abgeblitzt.

„Wie ich Ihnen schon gesagt habe, Sie stochern mit Ihren Leuten im Sumpf und wir verfolgen die Spuren, die wir haben. Ich kann Ihnen beim besten Willen nicht sagen, ob es etwas mit dem Tourismusprojekt zu tun hat. Es gibt Indizien und Anzeichen, dass sechsstellige Beträge geflossen sind. Aber das ist ja zunächst mal nichts Neues. Bei Projekten dieser Größenordnung läuft ja immer was. Es tut mir leid, etwas Konkreteres kann ich Ihnen im Moment nicht mitteilen. Ich würde sagen, Sie verfolgen einfach Ihre Spuren weiter. Und noch etwas, Herr Kollege. Ich muss weiterhin darauf bestehen, dass unsere Absprache geheim bleibt. Ich hoffe, ich kann mich da ganz auf Sie verlassen."

„Selbstverständlich", log Bender.

„Und, was hat er gesagt, deinem Blick nach zu urteilen hat er nicht gerade viel zur Erhellung der Umstände beigetragen."

„Gar nichts, würde ich eher sagen."

⊙

Bergwandern. Hans-Georg Schäffler hasste das, doch seine Frau wollte alle paar Wochen raus an die frische Luft und dann immer hinauf auf die Bayerwald-Gipfel. Irgendwann hatte es Schäffler aufgegeben, alternative Vorschläge zu machen – sogar ein Bummel in Regensburg oder München wäre ihm lieber gewesen, als diese langweilige Kraxlerei. Heute war der Kaitersberg an der Reihe, was Schäffler überhaupt nicht gefiel. Der Anstieg von Hohenwarth aus war zwar kurz, dafür reichlich steil. Schäffler hasste steile Berge. Obwohl der Berg mit nur etwas über 1100 Metern nicht besonders hoch war, verlangte er Schäffler einiges ab. Das einzig Positive war, dass es oben besonders schön war. Das Bergmassiv bestand aus mehreren Gipfeln, die auf einem relativ ebenen Wanderweg miteinander verbunden waren. An vielen Stellen konnte man weit hinunter in den Lamer Winkel, nach Kötzting und auf der anderen Seite in das Zellertal mit den Orten Arnbruck und Drachselsried blicken.

Das Gespräch kreiste um das immer gleiche Thema: Mission Landrat. Sie hatten schon viel erreicht, doch der letzte Schritt fehlte noch.

„Der Graumüller hält sich wacker, ich hätte gedacht, dass er schon längst die Segel streicht.“ Sandra Schäffler blieb mitten im Anstieg stehen, als der Weg fast eine 180-Grad-Kurve machte. Er war genervt. Natürlich war es für ihn eine Frage der Ehre, vor seiner Frau den Berg hinaufzulaufen – doch sie hatte unglaubliche Energie, konnte jedem Tempo folgen, das er vorgab. Und je mehr er sich ins Zeug legte, umso freudiger schien sie ihm zu folgen. Wie konnte es nur sein, dass seine Frau so eine Kondition hatte?

„Ja. Wie kriegen wir ihn weg, das ist die Frage.“ Schäffler tadelte sich selbst dafür, nicht mehr für seine Fitness zu tun. Er war zwar schlank und wirkte auf die meisten Menschen sehr agil – tatsächlich fehlte ihm der Sport, den er früher fast exzessiv auf dem Tennisplatz und auch im Fitnessstudio betrieben hatte. Tontaubenschießen förderte die Kondition dagegen weniger, diente mehr der Mehrung seines Vermögens, mit all den Informationen und Aufträgen, die er daraus ziehen konnte. Doch bei aller Arbeit nahm er sich nicht die Zeit für seinen Körper – was ihn bei den Bergtouren mit seiner Frau ein ums andere Mal einholte. Noch war er ihr den einen Schritt voraus. Doch er nahm sich vor, wenigstens einmal die Woche ins Studio zu gehen.

„Steht der nicht auf deiner Liste?“

„Du weißt doch, er ist unbestechlich. Leider.“

„Weißt du, was mir aufgefallen ist? Immer, wenn jemand erschossen wurde, war er in der Nähe. Könnte man da nicht streuen, dass vielleicht er...dahinter steckt?“ Sandra Schäffler blieb wieder stehen, blickte ihrem Mann tief in die Augen. „Da kann man doch ein bisschen nachhelfen, oder etwa nicht?“

„Hab ich mir auch schon überlegt. Aber wie? Ich kann ja nicht zur Polizei rennen und sagen: Hey, ich glaub der Graumüller war's, schaut dem doch mal auf die Finger. Mich nervt ohnehin, dass sie mir mit aller Gewalt etwas anhängen wollten.“

„Kann das nicht ein anderer aus der Partei für dich übernehmen?“

„Wie stellst du dir das vor, Sandra? Wenn ich jetzt hergehe und offensichtlich den Kon abschießen will, dann laufen mir die Parteifreunde davon. Seien wir froh, dass wir es bis hierhin so reibungslos geschafft haben. Noch hat's keiner durchschaut – und ich hoffe, dass das bis zur Wahl so weitergeht.“

Mittlerweile waren sie an der Kötztinger Hütte angelangt, die letzten 15 Minuten hatten beide geschwiegen. Er bestellte sich einen Sauerbraten mit Knödel, sie einen gemischten Salat mit Thunfisch. Mit Blick auf den Höhenwanderweg in Richtung Rauchröhren, einer beeindruckenden Felsenformation, die sich senkrecht mehrere Dutzend Meter hoch aus dem Boden erhob, sagte Sandra Schäffler schließlich: „Was wäre, wenn wir einen anonymen Brief an die Zeitung schicken?“

⊙

Sie wollte sich nur einen Kaffee holen, in der Teeküche unten neben der Eingangshalle der Alten Mädchenschule. Er stand schon da. Fast so, als wäre er schon den ganzen Vormittag da gestanden und hätte nur darauf gewartet, dass sie sich ihren Kaffee holte.

„Hallöchen“, sagte er. Manu musste sich zusammennehmen, um nicht loszukichern. Hallöchen dachte sie bei sich und sah zu, wie die braune Brühe langsam in die Tasse floss.

„Na? Auch Kaffeepause?“ Nun gut, ihre Antwort war nicht viel besser, musste sie sich eingestehen.

„Manu, du weißt, dass ich total in dich verschossen bin. Du magst mich doch auch – ich verstehe nicht, warum...“

OK, er kam direkt zum Punkt, das war Manu nicht zuwider. Damit konnte die Sache schnell geklärt werden. „Matthias, bitte nicht. Es ist nett mit dir und ich mag dich. Aber mehr ist da nicht, wirklich nicht."

„Du hast einen anderen."

Zum ersten Mal spürte sie so etwas wie Aggressivität in seiner Stimme, auch in seinen Augen.

„Komm, was soll das. Lass uns doch einfach nur Freunde sein, ist doch nett."

„Nett. Das ist das Letzte, was ich von dir hören will." Der Ton wurde noch eine Spur fester und er packte sie am rechten Unterarm, zog sie ein Stückchen näher an sich heran.

„Du willst es doch auch, Manu. Was hindert uns?" Er drückte ihren Arm noch ein bisschen fester und versuchte, Manu zu küssen.

Die riss sich los, rieb sich kurz den Unterarm und packte nun ihrerseits seinen rechten Unterarm: „Hör mal, Matthias, wenn das so ist, dann ist es wohl besser, wenn wir uns außerhalb des Dienstes gar nicht mehr sehen."

Er trat gegen einen Papiereimer, der ihm gerade in die Quere kam, so dass dieser durch die Teeküche flog. Ohne ein weiteres Wort stürmte er hinaus, warf die Tür laut ins Schloss und war weg. Manu hörte noch, wie draußen eine Autotür deutlich zu fest zugeschlagen wurde und es folgte ein lautes Reifenquietschen.

Sie konnte nur den Kopf schütteln. Was war das denn?

⊙

Hans-Georg Schäffler wusste, mit Josef Kugelhuber würde er keine Probleme haben. Er glaubte nicht einmal, dass der ernsthafte Chancen auf den Landkreisthron hatte. Falsche Partei, falsche Themen und ein schlechter Redner war er auch. Doch immerhin betrieb Kugelhuber einen Lebensmittelmarkt und kam so mit vielen Leuten in Berührung. Sicher ist sicher, dachte Schäffler und betrat das kleine Büro, das sich hinter der Getränkeabteilung des Supermarktes versteckte. Hier sieht es aus wie in einem Müllcontainer, dachte Schäffler, als er sich in dem engen Raum umsah. Und es roch auch so. Muffig, nach abgestandener Luft. Und nach Angstschweiß. Angst vor verderbender Ware und zu geringen Umsätzen. Überall klebten Prospekte und Post-it-Zettel an den Wänden. Aktenordner standen in den windschiefen Regalen. Der uralte Schreibtisch, der gut ein Drittel der Bürofläche einnahm, war überfüllt mit Lieferscheinen, Rechnungen und anderem Kram. Für Farbtupfer sorgten lediglich die Postkarten, die Mitarbeiter aus ihrem Urlaubsort an die neidischen Kollegen geschickt hatten.

„Was wollen Sie denn hier?“ Kugelhuber war ehrlich erstaunt, als Schäffler in der Türe stand.

„Schön haben Sie es hier“, sagte Schäffler mit einem süffisanten Grinsen.

„Ich habe keine Zeit für ihre arrogante Überheblichkeit, am besten Sie verschwinden gleich wieder.“

„Glauben Sie mir, freiwillig bleibe ich hier keine Minute länger als ich muss. Was ich zu sagen habe, geht ganz schnell. Wie man hört, arbeiten Sie darauf hin, sich bei der nächsten Landratswahl als Kandidat für Ihre Partei aufstellen zu lassen. Gut, wenn ich mich hier so umsehe, kann man das ja fast verstehen.“

„Und weiter?“

„Ich würde Ihnen allerdings dringend empfehlen, das zu lassen.“

„Weil sonst was passiert...“ Kugelhuber schien nicht im Mindesten beeindruckt.

„Weil ich sonst eine kleine Geschichte öffentlich machen werde, die schon so lange zurückliegt. Und das wollen Sie doch nicht, oder?“

Kugelhuber wurde mit einem Mal kreidebleich.

„Ich sehe, wir verstehen uns“, lächelte Schäffler boshaft. „Mich würde ja brennend interessieren, wie viel Geld und Einfluss geltend gemacht werden musste, damit die junge Frau, die Sie zunächst angezeigt hatte, weil Sie sie in der Sauna des Fitness-Studios bedrängt und unsittlich berührt haben, ihre Anzeige schließlich zurückzog. Mussten Sie deshalb ihr gut gehendes Lokal schließen, sind Sie deshalb aus der CSU geflogen? Wie auch immer, ich würde sagen, Sie erhalten sich hier Ihr kleines Glück und lassen die Finger von der Politik."

Schäffler machte auf dem Absatz kehrt und wusste, dass er gewonnen hatte.

⊙

„Mama ist so komisch in letzter Zeit", sagten seine beiden Mädels, als er sich nach einem Termin mit Dr. Moosbacher auf ein Eis in Passau mit ihnen getroffen hatte. „Dauernd erkundigt sie sich nach dir und wenn wir sagen, sie soll dich doch selbst fragen, wird sie richtig sauer. Papa, hast du eine Freundin, ich glaube Mama ist eifersüchtig."

Bender konnte es nicht fassen, seine Frau eifersüchtig auf eine andere Frau, war das möglich? Er hatte so viele Ganoven durchschaut, ihre Pläne durchkreuzt und sie schließlich kaltgestellt, aber es gelang ihm nicht in eine Frau zu blicken, die er seit so vielen Jahren kannte. „Papa", ermahnten ihn seine Töchter, als er mehrere Minuten scheinbar geistesabwesend in die Ferne blickte.

„Ich glaube übrigens, Mama hat recht. Du riechst gut in letzter Zeit. Hast du dir etwa ein Parfüm gekauft? Und die neue Jeans steht dir auch nicht schlecht. Nur diese stinkenden Dinger kannst du dir wieder abgewöhnen."

„Keine Sorge", sagte Bender und verwuschelte seinen Töchtern unter lautem Protest die Haare, „ich hab keine Freundin."

Er verabschiedete sich und genoss das Hochgefühl, das erst wieder abflaute, als er sich hinter Tittling seinem Arbeitsplatz näherte.

Es war eine sündige Meile, die Raphael jede Nacht vorfand, wenn er das Lokal verließ. Käufliche Liebe, Drogen, Alkohol, Gewalt und Brutalität. Alles sah er hier versammelt. In Kopenhagen, inmitten eines fröhlichen Volkes, das Raphael liebte, weil es Gottes Willen lebte. Liebe deinen Nächsten wie dich selbst.

Raphael wähnte sich mitten in einem Sündenpfuhl. Er bemerkte nicht, wie sehr sich die Gegend verändert hatte, wie sehr sie nicht mehr das war, was ihren Ruf ausmachte.

Bis er eines Tages einen kleinen Mann entdeckte, der hier auf der Straße anzutreffen war, beinahe Nacht für Nacht. Er predigte Liebe – nicht die käufliche, sondern die zwischen den Menschen. Er schenkte den Verzweifelten ein Ohr, kümmerte sich um die, deren Seelen verletzt waren vom Rausch des Bösen. Er sprach mit den Menschen voller Liebe. Ihm folgte Raphael eines Nachts, wollte das Geheimnis dieses Mannes ergründen. Doch was er entdeckte, ließ ihn beinahe verzweifeln. Zweifeln an Gottes Macht. Der Mann nahm einen Bus, man fuhr durch die Nacht. Als sie ausstiegen, sah Raphael die Hölle. Nutten am Straßenrand, Drogen, Brutalität, Gewalt. Alle Sünde war hier vereint und es schien ihm fast, als sei die Gegend, in der er arbeitete, der göttliche Himmel. Fast, korrigierte er sich. Der Mann schien hier nicht unbekannt zu sein, von den leichten Mädchen wurde er herzlich empfangen, sie redeten mit ihm, lachten mit ihm und sie schienen auch zu weinen mit ihm. Der Mann, so hörte es Raphael, versuchte die Nutten davon zu überzeugen, ein neues Leben anzufangen. Oft kehrte Raphael von da an zu diesem Viertel zurück, beobachtete den Mann, den er von Tag zu Tag mehr für einen Heiligen hielt. Doch er sah auch den Kummer, den dieser hatte. Immer wieder wurde er vertrieben, von Zuhältern und deren Schergen. Von den Wirten und von marodierenden Banden, die sich für ihre Gewaltexzesse brauchbare Opfer suchten.

Doch der Mann ließ sich nicht abbringen von seinem göttlichen Plan, den Raphael in seinem Tun erkannte. Selig die Sanftmütigen, denn ihrer ist das Himmelreich. Selig die Barmherzigen, denn sie werden Barmherzigkeit erlangen. Raphael dachte an die Bergpredigt und er sah den Mann, der so ehrlich war und so rein, so gut und so unschuldig. Herr, ich bin dein Todesengel. Ich werde ihn erlösen.

⊙

Wieder wälzte sie sich im Bett, an Schlaf war nicht zu denken. Manu mochte diese Schwüle nicht, in der es auch nachts nicht merklich abkühlte. Schon als Kind riss sie auch im Winter das Fenster im Schlafzimmer weit auf, damit frische Luft in ihre Lungen strömen konnte. Das verschaffte ihr einen so tiefen Schlaf, dass sie morgens oft Schwierigkeiten hatte, zeitig aus dem Bett zu kommen. Zumeist kam aber ihre Mutter nachts ins Zimmer und schloss das Fenster, deutete wortlos auf die Eisblumen, die sich an der Scheibe gebildet hatten und drehte manchmal sogar den Heizkörper ein wenig auf. Kaum war sie aus dem Zimmer, hatte Manu in Windeseile den alten Zustand wieder hergestellt.

Jetzt war es aber schwül. Sehr sogar. Nicht einmal die nächtlichen Gewitter sorgten für Entspannung in der Luft und Manu führte einen Kampf gegen die Bettdecke, unter der es ihr mal zu warm war, ohne die es sie aber trotzdem fröstelte, obwohl sie schwitzte.

Sie stand auf, um das bisher nur gekippte Fenster ganz zu öffnen. Gerade als sie wieder ins Bett zurück fallen wollte, sah sie im Augenwinkel das Auto unten am Straßenrand. Sie sah das Glimmen einer Zigarette hinter dem Steuer. Sie sah, wie er zu ihr herauf blickte und ihren Körper musterte. Sie hatte nur einen Slip an. Verdammt.

10

Die allmorgendliche Dienstbesprechung wurde gerade beendet, als die Tür aufging:

„Bender, ich wusste gar nicht, dass Sie ein Privatleben haben. Aber draußen steht eine Frau, die behauptet mit Ihnen verheiratet zu sein. Besonders glücklich schaut sie aber ehrlich gesagt nicht aus."

Bender dankte Gott, dass er nicht dazu neigte zu erröten. Manu setzte ihr strahlendstes Lächeln auf.

„Klar, sie macht auf cool. Nun geh schon, Casanova", flüsterte sie.

Als Bender seine Frau auf dem Bürgersteig vor der „Alten Mädchenschule" stehen sah, fühlte er sich wie ein pubertierender Teenager vor seinem ersten Date. Sie sah wundervoll aus. Und hätte er sie in diesem Moment zum ersten Mal in seinem Leben gesehen, er wäre sofort über beide Ohren verliebt gewesen. Ein dünnes Sommerkleid bedeckte ihren schlanken Körper, ließ die Region kurz unterhalb der Knie und die Schulterpartie frei. Er warf einen Blick auf ihr üppiges Dekolleté und wollte sofort darin versinken. Ihre nackten Füße steckten in schwarzen Ballerinas. Beinahe schämte er sich dafür, aber er begehrte sie so sehr, dass es ihm körperliche Schmerzen bereitete.

„Hallo", sagte sie, schien aber seine Gedanken nicht erraten zu haben. Sie war seltsam ernst.

„Hallo", antwortete er.

„Soll das jetzt wieder so ablaufen, dass du nichts sagst?"

„Entschuldige, aber ich habe nicht mit dir gerechnet."

„Das glaube ich, aber immerhin bist du ihr Vater, wir müssen reden."

Benders Ernüchterung folgte sofort und brutal.

„Ist was mit den Mädchen? Oh Gott, es ist ihnen doch nichts passiert?"

„Nicht hier, lass uns irgendwo hingehen."

Sie saßen im Straßencafé und blickten sich stumm an. Bender schlürfte an seinem Espresso und versuchte die Erleichterung, die ihm ins Gesicht geschrieben stand, hinter der kleinen Tasse zu verbergen. Er hatte das Schlimmste befürchtet. Wenn sich nicht erst vor kurzer Zeit ein drogensüchtiger 22-Jähriger in seiner unmittelbaren Umgebung den Kopf weggeschossen hätte, wahrscheinlich wäre es für ihn nicht mehr als ein kurzes Gespräch mit seinen Mädels gewesen. Sie waren inzwischen 16 und beinahe 18 Jahre alt.

„Du findest das also witzig", sagte sie. Offensichtlich war die Espresso-Tasse nicht groß genug gewesen.

Bender war es nicht nach tiefschürfenden Gesprächen über die Erziehung seiner beiden Kinder. Viel lieber wollte er in den blauen Augen seiner Frau versinken. Doch das musste warten. Er riss sich zusammen.

„Natürlich finde ich es überhaupt nicht witzig, dass sie Gras rauchen. Bei wem hast du es denn gefunden?"

„Bei Monika, aber rauchen tun sie es beide, da bin ich sicher. Ralf Bender", immer wenn sie sauer auf ihn war, nannte sie seinen vollen Namen, „was gedenkst du zu tun?"

„Was ich zu tun gedenke", versuchte er sich etwas Zeit zu verschaffen.

„Ja, immerhin bist du der Bulle, du musst mit ihnen reden, auf mich hören sie nicht."

Er wusste aus Erfahrung, reden, drohen oder an die Vernunft appellieren würde nicht viel bringen.

Dann fiel ihm ein, was ein Kollege vom Drogendezernat in einem ähnlichen Fall getan hatte.

„Ich nehme die beiden jungen Damen mit ins Bezirkskrankenhaus nach Mainkofen. Da gibt es eine Abteilung für jugendliche Drogensüchtige. Ich war da selbst schon dort. Glaube mir, danach vergeht ihnen die Lust am Kiffen. Garantiert!"

Bender stellte zufrieden fest, dass sich die Mimik seiner Frau nach einem kurzen Zögern merklich entspannte.

„Gut“, sagte sie.

„Und wie geht es dir?“, fügte sie möglichst beiläufig an.

Früher hätte er jetzt begonnen von seinem Fall, den unfähigen Kollegen, dem nervigen Chef zu erzählen, kurz: Er hätte sein ganzes beschissenes Leben vor ihr ausgekotzt. Doch er wollte den Moment nicht zerstören und nickte nur.

„Wir kommen voran“, log er, „aber sag mir lieber wie es dir geht.“

Die Verwunderung in ihrem Blick entging ihm nicht. Ebenso wenig, dass sie ihn nun auch interessiert musterte.

„Seit wann rauchst du denn wieder diese Dinger?“ Es lag kein Vorwurf in ihrer Stimme, nur ehrliches Interesse.

„Ach, sie sind eine gute Alternative zu Grünem Tee und Bauernkrapfen.“ Sie lachte, aber er merkte, ihr brannte noch eine viel bedeutendere Frage auf den Lippen und er wusste auch welche. Er würde sie nicht beantworten, zumindest nicht gleich.

Es wurde ein schöner Vormittag, bei dem er sie erzählen ließ, vieles erfuhr, was sie bewegte, wie es daheim und in der Arbeit lief, ganz alltägliche Gespräche zwischen Eheleuten, nur diesmal redete eben nicht er, sondern sie. Als sie sich mit einer vorsichtigen Umarmung verabschiedeten und sich danach noch einmal anblickten, umspielte ihre Augen ein Hauch von Trauer. Er zog sie noch einmal zu sich heran, hauchte ihr einen Kuss auf die Wange und flüsterte ihr dann ins Ohr: „Nein, ich habe keine Freundin, aber lass uns Zeit, es ist so viel passiert.“

⊙

Sandra Schäffler saß am Fensterbrett im Wohnzimmer und las zum mittlerweile dritten Mal den Brief, der noch heute anonym an die Zeitung gehen sollte. An ein paar Stellen zog sie noch leicht die Augenbrauen hoch, um dann doch wieder bestätigend zu nicken. „Hansi, das ist gut. Das ist verdammt gut.“

Er versuchte, ein Nickerchen auf dem Sofa zu machen, ein

Luxus, den er sich nur sonntags gönnte. Nur halb hörte er seiner Frau zu, schließlich war für ihn sowieso klar, dass der Brief in Ordnung sein würde. Es hatte ihn eine Stunde des Vormittags gekostet, doch das war es allemal wert. Die Frage war nur, ob die Zeitung darauf anspringen würde. Er hatte mal gehört, dass Redakteure anonyme Briefe normalerweise ungelesen in den Papierkorb schmeißen. Doch bei diesem Thema und wenn es um den Landrat ging? Schäffler beschloss, den Brief an die Regener Redaktion zu schicken, „Herrn Seifeld PERSÖNLICH" wollte er auf den Umschlag schreiben.

„Wenn geschossen wird, ist der Landrat in der Nähe. Da stellt sich doch die Frage, was weiß Konstantin Graumüller über den Schützen? Und wenn er selbst schon nicht geschossen haben kann, ist er letztlich sogar der Drahtzieher? Vieles spricht dafür", las Sandra Schäffler laut. „Das ist genial, Hansi." Sie gluckste jetzt vor Aufregung, das würde Graumüller das politische Aus bescheren, davon war sie überzeugt.

Sie las weiter: „Derjenige, der am meisten von den Morden profitiert, ist Konstantin Graumüller selbst. Seine Position innerhalb der Partei ist seit Langem schwer angeschlagen. Nun wird einer seiner Konkurrenten nach dem anderen ermordet. Wer könnte da einen Zusammenhang übersehen? Warum ist Graumüller immer in der Nähe, wenn es Tote gibt? Die Antwort ist so einfach: Die Taten wurden bewusst vorbereitet, so dass der Landrat quasi als zweites Opfer immer neben den Toten zu sehen ist. Der Bauunternehmer stirbt in den Händen des Landrats, der Bürgermeister auch – welche psychische Belastung für den Landrat. Nach außen hin. Aber was ist, wenn das alles so geplant ist? Wenn er selbst das alles so geplant hat?"

„Genug Öl ins Feuer gegossen", sagte Hans-Georg Schäffler nun. „Wenn das gedruckt wird, dann rappelt es im Landkreis, das kann ich dir sagen. Der Kon, die arme Sau, wird noch froh sein, wenn er im Ruhestand überhaupt noch erhobenen Hauptes durch die Straßen hier gehen kann."

Für Schäffler war die Sache relativ einfach: Ist der Feind erst einmal angeschlagen, kann man getrost hingehen und ihm den Gnadenstoß versetzen. So hatte er es geplant. Sobald die Zeitung die anonymen Hinweise zumindest als Gerüchteküche verkaufen würde, müsste er nach vorne gehen und den Abschied von Konstantin Graumüller einleiten. Er musste das Risiko eingehen, wenn man Landrat werden wollte, musste man an der richtigen Stelle Farbe bekennen, musste man alles auf eine Karte setzen. Schäfflers Karte war unter anderem der Königsmord, der elegante Weg mit einem gezielten Hieb in die Glaubwürdigkeit des Landrats.

Er hatte alles vorbereitet: Wenn Graumüllers Image genug angeschlagen sein würde, wollte er seine Ansprüche auf den Landratsstuhl in den Ring werfen. Er würde für geordnete Verhältnisse sorgen, er würde dem Landkreis wieder das Vertrauen zurückgeben, das er benötigte. Er würde die Region wieder auf die Erfolgsspur bringen, so wie er es als Unternehmer mit seinem Geschäftserfolg vorgemacht hatte. Schäffler war sicher, nichts und niemand würde ihn mehr aufhalten können.

„Wie machen wir es, soll ich den Brief in den Redaktions-Postkasten schmeißen?“, fragte Sandra Schäffler.

„Bist du verrückt, am Ende wirst du noch gesehen. Nein, der wird schön frankiert und mit der Post geschickt. Ein, zwei Tage mehr oder weniger tun der Sache keinen Abbruch.“

„Halts Maul“; keifte Sandra Schäffler den kläffenden Hund an.

⊙

Tagebuch

Zänkische Verräter. Unmöglich, wie sie an seinem Sockel kratzen. Würmer, alles nur Würmer. Sie haben keinen Verstand und meinen, es besser zu können. Ich werde es ihnen zeigen, werde sie zermalmen. Haha, zermalmen. Er hatte Format, als er jung war. Er hat immer noch Format. Sie sägen und sägen – und sind doch nichts als Würmer.

⊙

„Du hast mir doch deinen Neffen empfohlen, ein guter Maurer hast du gesagt, oder?“ Hans-Georg Schäffler hatte seinen stellvertretenden Kreisvorsitzenden zu sich ins Büro bitten lassen, strategische Gespräche ließ er der Sekretärin sagen, wenn Gottfried Freiherr von Falkenhorst nachfragen würde. Schäffler musste immer lächeln, wenn er über den Namen seines Stellvertreters bei der Partei nachdachte. Die Familie des Freiherren hatte wahrlich schon bessere Tage gesehen – und die waren bestimmt 50, 60, 80 Jahre her. Gottfried benahm sich wie einer vom alten Landadel, doch im Prinzip musste er froh sein, wenn er sich morgens schuldenfrei die Butter aufs Brot schmieren konnte. Die Ländereien, die der Familie einst gehörten, waren längst verkauft. Der landwirtschaftliche Betrieb war eingestellt. Dabei war es nicht einmal Gottfried, der das einst stattliche Vermögen herunter gewirtschaftet hatte, es war sein Vater, der den Großteil durchgebracht hatte.

Gottfried versuchte, den Schein des alten Adels mit schierer Gewalt aufrecht zu erhalten, bemühte sich, sich in englischen Tweed-Stoff zu kleiden, rauchte Pfeife und ließ seine Friseurin stundenlang eine wirre Tolle formen, die links von seiner Schläfe abstehen sollte. Der Freiherr war davon überzeugt, das würde ihn noch adeliger aussehen lassen. Was aber nichts daran änderte, dass er sich als Buchhalter bei einer kleinen Glasfabrik über Wasser halten musste. Es reichte gerade so, um wenigstens das Haus und etwa 1000 Quadratmeter Grund auf dem ehemals großen Anwesen erhalten zu können. Schäffler wusste, die Verteidigung dieses letzten Restes Familieneigentum empfand er als seine große Lebensaufgabe. Eigene Kinder hatte Gottfried nicht – aber es gab da noch den 27-jährigen Sohn seines jüngeren Bruders, auf den der Freiherr alle seine Zukunftshoffnungen setze – aus familiärer Sicht. Schäffler wusste es. Und er wusste auch: Gottfried Freiherr von Falkenhorst hatte sich innerhalb der Partei bereits eindeutig auf Seiten des Landrats positioniert.

„Wieso, was ist mit Manuel?“ Der Freiherr war verunsichert, schließlich war er auf ein Partei-Gespräch eingestellt.

„Ich sage es ohne Umschweife: Er arbeitet nicht so, wie er soll.“

„Oh.“ Der Falkenhorst geriet ins Wanken, Schäffler spürte es instinktiv, fast konnte er die aufkeimende Angst, was nun kommen würde, riechen.

„So kann das nicht weitergehen. Erst vor wenigen Wochen hat er mir eine Baustelle total verbockt, weil er die Maße nicht richtig gelesen hat. Und gestern beschwert sich ein Bauherr, dass die Fensterausschnitte falsch gesetzt sind. Was soll ich machen? So geht das nicht weiter.“ Schäffler machte eine Kunstpause, wartete ab, wie der Freiherr reagieren würde. Doch der blickte Schäffler nur stumm an und zuckte mit den Schultern.

„Hör zu, Gottfried, ich werde ihn entlassen. Entlassen müssen.“ Schäffler legte einen leichten Hauch des Bedauerns in seinen Tonfall. Bedauern, das er nicht im Geringsten verspürte. Im Gegenteil, er hatte die Sache von langer Hand vorbereitet. Gut, dass er früher eine Ausbildung zum Bauzeichner gemacht hatte, und so manipulierte er die Pläne, die er dem jungen Falkenhorst mit auf die Baustelle gab. Tatsächlich war der Kerl ein Tausendsassa als Maurer und Schäffler wusste, dass er jedes Problem auf einer Baustelle würde lösen können. Verlieren wollte er den Mann auf keinen Fall. Aber das Säbelrasseln musste sein, um den Onkel Falkenhorst zu disziplinieren. Als die vermeintlichen Fehler am Bau gemacht waren, tauschte Schäffler die falschen Pläne wieder gegen die richtigen aus – nicht ohne dafür zu sorgen, dass diese ordentliche Gebrauchsspuren aufwiesen. Planung ist das halbe Leben.

„Kann man da nichts mehr tun?“, endlich fand der Freiherr

wieder zu seiner Sprache. „Ich meine, gäbe es nicht eine Möglichkeit, dass ich Kraft meines Amtes als Onkel...“, weiter hörte Schäffler gar nicht zu, denn das pseudoadelige Gesülze ging ihm mitunter schon schmerzhaft auf die Nerven. „...es ist eine große Tradition unserer Familie...Zuverlässigkeit, Genauigkeit und Verlässlichkeit sind unsere Attribute...“, schnappte Schäffler zwischendrin auf, während er sich unbemerkt mit ein paar Angeboten für Aufträge beschäftigte, die ihm die Sekretärin zur Unterschrift auf den Tisch gelegt hatte. „...wenn ein von Falkenhorst einen Fehler macht, dann steht er auch dafür gerade, ohne Umschweife, ohne Gesäusel...“, säuselte der Freiherr weiter. Schäffler unterbrach ihn endlich.

„Weißt du, mir tut es leid um den Jungen, weil er Potenzial hat. Es gab Zeiten, da habe ich sogar gemeint, ich könnte ihn zum Polier machen. Ich hätte ihn mir mal als meine rechte Hand ganz gut vorstellen können, was sich auch finanziell sehr positiv für ihn ausgewirkt hätte“, sagte Schäffler wie gedankenverloren vor sich hin und rieb beinahe schon übertrieben Daumen und Zeigefinger aneinander, so als ob er von Unsummen gesprochen hätte, die der junge Falkenhorst verdienen könnte, hätte er nicht so versagt.

„Ich werde ihn zur Rede stellen, wie es unter Männern üblich ist“, sagte der Freiherr mit fester Stimme. „Halte an ihm fest, du wirst es nicht bereuen, einen von Falkenhorst in deiner Firma zu haben.“

„Mein lieber Gottfried, wie stellst du dir das vor? Ich würde ja gerne, aber jeder Fehler wirkt sich auf den Ruf der Firma aus, das weißt du doch am Besten.“ Ein zarter Hinweis auf die Liederlichkeit des Vaters konnte nicht schaden.

„Jeder kann mal fehlen, selbst wir“, sagte der Freiherr, schon mit etwas weniger fester Stimme. „Ich bitte dich, von Mann zu Mann: Behalte ihn, steh zu ihm, er wird es dir lohnen.“

„Mein lieber Gottfried, weil wir Parteifreunde sind, ich will da nicht so sein. Aber bedenke wohl: Ich mache es, um dir einen Gefallen zu tun. Ich hoffe, du vergisst das nicht.“

„Wie kannst du das annehmen?"
„Vielleicht werde ich schon bald deine Hilfe brauchen, es wäre schön, wenn du dich an unser Gespräch jetzt erinnerst." Konkreter wollte Schäffler nicht werden – und er wusste auch, er musste es gar nicht. Gottfried Freiherr von Falkenhorst stand in seiner Schuld. Problem beseitigt.

⊙

Er war ihr konsequent aus dem Weg gegangen. Und wenn sie sich mal begegneten, im Flur oder in der Teeküche, dann blickte er demonstrativ zur Seite oder ging einfach. Sie kam sich vor wie im Kindergarten, doch Manu hatte keine Lust, sich um das Seelenleben von Matthias Winterer zu kümmern.
Heute war es anders. Draußen, auf dem Parkplatz der Polizeiinspektion. Sie kam gerade an, er wollte mit seinem Kollegen ins Auto steigen. Streife.
„Einen tollen Körper hast du", flötete er ihr zu und seine flachen Hände glitten links und rechts an seinem Oberkörper herunter. „Das solltest du mal sehen, Horst. Das ist eine Frau, makellos kann ich dir sagen, makellos", und er blies sich mit lautem Zischen die Haare aus der Stirn.
„Was soll das?" Manu blieb ruhig, so leicht ließ sie sich nicht aus der Fassung bringen.
„Viel zu schade, um alleine im Bettchen herumzuliegen."
„Pah", sagte sie nur und verschwand in der Eingangstür. Arsch, dachte sie. Was für ein Arsch.

⊙

Manu war wieder die Erste im Büro. Gott sei Dank. Auf ihrem Schreibtisch fand sie eine neuerliche Überraschung vor. Ein Stapel Sexzeitschriften. Voll mit Bildern nackter Männer, die an sich oder an nackten Frauen herumfummelten. Sie packte den Stoß und schmiss ihn mit einem Schwung in den

Papierkorb, da fiel ein Zettel heraus.

„Eine kleine Anregung. Was du für schöne Dinge mit mir machen könntest. M."

Langsam wurde die Sache unangenehm. Sie würde nochmal mit Bender reden, es half nichts.

⊙

„Und, hast du sie jetzt schon ordentlich heiß gemacht?" Winterers Kollege stellte diese Frage in schöner Regelmäßigkeit. Und es nervte, ständig von Misserfolgen reden zu müssen. Zumal Manu die Tür ohnehin längst zugeschlagen hatte. Endgültig. Doch die Eitelkeit war arg verletzt, der Stolz wehrte sich immer noch.

„Klar."

„Echt? Und?"

„Die kriegt nicht genug von mir. Manchmal ruft sie mich sogar an, wenn sie mal nur kurz von der Arbeit weg kann. Auf dem Klo, wenn du verstehst." Winterer blies seinen Brustkorb auf, als wollte er gleich vor Stolz platzen.

„Du hast es drauf, Alter."

Was für ein Einfaltspinsel, dieser Horst. Und wenn er sie in Wahrheit schon nicht kriegen konnte, dann wollte er ihr zumindest richtig wehtun. Da fasste Matthias Winterer einen Plan.

⊙

„Ich weiß zwar nicht, wann du das machst, und ich weiß auch nicht, wie du Zeit dafür findest, aber Manu, findest du nicht, dass du ein bisschen übertreibst mit deinem Privatleben? Das ist unserem Fall nicht angemessen", Bender hatte sich vor Manus Schreibtisch aufgebaut.

Sie schaute zu ihm hinauf: „Wie meinst du das, wovon redest du?"

„Ich rede davon, dass die gesamte Polizei in Zwiesel über nichts anderes redet, als über deine sexuellen Vorlieben. Sag mal, hast du sie noch alle?“

Manu blickte Bender fragend an. „Ich weiß immer noch nicht, wovon du redest. Ralf, vielleicht hilfst du mir auf die Sprünge?“

„Na, es geht um deine Affäre mit diesem Winterer.“

„Um was?“ Manu sprang auf, voller Entsetzen. „Wer sagt denn sowas?“

„Jetzt hör schon auf, das geht doch offensichtlich schon lange so. Alle Kollegen wissen davon und jeden Tag kreisen neue Geschichten, was du für Sachen im Bett anstellst. Manu, muss das sein?“

„Moment, Bender. Jetzt mal langsam. Ich hab dem Matthias von Anfang an klar gemacht, dass zwischen uns nichts läuft. Basta. Seitdem ist er zwar, naja, sagen wir mal komisch. Ein verletzter Pfau.“

„Und wie erklärst du mir dann, was auf dem Flur so geredet wird?“

„Ja was wird denn geredet auf dem Flur?“

„Manu, ich habe es eben erst mitgekriegt. Der Maderer hat mich angesprochen, ob ich dich nicht mal in die Schranken weisen könnte.“

Manu fiel wieder in ihren Stuhl zurück. „In die Schranken? Mensch, Bender. Ich weiß ja schon gar nicht mehr, wann ich das letzte Mal Sex gehabt habe. Ich hab nix mit dem Winterer und da wird auch nichts sein. Also ich verstehe gar nichts mehr.“

„Was heißt das, er ist komisch?“ Bender hakte nach.

„Na, zuerst hat er mich zu romantischen Abendessen geführt, hat mir Zwiesel und die Umgebung gezeigt, wir haben Radtouren gemacht und was weiß ich, sogar tauchen waren wir mal in irgend so einem Baggersee bei Ruhmannsfelden. Cool einfach. Dann habe ich gesagt, dass ich nichts von ihm will und seitdem spinnt er. Der steht sogar nachts mit seinem Auto vor unserer Pension und glotzt zu meinem Fenster herauf. Ich meine, der hat sie doch nicht mehr alle. Aber soll ich das ernst nehmen? Nö, dachte ich, der beruhigt sich schon wieder."

Bender juckte sich an der Nasenwurzel und schwieg erst einmal ein paar Sekunden. „Man erzählt sich aber da draußen", und Bender deutete in Richtung Bürotür, „dass du nicht genug kriegen kannst und dass du selbst im Dienst jede freie Minute nutzen möchtest, um mit ihm...du weißt schon."

„Ich bring die Drecksau um." Manu sprang wieder auf und wollte aus dem Büro stürmen. Doch Bender war schneller, konnte sie zurückhalten.

„Erstens sind wir die Mordkommission und wir bringen niemanden um. Und zweitens erledige ich das für dich."

Bender streichelte ihr sanft den Unterarm und schickte sie zu ihrem Schreibtisch zurück. „Mädchen, du hast keine Ahnung, wie froh ich bin, dass das alles nicht stimmt. Ich hab schon an mir selbst gezweifelt."

Manu schien mit den Tränen zu kämpfen, zumindest meinte Bender einen feuchten Schimmer in ihren Augen zu erkennen. Oder? Sie drehte sich zu ihm, blickte ihm fest in die Augen: „Weißt du, das Mädchen ist auch schon ein bisschen klüger geworden. Außerdem, wenn ich unseren Fall betrachte, dann vergeht mir sowieso jegliche Lust."

„Übertreib jetzt nicht." Bender war wieder völlig gelöst. Und um Matthias Winterer würde er sich persönlich kümmern. So rücksichtsvoll, wie es einem Ralf Bender möglich war.

⊙

Er hatte ihn in das improvisierte Verhörzimmer gebeten, die ehemalige Mädchenschule bot ein paar Räume, die sich bestens dafür eigneten. Weiß getünchte Wände, keine Bilder, helles Licht von der Decke. Bender ließ drei Räume entsprechend seinen Wünschen einrichten – mit Kameras, mit einem kargen, grauen Tisch in der Mitte. Holzstühle. Null Komfort. Auf die Frage Winterers, warum er sich mit ihm im Verhörzimmer treffen sollte, sagte Bender, es sei eine wichtige Sache, die er zu besprechen hätte, eine Art Sonderaufgabe für den Polizisten. Also kam er. Arglos.

Bender begann im leichten Plauderton, man redete zunächst über Zwiesel, über den Arber, über das Wetter. Ganz vorsichtig kam Bender auf das Thema Manuela Hentschel zu sprechen und fragte eher beiläufig: „Na, und wie läuft es mit Manu? Ihr seid ja ein Paar, soweit ich das höre."

„Sie arbeiten doch zusammen, da werden Sie doch Bescheid wissen." Matthias Winterer war vorsichtig, Bender spürte es.

„Ach, über solche Dinge reden wir nicht. Unter uns, sie ist so attraktiv, da kann ich alter Sack ja nicht über ihr Liebesleben schwadronieren. Nein, nein, mit Manu habe ich darüber noch nicht geredet, einen Teufel werde ich tun."

Winterer atmete auf, es war unübersehbar, wie sehr er erleichtert war. Bender freute sich innerlich, dass Winterer wohl geahnt hatte, worum es bei diesem Gespräch gehen würde. Jetzt war er erst einmal beruhigt. Nun galt es, ihn sich zurechtzulegen.

„Man hört ja die fantastischsten Dinge am Polizeiflur. Sagen Sie, ist unsere Manu wirklich so scharf, oder sind das eher Gerüchte?"

„Naja, Sie wissen ja, das Gerede der Leute." Winterer lehnte sich entspannt zurück, witterte keine Gefahr mehr. „Aber ehrlich: Diese Frau ist das Heißeste, Unersättlichste, was mir je untergekommen ist. Ist Ihnen das noch nie aufgefallen?"

„Wie gesagt, das ist kein Thema bei uns."

„Was wir hier sprechen, das bleibt doch unter uns, das ist ja klar", Winterer sah Bender fest an.

„Ich schweige wie ein Grab", sagte Bender und legte zwei Finger vor seine Lippen.

„Gut. Stellen Sie sich vor, jetzt hat sie mir sogar vorgeschlagen, ob wir nicht mal zu dritt...", Winterer machte eine gönnerhafte Bewegung mit beiden Armen und...

„Wissen Sie, Herr Winterer, es ist so." Bender flüsterte es und neigte sich dabei weit über den Tisch und blickte seinem Gegenüber freundlich in die Augen.

„Ich weiß nicht, ob sie damit einverstanden ist, wenn Sie..."

Bender unterbrach ihn. „Sie meinen, wenn ich der Dritte sein soll. Das, mein Junge, lass mal meine Sorge sein." Immer noch flüsterte Bender, immer noch mit einem freundlichen Blick. „Aber du bist es, der nicht dabei ist bei dieser Menage. Denn du kannst bald den Verkehr an einem deiner Ameisenhaufen in Rabenstein regeln, wenn du weiterhin deine dreckigen Lügengeschichten herumerzählst." Bender war richtig stolz auf sich. Einerseits, weil sein Ton immer noch ruhig und freundlich war. Andererseits weil ihm ganz spontan dieses Fremdwort eingefallen war.

„Was, was...", Winterer stammelte nur.

„Und jetzt, mein Junge, jetzt gehst du da raus und erzählst deinen Kollegen schön brav, was für ein Lügenbold du bist. Du gehst da raus und du erzählst allen die Wahrheit, ist das klar?"

„Aber, das kann ich nicht."

„Wenn du das nicht kannst, ich kann es wohl. Schau mal da oben, da ist doch diese wunderschöne Kamera, die ich anbringen ließ, um die bösen Jungs aufzunehmen. Weißt du, es kostet mich keine Mühe, unser kleines Gespräch hier auf die Bildschirme aller Computer der Zwieseler Polizei zu zaubern. Das willst du doch nicht, oder?"

„Das ist Er..."

„...pressung? Nein Winterer, das ist Nötigung. Und ich sage dir noch eines: Wenn du noch ein Wort über Manuela Hentschel fallen lässt, wenn du ihr noch einmal nachts vor der Pension im Auto auflauerst und wenn du es wagst, ihr näher als 100 Schritte zu kommen, dann reiß ich dir in aller Ruhe deinen Arsch auf. Haben wir uns verstanden?"

„Ja."

„Wie kann so ein Waschlappen wie du eigentlich davon

überzeugt sein, dass er für meine Manu gut genug ist?" Bender drehte sich um und ging. Als er die Tür hinter sich schloss, war er beinahe euphorisch – so ein schönes Gespräch hatte er lange nicht mehr geführt. Sein erster Weg führte ihn zu Manu.

„Das Thema Winterer ist erledigt", sagte er und machte ein Kreuzzeichen vor seiner Brust, wie der Priester beim Schlusssegen in der Kirche.

„Aber er lebt doch noch?" Manu war völlig entspannt und es tat Bender gut, zu spüren, wie sie ihm in dieser Angelegenheit vorbehaltlos vertraute.

„Schwer zu sagen. Aber ich hab für dich gekämpft wie ein Löwe."

„Wohl eher wie ein großer brauner Bär, vermute ich mal. So: Aber jetzt wieder an die Arbeit, und die ist leider nicht weniger geworden."

⊙

Landrat Graumüller vermisste die Ruhe und Entspanntheit, die er noch vor den Morden genossen hatte. Der aufkeimende Ärger mit den „Jungen Wilden", die ihm das Amt streitig machen wollten, begriff er momentan nur noch als laues Lüftchen – was hatte er schon zu verlieren? Immer noch konnte er offiziell seinen Abschied von der Politik verkünden und erhobenen Hauptes aus dem Amt scheiden. Hoch dekoriert, als Altlandrat den Lebensabend mit Anni genießen. Hätte er im Amt bleiben können, weil kein geeigneter Nachfolger zu finden gewesen wäre – er hätte auch das begrüßt. In den 30 Jahren als Landrat hatte er seine Arbeit sauber gemacht. Immer war er darauf bedacht, sich unangreifbar zu machen.

Die Morde veränderten die Situation grundlegend. Nicht nur, dass er immer dabei gewesen war. Die Möglichkeit, dass das Motiv für die Morde in seinem Amt, vielleicht sogar in seiner Person zu finden waren, raubten ihm beinahe die Sinne.

Entspannung fand er nur noch zu Hause bei seiner Frau –

und mit Abstrichen auf dem Schießplatz, auf dessen Parkplatz er gerade fuhr. Die kleinen Tontauben waren ihm gerade recht, um seine Aggressionen und auch seine Sorgen abzureagieren.

„Kon, wir müssen reden“, die Laune des Landrats wurde sichtlich schlechter, als ihm Hans-Georg Schäffler entgegenkam. „Was ist denn jetzt in Eisenstein – ich meine, wie lange willst du noch warten, bis der Bau endlich weitergeht? Und: Wann schmeißt du endlich die Kraft-Bau raus? Ich bin bereit, sofort.“

„Ich habe keine Lust, mit dir darüber zu reden“, Graumüller war für sein eigenes Empfinden eine Spur zu unwirsch. Er suchte Entspannung und wollte nicht schon wieder mit dem ewig gleichen Thema belastet werden.

„Ehrlich, wenn du so weitermachst, dann glaube ich bald auch, dass du es nicht mehr packst.“ Schäffler war eindeutig auf Angriff gepolt, Graumüller ließ ihn einfach stehen.

Er holte seine Waffe aus dem Schrank, reinigte sie, obwohl er sie in makellosem Zustand vor wenigen Tagen dort abgestellt hatte. Als er gerade aufstehen wollte, um zum Schießstand zu gehen, war Schäffler schon wieder da.

„Wir verlieren unser Ansehen. Als Landkreis, als Region. Du weißt das, Kon. Oder?“

„Lass mich in Ruhe, ich will einfach nur abschalten, da kann ich dich nicht dabei gebrauchen.“ Graumüller bahnte sich den Weg frei, überhörte die lautstarken Proteste des Bauunternehmers einfach. Es war weder die Zeit, noch der Ort. Basta.

Fast bereute er es, heute hergekommen zu sein, doch beim ersten Schuss, der trotz der Ablenkung mitten ins Ziel traf, war der Zweifel wieder verflogen.

Schäffler postierte sich neben ihm, ließ ebenfalls eine Tontaube in die Luft torpedieren – und auch er traf ins Schwarze. Fünf, vielleicht zehn Minuten lang ging das so – abwechselnd ließen sie die Tontauben zerbersten, keiner leistete sich einen Fehlschuss. Graumüller spürte auf einmal den Wettkampfcharakter, den seine Freizeitentspannung annahm. Es ging nicht mehr nur um die Tontauben, es ging um Nervenstärke. Er spürte, wie sein Hemd langsam feucht wurde, musste sich vor jedem Schuss mehrmals die Stirn abwischen.

Schäffler dagegen wirkte völlig ruhig, während Graumüller spürte, wie er selbst immer kurzatmiger wurde. Keine Schwäche erlauben, jetzt nur keine Schwäche erlauben.

„Los“, rief er in die aufkommende Dämmerung hinein, die orange Scheibe eierte in die Luft, Graumüller legte an, dachte den Bruchteil einer Sekunde daran, er könnte nicht treffen – und schoss daneben.

„Kon, ich will diesen Auftrag. Und ich will ihn sofort. Die besoffene Kraft bringt das nicht hin.“

Er hatte einfach nur gewartet. Gewartet bis er daneben zielte. Um ihn dann im Moment der Niederlage zu packen.

„Hans-Georg Schäffler. Ich werde dir hier am Schießplatz keinen Auftrag erteilen, das kann ich nicht einmal und das weißt du. Wenn du meinst, Ansprüche zu haben, dann geh den offiziellen Weg. Außerdem, mein Freund: Es gibt auch in Tschechien Baufirmen, die nur darauf warten, einzuspringen, wenn Kraft-Bau auseinanderfällt.“ Konstantin Graumüller war wieder ganz bei sich.

„Wenn das so ist, dann mach dich auf einen Kampf gefasst, den du nicht gewinnen wirst. Kon, das verspreche ich dir.“ Schäffler lachte dem Landrat bittersüß ins Gesicht, drehte sich um und ging.

Auch Graumüller verging die Lust an seinem Sport. Zehn Minuten später saß er wieder im Auto und fuhr einfach los. Ohne Ziel, er wusste nicht, wo er hin sollte. Nach Hause wollte er auch nicht – denn so verzweifelt, wie er im Moment war, sollte ihn Anni nicht sehen. Er beschloss, sich unterwegs irgendwo einen Kaffee zu kaufen.

In einem Punkt hatte Schäffler Recht: Auf der Baustelle musste etwas passieren– der Baubetrieb wieder aufgenommen werden. Es war ihm mittlerweile egal, welche Firma dort tätig sein würde, Hauptsache, der Stillstand hatte ein Ende. Graumüller ließ die Kaffeepause ausfallen, griff stattdessen zum Telefon. Es gab nur eine Lösung. Wenn er auch nicht daran glaubte, dass es gut gehen würde.

⊙

„Was? Was willst du denn ausgerechnet mit der? Kon, was soll das bringen?“

„Mach einfach, Ludwig. Mach, was ich dir sage.“

⊙

Eine Stunde später ging Solveigh Kraft den Weg zum Hauptportal des Landratsamtes hoch. Um diese Zeit herrschte hier absolute Ruhe, die Beamten waren schon seit Stunden weg. Der Anruf des Landrats-Referenten hatte sie aus dem Konzept gebracht – Graumüller wollte sie sprechen. Sofort. Höchste Priorität.

Noch nie hatte sie ein persönliches Wort mit ihm gewechselt. Wenn er bei ihrem Vater zu Hause zu Gast war, dann sprachen immer nur die beiden Männer miteinander, die Familie war nur Staffage. Selbst bei gemeinsamen Abendessen ging es ausschließlich um Politik und das Geschäft – und wenn sie gemeint hatte, der Landrat würde sich für ihre oder Thorbens Geschicke interessieren, dann war dieser sofort vom Vater zurück zur Politik gelenkt worden. Sie hielt nichts von Graumüller, betrachtete ihn eher als eine der vielen Marionetten ihres Vaters. Was könnte er von ihr wollen?

⊙

„Wie geht es Ihrer Mutter?“, Graumüller wollte nicht gleich zum Kern kommen. Er wusste von dem Mädchen nicht viel, außer von ihrem Ruf einer Rebellin, der ihr vorauseilte.

„Danke, Herr Landrat. Sie ist in Mainkofen, der Entzug setzt

ihr zu. Ich glaube aber, wir kriegen das wieder hin."
„Und Sie, wie kommen Sie mit der Situation zurecht?"
„Mit der Situation? Ehrlich, das ist keine Situation, es ist einfach nur Scheiße."
Graumüller kam sich von einem Moment auf den anderen alt vor. Er wusste, mit Smalltalk würde er ihr nicht beikommen, zu weit waren die Lebenswirklichkeiten voneinander entfernt. Und wieder keimte in ihm der Gedanke auf, alles hinzuwerfen und seinen Rücktritt zum Ende der Wahlperiode zu erklären. Doch noch musste er funktionieren. Ein privates Gespräch mit Solveigh Kraft würde nicht funktionieren, er wusste zu wenig von ihr.
„Ich verstehe Sie, Frau Kraft. Dennoch muss ich mit Ihnen sprechen, es geht einfach um zu viel."
„Was meinen Sie, worum geht es?"
„Die Baustelle. Es muss weitergehen. So schnell wie möglich."
„Das sehe ich genauso."
Graumüller war überrascht.
„Ich habe nachgedacht. Mein Vater war ein Schwein, aber er hat es nicht verdient, so zu sterben. Ich werde es nicht zulassen, dass die Firma vor die Hunde geht." Für einen Augenblick dachte Graumüller, ihm sitze eine Art weibliche Ausgabe von Severin gegenüber.
„Sie wollen die Firma übernehmen?"
„Sie gehört meiner Mutter. Die wird längere Zeit nicht in der Lage sein, die Geschäfte zu führen. Wie Sie vielleicht wissen, studiere ich Jura. Ich habe beschlossen, dass ich mich sofort um alles kümmern werde."
„Heißt das, die Bauarbeiten in Eisenstein werden von Ihnen weitergeführt?"
„Ja."
„Was ist, wenn Ihr Vater deswegen ermordet wurde? Es gibt bei der Polizei Überlegungen, dass die Morde etwas mit dem Projekt zu tun haben. Wissen Sie davon?"

„Das ist mir vollkommen egal. Ich habe keine Angst. Vor nichts und niemandem. Außerdem: Uns gegenüber reden die Bullen nur von familiären Hintergründen und so weiter."

Wie der Vater, dachte Graumüller. Als er die Frau wieder verabschiedete, wurde ihm bewusst, dass er ihr nicht einmal etwas zu trinken angeboten hatte.

„Entschuldigen Sie, ich habe Sie auf dem Trockenen sitzen lassen."

„Ich lege keinen Wert auf diesen Höflichkeitsmist, keine Sorge."

„Auf den Landkreis können Sie zählen. Wir helfen Ihnen, wo wir können."

„Ich wüsste nicht, wie Sie mir helfen könnten."

Nachdenklich verließ Solveigh Kraft das Büro des Landrates. Es schien sich eine positive Wendung anzubahnen. Auch wenn sie den Landrat immer noch nicht leiden konnte, so schöpfte sie aus dem Gespräch dennoch Hoffnung. Sie war unerfahren und konnte jede Hilfe gebrauchen. Und wenn sie von dieser Seite kam, warum nicht?

⊙

Wie er gewimmert hat und gebettelt. Als könnte er der Strafe Gottes entfliehen. Ein Wurm, nichts als ein Wurm war Ove Mikkelsen, als er an Raphaels Haken zappelte. Es war nicht einfach gewesen, mitten in Kopenhagen einen Ort zu finden, an dem er ungestört das Werk des Herrn vollenden konnte. Fündig wurde er in einem alten Industriegebiet, in dem mehrere Fabriken leer standen. Sehr selten kam jemand vorbei und Raphael hatte den Ort so vorbereitet, wie er ihn für den göttlichen Auftrag brauchte. Nur einen Stahlbottich, wie er ihn in Grafenau hatte, konnte er nicht besorgen. Also stahl er eines Nachts einen riesigen Plastiktank, 1000 Liter groß, von dem er den Deckel absägte. In der Fabrik, die er gefunden hatte, waren noch die riesigen Transportschienen an der Decke vorhanden, hier konnte er eine Seilwinde anbringen.

Ove Mikkelsen winselte um Gnade. Gnade. Gott kennt keine Gnade für die, die in Sünde leben. Sie sind nicht einmal würdig, in der Hölle zu schmoren und sie sind nicht würdig, das Fegefeuer zu schauen. Raphael wusste, dass Mikkelsen das Fegefeuer noch zu Lebzeiten sehen würde, dass er zusehen müsste, wie sein Blut in den Plastiktank lief. Das schwarze Blut der Sünde. Den Körper würde er verbrennen und die Fratze, die gemeine Fratze, würde er an die Tür der Bar nageln.

„Du sollst nicht stehlen", Raphael hielt Ove das Kreuz vor die Augen, schrie ihn an.

„Ich habe nicht gestohlen", wimmerte dieser.

„Du hast gestohlen, du hast betrogen und du hast Gottes Kinder mit deinen dreckigen Füßen getreten. Der Herr wird dir nicht vergeben. Ich bin Raphael, Racheengel des Herrn."

Er schnitt die Halsschlagader auf, so wie er es schon viele Male gemacht hatte. Er sah zu, wie Ove zappelte, wie er schrie, zuletzt nur noch röchelte und als Letztes noch hervorstieß: „Ich bringe dich um!"

Beinahe musste Raphael lachen über diese Kühnheit des Sünders. Er sah ihm beim Sterben zu und nahm den Leichnam schließlich vom Haken.

„Ich bin Raphael, Racheengel des Herrn."

⊙

Sie wollten ihn schlagen, hatten ihn schon am Boden. Raphael kam gerade recht. Er hatte die Gesichtshaut seines Opfers an die Hintertür der Bar genagelt und fuhr dann ins Sündenviertel, in der Hoffnung, dort den Heiligen anzutreffen. Ich bin bei dir, ich werde dich erlösen, dachte Raphael, als er die Horde gieriger, blutrünstiger Tiere sah, die den Heiligen malträtierten. Und es waren Tiere, anders konnte sie Raphael nicht bezeichnen. Wenn er doch die Zeit hätte – der Racheengel hätte viel zu tun. Es musste schnell gehen, er musste handeln. Angst hatte Raphael nicht, denn er wusste Gott den Herrn hinter sich, er würde ihn beschützen, heute und immerdar.

„Halt, lasst ihn“, rief er und stellte sich breitbeinig zwischen die Peiniger und den Barmherzigen. Es überraschte ihn nicht, dass sie zurückwichen. Es war, als spürten sie die Kraft Gottes, die aus seinem Körper strahlte.

„Mach dich nicht lächerlich“, riefen sie ihm entgegen. „Schleich dich, du Bastard.“

Raphael blieb ungerührt stehen: „Was ihr dem Geringsten meiner Brüder tut, das habt ihr auch mir angetan. Wisst ihr nicht, was der Herr gesprochen hat?“

Die Bande, es waren sieben oder acht, fing laut an zu johlen. „Hör dir diesen Witzbold an, bist du ein Pfaffe oder was?“

„Ich bin nur ein Diener des Herrn. Ich bewahre euch davor, Böses zu tun.“

„Hör mal zu, du Gnom. Jetzt sieh zu, dass du Land gewinnst.“ Die Meute zog sich um Raphael und seinen Schützling zusammen, als wäre ein unhörbarer Befehl ergangen, ballten sie alle gleichzeitig die Fäuste.

„Halt. Ihr seid nicht würdig, ihn oder mich zu schlagen. Was würde deine Mutter sagen, wenn sie dich so sehen würde?“ Raphael sprach einen der jungen Männer an, einen, von dem Raphael längst erkannt hatte, dass er der Situation nicht gewachsen war. Ein Mitläufer.

Die Bande blieb stehen.

„Was würde deine Mutter sagen, wenn sie dich in fünf Minuten sehen würde?“, fragte einer, der offensichtlich der Anführer war.

„Meine Mutter wäre stolz auf mich. Aber deine Mutter würde weinen und sich schämen.“ Raphael stand immer noch breitbeinig da und blieb ruhig. Mit festem Blick sah er seinem Gegenüber in die Augen, die anderen waren für ihn längst nicht mehr wahrnehmbar. Er wusste, ihn musste er besiegen. Kampflos.

Tatsächlich schien der junge Kerl beeindruckt zu sein. Raphael wusste, wenn man die Mutter ins Spiel brachte, konnten die härtesten Jungs plötzlich ganz weich werden. Es war ein hohes Risiko, aber es war die einzige Chance.

„Du bist so mickrig, da werde ich mir doch nicht die Finger dreckig machen", sagte der Anführer. Aggressiv und mit fest zusammengepressten Augen. „Wichser", rief er noch und gab den anderen ein Zeichen abzuziehen.

Einige murrten, Sachen wie, das könne man sich nicht bieten lassen und dem Arschloch müsse man es mal richtig zeigen. Doch der Anführer hatte seine Entscheidung getroffen.

„Eines Tages, da sehen wir uns wieder. Und dann gnade dir Gott."

„Gott ist mit mir am Abend und am Morgen. Ich habe nichts zu befürchten." Raphael hatte sich immer noch nicht bewegt und wartete, bis die Bande um die nächste Häuserecke verschwunden war.

„Danke. Wer bist du, ein Engel?" Der Mann, der immer noch auf der Straße lag, rappelte sich mühsam auf, griff nach Raphaels helfender Hand.

„Ja. mein Sohn, ich bin ein Engel."

Keine halbe Stunde später war der Barmherzige tot. Raphael hatte keine Zeit mehr, ihn gemäß dem göttlichen Plan zu erlösen. Außerdem wusste er, dass er die Geheimnisse des Balsamierens noch lange nicht erkannt hatte. Dennoch bescherte er dem Mann ein gnädiges Sterben – ein Schlafmittel im Kaffee, den er ihm bei sich zu Hause anbot und dann die erlösende Spritze. Er wusch den Mann mit einem weichen Lappen, hüllte den Leichnam in weißes Leinen, bahrte ihn auf seinem Bett auf. Das Kreuz des Herrn legte er ihm in die Hände, die er wie zum Gebet faltete. Er balsamierte das Gesicht des Mannes ein, frisierte ihm die Haare und legte ihm ein strahlend weißes Kissen unter den Kopf. Links und rechts vom Bett hatte er kleine Tische aufgestellt, auf denen er jeweils sieben Kerzen entzündete. Dann schaltete er die Stereoanlage ein, ganz leise tönte Orgelmusik von Johann Sebastian Bach durch den Raum.

Dann verließ er die Wohnung, das Haus, Kopenhagen. Er hatte keine Zeit zu verlieren, denn diesmal wusste er, dass ihm die Polizei bald auf der Spur sein würde.

Alles war vorbereitet. Er musste unbemerkt mit dem Auto nach Deutschland kommen, irgendwie Hamburg erreichen. Dort wollte er in ein Flugzeug steigen und die sündige Welt hinter sich lassen. Es gab einen Ort, an dem die Menschen glaubten. An dem sie ihre Religion so lebten, wie es Gott der Herr mit Wohlgefallen sah.

Er war John Frazer. Engländer. Es war ein Pass, den er sich schon vor vielen Jahren hatte machen lassen.

⊙

Die Kopenhagener Polizei arbeitete schnell. Es dauerte keine Stunde und sie hatten die Handschrift Raphaels erkannt. Dieser hatte die dänische Hauptstadt noch nicht verlassen, als sie Ove Mikkelsens Gesicht fanden. Er passierte gerade die Grenze nach Deutschland, als sie den Leichnam in seiner Wohnung entdeckten. Malte Staudt wusste, was zu tun war, doch er spürte, es war zu spät. Er wusste Bescheid über die Vorkommnisse in Schweden, er wusste auch Bescheid über den Todeszug eines Raphael im Süden Deutschlands. Also setzte er sich schnell mit Björn Lindqvist in Verbindung, der sich sofort auf den Weg nach Kopenhagen machte. Zusammenarbeit, das machte die Polizeiarbeit im Norden Europas effektiv. Gleichzeitig wies Lindqvist seine Beamten an, in Schweden Augen und Ohren offenzuhalten, denn die Möglichkeit, dass Raphael hierher zurückkehren würde und irgendwo in den Weiten des Landes erneut untertauchen wollte, war groß.

Doch vieles von dem, was Lindqvist in Kopenhagen vorfand, stimmte nicht mit dem überein, was er von dem deutschen Kommissar Ralf Bender wusste. Der Mann in der Wohnung war noch keine sechs Stunden tot, und alles wies darauf hin, dass es ein schnelles Ableben war. Kein Aushungern, kein Austrocknen, keine Erkenntnisse, dass der Körper des Mannes für die Ewigkeit erhalten werden sollte. Aber: Die Gesichtshaut des Ove Mikkelsen und ein aufgebahrter Leichnam, der in einer beinahe liebevoll arrangierten Umgebung gefunden wurde – alles deutete trotzdem auf Raphael hin.

Lindqvist rief noch am Tatort Bender an. Dass zufällig ein Polizeipsychologe bei ihm war, kam Lindvist gerade recht. Dr. Leopold hörte sich genau an, was der schwedische Kommissar zu berichten wusste. Er fragte bei einigen Details nach, blieb ansonsten ein stummer Zuhörer.

„Was halten Sie davon?“, fragte Lindqvist schließlich.

Dr. Leopold schien zu überlegen, es war nur ein schwaches Atmen am Telefon zu hören.

„Ja, nach allem, was Sie sagen, handelt es sich um Raphael. Dass er seine Handlungsweise verändert hat, ist vielleicht nicht so überraschend, wie man auf den ersten Blick meinen könnte.“

Dr. Leopold versuchte zu erklären, dass Raphael nur in Grafenau ideale Bedingungen für sein Tun hatte. Hier war es ihm möglich gewesen, über Jahre alle Vorbereitungen zu treffen, um seinen Plan, seinen fraglos abscheulichen Plan, in die Tat umzusetzen. Weder in Schweden, noch weniger in Kopenhagen sei ihm dies möglich gewesen.

„Es sieht aus, als hätte er gewusst, wie wenig Zeit er hatte. Es ist sehr wahrscheinlich, dass er Kopenhagen längst verlassen hat, ich glaube auch nicht, dass er nach Schweden zurückgekehrt ist.“

„Sie meinen, er taucht wieder irgendwo unter?“

„Ja, ich denke, dass er erneut gut vorbereitet war, was seine Flucht anbelangt. Ich vermute, dass er Kopenhagen und auch

Dänemark bereits verlassen hat. Wenn Sie also Glück haben, wird es keine weiteren Taten von ihm geben. Zumindest nicht bei Ihnen." Dr. Leopold schien sich seiner Sache sehr sicher zu sein, das spürte Lindqvist sogar in weit über 1000 Kilometer Entfernung.

„Wo könnte er also hin?", fragte er schließlich.

„Das genau ist das Problem. Alles ist möglich."

„Also müssen wir Interpol alarmieren?"

„Und zwar schnell", schaltete sich Bender in das Gespräch ein. „Sehr schnell. Wohin würdest du flüchten, Björn, wenn du in seiner Lage wärst?"

„Ich weiß es nicht, wahrscheinlich Polen, oder Russland. Vielleicht auch England. Das Problem ist, wenn er zum Beispiel ein Flugzeug genommen hat, dann kann er theoretisch Europa längst verlassen haben, auch das ist denkbar."

Benders Laune, die von seinem Fall in Zwiesel ohnehin längst auf dem Nullpunkt angelangt war, sank noch tiefer. Er wusste, die Jagd nach Raphael hatte von Neuem begonnen. Und es war wie die Nadel im Heuhaufen – so platt dieser Spruch auch war. Die Suche würde noch schwieriger werden, wenn man nicht schnell eine Spur von Raphael fand.

„Haben Sie den Flughafen schon dicht gemacht?", fragte er den Kopenhagener Kommissar Staudt.

„Ja, schon vor Stunden. Ein paar Leute wurden bereits überprüft, doch alles Fehlalarm. Fragen Sie mich nicht, wie die sich aufgeführt haben, weil sie durch unsere Aktion den Urlaubsflieger verpasst haben..."

„Gibt es weitere Flughäfen in der Nähe?"

„Am schnellsten wäre er in Schweden, Malmö zum Beispiel. Aber auch Deutschland ist möglich, Bremen, Kiel, Lübeck, Hamburg, Rostock. Es ist uferlos."

„So ein Mist. Der ist längst über alle Berge." Bender verabschiedete sich. Er konnte nichts tun, das machte ihn schier rasend. Er musste die Suche nach Raphael den Kollegen im Norden überlassen. Zumindest alarmierte er das BKA in Wiesbaden, die sollten sich um die Überwachung der deutschen Flughäfen kümmern.

„Ich kriege dich. Eines Tages kriege ich dich.“

11

Wieder und wieder fragte sich Peter Wenzel, warum er das getan hatte. Es war eine glückliche Ehe mit seiner Frau und trotzdem hatte er sich auf das Spiel mit dem Feuer eingelassen. Sie war aber auch schön, mit ihren langen, blonden Haaren, diesen nicht enden wollenden Beinen und ihren zwei festen, prallen Brüsten. Alleine schon der Gedanke daran erregte ihn – und beantwortete ihm zugleich die Frage nach dem Warum. Geliebt hatte er sie nie, aber begehrt, wie er selten eine Frau begehrt hatte. Ein unglaubliches Abenteuer, das abrupt endete, als er eines Tages sein Handy zu Hause liegen ließ. Eine kleine, unschuldige SMS verriet ihn. „Kaffee? Bei mir?“. Mehr schrieb sie nicht. Mehr war auch nicht nötig, um seine Frau auf den Plan zu rufen. Er versuchte, irgendwelche Erklärungen zu stammeln – doch der Versuch scheiterte kläglich. Er konnte seine Frau nicht anlügen und so rückte er mit der ganzen Wahrheit raus. Zweimal, dreimal Sex in der Woche, häufig in der Mittagspause. Nichts Ernstes. Aber geil.

Er wusste, dass er es nicht verdient hatte. Aber seine Frau, seine liebe Frau, ließ ihn ein paar Wochen lang zappeln, um ihm letztlich zu verzeihen.

„Es ist keine große Sache“, sagte sie. „Ich kann damit leben. Aber du wirst sie nicht mehr treffen. Und du ersparst uns in Zukunft solche Affären. Wenn du vögeln willst: Hier bin ich.“ So klar, so einfach, so entwaffnend.

Peter Wenzel suchte nach einem Parkplatz am Viechtacher Stadtplatz, aber es war wie immer: Keine Chance. Also beschloss er, hoch zum Bierfeld zu fahren und dort zu parken. Die paar Meter Fußweg zurück in die Stadt würden ihm guttun. Er war ein wenig zu früh dran, das gab ihm Gelegenheit, sich auf eine Bank am Bachlauf zu setzen und ein wenig nachzudenken.

Drei Wochen war es her, als er sie zum letzten Mal gesehen hatte. Es war nicht einfach gewesen, ihr die Lage zu erklären.

Noch schwerer war es gewesen, sich von ihr zu verabschieden. Aber die Ehe, die Familie, die drei Kinder – das alles konnte und wollte er nicht aufgeben. Gerade jetzt, wo alles so gut lief. Am neuen Haus waren endlich die letzten Arbeiten erledigt, der Garten erblühte bereits in voller Pracht und die beruflichen Aussichten waren noch prächtiger. Mussten sie auch sein, denn die Schuldenlast nach dem Hausbau dürfte noch zehn, 15 Jahre auf das Budget drücken. Trennung, Scheidung, unabsehbare Kosten: Das war nicht drin.

Dass ihm sein Chef angeboten hatte, als Teilhaber in der Anwaltskanzlei einsteigen zu können, kam ihm in dieser Situation gerade recht. Finanziell bedeutete das einen großen Schritt nach vorne. Und dann war da noch die zweite Sache, die im Moment immer greifbarer wurde. Als Stadtrat hatte er sich in den letzten Jahren einen guten Ruf erwerben können, nun winkte sogar die Möglichkeit, auch politisch einen Schritt weiter zu kommen. Er war als möglicher Bürgermeisterkandidat für die Wahl in zwei Jahren im Gespräch. Und was noch wichtiger war, wenn sich die Ereignisse weiterhin so überschlügen, wäre sogar das Amt des Landrats greifbar. Als Oppositionsführer im Kreistag konnte er hautnah miterleben, wie Landrat Graumüller mehr und mehr unter den Ereignissen der vergangenen Wochen litt. Gleichzeitig spürte er bei Graumüllers Partei Verfallserscheinungen, da die Kandidatenfrage dort immer unübersichtlicher wurde. Er sah die Chance, wie Phönix aus der Asche ganz nach oben zu kommen.

Abwarten, Peter, abwarten. Er ermahnte sich selber zur Geduld.

⊙

Ein komischer Kauz, dachte sich Hans-Georg Schäffler, als er Peter Wenzel schon eine ganze Weile mit dem Auto verfolgte. Kreuz und quer durch die Umgebung von Viechtach, scheinbar ziellos war Wenzel unterwegs. Schäffler verstand es nicht und war froh, als es endlich in die Stadt hinein ging. Der Mann suchte offensichtlich einen Parkplatz, es gab aber keinen. Schäffler folgte ihm weiter und sah Wenzel schließlich zu, wie er in der Nähe des Bierfeld-Parkplatzes auf einer Bank saß und in den rauschenden Bach blickte.

So soll also ein Macher aussehen. Lächerlich. Wer hat die Zeit, einfach so nachmittags nichts zu tun?

Schäffler wurde ungeduldig, wollte fast jetzt schon... Nein, immer mit der Ruhe. Der Bauunternehmer beschloss, zum Stadtplatz zu gehen und sich dort ein wenig umzuschauen, bis Wenzel kam. Er entdeckte ein altes Geschäftshaus und erinnerte sich an die Ereignisse, die dort vor einiger Zeit für Schlagzeilen sorgten. Eine Ehefrau hatte ihren Mann mit einem Beil erschlagen, das sie wenige Minuten zuvor noch in einem Baumarkt gekauft hatte – nicht ohne sich von den Verkäuferinnen beraten zu lassen. Dann ins Schlafzimmer, direkt auf den Kopf geschlagen. Auch eine Lösung. Schäffler lächelte zynisch.

Ein schönes Haus, gute Lage, dachte er. Vielleicht wäre das ja eine Investition und er beschloss, es sich näher anzusehen. Kam aber dann wieder von dem Gedanken ab, weil es jetzt um Wenzel ging. Er wollte ihn abpassen, da war dieses Haus ganz recht.

Der perfekteste Standort bisher.

⊙

Rücktritt. Das wäre die perfekte Lösung. Es war unerträglich geworden. Die Fragen der Polizei. Der Druck der Partei. Die Bürde des Amtes, das er nicht vernachlässigen wollte, obwohl er am liebsten in ein Flugzeug gestiegen wäre. Ab nach Schottland. In die Highlands. Grüne Hügel, weites Land. Frieden.

Konstantin Graumüller spürte, wie ihm die Kraft ausging. Es war doch genug. So lange führte er diesen Landkreis, so viel hatte er erreicht. Und er war beliebt bei der Bevölkerung, weil er keiner war, der nur die Nähe der Großkopferten suchte. Weil er umgänglich war, für jeden offen.

Ehrlich? Kon, bist du da nicht zu nachsichtig mit dir? Wie viele Leute hatte er aus dem Landratsamt weggeschickt, ohne ihnen zu helfen, obwohl es Möglichkeiten gegeben hätte. Wie oft hatte er sich verleugnen lassen von seiner Sekretärin, wenn draußen Bittsteller warteten. Dinge, die ihm wehtaten, aber je älter er wurde, umso bekannter war alles für ihn. Kein Problem, das er nicht schon einmal gehört hatte. Kein Gespräch, das er nicht schon hundertmal geführt hatte. Er war einfach nur noch müde.

Andererseits wollte er kämpfen, sich nicht einfach von den Jungen absetzen lassen. Der alte Mann war ihnen im Weg und es war gewiss nicht seine Absicht, ihnen diesen frei zu machen.

Also suchte Graumüller nach Alternativen. Seit Jahren bereits traf er sich regelmäßig und gerne mit dem Mann, den er sich als Nachfolger vorstellen konnte. Zwar keiner aus der eigenen Partei. Aber ein guter, gescheiter Kopf mit den richtigen Idealen. Noch hatte er mit niemandem in den politischen Kreisen darüber gesprochen. Auch nicht mit ihm selbst. Das würde er aber gleich tun. Er freute sich auf die Begegnung, die diesmal bestimmt einen anderen Verlauf nehmen würde als die informellen Gespräche der Vergangenheit.

⊙

Peter Wenzel glitt immer tiefer in die Vorstellung hinein, neuer Landrat in Regen zu werden. Eine prickelnde Sache, da er selbst so viele Pläne hatte, die bisher einfach nicht umgesetzt wurden, vielleicht auch, weil sie seine Partei vorgeschlagen hatte. Da war zum Beispiel das Thema Schulen. Wenzel war eindeutig der Meinung, es müssten noch eine ganze Reihe von Grund- und Mittelschulen geschlossen werden – sein Ziel war, fünf Schulen im ganzen Landkreis zu haben. In den drei

Städten, in Ruhmannsfelden und in Bodenmais. Der Rest sollte in den nächsten Jahren geschlossen werden. Er wusste, so konnte er das in einem Wahlkampf nicht sagen.

Dann war da das Thema Landkreis-Name. Gerade in seiner Heimatstadt litten die Menschen immer noch unter dem Verlust des Kreissitzes – sie trauerten auch nach 40 Jahren dem Landkreis Viechtach nach, der damals zu Regen geschlagen wurde. 40 Jahre Landkreis Regen.

Die Idee war nicht von ihm, aber Wenzel liebte den Gedanken, den Landkreis umzubenennen, zum Beispiel in Landkreis Arber, oder Arberland oder einfach in Bayerwald-Kreis.

Den Viechtachern wäre damit gedient, denn sie hätten den leidigen Namen Regen los. Und dem Tourismus wäre auch gedient, denn Arber oder Bayerischer Wald, das kannte in Deutschland jeder. Aber Regen? Der fällt doch hauptsächlich vom Himmel.

Wenzel lächelte über sein gedankliches Wortspiel und machte sich auf den Weg Richtung Hotel am Stadtplatz, wo er in einem der Hinterzimmer seit Jahren fast schon konspirative Treffen hatte.

Der Wirt schwieg eisern und bislang war es niemandem aufgefallen, mit wem er sich hier traf. Wenzel ging die Linprunstraße in Richtung Stadtplatz, wechselte dann die Straßenseite und strebte dem Alten Rathaus zu, wo er noch Karten für ein Klassik-Konzert in der Stadthalle kaufen wollte.

Es war ein schönes Gefühl, über den Stadtplatz zu gehen. Vor Jahren hatte der Bürgermeister versprochen, Viechtach zu einer Stadt mit Flair zu machen. Am Stadtplatz war das längst gelungen. Sonnenschirme, Stühle und Tische auf der Insel zwischen der Straße zu beiden Seiten des Platzes, gefüllt mit Menschen, die Eis schleckten, sich mit Getränken kühlten oder einfach nur da saßen und sich im Schatten der Sonnenschirme unterhielten.

Es ist an der Zeit, dass wieder Normalität in mein Leben einkehrt, dachte er. Wie lange bin ich schon nicht mehr mit meiner Familie hier gewesen? Entspannte Sonntage. Es war i...

...Die Gedanken brachen ab.

⊙

Ein Wort: perfekt. Ins Genick. Der beste Schuss seit Langem. Einmal vielleicht, ein einziges Mal am Schießstand, da schlug die Kugel direkt in der Mitte der Zielscheibe ein. Die Vintorez verschwand in der unauffälligen Tasche. Das Haus war ideal – wie immer. Während vorne am Stadtplatz der Trubel losbrach, war der Weg hinten aus der Stadt frei. Unauffällig. Das Auto stand etwa hundert Meter den Berg hinab.

⊙

Konstantin Graumüller hörte das Kreischen, das vom Stadtplatz her bis ins Nebenzimmer hallte. Er war nicht sicher, was er tun sollte. Die Neugierde trieb ihn hinaus, er hatte eine böse Ahnung. Als er aus dem Hotel trat, sah er erst einmal gar nichts, das Geschrei kam von der anderen Seite des Stadtplatzes, die er nicht einsehen konnte. Also ging er in Richtung Altes Rathaus. Er wusste sofort, wen er sah, wer da lag. Ein paar Dutzend Leute scharten sich um die Leiche von Peter Wenzel. Und Graumüller hatte Schuldgefühle, auch wenn er sich nicht vorstellen konnte, was er selbst mit der Sache zu tun haben könnte. Aber er war wieder in unmittelbarer Nähe. Mehr noch: Er wollte sich mit dem Mann treffen. Und nun lag er da: tot. Erschossen. Wie die anderen auch.

Als Graumüller direkt am Tatort ankam, wichen die Schaulustigen sofort zu Seite, um ihn durchzulassen. Auf einmal war es ganz still, zumindest kam es Graumüller so vor, als würde kein Laut mehr zu hören sein. Im selben Moment spürte er noch ein kurzes Brummen in seinem Schädel und gewahr, wie ihm die Beine wegsackten. Er fiel auf die Leiche von Peter Wenzel und blieb reglos liegen.

Erneut setzte ein diesmal noch lauteres Gekreische am Stadtplatz ein.

⊙

Eine Stunde später waren Ralf Bender und Manuela Hentschel da. Das Erste, das sie sahen, war Landrat Konstantin Graumüller, der in einem Krankenwagen saß und eine Infusion angelegt hatte. Er saß da, in sich zusammengesunken. Als wäre er schwer mit Schuld beladen, ging es Bender durch den Kopf.

Ihn hier zu sehen, direkt am Tatort, war für den Kommissar keine Überraschung. Gut, man hatte es ihm bereits am Telefon gesagt, was und auch wer ihn in Viechtach erwarten würde. Er hätte es auch so gewusst.

Der Viechtacher Inspektionsleiter Rainer Westenberger kam auf die beiden Kripobeamten zu, Bender kannte ihn – von einem gemeinsamen Lehrgang im Umgang mit der Dienstwaffe, den sie vor fünf, sechs Jahren absolvieren mussten.

„Rainer, Servus. Was haben wir denn?“

„Ralf, Grüß dich. Stadtrat Peter Wenzel. Genickschuss.“

„Scheiße.“

„Das kannst du laut sagen.“

„Zeugen?“

„An einem Tag wie heute sind mindestens fünfzig, sechzig Leute am Stadtplatz unterwegs. Eigentlich sind das alles Zeugen – aber es gibt nicht viel Verwertbares. Ein paar haben gesehen, wie der Wenzel umfiel. Kurz darauf kam der Landrat zum Tatort und brach über der Leiche zusammen. Wahnsinn.“

Die Polizei hatte den gesamten Stadtplatz abgeriegelt, aber aus allen Gassen lugten neugierige Gesichter in Richtung Altes Rathaus. Direkt ums Eck schloss sich ein weiterer, größerer Platz an, der ebenfalls von der Polizei abgesperrt wurde. Irgendjemand hatte alle Tische und Stühle von den Cafés und Eisdielen dorthin geschleppt, damit die Augenzeugen Sitzgelegenheiten hatten. Auch unter ihnen waren einige Sanitäter beschäftigt.

„Habt ihr schon alle befragt?“

„Ja. Einem Mann ist übrigens eine dunkle Gestalt aufgefallen, da oben hinter einem Fenster.“ Westenberger deutete in Richtung eines großen, leer stehenden Geschäftsgebäudes. Eines der Fenster im obersten Stockwerk war nur angelehnt. „Ein paar Minuten nach dem Schuss ist dann einer aus dieser Gasse gekommen und hat sich unter die Leute gemischt“, der Polizist deutete auf einen Weg, der links neben dem Gebäude zum Stadtplatz hoch führte. „Ein alter Freund von dir, zumindest seit du bei uns im Landkreis unterwegs bist: Hans-Georg Schäffler.“

Manu und Bender blickten sich kurz an.

„Ist er noch da?“ Manu blickte sich um, ob sie ihn entdecken konnte.

„Mann, der hat vielleicht protestiert. Aber wir haben ihn festgenommen und in den VW-Bus verfrachtet. Dort schimpft er jetzt unablässig vor sich hin und hat nach dir verlangt“, sagte Westenberger zu Bender.

⊙

„Das lasse ich mir nicht bieten, was glauben Sie eigentlich, wer Sie sind“, mit lästigen Begrüßungsformeln hielt sich Schäffler nicht lange auf, als Bender zu ihm in den Polizeibus stieg.

„Grüß Gott, Herr Schäffler. Was für ein Zufall, dass wir Sie hier treffen, nicht wahr?“ Bender zeigte keine Reaktion auf die blaffende Unflätigkeit des Verhafteten. „Erklären Sie mir doch einfach mal, was Sie so gemacht haben, als Herr Wenzel erschossen wurde.“

„Das ist geschäftlich, das geht Sie nichts an.“ Der Bauunternehmer verschränkte die Arme vor der Brust und schaute Bender grimmig an.

„Ich will hier raus, sofort. Das wird alles Konsequenzen für Sie haben, Bender."

„Für Sie immer noch Herr Hauptkommissar", sagte Bender und lächelte süßlich. „Außerdem ist da draußen ein Mord geschehen, da geht mich alles was an. Sie sind unmittelbar nach der Tat gesehen worden, wie Sie aus einer Seitengasse gekommen sind. Das müssen Sie mir schon erklären."

„Mein Gott, ich habe mir dieses Haus dort angeschaut", Schäffler deutete auf das heruntergekommene Geschäftsgebäude an der Stirnseite des Stadtplatzes. „Sieht nach einem interessanten Objekt aus."

„Aha. Und ist Ihnen irgendetwas aufgefallen, während Sie Ihre Investition planten?"

„Was soll mir aufgefallen sein? Dass man jede Menge Geld in diese Hütte stecken muss, um sie einigermaßen auf Vordermann zu bringen, das ist mir aufgefallen. Aber davon haben Sie ja keine Ahnung. Und jetzt sage ich gar nichts mehr."

Was Bender nur recht war. Zwei Beamte sollten den Verhafteten nach Zwiesel bringen und dort in eine Zelle sperren. Außerdem sollten sie ihm die Möglichkeit geben, einen Anwalt hinzuzuziehen. Der Kommissar wollte sich den Bauunternehmer später zur Brust nehmen.

Erst einmal wollte er mit dem Landrat reden – der einzigen konstanten Größe bei allen Mordfällen bisher.

„An meinen Fingern klebt der Tod", empfing dieser den Kommissar im Krankenwagen, die Infusion war noch nicht ganz durchgelaufen. „Wo ich bin, da sterben die Menschen." Sehr pathetisch das Ganze, fast schon aufgesetzt, fand Bender.

„Ich habe gehört, Sie sind zusammengebrochen", Bender blieb sachlich.

„Seit Wochen bin ich hin und her gerissen, was ich tun soll, Herr Kommissar. Aber diese vielen Toten, wenn ich ehrlich bin: Ich kann nicht mehr. Am liebsten würde ich alles sofort hinschmeißen, meine Anni nehmen und für ein paar Wochen ab in die Berge. Aber das geht ja nicht, die Pflicht... Herr Kommissar, das alles muss ein Ende haben. Was kann ich tun, um Ihnen zu helfen?“

Bender spürte die Zerrissenheit des Mannes, der in den vergangenen Wochen zusehends gealtert war. Er sah beinahe schon kümmerlich aus, hier auf der Pritsche im Krankenwagen. Die Krawatte hing gelockert und schief an seinem Kragen, ein Hemdzipfel lugte aus der Hose und das dünne Haar stand wirr in alle Richtungen davon. Die Würde des Amtes – viel war davon nicht mehr zu sehen. Dennoch bewahrte der Landrat Haltung, was Bender Respekt abnötigte. Gerade war er aus seiner Ohnmacht erwacht, da stand für diesen Mann doch wieder die Pflicht im Mittelpunkt.

„Herr Graumüller, ich fürchte, Sie können gar nichts tun. Aber es kann kein Zufall sein, dass Sie immer in der Nähe sind, wenn etwas passiert. Denken Sie darüber nach, was könnte das bedeuten? Was könnte das Motiv sein? Vielleicht kommen Sie ja zu einem Ergebnis.“

Bender suchte Manu, die am Stadtplatz mit Passanten im Gespräch war, die heftig nickend immer wieder in Richtung eines Fensters in dem alten Geschäftsgebäude zeigten, von dem Schäffler behauptet hatte, er hätte es als lohnende Investition besichtigt. Die Kommissarin hatte längst ein Team der Spurensicherung ins Gebäude geschickt und die Bestätigung lag bereits vor: Von dort wurde geschossen. Die Patronenhülse lag noch da – das Kaliber war bekannt. Ansonsten keine Spuren – alles kam Bender so vertraut vor. Und doch schüttelte es ihn bei der Vorstellung, mit welcher brutalen Kälte dieser Mörder vorging. Wie ein Phantom, das nie in Erscheinung tritt, das Einzige was es zurück lässt ist eine Kugel im Körper des Ermordeten und eine Patronenhülse am Standort. Wie von Geisterhand. Niemand hatte jemanden gesehen, niemand etwas gehört. Mitten auf dem Stadtplatz in Zwiesel, beim Fest in Regen, auf dem Stadtplatz in Viechtach, am Bahnhof in Bayerisch Eisenstein. Warum hinterlässt du keine Spuren, warum machst du keinen Fehler? Wenigstens hatten sie jetzt Schäffler. Vielleicht war er derjenige, nach dem sie suchten. Doch bei Bender juckte nichts.

„Schau mal, da“, Manu zupfte ihren Chef am Arm und zog ihn in eine dunkle Ecke zwischen Treppenhaus und Haustüre. „Da sind Spuren. Schau dir die Fußabdrücke an, das sieht ja fast so aus, als hätte sich da jemand versteckt.“

Es war ein kleiner Seitengang, der zu einer kleinen Tür führte, wahrscheinlich der Zugang zum Keller, vermutete Bender. Tatsächlich sah es so aus, wie Manu es beschrieb. Reibespuren eines Schuhes am Boden, ganz nah an der Mauer.

„Sag es der Spurensicherung, vielleicht können sie wenigstens die Schuhgröße ermitteln“, schickte Bender seine Kollegin noch einmal hoch zu den Kriminaltechnikern. „Dann fahren wir nach Zwiesel und sprechen mit dem Schäffler. Der hat Dreck am Stecken, das rieche ich.“

⊙

Sensationell, die Euphorie pulste immer noch durch die Adern. Das Gesicht war ganz heiß vor Aufregung. Wieder und wieder rauschten die Bilder durch den Kopf, als die Kugel im Genick einschlug. Was für ein erhabener Anblick, in diesen Bruchteilen einer Sekunde, wenn man das Einschussloch kurz wahrnahm. So perfekt. Ein Bilderbuchschuss. Er wäre stolz, wenn er das gesehen hätte.

Oh, wie stolz wäre er.

⊙

Bender nahm den Vorschlag des Landrats gerne an, mit ihm in dessen Auto nach Zwiesel zu fahren. Zeit, sich in Ruhe zu unterhalten. Der Kommissar spürte, die Antwort auf alle Fragen konnte ihm nur der Landrat geben – auch wenn er nicht wusste, warum.

Noch war dieser im Sanitätsauto, die Infusion würde noch etwa fünf Minuten laufen, informierten die Ärzte Bender. Ins Krankenhaus müsste Graumüller nicht mitkommen. Nur selber Autofahren, das sollte er noch nicht. Deshalb lag es nahe, dass Bender diese Aufgabe übernehmen könnte.

Um die Zeit zu überbrücken, rief er bei Benno Seifeld in der Redaktion an, vielleicht hatte der Neuigkeiten zu bieten.

„Es gibt da schon etwas, das ist, glaube ich, die heißeste Spur, wenn ich das so sagen darf. Also: Kraft, Hartwig, Besendorfer und Wenzel. Alle vier sind als Landratskandidaten im Gespräch. Die drei Ersten für die CSU und Wenzel für die SPD. Ralf, vielleicht ist das die Lösung."

„Der Landrat? Es geht um ihn?"

„Es gibt in der Partei ein paar Leute, die ihn weghaben wollen. Das ist kein Geheimnis. Vielleicht will das jemand verhindern. Das ist krank – aber Mörder sind ja krank, das weißt du besser als ich."

Bender drückte seinen Gesprächspartner weg, wollte gerade Schaller anweisen, dieser neuen Spur nachzugehen, als das Handy schon wieder klingelte.

„Franz, gerade wollte ich dich anrufen."

„Ich glaube ich weiß, worum es geht."

„Um den Landrat."

Für ein paar Sekunden war nichts mehr zu hören. „Du weißt es schon? Woher?"

„Das ist jetzt egal. Was hast du mir zu sagen?"

„Also, der Landrat soll..."

„Ja, das weiß ich schon. Was ist mit den Opfern?"

„Ja, ähm, also. Kraft war der klare Favorit für die Nachfolge von Graumüller. Mit dessen Tod rückte Hartwig nach, der scheinbar auch der Favorit vom Landrat selbst gewesen wäre. Bumm, tot. Der Besendorfer, das war der Sprecher von den Aufrührern, man weiß nicht genau, ob er selber kandidieren wollte, aber wahrscheinlich ist es schon. Und der Wenzel, der wäre wohl für die SPD in den Ring gestiegen und der hatte gute Aussichten. Weil die anderen, so wie man hört, absolut unbeliebt sind. Waren, meine ich."

„Woher weißt du das alles auf einmal?"

„Facebook."

„Feiß was?"

„Eine Zeitlang beobachte ich schon eine Gruppe in Facebook, das ist eine Internetplattform, aber davon verstehst du sowieso nichts. Da wird munter über den Landrat geschimpft – andere verteidigen ihn. Da geht es drunter und drüber, sag ich dir. Und heute, als das mit dem Wenzel-Mord im Internet rumging, da ging es erst so richtig los. Der „Gscheidhuber", so nennt sich einer, der in der Gruppe hochaktiv ist, hat das vor zehn Minuten gepostet. Ich hab alles überprüft – es stimmt."

„Ich verstehe keine Wort von deinem Geschwätz. Aber wir sind jetzt auf dem richtigen Weg, ich spüre es." Das entsprach den Tatsachen, Benders Magen rumorte, es juckte unter den Fingernägeln. Jetzt musste er nur noch die Verbindung zu Hans-Georg Schäffler finden. Der Mann war in den Augen Benders Zielperson Nummer 1. Ist er Gabriel?

⊙

„Sie haben mir nicht alles gesagt, Herr Landrat."

„Ich wüsste nicht, was ich Ihnen verschwiegen hätte." Graumüller saß am Beifahrersitz, schaute müde aus dem Fenster. Hemd und Krawatte waren immer noch nicht zurecht gezupft, die Haare standen ihm noch wirrer vom Kopf als zuvor im Krankenwagen. Er schien nicht wirklich bei der Sache zu sein, Bender spürte förmlich, wie es im Landrat rumorte.

„Besendorfer wollte Sie absägen."

„Ach, absägen... Wissen Sie, Herr Bender, ich sehe das nicht so eng, wie es meine politischen Freunde tun. Es ist ein demokratischer Prozess. Karl war der Meinung, es muss ein Generationswechsel her – und wenn Sie mich fragen, er hatte nicht so ganz unrecht. Ich bin für das alles zu müde."

„Warum haben Sie mir davon nichts erzählt?“

Graumüller blickte stumm aus dem Fenster, zuckte nur mit den Schultern. Er suchte offenbar nach einer Antwort, schien aber keine zu finden. Bender musterte den Politiker mit einem Auge, entdeckte trotz der momentan gebrochenen Gestalt einen aufrechten, ehrlichen Menschen. Es schien ihm so, als sei über Graumüllers Welt der Himmel zusammengestürzt und der suchte nach den Gründen dafür.

„Haben Sie das vor den Morden auch so gesehen? Wollten Sie Ihr Amt abgeben?“

„Nein. Da noch nicht.“ Graumüller drehte sich Bender zu. „Aber diese Zeit vorher, das ist doch heute alles Makulatur. Nichts ist mehr so, wie es war. Nichts wird mehr so, wie es war.“

Es hörte sich nach Resignation an und doch meinte Bender, letzte Reste Kampfgeist herauszuhören.

„Sie wollen also tatsächlich aufhören?“

„Nein. Ja. Ich weiß es ehrlich nicht. Und das mit Besendorfer: Glauben Sie mir, Herr Kommissar, daran habe ich bis jetzt keine Sekunde gedacht, ich war einfach nur bestürzt. Das ist alles so sinnlos.“

„Wir vermuten, dass die Morde alle mit Ihnen zu tun haben. Beziehungsweise mit der Frage, wer Ihr Nachfolger werden soll.“

„Wie kommen Sie darauf? Nein, das wäre mir zu viel.“

„Alle Toten wollten oder sollten Landrat werden. Irgendjemand will das offensichtlich verhindern.“

„Ach, dann bin ich jetzt Ihr Hauptverdächtiger? Herr Kommissar, tut mir leid, damit kann ich nicht dienen.“

„Nein. Aber es könnte doch sein, dass Sie jemand auf diese perfide Art und Weise fertigmachen möchte. Und, nichts für ungut, es sieht so aus, als würde es ihm gelingen. Oder jemand will, dass Sie unbedingt Landrat bleiben und räumt die Konkurrenten aus dem Weg.“

„Danke, jeder der mich kennt, weiß, dass das nicht nötig ist.

Wenn mich die Partei will, dann trete ich an. Wenn mich das Volk wählt, dann erledige ich meine Aufgaben nach bestem Wissen und Gewissen. Ich stelle mich jeder politischen Auseinandersetzung, das ist bekannt." Wieder flackerte diese Aura von Pflichtgefühl auf und in seiner ganzen Gebrochenheit strahlte Graumüller Würde aus.

„Ich bewundere Sie, so wie Sie Ihr Amt verstehen. Respekt." Bender musste es sagen. Wieder einmal brach jemand im Bayerischen Wald seine festgefahrenen Vorurteile auf. Erst Seifeld, der Journalist, mit dem er eigentlich ganz gut konnte, obwohl er diesen Berufsstand hasste. Und nun Graumüller. Politiker – auch das nicht Benders bevorzugter Umgang.

„Niemand in der Politik würde für ein Wahlamt morden, oder?" Graumüller sagte es mehr zu sich, als zum Kommissar. Und dann fiel ihm ein, dass er genau diesen Gedanken hatte, als er Karl Besendorfer warnen wollte.

„Fahren Sie mich bitte ins Landratsamt, nicht nach Hause. Ich muss noch mit jemandem reden."

„Mit wem? Haben Sie einen Verdacht?"

Graumüller hatte einen Verdacht, doch er musste sich erst eine Strategie zurechtlegen, wie er diesen äußern sollte. Denn wenn er Recht hatte, wäre das einfach nur ungeheuerlich. Deswegen sagte er: „Ach was. Sie kommen doch irgendwie weiter nach Zwiesel, wenn nicht, nehmen Sie einfach meinen Wagen, ich hole ihn dann ab."

„Ich rufe eine Streife, die fahren mich. Danke. Herr Graumüller, es ist wirklich wichtig. Sie müssen uns alles sagen, was Ihnen durch den Kopf geht. Alles könnte wichtig sein, selbst die kleinste Nebensächlichkeit."

„Sie können auf mich zählen."

Zehn Euro für deine Gedanken, du weißt was. Aber ich werd's rauskriegen.

„Soll ich den Schäffler bringen lassen? Der kommt uns diesmal nicht mehr so leicht davon. Ich habe ihn bereits behandeln lassen." Manu empfing Bender voller Tatendrang. Auf den Kommissar wirkte sie so, wie viele junge Polizisten, die einen Verdächtigen dingfest gemacht haben: Er war ihr Täter, ohne Wenn und Aber. Dass sie Schäffler bereits erkennungsdienstlich untersuchen ließ, honorierte er mit einem beifälligen Nicken. Gerade jetzt, da er sich hauptsächlich damit beschäftigte, in seinem Kopf die Verbindungen und Nahtstellen zwischen den Morden zu finden, war er froh, in Manu jemanden zu haben, der die Arbeit sorgfältig erledigte, ohne dass er ihr Anweisungen geben musste. Sie wusste, was zu tun war. Zuverlässig.

„Warten wir noch die Ergebnisse ab, lassen wir ihn schmoren", sagte Bender. Er wollte mit ihr zuerst über sein Gespräch mit Graumüller reden, die anderen Fakten hatte sich seine Kollegin bereits von Franz Schaller geholt.

„Also: Wenn es um den Landrat geht, dann suchen wir in der Politik. Der Schäffler ist doch auch in der Partei, soviel ich weiß ist er sogar Kreisvorsitzender. Will der vielleicht Landrat werden?" Manu war auf ihrer Spur, Bender wollte sie davon wieder herunterholen.

„Der Typ ist aalglatt, das weißt du. Ich glaube nicht, dass es so einfach ist."

„Der Graumüller kommt ja wohl nicht in Frage, da sind wir uns doch einig. Erstens war er zu nah dran, zweitens ist er kein Mörder."

Eine einfache Theorie, die Manu aufstellte, doch Bender konnte ihr nicht widersprechen. Der Landrat war kein Mörder, daran war nichts zu rütteln. Aber Schäffler? Bender hielt es für möglich, traute dem Mann alles zu.

Doch andererseits: Dieser Mann war nicht so blöd, sich am Tatort sehen zu lassen, wenn er selber geschossen hatte. Wenn, dann hatte er einen Schergen, der für ihn die Drecksarbeit machte. Das machte die Sache nicht einfacher. Bender hoffte darauf, dass die Kriminaltechnik ein wenig Hilfestellung bieten könnte.

Sie kam prompt: „Schmauchspuren, wir haben sowohl an seinen Händen, wie auch an seiner Kleidung Spuren gefunden.“ Einer der Kriminaltechniker legte dem Kommissar die ersten Ergebnisse der Untersuchung auf den Tisch.

„Alles klar. Manu, lass ihn bringen.“

Hans-Georg Schäffler hatte sich wieder vollkommen beruhigt, als er zu Manu und Bender in den Verhörraum gebracht wurde. So wütend er in Viechtach war, so aufgeräumt erschien er dem Kommissar jetzt zu sein. Beinahe lässig nahm Schäffler den Stuhl, drehte ihn mit der Lehne in Richtung Tisch und setzte sich breitbeinig drauf.

„Ihre Phantasielosigkeit spricht Bände. Vier Morde und alles was Ihnen einfällt, ist, mich zu verhaften. Traurig und langweilig ist das.“

„Fünf Morde, Herr Schäffler. Es wäre mir lieb, wenn Sie nichts unterschlagen würden.“

„Ach, geht das jetzt mit dem Breit wieder von vorne los. Ich habe ein Alibi, haben Sie das vergessen?“

Bender wollte darauf nicht reagieren. Schäffler versuchte es scheinbar mit der Masche: ruhig bleiben und provozieren, bis der andere austickt. Bender würde nicht austicken. Sein Ziel war es, dass Schäffler zum Schluss wutentbrannt aus dem Raum gebracht werden sollte.

„Herr Schäffler, wir sind hier ja unter uns, da kann ich das ja sagen: Ich bin davon überzeugt, Sie sind der Mörder.“

„Lächerlich. Und langweilig. Haben Sie einen Kaugummi für mich?“

Schäffler grinste erst den Kommissar an, dann Manu, der er sogar kurz zuzwinkerte. „Sagen Sie doch auch einmal was, schöne Frau. Ich glaube, Sie sehen nicht nur verdammt gut aus, Sie haben auch was in der Birne.“

Manu zwinkerte ebenfalls und lächelte: „Wie geht es eigentlich Ihrer Frau?“

Stattdessen war es erneut Bender, der den Faden wieder aufnahm.

„Also, Sie waren am Tatort in Viechtach. Erklären Sie mir doch noch einmal, was Sie getan haben wollen. Ich glaube nämlich, dass Sie das alles nur erfunden haben. Das Gewehr finden wir schon noch, keine Sorge."

„Ich war in Viechtach, um mir dieses Objekt anzuschauen. Interessante Sache, am Stadtplatz. Die Stadt hat Potenzial, da will ich natürlich auch mitverdienen."

„Und wo haben Sie die Waffe versteckt?"

„Ich habe keine Waffe."

„Wieso haben dann meine Beamten Schmauchspuren an Ihren Händen, Armen und an der Kleidung entdeckt? Übrigens: Die Anstaltskleidung hier steht Ihnen außerordentlich gut, ein paar Streifen würden sich aber an Ihnen noch besser machen." Bender deutete mit dem Zeigefinger auf den Trainingsanzug, in den Schäffler gesteckt wurde, weil dessen Kleidung bei der Kriminaltechnik war. „Sag mal Manu, könnten wir uns nicht mal was zu trinken holen? Der Herr ist ja sichtlich verwirrt. Lassen wir ihn ein wenig nachdenken."

Tatsächlich wirkte Schäffler irritiert.

„Das lassen wir jetzt ein bisschen setzen", sagte Bender draußen zu Manu.

„Warum? Warum bleibst du nicht dran, setzt ihn nicht unter Druck?"

„Glaub mir, der hat viel mehr Druck, wenn er das Gefühl hat, wir wüssten sowieso schon alles. Der gehört zur Kategorie: Schmoren lassen, bis er schön weich ist."

Bender wartete ein paar Minuten, dann bedeutete er Manu, wieder zurück in den Verhörraum zu gehen.

„Haben Sie mir den Kaugummi mitgebracht?"

„Das heißt das Kaugummi!" Bender begann Spaß zu haben. „Aber, es tut mir leid, wir haben keines. Reden wir lieber über Ihre Schmauchspuren."

„Wissen Sie, das ist doch nur ein billiger Trick." So wollte es Bender, er sollte sich wieder ganz sicher sein. Aber die Sache mit dem Trick war ein guter Einfall.

„Wenn Sie meinen“, sagte Bender möglichst unbeteiligt. „Wie war das gleich noch mal, Manu, da war doch dieser Zeuge?“

Die Kollegin begriff sofort, nicht einmal den Bruchteil einer Sekunde zögerte sie: „Sie wurden nämlich gesehen, Herr Schäffler. Nicht nur, wie Sie aus der Gasse kamen, sondern auch, dass Sie im Haus waren.“

Keine Antwort. Schäffler schien erneut verwirrt. Wie ein Boxer, der schon angezählt ist, aber doch wieder aufsteht und sich dann wundert, wenn er Sekunden später schon wieder in die Bretter knallt, dachte Bender.

„Sie sind uns eine Erklärung schuldig, auch wenn wir Sie nur langweilen, wie Sie sagen.“ Bender lächelte wieder, Schäffler sagte immer noch nichts.

„Eine neue Version, und diesmal die Richtige, das wäre uns sehr angenehm, Herr Schäffler“, ergänzte Manu.

„Ich habe alles gesagt und jetzt will ich einen Anwalt.“

„Das würde ich Ihnen dringend empfehlen. Oder Sie gestehen gleich, das würde die Sache vereinfachen – auch für Sie übrigens.“

„Ich habe nichts zu gestehen“, Schäfflers Stimme reicherte sich merklich mit Spuren von Aggression an. Bender nahm es wohlwollend zur Kenntnis.

„Wirklich? Das glaube ich Ihnen nicht, Herr Schäffler. Sie haben verdammt viel zu gestehen, das wissen Sie besser als ich. Das mit dem Breit, OK, da haben wir uns geirrt. Aber jetzt? Sie haben kein brauchbares Alibi, für keinen der vier tödlichen Schüsse. Sie haben für jeden der Morde ein Motiv und Sie hatten wahrscheinlich auch die Gelegenheit. Und jetzt haben wir die Schmauchspuren. Mehr brauchen wir eigentlich nicht.“

„Was soll das für ein Motiv sein?“

„Sie wollen Landrat werden.“ Bender pokerte hoch, denn

weder Benno Seifeld noch Franz Schaller konnten ihm dies bestätigen, als er sie vor dem Verhör danach gefragt hatte. Offiziell hatte Schäffler keine Ansprüche angemeldet, war von den beiden zu erfahren. Aber zumindest Seifeld hielt es für möglich. Bender selbst war davon überzeugt – dieser Mann war so versessen auf Macht, warum sollte er ausgerechnet vor dem Stuhl des Landrats Halt machen?

Bender beobachtete sein Gegenüber genau, und wieder glaubte er, einen Treffer gelandet zu haben. Der Boxer wankte, aber er fiel nicht.

„Selbst wenn", sagte Schäffler. „Wieso sollte ich dafür morden? Sie können mir gar nichts anhaben, mit Ihren seichten Theorien." Er blaffte Bender förmlich an, doch dieser blieb unbeeindruckt. Im Gegenteil, gleich habe ich dich, dachte der Kommissar.

„Weil es der einfachste Weg ist. Schauen Sie: Keiner mag Sie, weil Sie arrogant sind und ein neureicher Schnösel. Wer sollte Sie wählen? Eine Chance haben Sie doch nur, wenn Sie Graumüller zerlegen – und wie ginge das besser, als auf diese Art und Weise. Sie wissen doch selbst, wie fertig der Mann mittlerweile ist."

„Hören Sie, wenn, dann würde ich gleich Graumüller selbst erledigen und nicht durch die Hintertür kommen." Schäffler war mittlerweile mehr als gereizt.

„Oh, es beleidigt Sie also, wenn ich Ihnen den Spiegel vorhalte?" Bender blickte zu Manu, die ihm bestätigend zunickte. Dass Schäffler indirekt zugegeben hatte, sich selbst zu einem Mord fähig zu halten, war ein gewaltiger Schritt. Jetzt musste man ihm nur noch das Geständnis entlocken – oder zumindest das Geständnis, der Drahtzieher oder Auftraggeber im Hintergrund zu sein. Mitten in Benders Gedanken hinein lehnte sich Schäffler auf einmal auf seinem Stuhl ganz nach vorne, kratzte sich an der Stirn, lächelte.

„Wissen Sie was, Herr Bender. Und Ihre Schmauchspuren, die können Sie sich auch sonstwo hinschmieren, wenn Sie wollen.“ Er war wieder ganz ruhig – und jetzt war Bender irritiert.

„Es ist kein Wunder, schließlich war ich gestern am Schießplatz – mit genau den Klamotten, die Ihre Helfershelfer gerade untersuchen. Na, bringt Sie das ein bisschen zum Nachdenken?“

⊙

Tagebuch

Geniale Tat. Die Verunsicherung sitzt tief, das Ziel ist fast erreicht. Angst, alle haben Angst. Das ist gut. Gut für ihn. Gut. Hält er das aus? Steht er das durch? Er muss, nur er muss, alle anderen sind egal. Der Landkreis braucht ihn, sonst keinen. Versteht das denn keiner?

⊙

Bender konnte sich nicht beruhigen, wie ein Derwisch stob er in seinem Büro auf und ab.

„Verdammt noch mal, was ist das alles für eine Scheiße. Alte Schmauchspuren, alt. Was ist das nur für eine saudumme Schlamperei.“

Tatsächlich hatte sich herausgestellt, dass die Spuren an Schäffler nicht frisch waren. Tontaubenschießen – Bender würde dieses Wort und diesen Sport bis zum Ende seiner Tage hassen.

Genau so, wie er Oberstaatsanwältin Dr. Gundula Moosbacher im Moment hasste. Ihre Worte klangen ihm immer noch in den Ohren: „Herr Bender, was glauben Sie. Das ist gar nichts, damit jagt uns jeder noch so schmierige Hinterhofanwalt mit Pauken und Trompeten aus dem Gerichtssaal. Entweder Sie bringen Beweise, oder Sie lassen den Mann sofort laufen.“

Er war es selbst, der Schäffler die Zellentür öffnete und ihn nach Hause gehen ließ. Auch wenn es schwer fiel – diesem Mann würde er mit aller Kraft, die ihm zur Verfügung stand, gegenüber treten und Paroli bieten. Und er würde siegen. Garantiert. Doch zuerst musste er noch etwas erledigen.

⊙

Sie blickte aus dem Wagen und sah sie kommen. Monika und Claudia gingen rechts und links an der Hand ihres Vaters. Fast wie früher dachte sie, als er beide zum Spielplatz mitgenommen hat und sie mit von der spielerischen Anstrengung hochroten Köpfen, verschwitzt, dreckig wieder nach Hause zurückgekehrt waren. Nur heute waren beide Mädchen kreidebleich und taten ihr fast leid. Stumm setzten sie sich auf die Rücksitze, ihr Vater nahm am Steuer Platz. Die Eltern der geschockten Teenager tauschten Blicke aus, redeten aber nicht. Kurz vor Passau sagte Monika: „Mama, es tut mir leid. Aber du kannst sicher sein: nie wieder!“ Claudia nickte.

Bender sah in den Rückspiegel und dann seine Frau an.

„Danke“, begann sie, brach aber ab, legte stattdessen eine Hand auf seinen Oberschenkel.

12

Es lief alles nach Plan, geradezu perfekt. Gut, das Schreiben, das er zusammen mit Sandra an die Zeitung geschickt hatte, blieb unveröffentlicht. Aber egal, Graumüller war sowieso fertig. Er dagegen erlebte einen kometenhaften Aufstieg, wie ihm auch seine Frau immer wieder versicherte. Die Verdächtigungen der Polizei, die ihn kurzzeitig sogar in Arrest gebracht hatten, schadeten ihm im Nachhinein nicht. Im Gegenteil: Sie verschafften ihm zusätzliche Sympathie. Ein weiterer geschickter Schachzug war, dass er sich öffentlich zum Mörder äußerte. In einem Interview mit der Lokalzeitung hatte er deutlich gemacht, vor diesem nicht zurückzuweichen und sich nicht einschüchtern zu lassen. Er genoss Ansehen in weiten Teilen der Bevölkerung und war endgültig bereit für eine parteiinterne Kampfkandidatur gegen Konstantin Graumüller. Hans-Georg Schäffler war sich sicher: Auf den Wahlplakaten würde sein Konterfei prangen.

⊙

Konstantin Graumüller hatte sich letztendlich entschlossen, keinen Rückzieher zu machen. Lange überlegte er, ob er sich geschlagen geben sollte. Er war amtsmüde, keine Frage. Auch die Ereignisse der letzten Wochen machten ihm deutlich, wo seine Grenzen waren. Doch schließlich war es die unerträgliche Arroganz seines Widersachers, die seinen Kampfgeist weckten. Zudem hatte er viel Zuspruch erfahren. Sogar aus den Reihen des politischen Gegners. Diese machten deutlich, keine Kandidaten ins Rennen schicken zu wollen. Wahrscheinlich aus Angst, selbst zur Zielscheibe zu werden. Er hatte das Gefühl, eine schlagkräftige Truppe an seiner Seite zu haben, angeführt von Ludwig Meisetschläger und seiner Frau. Unerwartete Hilfe signalisierte auch Benno Seifeld, der schließlich doch noch der Einladung von Anni gefolgt war.

Und auch wenn nicht zu übersehen war, dass Schäffler die Gunst vieler Wähler genoss, so schätzte er sein Lager mindestens ebenso groß ein. Für den Moment galt es die Parteifreunde vor der Kampfkandidatur davon zu überzeugen, dass Schäffler sicher nicht zum Wohle des Landkreises arbeiten würde. Die Mehrung von Reichtum und Macht waren die einzigen Ziele, die der verfolgte.

⊙

Bender saß zusammen mit Manu, Dr. Moosbacher und seinem Chef in dessen Büro. Zum ersten Mal, so kam es dem Kommissar vor, hing kein Streit in der Luft. Es ging schlicht und einfach um die Frage, ob der Bauunternehmer mit Landratsambitionen Personenschutz brauchte. Dr. Moosbacher und Ritter waren dafür. Grundsätzlich war auch Bender der Meinung, man könne ihn nicht mehr alleine rumlaufen lassen: „So einen Tod hat nicht einmal diese Sau verdient." Trotzdem war er sich nicht sicher, ob diese Aktion etwas bringen würde.

„Schließlich können auch Leibwächter nicht verhindern, dass ihm unser Mann in den Kopf schießt. Und wir können auch nicht jedes Fenster kontrollieren, an dem er sich vorbeibewegt."

Alle nickten.

„Wegsperren können wir ihn leider auch nicht", warf Manu ein.

„Stimmt, immerhin befindet er sich gerade auf Werbetour in eigener Sache", bestätigte Moosbacher.

„Fragen wir ihn doch einfach selbst. Vielleicht lehnt er Schutz ja ab. Schließlich hat er der Zeitung doch gesagt, dass er sich vom Mörder nicht ins Bockshorn jagen lässt", schloss Ritter.

Bender war einigermaßen überrascht, mit welcher Vehemenz Hans-Georg Schäffler Personenschutz einforderte. Er begriff aber schnell die wahren Beweggründe. Schäffler verstand das wohl mehr als Werbegag.

⊙

„Hans-Georg, ich bin am Ende." Bürgermeister Hubert Schrank aus Bodenmais saß dem Bauunternehmer gegenüber und bettelte. Seine Frau war ihm vor über einem Jahr von heute auf morgen davongelaufen. Wie sich herausstellte, hatte sie eine Affäre mit dem Lehrer ihres Sohnes, aus der sich schnell etwas Ernsteres entwickelte. Mittlerweile war die Scheidung längst angelaufen – und Schrank sollte finanziell bluten, das war aus den ersten Forderungen des Anwalts seiner Frau mühelos herauszulesen.

„Ja, aber wie könnte ich dir helfen?" Hans-Georg Schäffler stellte die Frage, obwohl er längst die Antwort kannte. Jetzt ging es nur noch darum, sie Schrank zu vermitteln.

„Ich weiß nicht, aber es ist ein offenes Geheimnis, dass du den Kollegen schon mal kräftig unter die Arme greifst, wenn sie dir... Na, du weißt schon."

Holla – Schrank musste richtig verzweifelt sein, wenn er ihm so direkt kam. Er brauchte Geld, das war offensichtlich, doch erst mal langsam.

„Ich weiß ehrlich gesagt nicht, wovon du sprichst."

„Wir wollen doch ein neues Freibad bauen, ich könnte dir den Auftrag zuschanzen, wenn du mir...Ich brauche Geld, Hans-Georg, die macht mich fertig."

„Hubert, ich weiß ja nicht, was dir deine Bürgermeisterkollegen so erzählen. Aber mit mir laufen solche Dinge nicht." Es war eigentlich bisher nur Zufall gewesen, dass Schäffler noch nicht mit Schrank ins Geschäft gekommen war. Es hatte sich einfach nicht ergeben – und wirklich lukrative Aufträge hätte es in den letzten drei Jahren, seit Schrank Bürgermeister war, ohnehin nicht gegeben. Zumal die Gemeinde nicht viel zahlungskräftiger war als Griechenland.

„Wenn sie Recht kriegt – und ich verwette meinen Arsch darauf, dass sie Recht kriegt vor jedem Scheidungsgericht dieser Welt –, dann muss ich das Haus und alles verkaufen. Und wenn ich verkaufe, dann will sie die Hälfte. So läuft das, hat sie gesagt, beziehungsweise redet ja nur noch ihr Scheiß-Advokat mit mir. Natürlich – jeden Monat will sie auch noch einen fetten Batzen haben."

„Und was willst du von mir? Entschuldige, wenn ich so direkt bin, aber das geht mich eigentlich gar nichts an. Hättest du besser auf sie aufgepasst." Schäffler ließ ihn zappeln, wartete.

„Es gibt einen Kompromissvorschlag. Ich gebe ihr 250.000 Euro und damit ist alles erledigt. Dann würde sie heiraten und ich bin raus aus der Nummer. Nur: Ich habe das Geld nicht, nur wenn ich mein Haus verkaufe."

„Was ist die Hütte wert?"

„Eine halbe Million, ungefähr. Aber das krieg ich nie."

„Und welche Rolle hast du für mich vorgesehen? Soll ich dir die 250.000 geben, oder was? Das vergiss mal so schnell, wie es dir eingefallen ist Hubert. Was hindert dich außerdem daran, zur Bank zu gehen?"

Hubert Schrank kippte mit dem Stuhl etwas zurück und kratzte sich an der Nase. Er warf einen hilfesuchenden Blick zur Zimmerdecke, um dann die ganze Wahrheit herauszurücken: „Naja, ich habe mich, als sie mich verlassen hat, da habe ich mich in der Tschechei ein wenig abreagiert, wenn du verstehst."

„Rumgefickt, na und?"

„Nein, ich meine, ja, das auch. Ich hab da einen kennen gelernt, einen Anlageberater. Es war alles so logisch, so klar."

„Wieviel?"

„Naja, die Schulden am Haus, und dann die Forderungen von ihr, ich hab nicht gewusst, wie ich das zahlen soll. Wie gesagt, es war alles so logisch. Ich habe gedacht, in ein paar

Wochen bin ich die ganzen Sorgen los. Ich hab alles investiert, was ich hatte. Jetzt ist alles weg.“

„Sag mal, wie blöd bist du denn?“

„Was soll ich machen, ich war total verzweifelt, damals.“

Hans-Georg Schäffler hatte den Bürgermeister genau da, wo er ihn haben wollte – und es kostete ihn viel Mühe, jetzt nicht zu frohlocken. Doch er blieb äußerlich völlig ruhig und tat weiter so, als würde ihn das alles nicht weiter interessieren.

„Weißt du Hubert, ich sehe da keine Möglichkeit, wie ich dir helfen kann. Schau mal, die Partei ist gerade dabei, mich davon zu überzeugen, dass ich den Graumüller ablöse, damit habe ich schon genug zu tun. Du wirst verstehen, ich kann mich nicht auf solche Deals einlassen, in dieser Situation. Tja, und der Kraft – mit dem hast du ja ein paar Aufträge abgewickelt, soviel ich weiß – der Kraft ist leider auch nicht mehr, der war ja bekannt für solche Geldschiebereien. Das ist aber nicht mein Stil.“

Hubert Schrank sank noch tiefer in den Stuhl und war schon im Begriff aufzustehen und zu gehen. Da kam ihm doch noch ein Gedanke.

„Und du, würdest du kandidieren?“

„Wenn die Partei es von mir verlangt, selbstverständlich. Ich sehe mich da durchaus in der Pflicht.“

„Wenn ich dann, ich meine, ich könnte dafür sorgen, dass die Freien Wähler dich unterstützen und wir gar keinen Kandidaten aufstellen.“

Er hat es gesagt. Mit Geduld und Spucke fängt man jede Mucke. Doch, besser ist es, sich immer noch zu zieren.

„Glaubst du ernsthaft, dass ich eine Landratswahl verlieren würde, ohne eure Hilfe?“

„Bei einer Wahl weiß man nie. Wie wäre es denn, wenn die CSU und die Freien Wähler dich dann als gemeinsamen Kandidaten ins Rennen schicken würden? Also nicht nur unterstützen, sondern gemeinsame Sache?“

„Klingt nicht uninteressant, da hast du Recht. Aber hast du

deine Leute im Griff, kannst du das überhaupt bewerkstelligen?"

„Kein Problem, das krieg ich hin. Aber vergiss nicht, was du dafür tun musst."

Fünf Minuten später waren die Details geregelt. 250.000 Euro – das war die Sache wert. Außerdem: Das Freibad war im Betrag inbegriffen. Und wenn Schrank aufdringlich werden sollte...auch dafür gab es Lösungen.

⊙

Wie gut, dass es Leute gibt, die einen auf dem Laufenden halten, dachte sich Ludwig Meisetschläger, als er sich bei der Sekretärin des Bodenmaiser Bürgermeisters zum Gespräch anmeldete. Er musste noch kurz warten, weil der Rathauschef telefonierte, eine gute Gelegenheit, noch einmal genau zu überlegen, wie man die Sache einfädeln konnte. Letztlich sah der Landrats-Sprecher nur eine Möglichkeit: den direkten Weg.

„Was verschafft mir die Ehre, Ludwig? Ich kann mich nicht erinnern, dass du mal hier bei mir gewesen wärst." Hubert Schrank war deutlich anzusehen, dass er sich in seiner Haut nicht wohl fühlte. In Wahlkampfzeiten konnte es nur eines bedeuten, wenn die rechte Hand des Landrats aufkreuzte: Es ging um Unterstützung. Eine fatale Situation.

„Wie ich höre, war heute Vormittag der Herr Schäffler bei dir?" Meisetschläger legte die Karten auf den Tisch. „Und wenn ich mich nicht irre, dann hast du ihm deine Unterstützung im Landratswahlkampf zugesagt."

„Ehrlich, Ludwig. Kons Zeit ist vorbei, es muss ein neuer Wind in den Landkreis."

Meisetschläger nickte. „Da ist was dran, das mag schon sein. Aber – ausgerechnet Schäffler, der macht doch den Landkreis kaputt. Findest du nicht, Hubert?"

„Er ist ein erfolgreicher Unternehmer, warum soll er es als

Landrat für den Landkreis nicht sein?“ Schrank wollte sich nicht ins Wanken bringen lassen.

„Ja, wenn du das so siehst. Schade. Ich glaube, wenn du noch einmal gründlich überlegst, dann kommst du auch noch drauf, dass Konstantin Graumüller die bessere Wahl ist.“

„Was gibt es da noch zu überlegen? Mein Entschluss steht fest, ich werde Schäffler unterstützen.“

Es war an der Zeit, den Trumpf auszuspielen: „Was es da zu überlegen gibt, fragst du. Zum Beispiel könntest du dir überlegen, ob es so gut ist, wenn ich die Sache mit deinem Neffen öffentlich mache.“

Hubert Schrank erbleichte von einem Moment auf den anderen. War er bisher noch standhaft geblieben, wenn er auch seine Nervosität nicht überspielen konnte, so schien er jetzt richtig verunsichert zu sein. „Was meinst du?“

Meisetschläger kostete den Moment aus, trank erst einmal vom Kaffee, den die Sekretärin gebracht hatte, bevor sie sich in den Feierabend verabschiedete. Er ließ sich Zeit, nahm noch einen kurzen Schluck, um dann beinahe flüsternd zu antworten: „Es gibt da so Gerüchte, von denen ich weiß, dass es keine Gerüchte sind.“

„Gerüchte?“ Der Bürgermeister verschluckte sich fast.

„Es geht um deine Schulden. Und es geht um ein Konto, das dein Neffe, der Herr Bankvorstand Schrank, für dich angelegt hat. Stimmt es, dass du dich nach Belieben davon bedienen kannst? Stimmt es, dass die Herkunft dieses Geldes, sagen wir mal, aus einer Art Unterschlagung resultiert?“

„Das ist Privatsache.“ Schrank begann hektisch zu werden, schien verzweifelt nach etwas am Schreibtisch zu suchen.

„Privatsache? Das glaube ich nicht. Ich meine, es gibt da schon ein paar Leute im Aufsichtsrat, die sicherlich sehr interessiert an dieser Information wären.“

„Willst du mir drohen?“

Meisetschläger schüttelte den Kopf. „Ehrlich, Hubert, ich halte das alles für keine große Sache, das muss ja nun wirklich nicht jeder wissen. Aber du solltest dir im Klaren darüber sein, was das für dich bedeutet. Unterstützt du Schäffler, werde ich nicht zögern. Unterstützt du Graumüller, werden wir einen Weg finden, wie wir die Angelegenheit unter der Decke halten."

Bürgermeister Hubert Schrank wusste darauf nichts mehr zu sagen. Meisetschläger hatte ihn in der Hand.

„Weißt du, Hubert, das ist doch alles kein Problem. Also, ich muss dann wieder. Wir sehen uns, Servus." Und schon war Meisetschläger zur Tür hinaus. Für ihn war der Fall erledigt, Schrank würde zu keiner Gefahr mehr werden im innerparteilichen Kampf. Wie einfach doch die Dinge manchmal waren.

Als Meisetschläger am Parkplatz in sein Auto stieg, hörte Hubert Schrank das Pfeifen des nahenden Zuges. In diesem Moment wusste er, was er tun musste.

⊙

„Ist der süß", stöhnte Sandra Schäffler entzückt, als sie den kleinen Malteser-Welpen an ihr Herz drückte. Jetzt, wo sie Landratsgattin würde, musste auch der Hund zum neu erlangten Status passen. Sie verschwendete keinen Gedanken mehr an die entsetzliche Promenadenmischung, die sie bei Straubing auf einem Autobahnparkplatz an die Luft gesetzt hatte.

13

„Es war Selbstmord, daran gibt es keinen Zweifel“, die Lagebesprechung in der Soko hatte gerade angefangen, Kommissar Ralf Bender hatte noch nicht einmal die Tasse Grünen Tee angerührt, so aufgewühlt war er. Was war nur in diesem Landkreis los? Als er am Abend zuvor nach Bodenmais gerufen wurde, hatte er mit einem neuerlichen Mord gerechnet. Fast wäre er erleichtert gewesen, als er mit dem Zugführer sprach. Der Mann – der kaum in der Lage war, einen klaren Gedanken zu fassen – war sich in diesem einen Punkt völlig sicher. Er sei auf den Bodenmaiser Bahnhof zugefahren und habe sich noch gewundert, was der Mann direkt neben den Gleisen zu suchen hatte. Er hatte nicht damit gerechnet, dass dieser vor den Zug springen würde, zumal es im Ferienort öfter vorkam, dass Leute neben den Gleisen spazieren gingen. Er hatte den Bürgermeister nicht erkannt – aber er wusste, dass niemand sonst in seiner Nähe war.

„Trotzdem“, Bender sprach beinahe tonlos. „Es kann kein Zufall sein, dass ein Politiker vor den Zug springt. Selbstmord. Ja. Aber ich möchte das genauer wissen. Was ist passiert, gestern? Mit wem hat der Mann gesprochen, wer hat ihn besucht? Gab es Besonderheiten?“

Keiner der anderen in der Soko sagte etwas. Klar, jeder hatte ein mulmiges Gefühl.

In diese Situation platzte Ludwig Meisetschläger hinein. Er kam in den Besprechungsraum der Soko, baute sich vor Bender auf.

„Sie werden es ja sowieso erfahren. Also: Ich war gestern bestimmt der Letzte, der Hubert Schrank lebend gesehen hat“, sagte er.

„Wie?“ Bender war irritiert.

„Ich war bei ihm, wir haben ein bisschen geplaudert. Kontaktpflege, verstehen Sie. Ich war wohl noch keine fünf Minuten weg, da hat er sich das Leben genommen. Ich kann es einfach nicht fassen.“ Meisetschläger war vollkommen ruhig, keine Spur von Nervosität. „Tragisch ist das. Ein guter Kerl war er, der Hubert.“

„Gab es Streit?“ Bender war hellwach.

„Nein, im Gegenteil. Er war bestens aufgelegt. Wir haben über Urlaubspläne gesprochen, solche Sachen halt.“

„Wissen sie von Problemen, die Herr Schrank hatte? Persönliche, finanzielle?“

„Es gibt schon Gerüchte, dass er total pleite sein soll. Deshalb hat es mich gewundert, weil er erzählt hatte, er wolle im August noch einen längeren Wellness-Urlaub in Österreich machen. Naja, dachte ich: Dann kann es ihm so schlecht ja nicht gehen.“

„Gibt es Zeugen, dass Sie schon weg waren, als er bei den Gleisen war?“ Manuela Hentschel fand den Auftritt des Landrats-Sprechers eine Spur zu glatt, hakte deshalb nach.

„Nein, dafür nicht. Ich war da sicher schon mit dem Auto aus Bodenmais raus, nehme ich an. Huberts Sekretärin hat mich noch gesehen, sie hat uns Kaffee ins Büro gebracht. Sie meinen wohl, ich hätte ihn gestoßen, wie? Nein, als ich gegangen bin, war er putzmunter und bestens gelaunt.“

Bender dankte Meisetschläger für die Information und bat ihn, sich weiter zur Verfügung zu halten.

„Komischer Auftritt, findet ihr nicht?“, sagte Manu, als Meisetschläger zur Tür hinaus war.

„Das ist vielleicht ein aalglatter Typ, da weiß ich wieder, warum ich mit dem Politikbetrieb nichts zu tun haben will“, Bender schüttelte es fast vor Abscheu, als er das sagte. „Auf jeden Fall muss ich mit der Sekretärin reden.“

⊙

„Nein, es gab nichts Besonderes. Herr Meisetschläger war der Letzte, den ich gesehen habe, dann bin ich nach Hause gegangen.“

„Ist Ihnen nichts aufgefallen, irgendetwas Ungewöhnliches?“

„Gewundert habe ich mich ehrlich gesagt schon, denn der Meisetschläger war zuvor noch nie im Rathaus gewesen, zumindest nicht ohne den Landrat.“

„Wissen Sie, worum es in dem Gespräch ging?“

„Nein, ich habe ja nur kurz Kaffee rein getragen.“

„Was war sonst los, gestern?“

„Ach, das Übliche. Ein paar Bürger waren da, es gab ein paar Telefonate. Nichts von Belang. Ja, und – das hat mich auch gewundert: Am Vormittag war dieser Bauunternehmer da.“

„Welcher Bauunternehmer?“

„Der Schäffler. Unangenehmer Typ. Aber als er ging, war der Hubert richtig gut gelaunt, machte sogar ein paar Witze, das war schon lange nicht mehr. Seit der Scheidung war er ziemlich in sich gekehrt. Der Arme...“ Weiter kam sie nicht. Bender hörte, wie sie von einem heftigen Weinkrampf geschüttelt wurde, verabschiedete sich und legte auf.

Am liebsten hätte er einen Jubelschrei losgelassen, doch seine Stimmung hätte trotz der frohen Kunde, erneut Schäffler im Spiel zu haben, nicht zu solchen Gefühlsausbrüchen gereicht.

„Holt mir diesen Schäffler her. In spätestens einer Stunde will ich mit dem Mann sprechen. Das gibt’s doch nicht, ich finde schon noch den dunklen Fleck auf seiner weißen Weste.“

⊙

Keine 20 Minuten später saß Schäffler im Verhörraum im Mädchenschulhaus. Bender wartete noch etwas, weil der Unternehmer noch telefonieren wollte.

„Wahrscheinlich taucht jetzt gleich wieder sein geschniegelter Advokat auf“, raunzte Bender in Richtung Manu. Mit ihr gemeinsam würde er sich Schäffler erneut zur Brust nehmen. Und diesmal würde er es nicht bei der üblichen Freundlichkeit belassen, er hatte vor, ihn massiv unter Druck zu setzen.

Schäffler hatte aufgehört zu telefonieren und Bender wollte gerade die Tür öffnen, als ihn Manu zurückhielt.

„Warte. Ritter." Sie reichte ihm das Telefon.

„Ja, Herr Kriminalrat...ja, haben wir...was heißt...Hat Sie da jemand aus München... Verstanden. Wiederhören."

Bender riss die Tür auf, stürmte hinein, konnte sich gerade noch einbremsen, bevor er den Tisch über den Haufen gerannt hätte, an dem Schäffler gelassen saß und lächelte. „Sie können gehen. Wir haben keine Fragen mehr an Sie." Bender drehte sich um und stürmte wieder hinaus. Wortlos lief er an Manu Hentschel und den anderen verdutzten Beamten vorbei in sein provisorisches Büro. Er knallte die Tür zu und dann war Ruhe.

„Na dann, auf Wiedersehen meine Dame und die Herren", sagte Schäffler und hob die Hand zu einem fröhlichen Winken. „Vielleicht ein andermal?"

⊙

Manu lief zu Bender, klopfte sachte an die Tür. „Ralf?"

„Komm rein." Bender saß mit umgedrehten Stuhl da, schien auf die leere Wand hinter sich zu blicken.

„Was ist denn los? Warum lassen wir ihn gehen?" Manu setzte sich und wartete, bis sich Bender langsam zu ihr umdrehte. Seine Wangen glühten, Schweiß stand ihm auf der Stirn.

„Ritter."

„Ja, was wollte er?"

Kriminalrat Ritter hatte ihm deutlich gemacht, dass Hans-Georg Schäffler in Ruhe zu lassen sei. „Selbstmord", ätzte Bender. „Das geht Sie nichts an, Herr Bender, kümmern Sie sich um die Morde, das ist Ihre Aufgabe." Bender schnaubte. „Den feinen Herrn Schäffler dürfen wir nicht einmal mehr mit

Samthandschuhen anfassen, hat der Ritter gesagt. Befehl von ganz oben“, sagte Bender breit gedehnt und schlug mit der Faust auf den Tisch.

Manu verstand, was Bender meinte, konnte sich vorstellen, wie das Telefonat mit Ritter abgelaufen sein musste.

„Ich habe ihn gefragt, ob sich da jemand aus München eingeschaltet hat. Weißt du, was er gesagt hat?“ Bender schnaubte immer noch vor Wut. „Er hat gesagt: Das kann man so nicht sagen. Mann, wie ich diese Brut hasse.“

⊙

Hans-Georg Schäffler liebte das Bad in der Menge. Jetzt, da alle Kandidaten, die noch lebten, dankend abgelehnt hatten, war der Weg für ihn frei. Die letzten Zweifel, das bisschen Angst, das auch bei ihm immer mitschwang, schmälerten die beiden Leibwächter, die sich immer im Hintergrund hielten und auch jetzt ganz in der Nähe waren. Den Rest hatte Sandra Schäffler wegdiskutiert. „Wir sind soweit gekommen, jetzt ziehen wir das durch.“ Er war praktisch der letzte Kandidat für das Amt des Landrats. Graumüller, der Unverwundbare, der bei den Morden bisher immer nur dabei aber niemals dran war, der, der ihm als Einziger noch den Weg ins Landratsamt verstellen konnte, war nur noch ein Schatten seiner selbst. Davon war Hans-Georg Schäffler überzeugt. Er war kein Gegner mehr. Seine Spitzen und die seiner Verbündeten hatten gesessen. Das würde der Landrat politisch nicht überleben. Und seelisch war er, das konnte jeder sehen, ohnehin ein Wrack. In Gedanken machte er bereits eine Liste, wen er nach seiner Wahl abservieren musste. Schließlich: Einstmals treue Graumüller-Leute, die sich auf seine Seite geschlagen hatten, konnten ihre Meinung ebenso schnell wieder ändern und sich gegen ihn stellen. Er wollte König werden, was er brauchte waren willfährige Sklaven. Noch einmal wischte er einen Anflug Angst beiseite: Alle anderen waren entweder tot oder hatten den Schwanz eingezogen. Schäffler genoss, dass seiner das genaue Gegenteil tat. Er richtete sich zu ansehnlicher Größe auf und verlieh ihm einen Moment lang das Gefühl von Allmacht. Niemand konnte ihm das Wasser reichen oder abgraben, davon war er überzeugt. Selbst Stammtische flüsterten es und auch die Presse konnte sich nicht davor verschließen, der nächste Landrat hieß Hans-Georg Schäffler. Aber wo war eigentlich seine Frau? In den letzten Wochen hatte sie keinen Moment ausgelassen, ihren Mann an die Spitzenposition zu jubeln. Und jetzt war sie nicht da. Gut, es war ein kleines Fest. Eines, zu dem der Kindergarten jedes Jahr alle Eltern einlädt, um Erwachsenen mit putzigen Spielen und unbeholfenen Vorführungen kleiner Kinder das Geld aus der Tasche zu ziehen. Auch Schäffler hatte beim Gummibärchen-Wettbewerb schon einen dreistelligen Betrag gespendet. Geld, das er sich doppelt und dreifach zurückholen würde. Also, wo war Sandra? Vielleicht beim Frisör, die Damen auf ihn einstimmen. Aber nein, sie waren ja gemeinsam gekommen. Schäffler sah sich für einen Moment unsicher um.

⊙

Er hieß R. Gabriel.

„So was Blödes, ich habe keine Zeit für diesen Kinderkram“, nörgelte er.

„Jetzt stell dich nicht so an, es tut ja nicht weh. Und G. Gabriel besteht darauf.“

„Ist ja schon gut, F. Gabriel.“

Bender hasste Computer, beziehungsweise, Zeit davor zu verbringen. Und er hasste es, sich von Schaller erklären lassen zu müssen, wie dieses Gesichtsbuch funktionierte. Anglizismen hasste Bender auch. Grundsätzlich stand er allem Neuen feindselig gegenüber. R. Gabriel, lächerlich. Ritter fand die Idee geistreich, alle Beamten der Soko sollten den ersten Buchstaben ihres Vornamens verwenden und alle gemeinsam den Nachnamen Gabriel. Bei Namensgleichheit sollte auch der zweite Buchstabe des Vornamens verwendet werden. Ritter hatte dazu sogar ein offizielles Memo geschickt. Und als dieses Memo von den meisten Kollegen der Soko ignoriert wurde, ordnete Ritter an, Schaller solle dies für alle tun: „Für mich auch Herr Schaller, gell. G. Gabriel.“ Franz Schaller hörte, dass Ritter vor kindlicher Freude in die Hände klatschte.

⊙

Das Kindergartenfest erreichte seinen letzten Höhepunkt. Obwohl an Dunkelheit noch nicht zu denken war, wurde ein Feuer entzündet, nachdem die Erzieherinnen mehrfach Vorsichtswarnungen ausgesprochen hatten. Aber schließlich sollte das Marshmallow-Grillen zum Höhepunkt des Tages werden. Freudig erregte Kindergesichter, lachende Eltern, Schäffler spendete weiter und scannte das Gelände mit den Augen möglichst unauffällig nach seiner Frau ab. Sie war nirgendwo zu sehen.

⊙

Ausgerechnet Schaller hatte ihn darauf gebracht, dass es vielleicht doch keine so schlechte Idee war, ab und zu einen Blick auf facebook zu werfen. Wenn er auch keine Lust hatte, den Unsinn im Bürgerforum zu studieren, so war es doch eine gute Möglichkeit, ab und an mal ganz unauffällig zu kontrollieren, was seine beiden Töchter taten und mit wem sie befreundet waren. Fast kam er sich ein wenig wie ein Spanner vor. Doch er war zufrieden, nichts Verdächtiges. „Außer vielleicht, dass die beiden jungen Damen ihre Sicherheitseinstellungen vernachlässigen, sonst könntest du nämlich gar nichts von dem sehen, was sie tun“, hatte er von Schaller erfahren. Sei es drum. Was er las, war das übliche Freundinnengeplänkel, Fotos von Partys und ähnliches mehr. Nichts, was in irgendeiner Form sein Misstrauen erregte. Die Schocktherapie in Mainkofen hatte offensichtlich Wirkung gezeigt. So gab es auch einen erfreulichen Grund, weswegen er bei seiner Frau anrufen konnte. Er genoss es, dass sie wieder enger zueinander gefunden hatten. Es gab ihm ein wenig Frieden in diesem ganz und gar nicht friedlichen Fall.

⊙

Während das Feuer knisternd runter brannte, ging das Kindergartenfest langsam zu Ende. Im Schein des schwindenden Sonnenlichts klatschten Erzieherinnen in die Hände und forderten alle Anwesenden zum gemeinsamen Abschlusslied auf. Außer Schäffler hatte niemand ein Auge für die Umgebung. Und auch der selbsternannte Landrat blickte nicht weit genug. Wildromantisches Mittelgebirge hieß es in den Reiseführern. Jede Menge bequeme und sichere Schießplätze, konnte man stattdessen auch sagen. Niedere Hecken, hohes Gras, alles gab Schutz und wenn man den richtigen – erhöhten - Platz gefunden hatte, war der Weg frei. Hans-Georg Schäffler suchte immer noch nach seiner Frau. Mit den Augen, rumrennen war nicht seine Art.

⊙

Bender wollte gerade vom Computer aufstehen, als am rechten unteren Bildrand ein Fenster aufging. „Herr Bender?“, stand da, geschrieben von einer Person, von der er noch nie etwas gehört hatte. „Ja“, tippte er. Kurz darauf erschien unter dem „Ja“ eine Handy-Nummer.

„Sie werden verstehen, dass ich Ihnen meinen Namen nicht sagen kann, den Grund dafür haben Sie ja schon vom BKA erfahren.“

Ludwig Breitschneider und das letzte Telefonat, das hatte er komplett vergessen. Dafür schoss es ihm jetzt umso heftiger ins Bewusstsein. Hatten sie es tatsächlich mit der osteuropäischen Mafia zu tun?

„Nein, keine Angst, wir glauben inzwischen nicht mehr, dass da etwas im großen Stil gelaufen ist. Es gibt zwar einige kleinere Schiebereien, aber die gibt's ja immer, oder?" Der Unbekannte ließ ein kehliges Lachen hören, das Bender bekannt vorkam.

„Aber das hat Ihnen Ihr Chef ja bereits mitgeteilt, nachdem Breitschneider ihn letzte Woche informiert hat."

Da war G. Gabriel wohl zu sehr mit facebook und seiner Kunst beschäftigt. Bender schüttelte resigniert den Kopf, sagte aber nichts.

„Aber Herr Kommissar, ich habe etwas anderes für Sie. Ein Informant hat mir gerade mitgeteilt, dass heute Abend eine große Sache über die Bühne geht." Warum, fluchte Bender, als er mit Manu und zwei weiteren Zivilstreifen zum Zielort jagte, erzählt mir eigentlich nie jemand irgendetwas?

⊙

Auch der geübteste Beobachter hätte das kurze Aufblitzen des Gewehrlaufes vom Spielplatz des Kindergartens aus, dort wo Schäffler stand, nicht gesehen. Die schwächer werdende Sonne, die sich schon glutrot in den Horizont grub, schickte einen letzten schwachen Strahl und der traf ausgerechnet das kleine blankpolierte schwarze Rohr und verlieh der mörderischen Szene eine seltsame Schönheit. Beinahe hatte es etwas Friedliches. Doch dann verließ die Kugel den Gewehrlauf und raste erbarmungslos auf ihr Ziel zu.

⊙

Beamte des Bundesgrenzschutz waren schon vor Ort, als sie Bayerisch Eisenstein erreichten. Über ihnen knatterte ein Hubschrauber, Verstärkung aus der Luft war also auch schon da.

Die kleine Kolonne fuhr unauffällig den Berg hinauf, der zum Bahnhof führte.

Auf Benders Anweisung ließ man die Fahrzeuge in einigem Abstand zum Bahnhofscafé stehen. Während sich die uniformierten Grenzschutzbeamten von hinten an das Gebäude heranschlichen, schlenderten Benders Leute wie eine Gruppe Spaziergänger zum Lokal.

Ein schrilles Pfeifen kündigte den einfahrenden Zug an und wenig später sprang ein Mann auf das Bahngleis, von dem Bender sofort wusste, dass er es war.

„Noch nicht", flüsterte er, ich will den anderen auch haben. Sie verteilten sich auf drei der Tische, die auf der Terrasse standen und mussten keine Minute warten.

Am Tisch neben Bender stand jemand auf, eine weitere, weibliche Person, blieb sitzen. Die beiden Männer reichten sich stumm die Hand und kehrten zum Tisch zurück.

Bender beobachtete die Szene aufmerksam. Zwei identische Koffer. Er hatte genug gesehen. „Zugriff", brüllte er und wenig später lag das Trio verschnürt und laut protestierend auf dem Boden.

⊙

Der Absender der Kugel, die jetzt durch den milden Frühsommerabend pfiff, hatte beschlossen, das Leben von Hans-Georg Schäffler in wenigen Sekundenbruchteilen zu beenden. Der selbsternannte Landrat in spe stand – vom Schützen ausgesehen – hinter dem Lagerfeuer. Der Schütze hielt den Lauf seines Gewehres immer noch in Zielrichtung und blickte durch das Objektiv. Dann weiteten sich die Pupillen. Das Gewehr war schnell verstaut. Wenig später fuhr ein schwarzer Wagen davon.

„Den Wagen habe ich hier noch nie gesehen", sagte eine Frau zu ihrem Mann, der gerade das frisch gemähte Gras rechte.

„Was?“, fragte er.
„Ach, nichts“, antwortete sie.

⊙

Drei Kilo Kokain in dem einen und der Gegenwert in Euro im anderen Koffer. Das war ein sensationeller Fang. Bender war vor allem froh, dass das Ganze ohne viel Aufhebens über die Bühne gegangen war. Er hätte dem Tippgeber gerne gedankt. Er beschloss, später beim BKA anzurufen. Sie sollten dies in seinem Namen tun.

„Es war ein guter Tag“, sagte Manu. „Werden wir das Zeug los und dann lass uns was essen gehen. Ich sterbe vor Hunger.“

„Gute Idee, vielleicht sollte ich ein paar von den Scheinen mitnehmen und dich ganz groß ausführen.“

„Lass mal, Ralf, für die Ehre in deiner Gesellschaft zu speisen, verzichte ich liebend gerne auf Trüffelpastete und Filet Mignon.“

Und dann wurden sie zum Kindergartenfest gerufen.

⊙

Das Schicksal hatte sich für Hans-Georg Schäffler aber gegen den jungen Vater entschieden, der sich gerade in dem Moment vor dem Lagerfeuer aufbaute, als die Kugel nur noch wenige Meter zurückzulegen hatte. Kleine Flammen, die um Äste züngelten, Glut, die scheinbar in Wogen über die Feuerstelle kroch, der junge Familienvater, der seine Frau und die drei Kinder über alles liebte, konnte diesem Anblick noch nie widerstehen. Es war das Letzte, was er in seinem irdischen Leben sah. Die Kugel schlug unterhalb des Brustwirbels ein und trat vorne wieder aus. Pfeifend entwich Luft aus den Lungen. Blut spritze zischend in die Glut und auf Schäfflers Anzug. Sandra Schäffler, die Kinder nicht mochte, sich die ganze Zeit vom Geschehen fernhielt und stattdessen lieber ihr neues Schätzchen Gassi führte, konnte von ihrer Position aus nur sehen, dass jemand ins Feuer gestürzt war. Jetzt besaufen sie sich schon auf Kindergartenfesten, dachte sie und dann hörte sie infernales Schreien.

⊙

Niemand außer den beiden zivilen Beamten, die zu seinem Schutz abgestellt waren, achtete auf Schäffler, der aussah, als habe er gerade ein Schwein geschlachtet. Als er sich unter den beiden Körpern, die sich schützend über ihn geworfen hatten, wieder herauswand, eilte seine Frau herbei. Inzwischen hatte sie ihm zumindest das Gesicht vom Blut gesäubert. Einen Spritzer, der vertrocknet an seinem Kinn klebte, übersah sie. Schäffler schickte die Bodyguards weg, nahm seine Frau, die zitternd neben ihm stand, in den Arm.

„Schatz“, sagte er seltsam ruhig, „jetzt kann mir nichts mehr passieren.“ Sie sah ihn fragend an und er antwortete sofort: „Das Schicksal meint es gut mit mir.“

⊙

Als Bender mit seinen Leuten eintraf, waren die Kinder schon weggebracht worden. Die Krisenintervention griff. Um die Lage unter Kontrolle zu halten, war beschlossen worden, alle Kinder zusammen mit ihren Eltern ins Pfarrheim zu bringen. Zwei Geistliche waren dabei, weitere wurden angefordert, um die traumatisierten Menschen zu betreuen. Niemand wollte alleine nach Hause gehen, alle waren froh, reden zu können und Hilfestellung zu bekommen, wie man mit Kindern in diesem emotionalen Inferno umgeht.

Bender rauchte. Sein Adrenalin kochte und er schwitzte vor Anstrengung, an sich zu halten. „Wo bist du, du elende Drecksau?“, wollte er schreien. Doch er durfte jetzt nicht den Kopf verlieren. Jemand hatte den toten Mann geistesgegenwärtig aus der Glut gezogen. Er lag neben der Feuerstelle und war mit buntem Stoff zugedeckt. Trotzdem hing der Gestank verbrannten Fleisches in der Luft. Manu redete mit Kindergärtnerinnen und Eltern, die zurückgeblieben waren. Sie machte ihren Job. Mechanisch, so wie die anderen Kollegen auch. Schaller, der einfach mitgekommen war und dies jetzt bereute, verspürte keine Lust, der Spurensicherung zur Hand zu gehen. Sonst liebte er es, im Dreck nach Spuren zu wühlen, heute stand er einfach nur da, die Hände in den Hosentaschen und ein Blick, der den bevorstehenden Weltuntergang hätte ankündigen können.

Bender schloss die Augen, versuchte in sich hineinzuhören. Wo bist du? Wer bist du? Was tust du? Er konnte kein Gefühl für den Tatort entwickeln. Das Opfer lag vor ihm. Doch der Täter war wieder zu weit weggewesen. Nicht greifbar, einfach, verdammt nochmal, nicht greifbar. Bender öffnete die Augen. Die Feuerwehr hatte den Tatort hell erleuchtet. Erste Journalisten trafen ein, mischten sich unter Polizei, Helfer und Betroffene. Ralf Bender sah Benno Seifeld, der sich wohltuend abseits hielt und ging zu ihm.

„Ralf, was ist hier los, was passiert hier?“

„Ich weiß es nicht, sag du es mir.“

„Soviel ist sicher, der Anschlag galt nicht dem armen Schwein.“ Und dann sah auch Bender Hans-Georg Schäffler und seine Frau, die etwas abseits im Halbdunkel standen.

⊙

„Verdammt nochmal, Herr Schäffler, Sie brauchen den Polizeischutz. Es dürfte ihnen doch wohl klar sein, dass der Anschlag eigentlich Ihnen galt und Sie unglaubliches Glück gehabt haben.“ Bender bereute, in diesem Zusammenhang das Wort Glück verwendet zu haben.

„Nein, Herr Bender, Schutz brauchen weder ich noch meine

Frau. Das ist wie bei einem Flugzeugabsturz. Wer ihn einmal überlebt hat, läuft statistisch gesehen zu null Prozent Gefahr noch einmal in eine solche Situation zu kommen."

Was für ein Arschloch, dachte Bender und sah Manu an, dass sie seiner Meinung war. Dr. Heinrich Leopold, mit dem sie schon im Fall Raphael zusammengearbeitet hatten, zuckte mit den Schultern. Der Kriminalpsychologe, der inzwischen hinzugezogen worden war, machte einen erneuten Anlauf: „Herr Schäffler, der Fall liegt hier etwas anders. Offensichtlich will jemand alle denkbaren Landratskandidaten töten. Soviel können wir inzwischen mit Sicherheit sagen. Und er wird nach diesem gescheiterten Versuch nicht aufgeben. Auch wenn wir noch nicht wissen warum, der Täter lebt in einer Zwangsvorstellung, er wird unter allen Umständen versuchen, sein Ziel zu erreichen. Es könnte ein fanatischer Anhänger Ihres Konkurrenten Konstantin Graumüller sein. Es könnte aber auch einfach ein enttäuschter Bürger sein, dem subjektiv gesehen Unrecht geschehen ist und der sich jetzt an der gesamten Politik rächen will. Sogar auf Bezirks- und Landesebene ist man inzwischen alarmiert. Herr Graumüller hat auf jeden Fall unseren Rat befolgt und sich in Polizeischutz begeben."

„Das ist uns egal", sagte Sandra Schäffler, „mein Mann hat Ihnen gesagt, wir brauchen keinen Schutz, und dabei bleibt es. Wir können sehr gut auf uns selbst aufpassen. Können wir jetzt gehen?" Hans-Georg Schäffler nickte zustimmend.

⊙

Dr. Leopold blickte Bender und Manu durchdringend an: „Ich weiß es nicht. Es könnte sein, dass beide ein Trauma haben. Ich vermute aber eher, dass es Allmachts-Fantasien sind. Dieser Schäffler hat sich so sehr in seine Rolle als kommender Landrat versteift, dass er sich für unverwundbar hält. Ein von Gott gegebenes Schicksal."

„Hören sie mir bloß mit Gott auf, den hatten wir schon mal", polterte Bender. „Abgesehen davon ist mir völlig egal, was dieser Idiot sagt. Er wird überwacht. Ab sofort und rund um die Uhr."

14

Seine schlimmsten Befürchtungen hatten sich bewahrheitet. Wieder einmal zog die Presse marodierend durch die Region. Und auch wenn Bender Einmischung in seine Angelegenheiten mehr als alles andere auf der Welt hasste, so gewann er dem Umstand, dass inzwischen das BKA zur Verstärkung geschickt worden war, doch einiges Positives ab. Der Landkreis war außer Rand und Band. Auch die zurückhaltende Berichterstattung von Benno Seifeld konnte die Dämme nicht mehr im Zaum halten. Sie brachen einfach. Bundesweit, international wurde über den Mann berichtet, der auf seine Art Krieg mit der Politik führte. Und selbst wenn die Vorfälle quer durch den Blätterwald natürlich verurteilt wurden, so gab es doch Kommentatoren, die verklausuliert zwar, aber dennoch Verständnis zeigten. Wer war der Täter, der einen einsamen Kampf gegen die Obrigkeit führte? Jetzt wo klar war, wem sein Hass galt. Er hatte einen Fehler gemacht und einen unschuldigen Menschen getötet. Das war verachtungswürdig. Aber grundsätzlich. War er nicht der lange Arm des Volkes, das der Politik überdrüssig war? Das nicht mehr hören wollte, dass noch ein Rettungsschirm geöffnet wurde, noch eine marode Wirtschaft vor dem Untergang bewahrt wurde? War es nicht endlich an der Zeit sich zu besinnen? War dieser Auswuchs an Gewalt nicht letztlich der stellvertretende Hilfeschrei eines ganzen Volkes?

In Talkrunden wurde der Bayerische Wald gezeigt, anschließend Fotos der Toten und dann Betroffenheit geheuchelt, diskutiert und das eigentliche Problem beiseite geschoben. Im Bayerischen Wald trieb wieder ein geisteskranker Killer sein Unwesen.

„Verdammte Schweine“, schimpfte Manu und Bender konnte ihr nur beipflichten.

Eine besonders dreiste Gesprächsrunde beschäftigte sich via TV mit der Frage, ob die Geschehnisse im Zusammenhang mit dem vom Maya-Kalender vorausgesagten Weltuntergang stünden.

All das zog mediales Interesse nach sich, jeden Tag mehr. Seine Leute wären auch diesmal hoffnungslos überfordert gewesen. Die Leute vom BKA hatten offensichtlich mehr Erfahrung und auch schon einige Medienvertreter in ihre Schranken verwiesen.

⊙

Bennos Anwesenheit war inzwischen sowohl für Bender, als auch für Manu zur willkommenen Abwechslung geworden. Auch Seifeld sparte nicht mit Kollegenschelte und hielt den Ball in seinem Blatt konsequent flach. Er griff jede noch so blöde Meinungsäußerung auf, hielt dagegen und machte Bender damit beeindruckend klar, welche Macht von den Medien ausging. Benno Seifeld schaffte es tatsächlich, die Menschen in seinem Verbreitungsgebiet wieder zu beruhigen. Mehr noch, er steigerte die Auflage des Blattes in ungeahnte Höhen und sorgte darüber hinaus dafür, dass auch an den betrunkensten Stammtischen mehr reflektiert wurde als in jeder Talk-Runde.

⊙

Hans-Georg Schäffler brachte dagegen das Grinsen nicht mehr aus dem Gesicht. Ein neues Zeitalter war angebrochen und es gehörte ihm. Er war überzeugt und seine Weggefährten bestärkten ihn: Seine klare Aussage, dass er sich auch vor einem selbsternannten Rächer nicht ducken würde, ließ ihm alle Herzen zufliegen. Er würde Landrat werden, soviel war sicher. Konstantin Graumüller hatte bereits zurückgezogen. In einem Interview mit der lokalen Zeitung hatte er verlauten lassen, dass es hier nicht um Machtverhältnisse oder den nächsten Landrat gehe. Es gehe darum, den Mörder zu finden und endlich wieder Ruhe in die Region zu bringen. Es ging einen

Scheißdreck darum. Es ging um Macht und darum die Dinge zu regeln. Dafür stand er. Die Dinge regeln. Hans-Georg Schäffler bekräftigte dies bei jeder Gelegenheit. Und er hoffte, dass es auch der große unbekannte Rächer hören würde: „Hier stehe ich und sage dir, man konnte mich nicht töten, weil ich der Richtige bin, der, der alles richtet."

15

Es herrschte angespannte Ruhe im Landkreis Regen. Die Bevölkerung atmete durch und war froh über die Omnipräsenz der Polizei. Auch wenn der Alltag noch nicht wieder hergestellt war, so flaute das bundesweite und internationale Interesse an der Region doch langsam ab. Es war Olympia, alles blickte auf London und die Kommentatoren, die noch wenige Tage zuvor Dreck in großen Kübeln über dem Bayerischen Wald ausgeschüttet hatten, nörgelten lieber über die mangelhaften Leistungen der deutschen Athleten.

Auch Bender hatte sich inzwischen daran gewöhnt, dass er mit seinem Team nicht mehr der Alleinherrscher war. LKA, BKA, Polizei war überall, er hoffte, dass nicht noch mehr passierte. In seinen schlimmsten Alpträumen fürchtete er, es würde sonst die nahe Bundeswehr aktiviert werden. Sie überwachten weiterhin Schäffler, seine Frau und Konstantin Graumüller. Letzteren aber mit dessen Einverständnis.

Bender hatte inzwischen ein längeres Gespräch mit ihm geführt. Abseits der offiziellen Wege, im Büro vom Benno Seifeld. Er mochte den Landkreischef, der nicht an seinem Amt hing und ehrlich daran interessiert war, dass der Wahnsinn endlich aufhörte. Aus diesem Gespräch entstand auch die Idee, das Archiv des Landratsamtes nach übervorteilten Bürgern zu durchsuchen. Eine Woche lang – in der Graumüller alles zuließ, was nötig war – und doch waren sie zu keinem Ergebnis gekommen. Mehrere verdächtige Personen wurden befragt, verhört und unter die Lupe genommen. Na klar, es gab unzufriedene Bürger. Aber außer blöden Sprüchen oder ewig langen Vorträgen über die Ungerechtigkeit des Staates, erfuhren sie nichts. Es gab keinen Anhaltspunkt. Nichts Greifbares. Es war zum Verzweifeln.

„Herr Bender, geben Sie mir einen Rat, besser gesagt zwei", sagte Graumüller, als sie wieder bei Benno Seifeld im Büro saßen.

„Glauben Sie, dass die Mordserie mit meiner Person zu tun hat? Die dunklen Ränder unter den Augen des Landrats verrieten, dass er seit Tagen schlecht oder gar nicht schlief. „Kann es sein, dass der Wahnsinn aufhört, wenn ich meinen Rücktritt bekannt gebe?“

Das war, wie Bender sich eingestand, eine Überlegung wert. Doch er glaubte nicht, dass ein Verrückter, der irgendein noch so wirres Ziel verfolgte dann stoppen würde. Er holte Dr. Leopold zu dem Gespräch und man kam überein, dass dies nicht der richtige Weg sein konnte.

„Vielleicht ist dann für den Moment Ruhe, weil wir dem Täter das gegeben hätten, was er wollte.“

„Das wäre doch aber nicht das Schlechteste“, warf Manu ein, „endlich Ruhe.“

Dr. Leopold nickte: „Ja schon, aber dann lassen wir eine tickende Zeitbombe hier zurück. Ich bin überzeugt, dass 'Gabriel', wenn jetzt der Name schon einmal gewählt wurde, erneut aktiv wird, wenn er sich dazu genötigt fühlt.“

Manu schlug die Hände vor ihr Gesicht.

„Und bedenken Sie“, ergänzte Dr. Leopold, „bisher ist Herrn Graumüller nichts passiert, obwohl er meistens dabei war, wenn die Morde geschehen sind. Es kann auch sein, dass der Täter das genau nicht will. Einen Rücktritt von Ihnen.“

Konstantin Graumüller blickte verzweifelt in die Runde.

„Das bringt mich zu meiner zweiten Frage. Es ist unsäglich, aber die letzten Parteifreunde, die ich noch habe und vor allem meine Frau bestehen darauf mein 30-jähriges Dienstjubiläum zu feiern. Es tut mir leid, ich habe es gestern erst erfahren.“

„Und wann soll das sein?“

„Das ist ja das Problem, morgen schon. Aber natürlich werde ich diesen Termin absagen, eine Feier zu Ehren meines Dienstjubiläums ist an sich schon Unsinn, aber in der momentanen Situation doch wohl absoluter Irrsinn. Es wäre nur schön, wenn Sie mir die Verantwortung aus der Hand nehmen würden und die Absage für mich erledigen, das würde es für alle leichter machen. Aber“, Graumüller hob entschuldigend die Hände, „wenn das nicht möglich ist, macht es auch nichts. Ich werde diese dumme Feier auf jeden Fall absagen.“

Die kleine, intime Runde schwieg betroffen, bevor Bender das Schweigen unterbrach.

„Ich bin gleich wieder da.“

⊙

„Das ist ein großes Wagnis“, sagte Ludwig Breitschneider. „Aber ich gebe Ihnen Recht, es ist eine Chance.“ Gemeinsam informierte man alle relevanten Stellen und forderte eine ganze Armee an Beamten an, die in Zivil auf der Feier zu erscheinen hatten. Die Soko Gabriel, die inzwischen um hochkarätige Polizisten aus dem ganzen Bundesgebiet erweitert worden war, hatte beschlossen, dass die Veranstaltung zur Wahrung des inneren Friedens durchgeführt werden sollte. Und um die vage Chance zu nutzen, Gabriel endlich zur Strecke zu bringen. Konstantin Graumüller zögerte keinen Moment. Er war mit allem, was ihm erklärt wurde, einverstanden. Es galt, den Frieden in der Region wieder herzustellen. Dafür hätte er alles getan. Und natürlich folgte er dem Rat, keiner Menschenseele von der Aktion zu erzählen.

16

Der Empfang zu Ehren seines 30-jährigen Dienstjubiläums hatte schon nachmittags begonnen. Vollkommen lächerlich, wie er fand. „30 Jahre Landrat, na und“, hätte seine persönliche Schlagzeile gelautet. Sein Verdienst war sicherlich nicht höher zu bewerten, als der zahlloser Arbeiter, die sich über diesen Zeitraum oder darüber hinaus den Buckel krumm schufteten. Ärgerlich fand er auch, dass Hans-Georg Schäffler und seine Frau auf dem Parkett umherstolzierten. Völlig gelöst und in Plauderlaune. Er war sein ärgster Konkurrent und, wenn es nach Graumüller ging, gerne sein Nachfolger. Aber er verachtete diesen Proleten, der seine Landratsgeilheit so offensichtlich zur Schau trug. Graumüller wären weit fähigere Kandidaten eingefallen. Doch einerseits wurde er nicht mehr gefragt und andererseits hatten alle, die er für fähig hielt, ihr Leben ausgehaucht oder hatten – er konnte es verstehen – dankend abgelehnt. Wenn es also Schäffler sein sollte. Gut. Jedes Volk wählt sich den Vertreter, den es verdient hat. Und, es gehörte zum Plan. Schäffler war wohl neben ihm selbst der meist bewachte Mann an diesem Abend. Konstantin Graumüller lächelte bei dem Gedanken daran, dass sein tumber Nachfolger davon keine Ahnung hatte. Aber was soll's, gestand er sich ein, wenn das vorbei ist und du noch lebst, ziehe ich mich auf mein Altenteil zurück und du kannst sehen, was in Zukunft wird.

Nur Anneliese hatte wohl etwas dagegen, den Platz der First-Lady zu räumen. Mehrfach hatte sie ihn bestärkt, am Ball zu bleiben und den Kampf gegen diesen Einfaltspinsel aufzunehmen. Seine Anni, die ewige Kämpferin für seine Sache. Er war wie immer froh, sie an seiner Seite zu haben. Alle Polizei der Welt konnte ihm nicht das Gefühl geben, das er in ihrer Anwesenheit verspürte. Sie gab ihm Sicherheit und half ihm über diese Empfänge hinweg, die er von jeher als lästig empfunden hatte. Dieses sinnlose Getratsche, die leeren Worthülsen, in denen es ums Wetter, das Fernsehprogramm oder den neuesten Klatsch ging, waren ihm ein Gräuel. Gerade heute, da sich die Region im Ausnahmezustand befand und es echte Probleme zu lösen gab, fand er diesen Smalltalk, als sei nichts geschehen, besonders widerlich. Anni dagegen blühte in derartigen Gesellschaften richtig auf. Auch heute. Sie lächelte hier, flirtete dort, er konnte nicht anders und genoss es, sie dabei zu beobachten. Nur heute war sie etwas unruhig, sah mehrfach auf ihre Uhr.

⊙

Bender, der als ermittelnder Kommissar zusammen mit Manu der einzige offizielle Polizist des Abends war, blickte unruhig in die Runde. Er wusste, es waren viele Beamte anwesend, das gab ihm ein wenig Sicherheit. Trotzdem, es konnte alles aus dem Ruder laufen, die Aktion spektakulär scheitern und dann würde es nicht mehr gut werden. Niemals.

⊙

Graumüller lächelte Anni liebevoll an und drückte ihr einen Kuss auf die Stirn.

Und dann wurde seine Laune schlagartig schlechter. Er wusste, es war unvermeidlich auf solchen Empfängen, Leute zu treffen, die man nicht sonderlich mochte. Doch musste der wirklich sein? Vor allem heute, da seine Anspannung zum Zerreißen groß war und er fürchtete, Schreckliches könnte passieren. Wahrscheinlich musste es aber wirklich sein. Immerhin hatte sich dieser Holzkopf irgendwie in den erweiterten Freundeskreis Graumüllers gemogelt. Eine lästige Zecke, die niemand haben will, die aber trotzdem immer dabei ist. Er sah den großen, fast kahlköpfigen Mann mit leichtem Bauchansatz zielsicher auf sich zukommen. In seinem Schlepp eine etwas zu sehr geschminkte Mitfünfzigerin, die beim Lächeln weiße aber mit Lippenstift verschmierte Zähne preisgab. „Servus Karl, hallo Frederike“, sagte Graumüller und lächelte – wie er selbst fand – säuerlich. Diese Frederike war eine der besten Freundinnen seiner Anni, wohl auch deswegen musste er Karl Maier ertragen.

„Du Kon, wir müssen demnächst unbedingt mal zusammen auf den Schießplatz, ich habe meine Quote brutal verbessert, da hast keine Chance mehr gegen mich“, prahlte Karl Maier und ließ ein donnerndes Lachen hören, während er dem Landrat auf den Rücken schlug. Graumüller hasste ihn dafür, kurz blitzte wieder der Gedanke an die ungewöhnliche Fantasie einer Schießübung auf dem Tontauben-Übungsgelände auf. Doch der im Geiste Ermordete polterte weiter drauflos, während noch keiner der drei anderen Personen etwas gesagt hatte. Sogar Anneliese Graumüller schwieg. An die Landratsgattin wendete sich der Hauptakteur dieser kleinen Runde jetzt: „Gut schaust aus, fesch, kein Wunder, dass du nicht bei dieser Weiber-Spaziergeh-Runde dabei bist.“ Karl Maier, der überaus erfolgreiche Unternehmer in Sachen geistige Getränke und leidige Partner auf dem Schießplatz, blickte aufmunternd in die Runde, als habe er einen höchst originellen Witz über Nordic-Walking gemacht und erreichte mit seiner Aussage das genaue Gegenteil: Graumüller verstand erst nicht, was er da gerade gehört hatte. Doch als sein Gehirn langsam begann, das gerade eben Vernommene mit dem zu kombinieren, was er von seiner Frau wusste, sah er diese fragend an. Hör nicht auf diesen Schwätzer sollte das angedeutete Verdrehen der Augen wohl bedeuten, doch Graumüller meinte, Angst im Blick seiner Frau gesehen zu haben. Als wolle er die Situation weiter befeuern, sagte Karl Maier: „Mausi, stimmt doch, oder? Hast du doch gesagt, oder? Dass die Anni schon seit einem halben Jahr nicht mehr bei euren Stöckchen-Spaziergängen dabei ist, stimmt's, oder? Der regionale Schnapsbaron stand – wie so häufig – mit beiden Beinen im Fettnapf und versank immer tiefer darin: „Aber echt, Anni, du hast es nicht nötig, super Figur, Chapeau.“ Es war das einzige Fremdwort, das Maier kannte und er verwendete es inflationär. Ein gefährlicher Mix aus Eifersucht, Erkenntnis, Angst und Ahnungslosigkeit waberte wie eine Giftgaswolke durch Konstantin Graumüllers Hirn.

⊙

Hans-Georg Schäffler hatte genug vom Empfang des Landrates.

Seiner Meinung nach war es wichtig, sich öffentlich zu zeigen, Hände zu schütteln und ein wenig zu plaudern, gerade so lange, dass man von allen wichtigen Leuten gesehen worden war.

Genaues Timing war gefragt, sonst galt man schnell als jemand, der die nötige Souveränität vermissen ließ.

„Lass uns gehen", sagte er zu Sandra, die gerade im Gespräch mit einer Frau war, die Schäffler nicht kannte. Sandra Schäffler schien froh, losgeeist worden zu sein und hängte sich bei ihrem Mann ein.

„Jetzt folgen sie uns wieder, stimmt's?"

„Na klar tun die das. Und sind so dämlich zu glauben, wir würden es nicht merken. Manchmal glaube ich wirklich, ich bin in diesem Landkreis der einzige Mensch, der sein Hirn benutzt."

Sollten sie doch glauben, dass er keine Ahnung hatte. Das würde es ihm einfacher machen, die beiden abzuhängen, wenn es an der Zeit war.

⊙

Langsam rollte der schwarze Wagen auf das kleine Haus am Waldrand von Regenhütte zu. Es gab keinen Grund zur Eile, niemand kannte dieses kleine Geheimnis. Niemand, der noch lebte. Außer einem. Und der war nicht in der Lage darüber zu berichten. Der Empfang, der noch in vollem Gang war und auf dem nach wie vor das Motto Prosecco und Plaudereien herrschte, lief bestimmt völlig harmonisch ab.

⊙

Natürlich wusste Schäffler Bescheid, dass er überwacht wurde. Das war Bender klar, noch bevor Manu ihn auf dem Empfang darauf hingewiesen hatte, dass er sich das eine oder andere Mal verstohlen nach seinen Schatten umblickte. Doch Bender war das völlig egal. Hauptsache jemand passte auf Schäffler auf. Er wollte unter allen Umständen verhindern, dass noch ein Mord geschah.

⊙

Konstantin Graumüller brauchte einige Minuten, um das, was er eben erfahren hatte, in einen logischen Zusammenhang zu bringen. Nachdem seine Frau eilig den Saal verlassen hatte und ihn ohne weiteren Kommentar stehenließ, weil sie „kurz zur Toilette musste“ und dann „schnell mal weg“, hatte er Karl Maier angeraunzt, er solle ihn in Ruhe lassen. Der war beleidigt mit seiner Frederike abgezogen. Graumüller stand inmitten der Gäste, die zu seinen Ehren gekommen waren und war doch nicht da. Als stünde er in einer Luftblase, hörte er die Stimmen um ihn herum nur undeutlich, als kämen sie von weit weg und die Schwermut, die von ihm Besitz ergriff, legte sich betäubend auf seine Ohren. Mit einem Mal war ihm alles klar: Anni, seine Anni, hatte einen Freund. Sie ging nicht zum Nordic Walking, sie ließ sich ficken. Konstantin Graumüller wurde übel. Er erkannte, dass sie ihn nur deshalb besonders liebevoll umgarnt hatte, weil sie ihr schlechtes Gewissen beruhigte. Oder weil sie zwar in fremde Betten hüpfen, aber nicht ihren Status als First-Lady verlieren wollte. Konstantin Graumüller war in diesem Moment nicht klar, dass er der Antwort auf seine, auf fast alle Fragen ziemlich nah war.

Sein Leben, das er bis vor wenigen Wochen noch als glücklich, zufrieden und ausgefüllt bezeichnet hätte, war in nur einer Minute vor ihm zerbröselt. Anneliese hatte ihm Hörner aufgesetzt. Mehr als das, sie hatte sein Weltbild ins Wanken gebracht. Nein, sie hatte es eingerissen. Und dann war sie einfach abgehauen. Einfach so, ohne ein Wort der Erklärung. Zur Tür hinaus und Ende. Doch so leicht würde er es ihr nicht machen. Er wollte jetzt alles wissen. War es so wie in schnulzigen Liebesdramen, in denen immer alle Bescheid wussten, die Veränderungen bemerkt hatten, nur der Ehemann nicht? Hatte er es sich in ihrer Ehe zu bequem gemacht? Er wusste es nicht. Das war jetzt aber auch nicht wichtig. Von einem Moment auf den anderen änderte sich seine Gemütslage von wütender Trauer in Entschlossenheit: Er war nicht bereit, ihre Ehe, die vielen guten Jahre, die sie gemeinsam gehabt hatten, so einfach wegzuwerfen. Gut, sie hatte eine Affäre, aber mein Gott, das kam in den besten Familien vor. Konstantin Graumüller hob die Schultern und blickte auffordernd in die Runde. Ganz so, als wollte er sagen: „Seht her, hier bin ich, angetreten, um meine Ehe zu retten."

⊙

Bender hatte schwere Bauchschmerzen, Konstantin Graumüller gehen zu lassen. Der Landrat machte kein Hehl aus dem Problem, das er hatte. Wahrscheinlich war das der Grund und das war ein wenig unprofessionell, wie Manu fand, dass Bender nach einer Möglichkeit suchte. Er fragte die Zivilstreife an, die Anneliese Graumüller unauffällig gefolgt war, nachdem sie die Veranstaltung überstürzt verlassen hatte.

„Ich weiß, wo sie ist, dort fährt sie immer hin, wenn sie Probleme hat", sagte Graumüller, nachdem klar war, wohin seine Frau gefahren war.

„Also gut, fahren Sie zu ihr. Aber wir werden dabei sein", forderte Bender.

„Von mir aus, aber nur bis zur Tür, dann will ich mit ihr alleine sprechen. Schließlich geht es um meine Ehe.“

⊙

Breitschneider war informiert, er bestätigte, alles im Griff zu haben. Und so verließ der Ehrengast den Saal und niemand bemerkte es. Alle waren viel zu sehr in den Austausch von Eitelkeiten vertieft. Die Polizei dagegen war bis ins kleinste Detail und über jeden Meter Wegstrecke informiert.

⊙

Sie betrat das Haus ihres Vaters. Bis heute konnte sie nicht verstehen, dass er die Erbärmlichkeit dem Luxus vorgezogen hatte. Sie war ein Kind aus einfachem Haus. Doch sie hatte es geschafft, sich aus dem Knebel der Kleinbürgerlichkeit befreit. Gut, es war nicht der Verdienst ihres Verstandes gewesen, den sie ohne Zweifel besaß. Sie hätte studieren können. Auch damals schon, ihr Vater hätte ihr jeden Wunsch erfüllt. Doch ihr eigener Ehrgeiz hatte es nicht über den Landkreis hinaus geschafft. Die Mutter war früh gestorben und sie wuchs auf in der Obhut ihres Vaters. In diesem winzigen Haus, das ihr inzwischen zuwider war, das ihr Vater aber niemals verlassen würde.

„Hallo Vater“, sagte sie. Eine sehr unpersönliche Bezeichnung für ihren Papa, den sie über alles liebte. Aber im Laufe der letzten Jahre hatte sie festgestellt, dass er darauf am ehesten reagierte. Heute nicht. Sebastian Geiß saß in seinem Lieblingssessel und glotzte seine Tochter an, als sei sie eine Fremde. Die kleine Stube war aufgeräumt, die Frau der Caritas war heute, wie jeden Tag, dagewesen und hatte ihre Arbeit gut gemacht. Auf dem Tisch stand das Mittagessen, die Warmhaltebehälter, mit denen es geliefert wurde, waren auch noch da. Anneliese Graumüller streichelte ihrem Vater über den

Kopf und kämmte mit den Fingern das dünne Haupthaar, das sich wirr über der Stirn verteilte. In diesem Moment fiel ihr ein, dass es ein einziges Mal ernsthaften Streit mit Konstantin gegeben hatte. Er wollte seinen Schwiegervater, der offensichtlich dement war, in ein Altersheim umziehen lassen. Anneliese hatte darauf geantwortet: „Das überlebt er nicht, er liebt dieses Haus und außerdem verpflanzt man einen alten Baum nicht mehr.“

Kein noch so gutes Argument half. Auch nicht, dass er seine Beziehungen spielen lassen würde und es sicher ein traumhaft schönes Domizil sein würde, in dem er ihn unterbringen würde. Anneliese Graumüller bestand darauf, dass ihr Vater bleiben durfte, wo er war. Landrat Graumüller hatte, nachdem Sebastian Geiß genau begutachtet und weder für sich, noch für die Allgemeinheit für gefährlich befunden worden war, schließlich nachgegeben. Sollte der alte Mann, der die meiste Zeit des Tages damit verbrachte, sinnentleert vor sich hinzustarren, doch in dieser schäbigen Hütte hocken. Graumüller organisierte eine engmaschige Betreuung. Und wenn er die Hütte doch anzündete? Um den Hausfrieden wieder herzustellen, hatte er beschlossen, sich darüber keine Gedanken mehr zu machen.

„Vater“, Sebastian Geiß reagierte wieder nicht. „Papa“, wiederholte Anneliese Graumüller, „ich gehe ein bisschen üben.“ Diesmal sah er ihr aus trüben, beinahe leeren Augen hinterher.

⊙

„Wie laufen eigentlich die Geschäfte?“, wollte Hans-Georg Schäffler von seiner Frau wissen. Seit er sich mehr und mehr auf den Landrats-Wahlkampf konzentrierte, hatten sie schon einmal den Ernstfall geprobt. Schließlich würde er sich als König von Regen auch nicht mehr um das Tagesgeschehen kümmern können. „Alles im grünen Bereich, es läuft bestens“, log seine Frau und er wusste es. Er hatte einen Vertrauten in der Firma, der auf seine Anweisungen hin handelte. Schäffler wusste, es gab jede Menge Probleme, das Tourismusprojekt zum Beispiel war längst nicht in trockenen Tüchern. Noch nicht. Aber das war bald kein Problem mehr, er würde die Strippen von zwei Seiten ziehen. Das alles sagte er seiner Frau nicht. Wozu auch. Sie war so gut in ihrer Rolle als Mehrheitsbeschafferin, so eitel in ihrer Funktion als Unternehmerin. Er würde sie loswerden müssen. Auch das würde kein Problem werden, schließlich wusste er vieles, nein alles über sie. Und einiges davon würde ihr das Genick brechen. Er liebte sie abgöttisch, aber eine Frau, die sich in seine Geschäfte mischte, das war undenkbar. Doch das hatte Zeit bis nach der Wahl. Im Moment brauchte er sie. Noch.

„Hans, sie sind immer noch hinter uns", sagte Sandra Schäffler.

„Natürlich sind sie das", antwortete er und lächelte seine Frau verliebt an.

⊙

Familie Schäffler fuhr gerade auf ihr Anwesen, zwei Polizeibeamte richteten sich auf eine langweilige Nacht der ergebnislosen Überwachung ein, als Benders Wagen und der vor ihm fahrende Landrat ihr Ziel erreichten. „Also gut, gehen Sie zu Ihrer Frau. An diesem verlassenen Ort treiben sich sicher nicht einmal Mörder herum."

Graumüller lächelte Bender bitter an und steuerte auf das Haus zu. Er hatte es immer gehasst, daran änderte sich auch jetzt nichts. Nur einmal war er dieser Eingangstür bisher nahe gekommen. Und damals stand ein in seinen Augen gewalttätiger Mann davor, der auf den Namen „Papa" hörte und nicht bereit war, Graumüller einzulassen. Sein Schwiegervater hatte eine offensichtliche Aversion gegen ihn, weil er an seiner Tochter rumfummelte und lebte diese Antipathie hemmungslos aus.

„Ich kann nicht verhindern, dass Sie mit meiner Tochter rummachen, aber wenn Sie mir nur einen Schritt zu nahe kommen, knalle ich Sie ab.“ Damals, als er noch Bürgermeister seiner kleinen Gemeinde war und außerdem kurz vor der Scheidung stand, hatte er sich ängstlich abgewendet. Später fand sein Schwiegervater in seiner Gedankenwelt nicht mehr statt, bis zu dem Zeitpunkt, als er zu debil und inkontinent war, um ihm noch gefährlich zu werden. Graumüller hatte nie verstanden, warum seine Frau ihren Vater so eifersüchtig verteidigte. Er wusste, was ihn jetzt erwarten würde. Er hatte Sebastian Geiß bei einer Ausflugsfahrt der regionalen Senioren gesehen. Er war nicht mehr als ein Schatten seiner alten Persönlichkeit. Mehr noch, er hatte ihm als Landrat eilfertig die Hand geschüttelt. Dabei war ihm ein hässlicher Faden Speichel an der Wange heruntergelaufen. Er musste keine Angst mehr vor dem dereinst so aggressiven Schwiegervater haben, soviel war sicher. Konstantin Graumüller betrat das Haus.

⊙

„Kannst du das nicht lassen?“, nörgelte Manu, als sich Ralf Bender eine Zigarillo anzündete.

„Diese Dinger stinken einfach erbärmlich. Grüner Tee ist mir eindeutig lieber, oder iss doch wieder einmal einen von diesen fettgetränkten Krapfen.“

„Alles zu seiner Zeit“, antwortete Bender und stieg aus.

Er genoss die sanfte Brise, die sich über die heranziehende Nacht legte. Es war, wie er feststellte, seine liebste Stunde. Die Hitze des Tages löste sich in einer Kühle auf, die sein Körper als wohltuende Entspannung wahrnahm.

Er sah zu, wie Konstantin Graumüller auf die Tür des kleinen Hauses zuging.

Er vernahm das leise Rauschen der Blätter, die an den Ästen der Bäume im Abendwind tanzten. Eine perfekte Idylle, dachte

Bender und wunderte sich selbst, dass er seine Achtsamkeit nicht aufgab.

⊙

Hans-Georg Schäffler öffnete die Kühlschranktür und unterzog den Inhalt dahinter einer akribischen Inspektion. Es gab eine angebrochene Flasche Weißwein, Oliven und mit Frischkäse gefüllte Peperoni. Auch Salami und ein Stück italienischen Käse entdeckte er. Das perfekte Abendmahl! „Schatz, haben wir noch was von diesem einmaligen Südtiroler Schüttelbrot?“

⊙

Konstantin Graumüller betrat das Haus und schloss die Tür hinter sich. „Anneliese?“ Er kam sich blöd vor, dass er einer alten Gewohnheit folgend seine Frau rief und die manifestierte Angst vor seinem Schwiegervater nicht ablegen konnte. Er fand Sebastian Geiß in dem kleinen Raum, der Küche, Ess- und Wohnzimmer zugleich war.

⊙

Bender lehnte sich an den Wagen und nahm einen tiefen Zug aus seinem Glimmstängel. Was waren das für Zeiten? Er und sein ganzes Team hatten in den vergangenen Wochen so viel Brutalität erfahren. Mehr, als man ertragen konnte. Morde, ein Drogensüchtiger hatte sich selbst gerichtet. Einige kriminelle Machenschaften auf beiden Seiten der Grenze waren aufgedeckt worden. Es war für Bender immer wieder erstaunlich, wie viel Kriminalität ungesühnt blieb, wenn man nicht konkret suchte. Ob es daran lag, dass Verbrecher immer ausgefuchster wurden – oder waren die staatlichen Kontrollorgane nicht konsequent genug? Bender konnte sich selbst keine Antwort darauf geben. Er selbst hatte eine beachtliche Drogenlieferung verhindert. Im Rahmen des unglaublichen Polizeiaufgebots, das in der Region stationiert wurde, war sogar ein Mord, der mehr als 20 Jahre zurücklag, aufgeklärt worden. Und trotzdem, in ihrem größten Fall ging nichts voran. Was nutzte Polizeiarbeit gegen einen, der entschlossen ist, ein System auszuhebeln? Wie sollte man so jemandem beikommen? Und was noch schlimmer war, wenn er sein Ziel erreicht hatte, würde er einfach aufhören können und wurde vielleicht niemals gefasst. Ritter und Dr. Moosbacher hielten sich an den kleinen Erfolgen fest. Drogenbarone, die inzwischen einsaßen, Kleinkriminelle, die ihre Haut retten wollten und das Lied des Verrats sangen. Doch während sein Chef eine unerschütterliche Zuversicht ausstrahlte, lag er mit Dr. Moosbacher in ständigem Streit. Obwohl er ihr Recht geben musste: Es war viel erreicht und doch nichts. „Wer bist du? Warum tust du das? Die entscheidenden Fragen, die in seinem Kopf ständig rotierten, waren noch nicht geklärt. Und auch der Mord an dem Bauunternehmer, der erschlagen in seinem Büro gefunden worden war, musste noch ermittelt werden. Nicht nur Bender war davon überzeugt, dieser Totschlag ging nicht auf „Gabriels" Konto.

⊙

Er konnte den alten Mann nur bemitleiden. Auch wenn er ihn nie gemocht hatte, so ein Schicksal wünschte er nicht einmal seinem ärgsten Feind. Es war schrecklich anzusehen, wie hinfällig der Mensch im Alter wurde. Doch wo war seine Frau? Er machte sich bewusst, dass er dieses Haus, außer dem einen Raum, in dem er sich jetzt befand, noch nie weiter betreten hatte. Also musste er seine Frau suchen. Doch das konnte ja nicht so lange dauern. Er öffnete eine Tür und blickte in ein kleines Bad mit Klo und Dusche. Von dort zweigte eine weitere Tür ab. Langsam öffnete er sie, sagte leise Anneliese.

Warum flüsterte er eigentlich? Doch nichts, es war wohl die Schlafkammer von Sebastian Geiß. Bei diesem ärmlichen Anblick vergaß er beinahe, warum er hier war. Er wollte seiner Frau sagen, dass er den Seitensprung verzeihen konnte, die vielen schönen Jahre mit ihr seien ihm viel zu wichtig gewesen, um die Ehe jetzt nur wegen eines Fehltritts zu beenden. „Ich brauche dich", würde er ihr sagen, „ich möchte zusammen mit dir alt werden."

Konstantin Graumüller öffnete eine weitere Tür. Es war ein Jugendzimmer. Offensichtlich war hier nicht viel verändert worden, seit Anni ausgezogen war. Ein kleines Fenster gab den Blick auf den Garten hinter dem Haus und auf den dahinter beginnenden Wald frei. Und was er dort jetzt zu sehen bekam, war so entsetzlich, er glaubte für einen Moment, wahnsinnig zu werden.

⊙

Die werden wohl um eine Eheberatung nicht drumherum kommen", sagte Manu, nachdem sie aus dem Wagen gestiegen war und sich zu Bender gesellte. Im Garten hinter dem Haus war laut und deutlich ein erregtes Streitgespräch zu hören, auch wenn die beiden Ermittler die Worte, die fielen, nicht verstehen konnten.

„Ganz ehrlich, Manu, der Mann tut mir leid. Nicht nur, dass in seinem Landkreis die Menschen reihenweise sterben, jetzt bescheißt ihn auch noch seine Frau. Ich fühle mich ja auch so manches Mal vom Schicksal getreten, aber im Gegensatz dazu habe ich es ja richtig gut erwischt."

Manu nickte traurig, auch ihr tat der Landrat leid, der in dieser ganzen Misere bewundernswerter Weise immer die Fassung bewahrt hatte.

„Aber, Ralf, im Ernst, wenn die weiter so streiten, dann müssen wir eingreifen."

Und dann hörten Ralf Bender und Manuela Hentschel laut

und deutlich, was Konstantin Graumüller in den Abendhimmel des Bayerischen Waldes brüllte.

⊙

Konstantin Graumüller knickten die Beine weg. Er brauchte einen Moment um zu realisieren, was er gerade durch das Fenster im Jugendzimmer seiner Frau gesehen hatte. Mit weichen Knien schlich er aus dem Zimmer und suchte nach der Tür, die in den Garten dieses verdammten Hauses führte. Einen Moment lang überlegte er, seinen Schwiegervater nach dem Weg zu fragen. Doch der saß – wie sollte es auch anders sein – mit leerem Blick in seinem Sessel und glotzte die Wand an. Kurze Zeit später hatte er die Tür gefunden. Sie war nur angelehnt und so konnte Graumüller geräuschlos in den Garten treten. Dachte er. Doch der Boden unter seinen Füßen knirschte lautstark, als er auf die Terrasse trat. Er bemerkte gleichzeitig, dass jemand Erdnussschalen verstreut hatte und sich seine Frau ruckartig umdrehte.

„Du? Was tust du denn hier?"

„Ich bin dein Mann, verdammt noch mal und wenn du eine Affäre hast, dann geht mich das ja wohl etwas an!"

„Eine Affäre. Du kompletter Vollidiot", kreischte Anneliese Graumüller. „Eine Affäre."

„Was soll ich denn sonst glauben? Karl Maier, dieser Auswuchs an Erbärmlichkeit deckt auf, dass du mich monatelang belogen hast und niemals bei deinen ach so heiß geliebten Nordic-Walking-Runden dabei warst. Verdammt, was soll ich da glauben? Und dann suche ich, komme hierher und sehe…"

„…und siehst, ja was siehst du denn, du elender Blödmann? Soll ich dir sagen, was du siehst?"

„Ja, sag es mir", schrie Graumüller jetzt noch lauter.

Anneliese Graumüller schnappte nach Luft. „Ich habe gekämpft. Um dein, um mein, um unser Leben, das du so einfach wegwerfen willst." Sie machte eine ausladende Handbewegung. Der schwarze Lauf der Waffe, die sie in der Hand hielt und die eindeutig aus osteuropäischer Herstellung stammte, blitzte im Licht der Terrassenbeleuchtung kurz auf.

War es beim Blick aus dem Fenster nur eine böse Vorahnung, so traf ihn der Blitz der Erkenntnis jetzt wie Thors Hammerschlag. „Du? Du hast? Nein, das kann nicht sein…" Konstantin Graumüller wurde die ganze schreckliche Wahrheit bewusst. „Du", sagte er schwach, aber er sammelte sich nur und holte zu einem letzten entsetzlichen Schrei aus: „Du hast dieses Unglück über uns alle gebracht! Du bist die Mörderin, das Monster!"

„Ja, ich bin es, ich habe es getan. Alles! Und alles nur für dich!" Anneliese Graumüller hielt die Waffe, mit der sie schon so viele Menschen umgebracht hatte, in Richtung ihres Mannes.

⊙

Bender sah Manu entsetzt an: „Ich glaube, ich spinne, ist da gerade das Wort Mörderin gefallen?" Beide stürmten sofort los. „Du gehst vorne rein", befahl Bender und rannte mit gezückter Waffe zum hinteren Ende des Hauses. Als er am Gartenzaun ankam, war niemand mehr zu sehen. Vor der Terrassentür lag ein Gewehr, das Bender schon von zahllosen Fotos kannte, die an den Wänden im Büro der Soko hingen. Er hatte in den letzten Monaten sogar mehrfach eine Waffe dieses Typs in den Händen gehalten. Auch wenn er sich die Frage nach dem Warum noch längst nicht erklären konnte, schlug Thors Hammer ein zweites Mal zu. Mit einer Behändigkeit, die man ihm auf den ersten Blick nicht zugetraut hätte, sprang Bender über den hüfthohen Gartenzaun.

⊙

„Das ist das Ende", sagte Konstantin Graumüller. Das Entsetzen hatte sich in seine Gesichtszüge gebrannt. Seine Frau, eine Mörderin, die Mörderin, die soviel Unglück über den Landkreis und das Leben so vieler Menschen gebracht hatte. „Warum?“, sagte er kraftlos und dann: „Anni, es ist vorbei, die Polizei steht draußen vor der Tür. Es ist vorbei. Aber warum, warum nur?“

„Die Polizei, du verdammter Idiot hast die Polizei hierhergebracht. Ich habe das alles für uns getan. Für dich. Ich habe alle eliminiert, die dir das Amt des Landrats streitig machen wollten. Ich habe für unsere Zukunft gekämpft.“

„Aber wie?“, flüsterte er und dann liefen Bilder in seinem Kopf ab, Szenen der letzten Monate und Jahre, denen er nie Bedeutung beigemessen hatte. Der Nachmittag vor drei Jahren, als Anneliese ihn zum Schützenplatz begleitet hatte und unter dem lauten Johlen der Anwesenden jede Tontaube, die durch die Luft flog, pulverisierte. Sie war seit frühester Jugend eine hervorragende Schützin gewesen. Das wusste er wohl. Aber als sie vor einiger Zeit die Siegerpokale, die zuvor in einer Vitrine gestanden waren, in Kisten räumte und auf den Speicher verbannte, hatte er sich mit der Erklärung, sie könne die Staubfänger nicht mehr sehen, zufrieden gegeben. Sein Langzeitgedächtnis öffnete weitere Schubladen mit Erinnerungen. Einmal hatte er in ihrem Nachtkästchen eine Pistole entdeckt und als er danach fragte, bekam er zur Antwort, das sei ein Geschenk für ihren Vater. Und ja, sie hatte einen Waffenschein. Doch niemals, nicht einmal in all den Jahren, wäre er auf die Idee gekommen, dass er im Bett mit einer Frau lag, die ein derart dunkles Talent hatte, das jetzt zum Ausbruch gekommen war. All das lief in Sekundenbruchteilen in seinem Gehirn ab, bevor ihn seine Frau wieder in die Realität zurückholte.

„Die Polizei, du einfältiger Trottel.“ Anneliese zog eine Glock 17 aus ihrer Jackentasche und war mit einem Satz bei ihm. Sie schlang einen Arm um seine Hüfte, drückte ihm mit der anderen Hand die Pistole an den Kopf und schob ihn in

Richtung Terrassentür. „Wie immer“, schnaubte sie, „wie immer muss ich uns jetzt wieder raushauen.“

Konstantin Graumüller ließ sich widerstandslos von seiner Frau ins Innere des Hauses bugsieren.

⊙

Manu hatte die Haustür aus den Angeln getreten und stand jetzt in dem kleinen Wohnraum, in dem Sebastian Geiß saß und seltsam leer in ihre Richtung blickte. Gleichzeitig flog eine Tür auf und Konstantin Graumüller kam herein, gefolgt von seiner Frau, die ihm eine Waffe an den Kopf hielt.

„Was?“, stammelte Manu, die das Bild nicht einordnen konnte.

„Gehen Sie weg, hauen Sie ab, sonst, ich schwöre, werde ich schießen.“ Manu machte eine Bewegung, als wolle sie ihre Waffe ziehen. Dann knallte ein Schuss und hinter ihr zerbarst ein Regal in dem kurz zuvor, sorgsam aufgereiht, noch steinerne Bierkrüge gestanden hatten.

„Lassen Sie das“, schrie Anneliese Graumüller. „Ich knalle Sie ab.“

Bender tauchte aus dem Hintergrund auf. Es ist ein Alptraum, nichts weiter als ein Alptraum, dachte Manu.

„Frau Graumüller, lassen Sie die Waffe fallen, das Spiel ist aus.“

„Nein!“, hörte der Landrat seine Frau seltsam gedehnt schreien und wurde herumgerissen. Ein zweiter Schuss verfehlte Bender um Haaresbreite, brachte eine Fensterscheibe zum Platzen und verfehlte auch einen Polizeibeamten, der zur Überwachung von Anneliese Graumüller abgestellt war, nur knapp.

„Bender, was ist da drin los?“, rief er.

„Bleiben Sie draußen. Anneliese Graumüller ist Gabriel. Bleiben Sie draußen. Und rufen Sie Verstärkung.“

Als auf dem Empfang zum 30-jährigen Jubiläum des Landrates in den Ohrhörern der Polizeibeamten in Zivil die Meldung einging, was gerade geschehen war, beschwerten sich einige Ehrengäste, dass sie angerempelt und beinahe umgerannt wurden. Zahllose Polizeiwagen, die überall im Landkreis unterwegs waren, machten sich gleichzeitig auf den Weg zu dem kleinen unscheinbaren Dorf in dem ein Haus stand, wo eine Frau ihren Mann und zwei Polizeibeamte in Schach hielt.

⊙

„Ganz langsam die Waffen fallen lassen, beide", drohte Anneliese Graumüller sowohl Bender als auch Manu.

„Frau Graumüller, geben Sie auf, das hat doch keinen Sinn mehr."

„Ich habe gesagt, Sie sollen die Waffen fallen lassen."

„Anni, bitte."

„Ich sage es jetzt zum letzten Mal. Waffen weg, sonst..."

Bender hob die Arme und ließ die Waffe fallen. Manu tat es ihm nach. Mit den Füßen schoben sie diese zur Seite.

„Und jetzt dort hinein", befahl Anneliese Graumüller ohne ihren Mann loszulassen, verfrachtete Bender und Manu in das kleine Bad und sperrte die Tür zu. „Wenn Sie rauskommen, erschieße ich Sie alle."

Bender rannte mit Manu durch die andere Tür in die Schlafkammer von Sebastian Geiß. Beide waren mit einem Satz durch das Fenster draußen.

„Papa", sagte Anneliese Graumüller, als sie gewahr wurde, dass er auch noch im Zimmer war.

„Ich werde mich jetzt nicht mehr um dich kümmern können." Sie lächelte ihn liebevoll an und auch er blickte aus seinem Sessel zu ihr auf. „Anni", sagte er. Es war das Letzte, was er sagte. Konstantin Graumüller war sich sicher, dass sein Schwiegervater kurz bevor die Kugel aus der Glock 17 in dessen Stirn eindrang und dahinter die finale Zerstörung anrichtete, einen letzten klaren Gedanken gefasst hatte. Im gleichen Moment erstarb in Konstantin Graumüller der Glaube an das Gute im Menschen.

⊙

Es war gespenstisch still. Bender, Manu und zwei weitere Polizisten sahen hilflos zu, wie Anneliese Graumüller ihren Mann auf den Beifahrersitz seines Wagens verfrachtete. Bender hatte seine Waffe nicht mehr. Und wenn, er hätte nicht gewagt, sie zu benutzen. Auch wenn Psychologie nicht seine große Stärke war, so wusste er doch, diese Frau war zu allem entschlossen. Er konnte und wollte den Landrat nicht weiter in Gefahr bringen. Sie würden eine andere Möglichkeit finden müssen, Gabriel zur Strecke zu bringen. Anneliese Graumüller schoss die Reifen der anderen Autos kaputt, startete den Wagen, schaltete das Aufblendlicht ein und fuhr los. Bender überlegte fieberhaft und hoffte, dass Hilfe nahte.

⊙

„Anni, warum, warum hast du das getan? Das alles getan?" Ein Überlebensinstinkt wurde in Konstantin Graumüller wach und er bedauerte, diese Frage gestellt zu haben.

Der Wagen fuhr viel zu schnell über die kleine Anliegerstraße. Noch beherrschte seine Frau das Steuer. Doch als sie ihn anblickte und er die ganze Wildheit in ihren Augen sehen konnte, kam der BMW gefährlich ins Schlingern. Doch sie beherrschte das Steuer scheinbar perfekt und fing das ausbrechende Heck wieder ein.

„Ich habe verdammt nochmal mein ganzes Leben für deinen Erfolg geopfert." Während sie jetzt redete schien es ihm beinahe so, als habe Anni zur Vernunft zurückgefunden. „Liebling, ich habe alles für dich geopfert. Für dich und die Kinder. War ich nicht immer eine perfekte Frau an deiner Seite? Habe ich nicht immer alles getan, damit du glänzen konntest? Du und deine unbeholfene Art. Deine Unfähigkeit auf Menschen zuzugehen. Hast du denn nicht gemerkt, dass ich dich immer angeleitet habe? Dir ein perfekter Schatten war, wo du nicht weiter kamst?“ Für einen Moment kehrte die Wildheit in ihre Augen zurück. „Ich habe mir den Arsch aufgerissen für dich. Mein Papa hat dich immer für einen Versager gehalten. Doch ich hab an dich geglaubt.“

Dann wurde sie wieder ruhiger. „Wir bekommen das wieder hin. Du bist der Landrat. Du bist der, der hier im Landkreis das Sagen hat. Sie können uns nichts. Weder die kleinen Würmer, die versucht haben, dir deinen Posten streitig zu machen. Noch die Polizei. Du bist der Chef. Und du bleibst es, dafür werde ich schon sorgen.“

⊙

Eine im Landkreis Regen nie dagewesene Kolonne an Polizeiwagen raste auf Regenhütte zu. Wie gewöhnlich hatte es eine undichte Stelle gegeben und Benno Seifeld informierte Bender, der sich den schwarzen Wagen von Anneliese Graumüller geschnappt hatte – die Reifen ihres eigenen Wagens hatte sie übersehen –, um ihr hinterherzufahren, von der medialen Katastrophe. „Scheiße“, fluchte Bender, aber eigentlich war das jetzt nicht wichtig. Es galt, den Landrat zu retten und Gabriel endlich, ein für alle Mal zur Strecke zu bringen. Er musste den Wahnsinn endlich stoppen.

⊙

Der Landrats-BMW flog über die schmalen Straßen. „Anni“, sagte Graumüller, „es ist vorbei. Es ist alles vorbei. Begreif das doch endlich.“ Doch er konnte seine Frau mit diesen Worten nicht erreichen. Anneliese schaltete vor einer engen Kurve einen Gang zurück und gab gleichzeitig Gas. Hinter der Kurve meinte sie für einen Moment, das Licht der Erkenntnis zu sehen. Es war ein dramatischer Irrtum. Es blendete sie, sie kniff die Augen zusammen. In diesem Moment griff ihr Mann ins Lenkrad, Anneliese Graumüller stieg mit aller Kraft in die Bremsen, verlor die Herrschaft über den Wagen und dann löste sich ein weiterer Schuss aus der Glock 17.

⊙

„Verdammte Scheiße", schrie Matthias Winterer, der sich mit einem Kollegen noch kurz zuvor ein nicht geplantes Rennen um den ersten Platz des Auto-Rudels geliefert hatte. Willkommener Frustabbau nach der Blöße, die er sich hatte geben mmüssen. Er trat in die Eisen und zwei nachfolgende Fahrzeuge, die nicht mehr rechtzeitig bremsen konnten, bohrten sich in das Heck seines Wagens, schleuderten es meterweit durch die Luft, bevor es völlig demoliert auf dem Dach zu liegen kam. Er und sein Kollege Horst, der auf dem Beifahrersitz saß, waren sofort tot. Ein Fest für die Boulevard-Presse, die in den Redaktionen schon die Messer wetzte.

⊙

Der Schmerz, der Konstantin Graumüller durchdrang, war willkommen. Er war eindeutiger Beweis dafür, dass es vorbei war, alles endlich enden würde. Er blickte zu seiner Frau, die schwer atmend neben ihm im Fahrerairbag des Wagens lag. Um sich herum nahm er nichts mehr wahr. Er war ganz allein mit seiner Frau, mit seiner Anni, die ihm ein Leben in Anerkennung und Größe geschenkt hatte. Lichter tanzten um ihn herum, in weiter Ferne war Stimmengewirr zu hören. Er war Landrat im Landkreis Regen. Landrat von Annis Gnaden. Alles war gut. Und dann schwanden ihm die Sinne.

Notarzt und BRK hatten einige Mühe, sich durch das Knäuel an Polizeiwagen bis an den Tatort vorzuarbeiten. Die beiden Polizisten, die tot aus ihrem Wagen gezerrt worden waren, lagen bereits auf feuchtwarmem Waldboden, als Bender eintraf. Graumüllers Wagen, der offensichtlich von der Straße abgeflogen war, klebte seitlich verbogen an einem mächtigen Baum. Bender schlug einem Reporter, der es tatsächlich geschafft hatte, schon zu diesem frühen Zeitpunkt an den Ort des Grauens zu gelangen und eifrig Fotos machte, die Nase blutig. Hätte Manu ihren Chef nicht zurückgehalten, es wäre Schlimmeres passiert.

17

„Es ist geradezu grotesk, aber Gabriel wird im katholischen Glauben oftmals als weibliches Wesen dargestellt“, sagte Dr. Leopold. Bender hörte gar nicht richtig zu. Die letzten Stunden hatten ihm gewaltig zugesetzt. Es hatte weitere Tote gegeben. Einen alten Mann, zwei Polizisten, und er hatte nichts dagegen unternehmen können. Er wünschte sich in die Arme seiner Töchter oder seiner Frau. Ein bisschen Frieden in einer Welt, die aus den Fugen geraten schien. Niemand, der im Büro der Alten Mädchenschule in Zwiesel saß, dem Hauptquartier der „Soko Gabriel“, hatte Lust etwas zu sagen. Der Schock saß tief. Manu nahm die Bilder von Toten und Verdächtigen, die sie in den letzten Monaten wie ein böser Fluch begleitet hatten, von der Wand ab. Eines von Anneliese Graumüller war nicht dabei. „Wer hätte denn wissen sollen...“, begann Schaller und verstummte sofort, als ihn Bender für einen Moment anblickte. Das große Aufräumen begann und niemand außer Bender war im Moment klar, dass es noch nicht vorbei war.

18

Damit hatte Ralf Bender nicht gerechnet. Paul Freier war hoch erfreut, dass sein Freund nicht zu ihm an die Racheldiensthütte kommen wollte. „Super“, sagte er stattdessen, „ich habe Heinz ohnehin schon lange nicht mehr gesehen. Für das Bier aus seinem Felsen im Schwellhäus'l und ein ordentliches Glas'lfleisch würde ich sogar einen Mord begehen. Wusstest du eigentlich, dass das Zwieseler Waldhaus, das von dort nur einen Steinwurf entfernt ist, das älteste Wirtshaus des Bayerischen Waldes ist? Also dann bis morgen. Ich freue mich wirklich.“

Bender wusste nicht, verstand auch nicht und war zudem ein wenig irritiert. Doch obwohl sich Thorben Kraft ganz in der Nähe dieses beliebten Ausflugslokals das Leben genommen hatte, war er einverstanden gewesen, sich dort zu treffen. Neben Paul Freier lud er auch noch seine Frau, Schaller, Manu, Benno Seifeld und einige der Zwieseler Polizisten ein. Sogar Dr. Moosbacher wollte kommen. Nur Ritter hatte einen wichtigen Termin, den er unmöglich absagen konnte. Egal, das was er zu sagen hatte, würde sein Chef schon früh genug erfahren.

19

Der Ort war aufreizend schön. Bender war früh dran und nahm auf der Terrasse im Biergarten Platz, die direkt an den kleinen See gebaut worden war. Erste Wanderer, die vom sonnendurchfluteten Morgen aus ihren Häusern gelockt worden waren, tummelten sich auf den Wiesen rund um den Biergarten, widmeten sich den Tieren im Streichelzoo oder bestellten bei den gut gelaunten Bedienungen lokale Spezialitäten. Ein Ort des Friedens, der von einem mächtigen Urwald gesäumt war. Und doch lag tiefste Finsternis auf der Seele des leitenden Kommissars. Zuerst kamen Schaller und Manu, entspannt in ein Gespräch vertieft. Manu hob den Arm, als sie Bender erblickte und schenkte ihm ein aufmunterndes Lächeln. Sie hatten sich noch gar nicht richtig gesetzt, als Paul Freier zu ihnen stieß. Er trug vier dunkle Bier, die er lautstark auf dem Tisch absetzte. „Hab ich es doch gewusst, dass ihr keine Ahnung habt. Das Bier aus dem Stein muss man sich selbst holen. Aber der Weg lohnt sich.“ Bender wunderte sich, dass sein Freund in schweren Stunden, dieser schweigsame knorrige Wirt der Racheldiensthütte, heute derart gelöst schien. Um das für Bender skurrile Bild perfekt zu machen, sprang der junge Schäferhund schwanzwedelnd und aufgeregt um seinen Herrn herum. Bender blickte auf den See, in dem Fische im Wasser tanzten und nach Insekten schnappten, die über der Wasseroberfläche kreisten. Mit den immer zahlreicher werdenden Spaziergängern, die sich im Biergarten und darum herum tummelten, kamen auch alle anderen, die er zu diesem Termin geladen hatte. Ihm gefiel gar nicht, dass sich seine Frau, die er gerade aus dem Wald kommen sah, offensichtlich bestens mit Dr. Moosbacher, die neben ihr ging, verstand. Alle genossen die Idylle dieses Ortes und ließen sich von seiner Schönheit anstecken. Als letzter kam Benno Seifeld, der sich in nichts von einem normalen Wanderer unterschied. Er schlenderte ohne Eile oder Reportergier zum Tisch.

Erst als seine Frau ihn am Arm berührte und dann ihre Hand auf die seine legte, fand Bender die Kraft zu sagen, was gesagt werden musste.

„Ihr wisst, dass es noch nicht vorbei ist, oder?" Bender scherte sich nicht darum, dass mit Paul Freier, seiner Frau und Benno Seifeld drei Personen am Tisch saßen, die diese ersten Informationen offiziell nicht hören durften. Bender hatte in den letzten Monaten gelernt, dass Vertrauen manchmal besser und wichtiger war, als alles andere.

„Ihr wisst, dass wir heute nicht den Abschluss des Falles feiern." Außer seiner Frau und Paul Freier wussten alle, dass Bender recht hatte. Und trotzdem waren sie ein wenig enttäuscht über die in dieser Situation in ihren Augen unangebrachte Realität. Dieser Tag, die Tatsache, dass Gabriel gefasst wurde, war einfach zu durchdringend zufriedenstellend. Schließlich, die Gefahr war gebannt. Beinahe zumindest, gestand sich Manu ein, die wie Bender und alle anderen Beamten immer noch auch auf der Suche nach einem weiteren Mörder war. Und trotzdem hatte jeder an dem Tisch auf eine Auszeit gehofft, auf ein wenig Entspannung, auf einen Tag ohne Mord und Totschlag. Doch Bender tat ihnen diesen Gefallen nicht.

⊙

Während sich Konstantin Graumüller im Zwieseler Krankenhaus von seiner Schussverletzung erholen sollte, war genau dies nicht möglich. Auch wenn die Ärzte und Schwestern mit aller Kraft zu verhindern suchten, dass er gestört wurde, so gelang es doch zahllosen Bürgern und Parteifreunden bis zu ihm vorzudringen. Auch die Presse ließ nichts unversucht, um ein Foto oder einige Originalzitate zu ergattern. Am zweiten Tag der Belagerung war endlich beschlossen worden, den Landrat des Landkreises Regen an einen unbekannten Ort zu verlegen.

Doch es war ihm egal. Nichts und niemand drang zu ihm durch. Seine Gedanken kreisten um seine Frau. Um die Mörderin Anneliese Graumüller. Um Gabriel, um die Person, die das Fegefeuer über den Bayerischen Wald gebracht hatte. Sicher, er hatte sein Amt über all die Jahre geliebt. Es war immer auch ihr Verdienst gewesen. Immer, schon in den Zeiten, als er noch ein unbedeutender Bürgermeister eines kleinen Ortes war. Ihm wurde bewusst, schon damals hatte Anni alle Fäden in der Hand gehalten, sortierte wichtige von unwichtigen Terminen, schrieb seine Reden und sagte ihm, was er in Konfliktsituationen zu tun hatte. Eigentlich war sie, Anni, Landrätin gewesen. Auch wenn er mit den Jahren mehr Routine bekam, auch weil sich jeder Termin, jedes Gespräch tausendfach wiederholte, so war ihm doch klar: Er hatte durch sie sein politisches Leben gelebt. Während er vom Ruhestand träumte, letztlich keine Probleme damit hatte, loszulassen, als sich die Würfel gegen ihn zu entscheiden schienen, wollte seine Anni nur eins: An der Macht bleiben.

⊙

Der Psychologe des Bezirkskrankenhauses, in das Anneliese Graumüller eingeliefert worden war, drang zu seiner Patientin nicht durch. Egal welchen Kniff er versuchte. Sie beharrte darauf: „Mein Mann ist der Landrat des Landreises Regen. Gnade Ihnen Gott, wenn er erfährt, wie Sie mich hier behandeln.“ Es brauchte den massiven Einsatz von Psychopharmaka, um Gabriel ruhigzustellen. Dann lag sie in ihrem Bett und murmelte die ewig gleichen Worte: „Wir sind eins, ich habe das alles für uns getan.“

⊙

Außer dem Schäferhund, der von Bender keine Notiz nahm und lieber aufgeregt nach Fliegen schnappte, die um seinen

Kopf kreisten, blickten den Kommissar alle erwartend an.

„Ihr wisst, es gibt noch einen Mord, den wir bisher nicht aufklären konnten, einen Mord, der ganz offensichtlich nicht von Frau Graumüller begangen wurde. Außerdem habe ich euch noch etwas anderes zu sagen."

⊙

In Manu tauchten die Bilder des Bauunternehmers auf, der mit eingeschlagenem Schädel in seinem Büro gefunden worden war. Anneliese Graumüller, die Scharfschützin, die von ihrem Vater seit frühester Jugend im Umgang mit Gewehren und Pistolen geübt wurde, die von ihm auch wusste, wie man sich über dunkle Kanäle Waffen besorgte, hatte jeden einzelnen Mord gestanden und minutiös erläutert. Wie sie den Gesprächstermin in Viechtach vereitelte und unentdeckt geflohen war oder nach dem Schuss beim Pichelsteinerfest das Haus verlassen hatte und über einige Nebenstraßen unerkannt zum Festzelt gelangt war. Sie schien eine perverse Freude daran, geradezu einen inneren Zwang zu haben, zu erläutern, wie sie ihre Morde geplant hatte und unerkannt ausführen konnte. „Ich bin hier geboren, ich kenne jeden Winkel, jede Gasse, es war so leicht, es hat mich beinahe gelangweilt." Sie zeigte auch kein allzu großes Bedauern, dass beim Kindergartenfest ein Unbeteiligter hatte sterben müssen. „Fehler passieren und Sie müssen zugeben, Herr Kommissar, es war mein einziger."

Gerne hätten Bender und Manu ihr auch den Mord an dem bemitleidenswerten Bauunternehmer angehängt. Sie wollten ihr nachweisen, dass sie aus unbekannten Gründen anders handeln musste. Geradezu gruselig fand Manu in dem einzigen Verhör, das sie führen konnten, ehe über Anneliese Graumüller der Vorhang des Irrsinns niederging, mit welcher Klarheit und emotionslosen Kälte sie bestimmend sagte: „Wozu, er war keine Gefahr für Konstantin. Und wenn ich ihn hätte erwischen wollen, wäre das auch kein Problem gewesen. Mein

Papa hat mir gezeigt, wie es geht."

Kinder liefen lachend zwischen den Bänken des Biergartens hin und her. Aufgeregte Hunde bellten, eine Katze sonnte sich auf einem Baumstumpf im warmen Sonnenschein. Für Bender hing der tote Bauunternehmer Korbinian Breit wie ein böser Geist über der Idylle des Schwellhäus'ls. Seit den Bildern vor Regenhütte, die sich in ihm manifestiert hatten, trug er diesen Gedanken, den er gleich aussprechen würde in sich. Er hatte noch keinen endgültigen Entschluss gefasst. Er hoffte, diese Runde von Menschen, die er hasste oder liebte würden ihm die Entscheidung abnehmen. Und wenn nicht, es ihm wenigstens leichter machen. So erwartete er zustimmendes Nicken, als er sagte: „Ich habe nichts erreicht, ich konnte keine Morde verhindern, es wurde alles immer nur noch schlimmer. Ich werde diesen letzten Mord noch aufklären und dann meine Marke zurückgeben." Es dauerte einen Moment, ehe seine Worte zu allen Anwesenden durchgedrungen waren. Und dann blickte Ralf Bender in entsetzte Gesichter.

„Wir haben also einen weiteren Mörder, so weit so schlecht", sagte Dr. Gundula Moosbacher, die sich ein blutsaugendes Insekt vom Arm schlug. „Aber Bender, den werden Sie auch noch bekommen." Ausgerechnet die Staatsanwältin, die ihm seit Jahren mit Vorliebe zusetzte, ergriff als Erste das Wort: „Sie sind in meinen Augen eine Ausgeburt der Hölle, zusammenarbeiten kann man mit Ihnen nicht. Und trotzdem, verdammt nochmal, ich hasse mich dafür, dass ich das jetzt sage, es gibt wohl keinen Bullen weit und breit, der in diesen extremen Situationen, in denen mehrfach alles aus dem Ruder zu laufen schien, wie Sie die Übersicht und die Nerven behalten hätte." Zustimmendes Nicken, nur Bender glotzte blöd.

„Ralf, was ich weiß und was ich in den letzten Jahren gelernt habe, habe ich von dir", übernahm Manu das Wort. „Niemand, kein Polizist der Welt, hätte voraussehen können, was passiert ist. Nicht bei Raphael und auch diesmal nicht. Wer blickt schon in das Hirn von Geisteskranken, die in ihrem Irrsinn auch noch über diabolische Genialität verfügen? Und doch haben wir ihnen zumindest Einhalt geboten und Gabriel zur Strecke gebracht. Was passiert ist, geht über jede menschliche Vorstellungskraft hinaus. Und trotzdem hast du Haltung bewahrt und letztlich immer die richtigen Schritte eingeleitet. Muss ich dir wirklich sagen, Bender, dass du der beste Polizist bist, den ich kenne?“

Damit hatte Ralf Bender nicht gerechnet. Er dachte, es wäre leicht gewesen, den Kopf einzuziehen und sich aus dem Staub zu machen. Aber hier wurde an seine Ehre appelliert. Noch war er aber nicht bereit, seine Überlegungen komplett über den Haufen zu werfen. Zu viel Selbstzweifel nagte an ihm. Und doch war er gerührt, als Franz Schaller seinen Beitrag leistete: „Ich habe dir einmal gesagt, dass wir niemals Freunde werden könnten. Dazu müssten wir uns auf Augenhöhe begegnen. Und das ist nicht möglich. So groß bin ich nicht und werde es niemals werden. Bender, du hast mir in den letzten Monaten mehr als einmal übel zugesetzt und trotzdem sitze ich heute hier. Du hast mich niemals ganz fallen gelassen. Das vergesse ich dir nicht.“

Benders Vorhaben, dessen er sich noch vor einigen Minuten sicher gewesen war, kam nun doch gewaltig ins Wanken und drohte vollends einzubrechen, als Benno Seifeld einen Schluck aus seinem Bierglas nahm, Bender nur durchdringend anblickte und nichts sagte.

Er machte keine Notizen, schoss keine Fotos, blickte nachdenklich auf den Aschenbecher, den Bender mit stinkenden Zigarillos gefüllt hatte, war einfach nur da, ein Teil einer verschworenen Gemeinschaft.

„Aber“, Bender suchte nach Worten und wurde von seiner Frau unterbrochen:

„Ich kenne dich als unausstehlichen Polizisten, der seine Fälle immer über das Familienleben gestellt hat. Nicht weil du keinen Familiensinn hättest, sondern, weil dich Ungerechtigkeit zum Wahnsinn treibt. Wenn du jetzt den Schwanz einziehst, stehe ich sofort auf und gehe."

Und Paul Freier fügte lapidar an: „Und bei mir hast du Lokalverbot auf Lebenszeit."

Ralf Bender brauchte ein wenig, um das Gehörte zu verarbeiten. Dann nahm er einen tiefen Schluck aus seinem Glas und sagte dann: „Gibt's hier eigentlich auch Aus'zogne?"

20

Ralf Bender war immer noch beeindruckt über die flächendeckende Liebeserklärung, die ihm in dem Ausflugslokal zuteil geworden war. Er würde also seinen Job nicht hinschmeißen und versuchen den Mord aufzuklären, der noch ungelöst war. Die Presse hatte ihre Geschichte und teilte sie in allen ekelhaften Details der Menschheit mit. Und während sich die Nation an Einzelheiten, die größtenteils erfunden waren, ergötzte, hatte Seifeld nach wie vor seinen Wirkungsbereich im Griff. In Regen und den angrenzenden Landkreisen schüttelte man nur den Kopf über den Wahnsinn, der medial verbreitet wurde. Besonders aggressiv wurde dort angeprangert, dass Landrat Konstantin Graumüller unauffindbar war. Und auch in die Nervenheilanstalt, in der seine Frau untergebracht war, gab es kein Durchkommen. Schwierig würde werden, befürchtete Bender, dass Graumüller in den Boulevard-Medien eine Mitschuld an den Vorgängen angedichtet wurde. Das war der Preis für sein Verschwinden und das damit verbundene beharrliche Schweigen. Bender hoffte, dass Richter und Staatsanwälte dies richtig einordnen konnten. Und doch, was ihn im Moment wirklich beschäftigte, war der Mord an Korbinian Breit.

21

Einen Mord begehen, war das ein Problem? Nein, war es nicht! Es war vielmehr die perfekte Art eines zu lösen. Sie hatte es ihm gleichgetan. Nein, sie hatte ihn überholt. Anneliese Graumüller war Bundes-, er nur Regionalliga. Mit einem kleinen Makel, sie verbrachte den Rest ihres umnachteten Lebens in einer Irrenanstalt und er war frei, das zu tun, was er wollte. Und das tat er ohne Zweifel.

„Außerdem war ich der Erste und zugegeben in deinem Schatten auch in der Folgezeit nicht untätig“, sagte er laut.

So gab es das erste aufregende Mal, bei dem es nach einem Unfall oder Selbstmord ausgesehen hatte. Die Welt war jedenfalls schnell zum Tagesgeschäft übergegangen. Dann Korbinian Breit, gut, die Sauerei, die bei dem Angriff übrigblieb, war ein erhebliches Risiko gewesen. Doch in der Nachbetrachtung, bei all dem Aufruhr, den Anneliese Graumüller zu dieser Zeit schon angerichtet hatte, ein kalkulierbares. „Die gute Anni“, sagte er wieder laut.

„Unübertrefflich genial war dagegen mein dritter Streich.“

Der perfekte Selbstmord eines österreichischen Beamten, der ihm auf die Nerven gegangen war. Der hatte ihn angerufen und Geld gefordert, viel Geld zwar, aber nicht so viel, dass es ihm ernsthaft wehgetan hätte. Noch nicht. Aber erpressbar sein, für den Rest seines Lebens, das wollte er nicht. Und so war er vor einigen Tagen mit einem vagen Plan und einem Fläschchen K.-o.-Tropfen nach Linz aufgebrochen. Als er am Ausflugslokal des Pöstlingbergs ankam, erkannte er seinen Widersacher sofort. Ein rotnasiger Weinsäufer, der mit trübem Blick nach ihm Ausschau hielt. Die Süddeutsche Zeitung lag als Erkennungszeichen auf dem Tisch. Er freute sich, weil es einfacher werden würde, als er dachte. Sein Erpresser konnte auch in dieser angespannten Situation nicht vom Weinglas lassen: „Wissen Sie“, sagte er, „ich will nicht viel. 25.000 Euro und Sie sind mich los. Haben Sie das Geld dabei?"

Er schob ihm einen Umschlag über den Tisch und erntete ein zufriedenes Lächeln.

„Ich bin der Bernd", sagte der offensichtlich bereits Betrunkene und hielt ihm die Hand hin. „Wissen Sie, ich will keinen Ärger, ein wenig Geld für die Ferien und gut ist es. Roswitha, bring mir noch ein Viertel." Danach wurde er richtig redselig. Berichtete von seinem Leben, von der undankbaren Frau und den missratenen Kindern, dem scheiß Job und verpassten Träumen. Das alles wolle er jetzt nachholen. Mit 25.000 Euro, wer es glaubt, wird selig, du Arschloch. Während Bernd ging, um einen Teil seines Weinkonsums wieder loszuwerden, dachte er, dass er dieser erbärmlichen Gestalt noch einen Gefallen tun würde und schüttete einen Großteil der K.-o.-Tropfen in das Weinglas.

Niemand nahm davon Notiz, dass es Bernd etwas später übel wurde und er nicht mehr Herr seiner Sinne war. „Bernd, du alter Säufer, schau, dass du heimkommst", sagte die Bedienung, als der völlig fertig noch ein weiteres Mal aufs Klo wanken wollte. Er verstand sich aufs Plaudern, lächelte hier und schäkerte dort, nie so lange, dass man sich an ihn erinnern würde. Sein Opfer hing wie ein nasser Sack an ihm. Ein Problem gab es noch. Würde ihm Bernd in diesem Zustand sagen können, wo sein Auto stand? Er konnte. Und als sie aus der Pöstlingsbergbahn stiegen, waren es zum Glück nur noch wenige Meter. Bernd schlief, er dagegen suchte einen Ort, an dem er es beenden konnte.

„Ja, meine liebe Anni", grinste er, „so gesehen bin ich Champions League."

⊙

Bender blätterte in den Tageszeitungen. Er wusste nicht genau, warum er das tat. Es war erstens nichts darin zu lesen, was er nicht schon wusste und zweitens konnte er sich nach wie vor nicht damit anfreunden, dass er in jedem Blatt Lügen über seinen Fall las. Schließlich kam er bei den Oberösterreichischen Nachrichten an und stolperte über den Lokalaufmacher. Dort stand, dass ein hochrangiger Beamter Selbstmord begangen hatte. Man hatte ihn in seinem Auto gefunden, auf dem Beifahrersitz mit einer Flasche Wein im Arm. Der Motor lief und das auf einem abgelegenen Parkplatz. Deswegen war jemand auf den Wagen aufmerksam geworden. Schnell war demnach klar, dass Bernd Hintermüller die Abgase in das Innere des Wagens geleitet und so seinem Leben ein Ende gesetzt hatte. Am Ende des Artikels äußerten sich bekannte und weniger bekannte Persönlichkeiten in Wort und Bild zu Bernd Hintermüller, der ein guter Beamter war, aber in den letzten Monaten vom Schicksal gebeutelt wurde und die Kontrolle über sein Leben verloren hatte. Einer, der vom allseits beliebten Gesellschafter zum alkoholabhängigen Außenseiter wurde. „Bernd Hintermüller", murmelte Bender, während er einen Schluck Grünen Tee trank.

Er folgte einer Eingebung: „Franz, tue mir einen Gefallen und erkundige dich mal bei den Linzer Kollegen nach einem Bernd Hintermüller."

⊙

Es war beinahe aufreizend einfach gewesen, diesen erpresserischen Mitwisser zu beseitigen. An dem Straßenabschnitt, der an der Schlögener Schlinge vorbeiführte, fasste er instinktiv noch einmal auf den Beifahrersitz und fand den dicken Umschlag sofort. Das Geld war da, natürlich. Niemand würde den alten Säufer vermissen. Und vor allem: Niemand würde einen Euro darauf wetten, dass es ein sauber durchgeführter Mord war. Jetzt galt es nur noch eine einzige Leitung zu kappen und dann war der Weg frei.

Bender, auf die Gefahr hin, dass du mir jetzt wieder den Kopf abreißt, da ist nichts. Die Kollegen in Österreich haben ohne Zweifel einen Suizid festgestellt. Dieser Bernd Hintermüller war schon seit mehreren Monaten zur tragischen Figur verkommen. Private Probleme und ein Griff in die Stadtkasse. Wenn du mich fragst, der klassische Absturz. Einige Leute haben ihn sogar noch beim Saufen in einem Ausflugslokal gesehen."

„Beruhige dich, Franz, sonst haben sie nichts gesagt?"

„Leider, nur die Bedienung konnte sich erinnern, dass sich jemand seiner angenommen hat und ihn in die Bergbahn des Ausfluglokals verfrachtet hat. Sie sagte, es war einer aus Bayern. Echt, Bender, die Linzer haben gründlich an den Vorkommnissen des Abends recherchiert. Der hat sich selbst das Licht ausgeknipst, garantiert. Aber warum interessierst du dich eigentlich für den?"

Diese Frage, gestand sich Bender im Stillen ein, konnte er selbst nicht beantworten. Wieder kribbelte es in ihm. Ein Bayer! Die Fingerspitzen juckten und er hatte das Gefühl, als tanzten Luftblasen in seinem Bauch Tango.

„Schaller, tue mir doch bitte noch einen Gefallen und hör dich im Landratsamt um, ob jemand diesen Hintermüller gekannt hat."

„Telefondienst, na toll", kommentierte Schaller den Befehl.

⊙

Ludwig Meisetschläger war immer ein treuer Weggefährte seines Chefs gewesen. Anfangs aus Überzeugung, später, weil er selbst immer mehr Macht bekam und vom Schatten zur Grauen Eminenz wurde. Im Gegensatz zu Graumüller legte er die Regeln nicht so genau aus, wenn dafür etwas für ihn heraussprang. Und wenn Unternehmer aller Art etwas wollten, umgingen sie den offiziellen Weg der Bestechung und wendeten sich lieber an ihn. Auch wenn der Pressesprecher und persönliche Referent des Landrates nichts Konkretes versprechen konnte, so gelang es ihm doch häufig, die Dinge im Gespräch unauffällig in die richtige Richtung zu lenken. So hatte er in den vergangenen Jahren ein großes und gefährliches Wissen angehäuft. Das galt es jetzt, da Graumüllers Thron wackelte und damit auch an seinem Stuhlbein gesägt wurde, zu Geld zu machen. Seine Pensionsansprüche waren nicht schlecht, mit dem, was er noch abgreifen konnte, würde er in Saus und Braus leben können.

⊙

Bender, du wirst lachen, den Bernd Hintermüller kennt im Landratsamt jeder. Das muss früher ein richtig lustiges Kerlchen gewesen sein. Es gab da vor einigen Jahren mal so ein länderübergreifendes Behörden-Fußballturnier, das die Bande im Zuge mit der geplanten Europaregion Böhmen-Oberösterreich-Bayerischer Wald enger knüpfen sollte. Mit den Linzern ist da tatsächlich eine engere Freundschaft gewachsen und es gab regelmäßige Besuche und auch private Kontakte. Eine Sekretärin hat mir erzählt, dass der Meisetschläger, rechte Hand vom Landrat, und der Hintermüller eine Zeitlang unzertrennlich waren.“

„Gut, und was sagt der Meisetschläger?“

„Kann ich dir noch nicht sagen, aber es wird wohl etwas dran sein. Er hat die Woche frei, unter anderem, weil er auf die Beerdigung seines Freundes fahren will.“

„Hast du es schon bei ihm zu Hause versucht?“

„Das wollte ich gerade tun.“

⊙

Als Ludwig Meisetschlägers Telefon läutete, war dieser gerade dabei, den Koffer zuzumachen. Immerhin, ein wenig erpresstes Geld war schon eingegangen. Von den kleinen Fischen, die für ihre eher minimalen Vergehen, wie Klärschlamm vergraben oder Asbest-Dächer im Waldboden verschwinden lassen, ein paar Tausender locker machen mussten. Das waren Peanuts, aber für einen ordentlichen Urlaub in einem südtiroler Nobelhotel würde es locker reichen. Alles in allem konnte er zufrieden sein. Mehr als das. Schließlich war auch das mit Bernd Hintermüller optimal gelaufen. „Hallo“, sagte er.

Nachdem sich Franz Schaller vorgestellt und seine Frage gestellt hatte, bestätigte Ludwig Meisetschläger, dass er Bernd Hintermüller gut kannte. „Gekannt habe“, sagte er traurig.

„Ich bin gerade auf dem Weg nach Linz, um ihm die letzte Ehre zu erweisen. Aber warum interessiert sich die Zwieseler Polizei für einen österreichischen Beamten?“

„Das kann ich Ihnen so nicht sagen. Sie müssten bitte zu uns kommen, wir haben einige Fragen an Sie.“

„Das ist aber gerade schlecht, ich bin auf dem Sprung, hat das nicht Zeit bis nächste Woche?“

Bender, der das Gespräch mitgehört hatte, nahm den Hörer.

„Hören Sie, entweder Sie sind in spätestens einer halben Stunde bei uns oder ich lasse Sie festnehmen, verstanden?“

Meisetschläger begann zu schwitzen. Obwohl alles, auch die Sache mit Bernd, so gut gelaufen war, konnte er über seinen Tod hinaus noch zum Pferdefuß werden.

⊙

Heute galt es, das letzte Hindernis aus dem Weg zu räumen und dann war der Weg frei. Anni Graumüller und er waren ein gutes, perfektes Team gewesen. Nur hatte sie unwissentlich immer nur ihm, nie ihrem Mann in die Karten gespielt. Er bog in die Neubausiedlung ein, die in den letzten 20 Jahren am Rand der Stadt Zwiesel entstanden war. Schmucke Häuser mit vorgelagerten, hübsch hergerichteten Gärten, bayerische Gemütlichkeit des 21. Jahrhunderts. Er wusste natürlich wo er hinfahren musste. Auch wenn die bisherigen Treffen immer an weniger öffentlichen Orten stattgefunden hatten, so kannte er seine potentiellen Gegner, ihr Umfeld und ihre Gewohnheiten doch gerne immer ganz genau.

Wie er es gehofft hatte, waren die Gärten menschenleer. Erst in etwa einer Stunde, wenn der Arbeitstag zu Ende war, würde hier wieder Leben einziehen. Und wenn ihn doch jemand sah? Sei es drum. Ein blauer Lieferwagen ohne Werbeaufschrift und mit gefälschten Kennzeichen.

Das Risiko konnte er eingehen. Und wenn er es sich genau überlegte, war es auch der Nervenkitzel, der ihm einen noch größeren Kick verlieh.

⊙

Ist ja schon gut, Herr Kommissar, kein Grund, unfreundlich zu werden.“ Ludwig Meisetschläger hatte sich wieder im Griff. Es läutete an der Tür.

⊙

Er hatte sein Ziel erreicht. Nur noch ein paar Minuten und der Pflichtteil war endlich vorbei, die Kür konnte beginnen. Er stieg aus und drückte den Klingelknopf.

⊙

Manu grinste Schaller an: „Siehst du, so macht man das. Wenn Ralf in den Hörer bellt, dann kuscht das Gesindel.“

„Und vergisst, den Hörer aufzulegen“, antwortete Schaller. „Ich glaube, er bekommt Besuch. Es hat geklingelt.“

Was Bender im Moment gar nicht interessierte: „Das ist mir egal, wenn er in 20 Minuten nicht da ist, hole ich ihn höchst persönlich. Wo er wohnt weißt du, Franz, oder?“

Schaller nickte beinahe geistesabwesend, sagte dann: „Ralf,

das solltest du dir anhören" und stellte den Lautsprecher wieder an.

⊙

„Du?" Ludwig Meisetschläger war entsetzt, als er sah, wer vor der Tür stand.

„Ich habe gerade überhaupt keine Zeit. Was machst du eigentlich hier? Keinen offiziellen Kontakt. Das war ausgemacht", sagte er und wollte die Tür wieder schließen. Doch da hatte Hans-Georg Schäffler schon den Fuß dazwischengeschoben und drückte die Tür auf.

„Keine Angst, es wird nicht lange dauern und es wird der einzige Besuch bleiben, das kann ich dir garantieren. Weißt du, Ludwig, was ich nicht verstehe, dass du seit Jahrzehnten auf einer Goldmine sitzt und einfach dein dummes Maul nicht halten kannst. Also beschwere dich nicht, dass ich heute hier bin."

⊙

„Da ist etwas ganz und gar nicht in Ordnung. Manu, wir fahren da jetzt sofort hin. Und Franz, ruf Verstärkung."

Damit war Bender zur Tür raus.

⊙

Auch wenn es ihm unangenehm war, so ganz unrecht hatte Schäffler nicht. Gut, er war nicht das Plappermaul, als das er ihn bezeichnete. Aber er war unvorsichtig gewesen. Und das hatte zweimal beinahe zur Katastrophe geführt. Beim ersten Mal fand Dr. Sebastian Prödl die Notizen und Unterlagen, die er sich über die unsauberen Geschäfte mit Hans-Georg Schäffler gemacht hatte. „Sie sind raus aus der Geschichte", hatte der saubere Regierungsdirektor zu ihm gesagt und er fürchtete damals schon, das könnte es gewesen sein. Auch wenn ihm der plötzliche Tod Prödls höchst willkommen war, so ganz konnte er damals schon nicht an Selbstmord glauben.

„Du hast ihn runter gestoßen, oder?"

Schäffler nickte: „Es ist eine Sache, mit dir krumme Geschäfte zu machen, aber erpressen lasse ich mich nicht."

„Das habe ich mir insgeheim immer gedacht und für mein zweites Missgeschick ausgenutzt. Du glaubst doch nicht, dass ich dir ins offene Messer laufe, oh nein, mein Lieber. Ich kenne dich. Du und deine Schlampe, ihr gebt keine Ruhe, bevor ihr alles habt, was ihr wollt."

Meisetschlägers anfängliche Verwirrung und Verängstigung waren einem eiskalten Lächeln gewichen.

Schäffler sah etwas verwirrt aus, auf was lief dieses Gespräch hier raus?

„Aber eins nach dem anderen. Du hast auch den Breit erschlagen, oder?

Schäffler sagte nichts.

„Ihr alle seid in eurem blinden Machtstreben so leicht zu manipulieren." Meisetschläger ließ ein raues Lachen hören.

„Als ich erfahren habe, dass das BKA einen Schnüffler im Landkreis eingesetzt hat, weil es angeblich internationale Verwicklungen geben könnte, musste ich etwas tun. Ich konnte ja nicht riskieren, dass hier eine großangelegte Razzia alles auffliegen lassen würde. Osteuropäische Mafia, dass ich nicht lache. Die Schweinereien können wir ganz gut alleine anrichten, oder, Hans?"

Schäffler verstand nichts. „Ich habe also alle relevanten Unterlagen verschwinden lassen. Ich muss zugeben, meine Sammelleidenschaft hatte mich in Bedrängnis gebracht. Und damit das Ganze endlich ein Ende hat, habe ich dir den Tipp gegeben, dass Breit auch an Bayerisch Eisenstein dran ist. Ich wusste, du würdest zuschlagen. Und das hast du ja schließlich auch getan. Ich war sicher, sie würden dich schnappen und dir alles anhängen. Egal ob du gestehst oder nicht. Da hatte ich mich allerdings getäuscht, dieses eine Mal. Du alter Fuchs hast den Kopf doch tatsächlich aus der Schlinge gezogen. Gar nicht schlecht. Wie du das angestellt hast, musst du mir bei Gelegenheit mal erzählen."

⊙

Es war, als säße Schaller in der Loge einer Theateraufführung. Er hielt Bender während der Fahrt zu Meisetschlägers Haus auf dem Laufenden. Wenn man es genau nahm, hatten sie erst einen von drei Gabriels zur Strecke gebracht. Auch wenn es ihm grundsätzlich egal war, er hoffte, die beiden würden sich nicht gegenseitig umbringen, bevor er sie in die Finger bekam.

⊙

Schäffler machte einen Schritt auf Meisetschläger zu. „Das würde ich nicht tun. Wenn mir was passiert, bist du auch dran, endgültig, dafür habe ich gesorgt."

„Du bluffst doch nur."

„Willst du es drauf ankommen lassen? Außerdem, die Geschichte ist so gut, du solltest sie dir zu Ende anhören."

Mit wachsendem Entsetzen vernahm Schäffler, dass er zu keinem Zeitpunkt die Fäden in der Hand gehalten hatte. Nicht er hatte die Dinge geregelt, er war benutzt worden. Auch bei Bernd Hintermüller. Nachdem der im Haus von Meisetschläger über einige Details gestolpert war, „ich muss wirklich zugeben, Hans, das mit dem Sammeln sollte ich aufgeben", hatte dieser zum finalen Schlag ausgeholt.

„Ich habe ihn auf dich angesetzt. Wohlwissend, dass du einen Weg finden würdest, ihn zu beseitigen. Ist übrigens ein hübscher Film geworden, wie du dich im Wald an seinem Auto zu schaffen gemacht hast."

„Was tun sie? Wir sind fast da."

„Dieser Landratsamt-Typ legt immer noch eine Lebensbeichte ab. Entweder ist Schäffler vor Schrecken schon tot umgefallen oder ihm ist die Spucke weggeblieben. Der österreichische Schluckspecht geht übrigens auch auf sein Konto. Indirekt zumindest. Das ist mir echt zu hoch", schnaubte Schaller.

Sie bogen in die Straße ein, in der Meisetschlägers Haus stand. „Was tun sie?", fragte Bender.

„Nichts, zumindest höre ich nichts mehr."

„Gut, wir sind gleich da."

„Moment, Bender, ich glaub, es geht los." Schaller hörte wildes Geschrei.

⊙

Blindwütig stürzte sich Schäffler auf seinen Widersacher und riss dabei einen Stuhl um. Er kam kurz ins Wanken. Meisetschläger nutzte dies und sprang zur Seite. Doch Schäffler war schneller und versetzte ihm einen Kinnhaken, der ihn an einen Schrank schleuderte. Ächzend rutschte er rücklings daran herunter.

⊙

„Ralf, ich glaube, die bringen sich gegenseitig um."

„Scheiße, wir sind gleich drin!"

⊙

Schäffler stürzte sich erneut auf Meisetschläger, bekam ihn zu fassen, musste aber wieder loslassen, weil ihn der Ellenbogen seines Kontrahenten in die Rippen traf. Obwohl es ein Kampf auf Leben und Tod war, glich die Szene eher einem unbeholfenen Gerangel. Nach weiteren Schlägen hatte Schäffler den anderen endlich am Boden, saß auf ihm und hatte es geschafft, beide Hände um seinen Hals zu legen. Mit hassverzerrtem Gesicht drückte er zu: „Stirb, du elende Sau."

Meisetschläger wehrte sich verzweifelt, strampelte mit den Beinen, versuchte Schäffler mit wilden Körperdrehungen abzuwerfen und ihm die Hände vom Hals zu reißen.

„Oh nein, du Wurm", schrie Schäffler, „du kannst dich winden, wie du willst, ich mach dich fertig."

Meisetschläger spürte, wie seine Kräfte nachließen, die letzte Luft aus seinen Lungen gedrückt wurde. Er begann furchtbar zu röcheln. Gleich würde er das Bewusstsein verlieren und dann war es vorbei.

⊙

„Aufhören", brüllte Bender und war mit einem Satz bei Schäffler. Doch Schäffler hörte nicht auf, er drückte immer weiter zu. Er wusste, für ihn war es vorbei. Was jetzt noch zählte, war, seine Sandra zu schützen. Sie wusste alles, auch dass die tschechische Nutte für sein falsches Alibi fürstlich belohnt worden war. Nie würde es jemand erfahren. Dann bekam er einen Schlag gegen die Schläfe und es wurde dunkel.

EPILOG 1

Die Luft roch nach Orangen. Sie flirrte über der verbrannten Erde und irgendwo aus einem Lokal hörte er Jubelrufe. Ein Stierkampf im Fernsehen. Wahrscheinlich eine der vielen Aufzeichnungen, von denen die Andalusier nicht genug bekommen konnten. Seit er in Jerez de la Frontera gelandet war, hatte für Gerhard Hartmann ein neues Leben begonnen. Den englischen Pass hatte er bereits am Flughafen entsorgt, als ein Müllwagen an ihm vorbeifuhr, warf er ihn einfach hinten ins große, schwarze Loch. Niemals werdet ihr mich finden, dachte er. Niemals.

Gerhard Hartmann nahm sich einen Mietwagen, direkt am Flughafen. Er hatte noch etwa 100 Kilometer vor sich. 100 Kilometer in ein neues Leben. Wie oft hatte er in Grafenau die geldigeren Leute von Chiclana schwärmen hören. Von der deutschen Siedlung, die es da gab und von den wunderbaren Golfplätzen an der Costa de la Luz. Küste des Lichts – das Licht Gottes, wie Raphael immer vermutete. Hier würde er sich niederlassen, nach Arbeit suchen und einer von vielen sein, die dem westlichen Europa den Rücken kehrten, um hier in der ewigen Sonne Andalusiens das Leben zu genießen. Gerhard Hartmann hatte einen österreichischen Pass. Es würde ihm nicht schwer fallen, den Deutschen hier einen glaubwürdigen Akzent vorzugaukeln. Es würde ihm nicht schwer fallen, hier, inmitten der gläubigen Spanier ein neues Leben zu beginnen.

Den Golfplatz bei Chiclana musste er nicht lange suchen, er war direkt neben der Nationalstraße N340, die sich von der Atlantikküste von Cadiz über Gibraltar, Malaga und Valencia bis hinauf zur Mittelmeerküste bei Barcelona zog. Es war kein besonderer Golfplatz, keiner, an dem sich Goldringe und Diamanten trafen. Genau richtig für Raphael, den es keine Mühe kostete, schon nach wenigen Tagen die frei gewordene Stelle des Greenkeepers zu bekommen. Er hatte den Besitzer schnell von seinen Fähigkeiten überzeugt, als er ihm erklärte, wie man inmitten der sommerlichen Dürre immergrüne Spielbahnen zaubern konnte.

Nur wenige Meter vom Golfplatz entfernt fand er im Haus einer deutschen Familie eine kleine Einliegerwohnung, die diese eigentlich an Urlauber vermieteten. Doch Gerhard Hartmann hatte gesehen, dass sie viel Mühe hatten, ihren Garten zum Blühen zu bringen. Er bot ihnen an, zwar nicht so viel Miete zahlen zu können, dafür aber ihren Garten zum schönsten in der Siedlung zu machen. Ein Angebot, das sie nicht ausschlugen.

Hier, beschloss er, würde er sich niederlassen und ein neues Leben aufbauen. Inmitten dieser Schönheit würden sie ihn nicht finden. Er konnte in aller Ruhe am göttlichen Plan arbeiten, konnte genau hinhören, was ER ihm befehlen würde. Du bist der Herr und ich bin dein Hirte, murmelte Raphael. Er hatte Zeit, viel Zeit. Und es gab noch viel zu tun, auch hier im Paradies. Die Sünder und die Gottgefälligen, es gab sie auch hier. Er war Raphael, Racheengel des Herrn. Und er war Raphael, Todesengel des Herrn.

EPILOG 2

Vier Wochen waren vergangen, seit im Landkreis Regen endlich wieder Ruhe eingekehrt war. Konstantin Graumüller war in sein Büro zurückgekehrt. Die körperlichen Verletzungen waren ausgeheilt. Die seelischen würden dies wohl nie ganz. Sein langjähriger Vertrauter lag im Zwieseler Krankenhaus. Es war nicht klar, ob er jemals aus dem Koma erwachen würde. Und wenn, dann würden die Schäden, die der Sauerstoffmangel in seinem Gehirn ausgelöst hatte, ihm wohl niemals mehr erlauben, in die Realität zurückzukehren. Noch war das volle Ausmaß an Betrug, Bestechung und Übervorteilung nicht zur Gänze aufgeklärt. Doch die Staatsanwaltschaft hatte bereits signalisiert, dass wohl nichts an ihm hängen bleiben würde. Das lag auch daran, dass er von Anfang an seine vorbehaltlose Mitarbeit zugesagt hatte. Aber auch die beiden Passauer Kommissare, die mehr als einmal seine Loyalität betont hatten, waren hilfreich. Dieser Ralf Bender und seine Kollegin Manuela Hentschel, ein Lächeln huschte über sein Gesicht. Konstantin Graumüller war zudem froh, Benno Seifeld in seinem Landkreis zu wissen. Gerade in den Tagen nach seinem Krankenhausaufenthalt, als er mehrfach mit ihm über einen Rücktritt gesprochen hatte, war er eine große Hilfe gewesen. „Wer, Herr Landrat“, erinnerte er sich an eines der zahllosen Gespräche, „soll jetzt wieder Ruhe und Frieden bringen, wenn nicht Sie?“

Vielleicht hatte er recht, auch wenn er noch nicht ganz überzeugt war. Doch auch die Parteifreunde und sogar die meisten der -feinde bestärkten ihn weiterzumachen. „Kon“, sagte Karl Meier bei irgendeiner Gelegenheit, die Graumüller vergessen hatte, „wir brauchen dich und das Tourismusprojekt braucht dich.“

Das Tourismusprojekt. In der Tat war das immer noch die dringlichste Angelegenheit. Doch wer sollte es übernehmen?

Einer erschossen, einer erschlagen und einer für immer hinter den Mauern eines Gefängnisses verschwunden. Gut, Sandra Schäffler, der man keinerlei Verwicklung nachweisen konnte, führte die Geschäfte ihres Mannes weiter. Und was er aus der Ferne beurteilen konnte, machte sie ihre Sache nicht schlecht. Auch Heidrun Kraft befand sich auf dem Weg der Besserung und signalisierte, dass sie das Feld nicht kampflos räumen würde. Graumüller war zudem beeindruckt von Solveigh Krafts Auftreten. Sie hatte gute Ideen, hielt die Firma in geordneten Bahnen und nahm zwischendurch gerne einen Rat von ihrem Onkel an. Und dann war da noch der Bruder von Korbinian Breit, der die Firma geerbt und seinem oberpfälzer Unternehmen einverleibt hatte. Er meldete ebenfalls Ansprüche an. Auch wenn der Bau stillstand, der Auftrag lag immer noch in Händen der Kraft-Bau. Die schrecklichen Vorkommnisse der letzten Zeit hatten in Bayerisch Eisenstein alles eingefroren. Vielleicht konnte er den Ist-Zustand halten und Breit und Schäffler würden als Subunternehmer in das Projekt einsteigen. Das würde vieles verkürzen und vor allem: Man würde keine Zeit verlieren und auch nicht Gefahr laufen, Fördermittel zurückzahlen zu müssen. Die Ironie des Schicksals, dass ausgerechnet diese drei Unternehmen die Hoffnung auf ein Jahrhundertprojekt weiterstricken würden, nötigte Graumüller ein Lächeln ab.

Auch in der ganzen Region war wieder Ruhe eingekehrt. Trauer war dem allgemeinen Entsetzen gewichen. Langsam kümmerte sich jeder wieder um das Alltagsgeschäft. Nicht zum ersten Mal wunderte sich Konstantin Graumüller, dass die Menschen so schnell vergaßen. Auch in den Supermärkten und Cafés, in Büros und an Stammtischen wurden die Gespräche und Bewertungen der schrecklichen Ereignisse weniger. Es war beinahe schon wieder wie früher.

Sollte er also Landrat bleiben und sogar noch eine weitere Amtszeit anstreben? Wahrscheinlich schon. Er wusste nicht, was er sonst hätte tun können. Seine Kinder, die ihm aus der

Ferne mitteilten, dass sie ihn lieb hatten, signalisierten gleichzeitig, er sei jederzeit willkommen, aber heimkehren würden sie nicht mehr. Das stimmte ihn traurig. Er hatte niemanden mehr, außer seiner Anni.

Und dann war es Zeit, sich auf den Weg zu machen. Mit einer Mischung aus Schwermut und gedämpfter Freude stieg er in seinen Wagen.

⊙

„Heute hat sie einen guten Tag", sagte die Schwester, die Graumüller an der Pforte empfing. „Sie sitzt draußen im Garten."

Graumüller hatte keine Eile, als er zwischen den Bäumen der Gartenanlage zu ihr hin schlenderte. Das Tagebuch wog schwer in der Innentasche seines Jacketts. Er hatte lange überlegt, ob er es der Polizei geben sollte, nachdem er es gefunden hatte. Im Haus ihres Vaters, besser gesagt in einem Loch, am Schießplatz, das mit einem Brett zugedeckt war. Doch warum sollte er es der Polizei geben? Es war nichts für die Ermittlungen Relevantes enthalten. Aber es wühlte ihn auf. Zum einen sprach aus den Zeilen, die er in den letzten Wochen wieder und wieder gelesen hatte, so viel kalte Brutalität, zum anderen erkannte er an der Erbarmungslosigkeit aber auch die bedingungslose Liebe seiner Frau zu ihm. Nein, er würde diesen Schatz mit niemandem teilen. „Anni, Liebling, hallo", sagte er, als er die Bank erreichte, auf der seine Frau saß und seltsam entrückt in die Ferne blickte.

„Ah Konny, gut, dass du da bist, der Service hier ist schrecklich. Du musst ein Machtwort sprechen. Wir können uns diese Nachlässigkeit nicht leisten. Schließlich bist du der Landrat."

„Ja, das bin ich", sagte er.

„Das bist du", sagte Anneliese Graumüller und schenkte ihm ein glückliches Lächeln.

BEGRIFFE, ORTE, INFORMATIONEN

Waidler

Die Einheimischen im Bayerischen Wald bezeichnen sich selbst als Waidler – es handelt sich also um die „Eingeborenen".

Reindl

Die bayerische Bezeichnung für die Bratreine.

Aus'zogne

Sie werden aus dem gleichen Teig zubereitet wie Berliner. Nur werden sie nicht zu Kugeln geformt und mit Konfitüre gefüllt. Ihren Namen „Ausgezogene" verdanken sie der ursprünglichen Machart: Der Teigling wurde von den Bäuerinnen kreisrund über das Knie gezogen. Es entstand ein dicker, runder Teigrand und eine dünne Teighaut in der Mitte. Er wird in heißem Fett schwimmend gebacken.

Sterz

Eine echte waidlerische Köstlichkeit: Da es früher nicht viel mehr gab, als die Kartoffeln vom Feld, entwickelte man daraus mannigfaltige Rezepte. Der Sterz wird aus gekochten Kartoffeln gemacht. Diese werden geschält, dann zerrieben. Mit Salz und Mehl wird der Teig richtig mürbe gemacht, so dass kleine Klümpchen entstehen. Diese werden dann in reichlich heißem Fett im Reindl gebacken. Dazu reicht man – je nach Geschmack – Sauerrahm, Sauerkraut oder auch Apfelmus.

Bayerisch Eisenstein

Die Gemeinde liegt direkt an der Grenze zwischen Bayern und Tschechien. Mächtiges Wahrzeichen des Grenzortes ist der Bahnhof, der zu beiden Seite der Grenze errichtet wurde. Bayerisch Eisenstein hat knapp unter 1000 Einwohner.

Zwiesel
Stadt im Landkreis Regen mit knapp 10000 Einwohnern. Bekannt ist die Stadt sowohl als Tourismus-Ort, wie auch für seine Glas- und Holzindustrie: „Fein Glas und gut Holz sind Zwiesels Stolz“, lautet einer der bekanntesten Sprüche der Stadt. Im Mittelalter war Zwiesel ein wichtiger Stützpunkt der Salzhändler, die hier auf ihren Handelsreisen nach Böhmen Station machten. Heute ist Zwiesel Schulstadt und Sitz eines der beiden Kreiskrankenhäuser.

Rabenstein
Kleines Bergdorf mit etwa 750 Einwohnern, das zur Stadtgemeinde Zwiesel gehört. Rabenstein ist ein alter Glasmacherort, in dem schon vor etwa 600 Jahren die Produktion von Glas belegt ist.

Rinchnach
Mit etwa 3200 Einwohnern zählt Rinchnach zu den größeren Gemeinden im Landkreis Regen. Der Hauptort liegt etwa sieben Kilometer von der der Kreisstadt Regen entfernt. Vor der Säkularisation (1803) war Rinchnach dank seines Klosters wirtschaftlicher und auch gerichtlicher Mittelpunkt der Region.

Bodenmais
Der bedeutendste Ferienort im Bayerischen Wald mit etwa 3300 Einwohnern. Bodenmais ist auch Zentrum der Glasveredelung im Bayerischen Wald. Bis Mitte des 20. Jahrhunderts war der Bergbau wirtschaftliches Standbein – ehe mangels Industrieansiedlungen voll auf den Tourismus als Einnahmequelle gesetzt wurde.

Regen
Die Kreisstadt am gleichnamigen Fluss mit etwa 11600 Einwohnern und Sitz der Landkreisverwaltung. Regen wurde vor

etwa 900 Jahren von der Propstei Rinchnach gegründet, zu der es bis 1270 gehörte. Im 15. Jahrhundert erhielt Regen von Herzog Albrecht das Stadtwappen.

Böhmisch Eisenstein, Zelezna Ruda
Auf deutsch eigentlich: Markt Eisenstein. Auf tschechischer Seite nur wenige Kilometer von Bayerisch Eisenstein entfernt liegt der Ort mit etwa 1800 Einwohnern. Die beiden Orte verbindet ein Wanderweg durch das gemeinsame Eisensteiner Tal. Seit dem Fall des Eisernen Vorhangs finden die Menschen im Grenzgebiet langsam wieder zueinander – fast so, wie es in der Zeit vor dem Dritten Reich war.

Viechtach
Die ehemalige Kreisstadt des Landkreises Viechtach gehört seit der Gebietsreform 1972 dem Landkreis Regen an. Viechtach hat etwa 8200 Einwohner und ist ein wichtiger Industriestandort in der Region. Viechtach ist zudem Schulstadt und Standort des zweiten Kreiskrankenhauses. Der „Große Pfahl" ist ein riesiges Quarzmassiv, das zu den 100 schönsten Geotopen Bayerns zählt, genauer gesagt ist es sogar die Nummer 1 in dieser Liste.

Burg Weißenstein
Wenige Kilometer oberhalb von Regen war die Burg im Mittelalter herrschaftlicher Sitz der politischen Macht. Die Ära Weißenstein endete mit dem österreichischen Erbfolgekrieg um das Jahr 1740, als marodierende Horden der Panduren im Auftrag der österreichischen Kaiserin zahlreiche Festungen im Bayerischen Wald zerstörten. Seitdem ist die Burg eine Ruine.

B85
Die Bundesstraße führt von Passau über Grafenau, Regen und Viechtach in Richtung Oberpfalz. Die früher „Ostmarkstraße" genannte Trasse war in Zeiten vor der Autobahn A3 eine der

wichtigsten Verkehrsverbindungen in Ostbayern. Insgesamt ist sie 493 Kilometer lang und führt bis Berga in Thüringen.

Falkenstein

Mit 1315 Metern Höhe ist der Große Falkenstein der zweithöchste Berg im Landkreis Regen – nach dem Arber mit 1456 Metern. Der Berg ist Teil des Nationalparks Bayerischer Wald.

Rachel, Racheldiensthütte

Der zweithöchste Berg des Bayerischen Waldes, mitten im Nationalpark Bayerischer Wald gelegen. Eine wunderschöne Raststätte mitten im Wald ist die Racheldiensthütte am Fuße des Berges. Sie ist Ausgangspunkt für die Bergtour.

Schwellhäusl, Zwieselerwaldhaus

Zwei Wirtshäuser, die als echte Besonderheit gelten dürfen. Das Schwellhäusl liegt in der Nähe des Ortes Zwieslerwaldhaus und ist ein beliebtes Ausflugslokal für Wanderer. Zwei Besonderheiten weist es auf: Zum einen den Bierbrunnen, aus dem dunkles Bier gezapft werden kann. Zum anderen befindet sich dort eine Sonnenuhr, bei der zweimal im Jahr – zum Frühjahrs- und Herbstbeginn – um 12 Uhr mittags ein gläserner Stein zum Leuchten gebracht wird. Eine Spezialität ist auch das sogenannte Glaslfleisch. Es handelt sich dabei um Schweinefleisch in Aspik, in Einweck-Gläser abgefüllt. Das Zwieselerwaldhaus ist in der gleichnamigen Ortschaft das älteste Wirtshaus des Bayerischen Waldes. Die Ortschaft selbst ist im Winter einer der wichtigsten Startpunkte für Freizeitlangläufer.

Pichelsteinerfest

Eines der wichtigsten und das größte Volksfest des Bayerischen Waldes, das zum Monatswechsel Juli-August in Regen gefeiert wird. Das Fest geht zurück auf das Pichelsteiner-Mahl, einem Gemüseeintopf, der der Überlieferung nach in Regen erfunden worden sein soll. Erstmals fand das Fest 1874 statt.

Stormberger, Mühlhiasl
Die Meinungen gehen auseinander: Der Überlieferung nach, soll in Rabenstein der Prophet Mühlhiasl gelebt haben, der bekannteste Weissager des Bayerischen Waldes. Manche behaupten, Mühlhiasl und Stormberger seien ein und dieselbe Person. Es gibt auch Stimmen, die behaupten, den Mühlhiasl habe es nie gegeben. Wohl aber sei der Stormberger Viehhirt in Rabenstein gewesen. Wie auch immer: Der Ort Rabenstein widmet seinem Waldpropheten ein Freilicht-Schauspiel, denn stolz sind die Waidler auf ihren Propheten allemal.

PERSONENREGISTER

Ralf Bender	Kriminalhauptkommissar
Manuela „Manu“ Hentschel	Kriminalhauptkommissarin
Franz Schaller	Kriminalkommissar
Georg Ritter	Kriminalrat
Dr. Gundula Moosbacher	Leitende Oberstaatsanwältin
Adrian Krämers	Kriminaldauerdienst
Bertram Sendlinger	Kriminaloberkommissar
Heinz Maderer	Leiter der Polizeiinspektion Zwiesel
Matthias Winterer	Polizeibeamter in Zwiesel
Paul Berndl	dienstältester Polizeibeamter in Zwiesel
Horst Freund	Polizeibeamterin Zwiesel
Rainer Westenberger	Leiter der Polizeiinspektion Viechtach
Ludwig Breitschneider	Bundeskriminalamt
Dr. Heinrich Leopold	Polizeipsychologe
Björn Lindqvist	Kommissar in Malmö
Erik Bengtsson	Kommissar in Malmö
Benno Seifeld	Reaktionsleiter Tageszeitung Regen
Bettina Müller	Volontärin
Rita	Redaktionssekretärin
Konstantin Graumüller	Landrat in Regen
Anneliese Graumüller	Gattin des Landrats
Ludwig Meisetschläger	Pressesprecher des Landrats
Dr. Sebastian Prödl	Regierungsdirektor am Landratsamt
Severin Kraft	Bauunternehmer
Heidrun Kraft	dessen Ehefrau
Thorben Kraft	Sohn
Solveigh Kraft	Tochter
Helena Stöckl	Krafts Sekretärin
Hans-Georg Schäffler	Bauunternehmer
Sandra Schäffler	dessen Ehefrau

Reinhard Hartwig	Bürgermeister in Zwiesel
Gertraud Hartwig	dessen Ehefrau
Hans Feilmeier	Bruder von Gertraud Hartwig
Karl Besendorfer	Präsident der Pichelsteiner, Regen
Korbinian Breit	Bauunternehmer
Karl Maier	Unternehmer
Frederike Maier	dessen Ehefrau
Gottfried Freiherr von Falkenhorst	Kreisrat
Peter Wenzel	Kreisrat
Peter Lohbauer	Mitarbeiter Kraft-Bau
Verena Lohbauer	dessen Ehefrau
Sebastian Geiß	Vater der Landrats-Gattin
Willi Bald	Facebook-Deckname
Ove Mikkelsen	Gastwirt in Kopenhagen
Monika und Claudia	Benders Töchter
Helga Bender	Benders Ehefrau
Paul Freier	Gastwirt Racheldiensthütte

weitere Nebenfiguren...

...und natürlich: Raphael

DANKE

Der besondere Dank der Autoren gilt den zahlreichen Helferinnen und Helfern, den Probelesern, den Ratgebern und allen, die zum Gelingen des Buches beigetragen haben. Vor allem seien genannt:

Klaus Döhler – für die fotografische Umsetzung der gewünschten Umschlaggestaltung. Und für die Zeit und Mühe, die er sich mit den beiden nervigen Autoren um die Ohren schlagen musste.

Julia Knoll – für das Lektorat.

Florian Schon – für den Internet-Trailer, den er für uns gedreht, geschnitten und vertont hat und der auf www.editiongolbet zu bewundern ist.

Dr. Julio Perez Delgado – Chefarzt der Gefäßchirurgie in Viechtach, für ein paar ganz nützliche Hinweise, wie der Mensch abtritt, wenn er von einer Kugel getroffen wird.

unseren Familien – weil sie beinahe klaglos hinnehmen, wenn sich die beiden Autoren ihren wilden Mord-Phantasien ergeben und dabei auch mal vergessen, dass zu Hause noch jemand auf sie wartet.

Und vor allem danken wir uns bei allen, die das Buch gekauft haben und jetzt in Händen halten. Wir wünschen viel Spaß beim Lesen, spannende Unterhaltung und immer eine kugelsichere Weste zur Hand.

Kommissar Benders erster Fall

ISBN: 978-3-9811254-81
380 Seiten
12,95 Euro
Oktober 2011

Ich bin Raphael,
Racheengel des Herrn

Eine schreckliche Mordserie erschüttert den Bayerischen Wald. Am Lusen wird eine furchtbar entstellte Leiche gefunden, Menschen verschwinden scheinbar wahllos. Keine Spuren, keine Anhaltspunkte, Kommissar Bender und sein Team tappen hilflos im Dunkeln. Und: Jeder Verdächtige scheint ein dunkles Geheimnis zu haben.

Ich bin Raphael,
Todesengel des Herrn